梼杌萃编

(清)诞叟 撰

天津出版传媒集团
天津古籍出版社

图书在版编目（CIP）数据

梼杌萃编 ／（清）诞叟撰. -- 天津：天津古籍出版社，2006.1（2016.12重印）
ISBN 978-7-80696-303-6

Ⅰ. ①梼… Ⅱ. ①诞… Ⅲ. ①章回小说－中国－清代 Ⅳ. ①I242.4

中国版本图书馆CIP数据核字(2016)第009666号

梼杌萃编

（清）诞叟／撰

出版人／张玮

天津古籍出版社出版
（天津市西康路35号　邮编300051）
http://www.tjabc.net

唐山新苑印务有限公司印刷
全国新华书店发行
开本 880×1230 毫米 1/32　印张 8.75　字数 252 千字
2006 年 1 月 第 1 版　2016 年 12 月 第 3 次印刷
ISBN 978-7-80696-303-6　　定价：16.00元

目　　录

缘起……………………………………………………………（1）

禹编
 第 一 回　龙伯青凑趣开筵　贾端甫临崖勒马
  ……………………………………………………（4）
 第 二 回　赘姻富室大度能容　买笑秦淮酸怀难遣
  ……………………………………………………（15）

铸编
 第 三 回　沆瀣相投高谈道学　睚眦必报巧遇冤家
  ……………………………………………………（26）
 第 四 回　龙伯青忍辱绍箕裘　增朗之避风登仕版
  ……………………………………………………（36）

鼎编
 第 五 回　戒懔四知正言规友　政成百里密疏荐贤
  ……………………………………………………（46）
 第 六 回　学步后尘苦心独运　荣膺简擢坦腹双栖
  ……………………………………………………（57）

温编
 第 七 回　甘小就正士知机　恶作伪才媛择木
  ……………………………………………………（68）
 第 八 回　屈膝负荆终成佳偶　啮臂断袖别具赏音
  ……………………………………………………（79）

燃编
 第 九 回　助奁妆院司同掷锦　误朝贺府县共迷花

  ………………………………………………………………………（91）

 第 十 回 澄叙官方惊看白简 褒崇勋绩荣擢乌台

  ………………………………………………………………………（102）

犀编

 第 十 一 回 月夜看山魂销罗绮 凉宵听雨乡恋温柔

  ………………………………………………………………………（114）

 第 十 二 回 买军火太守展长才 开绮筵钦差饶雅兴

  ………………………………………………………………………（127）

抉编

 第 十 三 回 长袖善舞利益均沾 新学争鸣诗张百出

  ………………………………………………………………………（140）

 第 十 四 回 会短离长萧郎萦别梦 情深胆怯弱弟试灵丹

  ………………………………………………………………………（152）

隐编

 第 十 五 回 侍疾承恩正名有待 酬庸表绩特荐频邀

  ………………………………………………………………………（163）

 第 十 六 回 得色思财惊传噩耗 以财易色细演奇谈

  ………………………………………………………………………（173）

伏编

 第 十 七 回 祝融一炬熔尽铜山 飞燕重逢营成金屋

  ………………………………………………………………………（185）

 第 十 八 回 怙恶不悛远戍榆塞 嗜痂成癖死殉莲钩

  ………………………………………………………………………（195）

警编

 第 十 九 回 中菶菲飞章移柏座 执斧柯投刺访兰交

  ………………………………………………………………………（206）

 第 二 十 回 女偿父债供状分明 李代桃僵遗言惨切

  ………………………………………………………………………（216）

贪编

第二十一回　药石误投丧朋抱痛　蒹葭幸托凉血甘居
　　……………………………………………………（227）

第二十二回　矢贞珉娇女善承欢　吞巨款恶奴谋反噬
　　……………………………………………………（237）

痴编

第二十三回　六亲同运幕燕分飞　一梦荒唐辕驹息辙
　　……………………………………………………（248）

第二十四回　甘偕隐海陵营别墅　约同心嵩岳访名山
　　……………………………………………………（260）

结束……………………………………………………（272）

缘　起

诞叟同抱真子是明心见性，莫逆至交。诞叟带着他一妻一妾、一子一女住在上海滩上张园左近。抱真子因事到上海游玩了几时，终日花天酒地，买笑征歌，始而颇觉快心，久亦渐生厌倦。这天因为要回汉口，来访诞叟话别。见他这一间小小书房，摆了一张书案，两只书橱，几张外国椅子，东洋茶几，桌毡地毯，不陋不华，倒也十分整洁。正好绿荫当窗，流莺隔院，两人煮茗清谈，大有翛然出尘之想。因谈着上海近来的时势，泛论起酒、色、财、气四字来。抱真子道："这四字真是害人，你看五大洲的人，那一个不为他所害？总要把这四字撇开才好。"

诞叟道："'酒'字呢，为用有限，为害也还不多，不道（过）常做这'色'、'财'、'气'三字发端的媒头罢了。'气'字则多因'财'、'色'二字不得其平而起，也算贯在这'财'、'色'二字里头。至于'财'、'色'二字固是害人，然要说把他拿来撇开，那除非叫这五大洲的人皆入了佛家寂灭之教才可，那还成个甚么世界呢？所以《四子书》上也说：'有财此有用'、'无财不可以为悦'；又说：'食、色，人之性也'；'未见好德如好色也'。足见这'财'、'色'二字为人生所万不能少的，故圣贤也不作矫情之论。你看这'财'字，不但起居日用非他不行，就是君臣、父子、夫妇、兄弟、朋友之间，若无这'财'字从中联合，怎么能成呢？即如你我两人，现在也还要借重这'财'字，不然，并此几间破屋、两盏清茶都不能办，岂不成了两个乞儿荒郊对语，试问有何趣味？况就做了乞儿，也还要讨些钱财支持口食，否则必致饿死，连乞儿也做不成了。"说的抱真子不禁拍掌大笑。

诞叟又道："讲到这'色'字，若五大洲的人都不好色，这人种早已绝灭。有些人说'多情而不好色'，又说'好色而不淫'，那都是些欺人之谈。不淫无以申其情，无情不能动其好。试观古往今来男女相悦，若不得肌肤相亲，总觉此愿未了。即并世旁观、后人尚论，也觉得是一个缺陷。所以

《毛诗》上说了一句：'亦既见止'，还要申上一句'亦既觏止'。这就是不淫无以申其情的明证。这情呢，不但风流才子、慧业佳人往往由他作合，就是那些蠢女痴男野田草露，也未尝没有这'情'字行乎其间，情愈深则好愈笃。你看他们泰西人的夫妇总比我们中国笃些，并不是性质各殊，缘泰西人的婚姻皆由男女自主，彼此必先有情然后方成夫妇。中国婚姻多由父母作主，男女一面未识，试问从何生情？到了合卺的时候，以为理所当然，无足为喜，那情自然薄了。其实中国古来婚姻也都是由男女自主，只要看那'寤寐求之'、'求我庶士'两语，彼此无情何必去求？不过因情制礼，何尝以礼废情，如现在的流弊呢？所以俗谚有'妻不如妾'之说，难道这妾之色必胜于妻？因为这妾总是由自己纳的，或出自青楼，或自青衣，或选自小家碧玉。这其间也还有个分别，大约青楼为最，青衣次之，小家碧玉又次之。这是甚么缘故呢？缘青楼必彼此相交已深，那情已缠绵固结于先，然后订这百年之约，故其好最笃。青衣、碧玉又隔了一层。"

抱真子驳他道："你这话说得不甚近理，你看上海滩上近年如林黛玉、张书玉这些人，今儿嫁张三，明儿嫁李四，嫁了多则一年，少只数日，又复闹了出来，那不是纳青楼作妾的么？怎能说他爱情坚固呢？"诞叟笑道："像这些人，他们交际之始，原是打'财'字问题上起的，怎么能在'色'字上算帐？中国也有一种夫妇，或两家本系亲戚邻里，郎骑竹马，妾弄青梅，彼此知识未开，即已相亲相爱，后来联成佳偶，想到那童年亲爱之情，自然增出无限伉俪之趣。又或既婚之后，遭际艰难，或为翁姑妯娌所不容，或值兵戈饥馑之离乱，彼此如伽陵并命，曲意相怜，自然生出一种爱情，比那平平淡淡顺理成章的夫妇就笃得多了。这就是无情不能动其好的明证，所以这'情'字'淫'字皆是附属于'色'字里的。但是这'财'、'色'二字那能个个如愿呢？因为不能如愿，就生出无限的是非，或则忧伤憔悴，夭折其生；或则背礼败常，自罹于法；甚而至于憨不畏死，酿成犯上作乱之事。更有一种人，生质本自不凡，早挟一食前方丈、侍妾数百之想，无如早年困顿，这'财'、'色'二字事事不能遂心，受了多少磨折，耐了多少凄凉，遂激成一种乖谬怪僻、不近人情的脾气。看去这种人似乎也还不失为正人君子，不知他这一种矫揉造作的戾气，小则殃及身家，大则为害邦国。实按起来，比那悍不畏死的为祸还要烈呢。然而这种事体固属个人遭际所致，推原其本，君相亦不得辞其责。"

抱真子道："你这话越说越远了！做君相的怎么能替这举国的人料理'财'、'色'二字呢？"诞叟笑道："并不是叫这做君相的去按人去分给家资，选择配偶。不过，做君相的应该使这举国的人各有专业生计，足以自生其财，自得其色，那就是天下太平了。昔子舆氏对齐王说的'公刘好货，太王好色，与百姓同之，于王何有'，就是这个道理。日前有个朋友拿他作的一部小说与我看，我初次看了一遍，见他既没有朝代年月，又没有关涉治乱兴衰的事业，也没有格致算化的学问，并没有甚么诗词歌赋、酒令灯谜；而且写到男女闺房之事，虽不致蹈那些淫书的恶习，也有些觉得形容太过的地方，那笔墨似乎还不及《品花宝鉴》、《花月痕》呢，也就把他放开了。近日无事，又把他拿来复看一过，觉得他笔墨虽不甚佳，却于这'财'、'色'二字的正面反面、旁面侧面、上等下等、明处暗处阐发得淋漓尽致，无微不显，无隐不彰。你在轮船上没事拿去消遣消遣，细细的看看，道是如何。"说着就把书橱开了，取出十二本白纸毛边的抄本书来，递在抱真子手里。抱真子接过，看那每本面上有一个字，是禹、铸、鼎、温、燃、犀、抉、隐、伏、警、贪、痴十二个字。揭开第一页来一看，只见上面写着道：

禹　编　上

第 一 回

龙伯青凑趣开筵　贾端甫临崖勒马

抱真子便说道："这贾端甫不是做那甘肃臬台的贾廉访么？那是我认得他的。他是个有名的暮夜却金、坐怀不乱的君子，怎么也被这人编入小说里头？"诞叟道："你到船上慢慢的看梼，这书也并未埋没了他的好处。"

原来这贾端甫名崇方，是南通州直隶州人。九岁上他父亲就没了，家里光景极寒。幸亏他母亲莫氏娘家尚可过得，按月贴补他些，才得混口饭吃。附在村学馆里读书，天分却甚聪明，十二岁上开了笔，作的破承题，先生说是很有意思，二十岁上就进了学。谁知到了次年正月里，他母亲就死了，接着他的外公莫怀恩也就一病不起。他两个娘舅，一个叫莫仁，一个叫莫信，都是市侩。他弟兄两个看老子一死，就在争夺家产，那肯再来照顾外甥？这贾端甫没了靠傍，衣食更无着落。过了母亲的百日，就托亲友替他找个馆地。却好州里钱谷师爷要请个西席，替他的小儿子破蒙，有人推荐，就请他过去，每月修洋四元。他好在单身人，也敷衍够用了。

这龙师爷名钟仁，号实生，是浙江萧山人，年纪有六十多岁。就了三十多年的州县馆，于百姓的脂膏上虽然不甚顾惜，于东家的面子上却是十分恭维，所以馆运很好，积赚的幕囊也很不少。他的太太早已死了，大儿子是太太生的，名叫玉年，号伯青，在衙门里跟着学幕，也有二十多岁。小儿子叫玉田，号研香，才七八岁，是姨太太生的。姨太太据说姓杨，东台人，有的说是烟花馆里的，有的说是一位东家收用过的丫头，因为太太吃醋，送与这龙师爷的，却也不知其底细。但是这位杨姨太太打得一手的好烟，能把烟丝拖到一尺多长，然后卷起上在斗内；又是一双好小脚儿。进门就生了一位小姐，是梦见飞燕投胎生的，取名玉燕，又起了个号，叫做梦飞，今年已十一岁，脚是他娘替他裹的，也甚小。这贾端甫就教的这姨太

第一回　龙伯青凑趣开筵　贾端甫临崖勒马

太的儿子龙玉田。这玉燕小姐每天早晨也跟着识几个字，读两句《女儿经》、《千家诗》。光阴迅速，在馆里不觉也就坐了两年，与这龙师爷的大少爷及衙门里的几位师爷也就混得很熟。

这一天是四月里的天气，正值通州城里出会，衙门里的书启师爷文彬如、征收师爷盖子章、巴吉人、帐房师爷周德泉陪着州里二少爷增朗之一齐到龙师爷公馆里来，约龙伯青去看会，顺便也就邀了贾端甫一同去。

走了两条街，街上男女老幼往来的真如人山人海，拥挤不堪。又走了几步，只见一群妇女浓妆艳裹，在一家铺内看会。看见他们来了，有一个穿雪青纺绸单衫、年约十六七岁的姑娘连忙喊着："二少爷，到这里来看！"这增二少爷望着他们笑道："你们全在这里。"跟手也有叫龙少爷的，也有叫巴师爷的，也有叫老周的，咭咭呱呱听不清楚。大家就顺步进去。贾端甫也就跟着进去，只见一个个妆妍斗媚，虽非王嫱、郑旦，态度亦自撩人，只恨自己一人不识。再细看这铺子，是一爿洋货店。掌柜的登时拿了一包香烟、一枝密腊烟嘴送到增二少爷手里，说道："二少爷请用烟，好两天不见了。今天天气热，开两瓶荷兰水吃吃罢！"增二少爷道："也好，只是扰你不当。"掌柜的道："二少爷好，只要二少爷多照顾些就是了。"周师爷就向掌柜的道："刘子经，你前一回送到衙门里的荷兰水可不好，是隔年陈走了气的。我们东家很生气，你可赶紧带些好的来。"刘掌柜忙道："前期到的货原不是顶好的，因为衙门里要得急，慌忙凑着送进去。就是现在开的味也不好，师爷们请尝尝看。再过两天就有老德记的带来了，一到就送两打过去。"一面说一面叫小伙计开了几瓶倒在玻璃盅里。刘掌柜拿了一杯，用新手巾擦了擦口，恭恭敬敬送到增二少爷手里。只见增二少爷怀里坐的穿雪青纺绸的姑娘劈手把杯子夺了去就喝。增二少爷望他说道："小银珠，你怕喝不得呢！"小银珠把眼睛一斜，伸手在增二少爷脸上一摸，说道："我怕倒是你喝不得罢！好意替你抢过来，你倒要说人！"龙伯青在旁拍手道："只怕你们两个都喝不得。"刘掌柜慌忙又拿了一杯过来，笑着说道："这是姜荷兰，不要紧的。"还未送到增二少爷跟前，只见小银珠把二少爷的头一扳，把喝剩下的半盅送到二少爷的嘴里喝了。文彬如、龙伯青齐声喝采道："好一个交杯盏！"二少爷也笑了。小银珠望他们瞅了一眼。刘掌柜把这一杯递与二少爷,然后拿了两杯敬周师爷、龙少爷,又招呼小伙计到各人面前分送。龙伯青的一杯也是与一个穿玄色绸衫的姑娘分喝的。

增二少爷就向那穿玄色的问道:"文卿,你肚子疼的毛病可好了么?"文卿道:"有时夜里也还要发,那丸药吃了也还断不了根。"增二少爷道:"只要龙少爷天天替你捺着肚子就好了。"文卿听说,就把手里未吃完的荷兰水望增二少爷身上洒来。龙伯青用手一拦,只听"邦郎"一声,玻璃盅子砸得粉碎。巴师爷道:"文卿,这遭你要赔了。"刘掌柜忙说:"不要紧的。"又叫小伙计递过毛巾来擦手。可怜贾端甫在旁看得眼馋心热,只恨没人理他。自己低头看了一看穿的衣服,也实在配不过,惟有暗暗的自己叹了一口穷气。

不一时听见锣声响亮,说是会已到了。小银珠站在杌子上,一手扶着增二少爷的肩头,一手拿一块湖色熟罗手帕微掩香唇。还有一个小姑娘,不过十岁左右,拉着周师爷说:"姨夫,你抱着我看。"旁边坐的一个穿湖色熟罗夹袄的姑娘,约有二十多岁了,说道:"小二宝,你留心你的脚,不要碰脏了老周的衣服。"周德泉真个把这小姑娘抱起来看。这小二宝看见门口有个卖纸做的小龙的,又叫:"阿姨,我要买个小龙顽呢。"文卿回过头来说道:"桂云姊姊,我说不要带这小东西来,你看只是吵!"巴吉人站在门口,赶紧买了一个递与小二宝。旁边一个十二三岁梳双丫髻的小姑娘,也就牵住巴吉人道:"我也要呢,你敢不买给我!"巴吉人只得又买了一个,递与他道:"兰仙,我看你这么点点年纪就会吃醋要强,将来大了,不晓得要害多少人呢!"兰仙把那龙望地下一甩,说道:"甚么叫吃醋?我吃那个的醋?你倒说说看!"巴吉人忙弯腰拾起来,送与兰仙道:"怪我说得不好,我的宝贝,不要生气"说得大家都笑了。文卿说道:"真真作怪,这点点小东西也会撒娇!"龙伯青低低的说道:"恐怕是跟你学的。"文卿在他肩上打了一下说:"你拿我开心,回来再同你算帐!"说着,外头一对一对的灯牌花伞,又是锣鼓棚、秋千架,纷纷过去。

贾端甫躲在人家背后,也看得不甚清楚。约有半个多时辰,会已过完。小银珠又买了一面玻璃砖的镜台、一盒香水。文卿等也买了些洋粉、洋胰、香水、头绳等类，自然是记在这班少爷、师爷帐上的了。小银珠拉着增二少爷要他同去，文卿也同龙少爷咬耳朵，大家本来都有去的意思，自然一齐答应。贾端甫是同来的，大家也不好意思撇他，他也不好意思单走，只得跟着同行。

　　出了店门，几位姑娘在前。究竟大街上这些少爷、师爷不好过于放浪，只得稍为退后几步。走了两个弯子，已快到西南营了。这里地方较为僻静，银珠就站着，等增二少爷走到跟前，一手扯住说："我走不动了，你搀搀我罢。"巴吉人道："我看不如扒在二少爷身上，叫二少爷掬着走罢。"小银珠嚷道："小巴，你不要油嘴滑舌的，回来要你的好看！"龙伯青道："他这么大了，你还说他是小巴，你究竟要多大的巴才够你吃呢？"文卿把他打了一下，道："你这人，他们说话，干你甚事，要你多嘴！"小银珠向着文卿说道："姊姊，你再不管管姊夫，他更要无法无天的了！"文卿道："我管得他住么？除非花家的爱宝来，那就制得他服服贴贴的！"龙伯青道："阿弥陀佛！一百零一个局的也要吃醋！"文卿道："你该叫他的局么？还要嘴犟！"说着已到门口，大家一拥而进。

　　打杂的忙招呼："陈奶奶，快打帘子，二少爷来了！"一面又喊："李奶奶，大杨奶奶，小杨奶奶，拿文卿姑娘、桂云姑娘、兰仙姑娘的茶碗！"只见银珠、文卿、桂云的都是茶缸子，兰仙的是茶碗，馀外的都是客茶碗。打杂的送进一碟瓜子，小银珠免不得分敬一回。敬到文师爷面前，问道："爱珍姊姊可好？你昨儿晚上甚么时候走的？"文彬如道："我倒有好几天不去了。"小银珠道："说得好听！昨儿晚上是一只狗在爱珍房里？等到三更我出局到那边还张见的，只怕是今天早上回去的罢！"文彬如道："你尽管骂，回来问爱珍就知道了。"小银珠道："他肯说？"说着已敬到贾端甫面前，问了一声："老爷贵姓？"贾端甫连忙答道："姓贾。"小银珠敬过瓜子，坐到增二少爷怀里。增二少爷就伸手摸他双乳，他也半推半就，听二少爷伸手进去细细的摩挲。这边桂云就到炕上替周师爷打烟。文卿趁人不见，拉着龙少爷到自己房里去了。小银珠坐在二少爷怀里，低低的问道："这贾老爷在衙门里做甚么？他的相好是那一个？"增二少爷笑道："他么，在龙少爷家里教读。他要攀相好可不容易呢！"小银珠道："怎的？"增二少爷笑道:"他一个月的束脩才够吃一个干茶缸子,若要住夜,你们下头的嘴忙一夜,他上头的嘴要忙一月还不够呢!"说得小银珠笑着要撕二少爷的嘴。他们说话的声音虽然不大,无如贾端甫一人静坐,听得清清楚楚,一团火直透泥丸。欲要发作;又不敢发作;要走又不能走,只好装做不听见,走去看壁上挂的对联,写的是"银烛高烧花欲睡,珠帘半卷月常圆";款是"银珠词史清玩,铁顽戏赠",晓得是增朗之送的,却也不见甚么好处。

　　一时钟上已"当当当当"敲了四下,只见陈奶奶拿了两盘点心进来,一盘是猪油白糖小包子,一盘是虾仁烫面饺子,大家随意吃了些。文彬如道:"天不早了,我们走罢。"龙伯青也搀着文卿走了过来,问说:"点心也吃过了,我们怎样呢?"增二少爷还未答言,小银珠忙道:"不许去!"龙伯青道:"不去怎样呢? 要就在此吃便饭罢,算我的东。"增二少爷道:"又何必你做东呢?"小银珠道:"应该罚他,他先头在门口拿我开心开得好!"龙伯青道:"我替你把二少爷留下来,你不说好好的请我吃些点心谢谢我,还要罚我,真是岂有此理!"小银珠道:"点心不是才吃的,你难道没有吃么?"龙伯青道:"那个不算,要你自己身上的。"小银珠向他啐了一口,说道:"你才同文卿姊姊两个人在房里不晓得吃些甚么,只怕馒头、水饺子都吃饱了才跑过来。"文卿道:"你们说话,要牵上我,我看你拿馒头把二少爷吃,连小襟钮扣子都散了,还要说人!"小银珠低头一看,果然不错,羞得把脸一红,走开去钮好。文卿也就不再说了,回头叫道:"小杨奶奶,你到厨房里关会一句,要一个便饭加帽子,天气热,菜要清爽些。"小杨奶奶答应了一句,就如飞的跑去。

　　大家说说笑笑,真是欢娱嫌日短,不觉已是掌灯时候。小杨奶奶走来说道:"菜已齐了,还是就坐,还是等一会?"龙少爷望着增二少爷说道:"怎样呢?"二少爷道:"我们就吃罢。"于是吩咐摆席。增二少爷的小银珠、龙少爷的文卿、周师爷的桂云都是老线头,不用交代。巴师爷就是兰仙,文师爷是花家爱珍,盖师爷是郑家云仙,大家都知道的。龙伯青写了两个外局的条子,顺便问贾端甫道:"端翁可有相好? 还要做媒不要?"贾端甫道:"我没有,可以不叫罢。"龙伯青也就不勉强他花这一块半钱。

　　大家入席,一时头菜上了鱼翅,花爱珍已来了,坐在文彬如旁边,低低

第一回　龙伯青凑趣开筵　贾端甫临崖勒马

的问了一句："昨儿回去关门没有？"却被小银珠听见，"扑嗤"的一笑，指着文彬如道："你还耍赖，这回可是不打自招了！"文彬如道："足见没有过夜。"小银珠正要回话，桂云望他丢了个眼风，也就不开口了。爱珍又问："龙少爷为甚不叫爱宝？"龙伯青道："改天再叫罢。"口里说着，却向文卿努嘴。文卿趁势就拧他的嘴，说道："你叫不叫关我甚事？我又不曾不准你叫，你望我努嘴！"拧得龙伯青急声讨饶，大家哄堂大笑。这个当口，郑云仙已走进来，向大家招呼，文卿方才放手。巴吉人道："真是救命王菩萨来了！"一回儿文卿自己弹着月琴唱了一支《满江红》，银珠叫乌师拉着胡琴，唱了一支《天水关》，馀外也有唱青衫子的，也有唱阔口的，也有唱小调的，真是弦管嗷嘈，履舄交错。一会唱停，文卿又按着各位敬拳，那些姑娘也参错着分敬。三个五个、八马对手的乱喊，钏响丁冬，珠喉清脆，也有抢着代酒的，也有按着杯子不许多喝的，媚态柔情，令人心醉不过。

　　贾端甫吃的是镶边酒，不但倌人除了照例敬拳之外不与交谈，就是同席的客人也无暇与他说话。虽在热闹场中，却有无限的凄凉景况，阿堵限人，真足令英雄短气！好容易把这一席酒熬过了，各自散坐，爱珍逼着文彬如同到花家，龙伯青也被文卿拉去，周德泉也要到桂云房里去敷衍敷衍面子。贾端甫正在没法，周德泉晓得增二少爷是要同小银珠亲热一阵的，恐怕他们这些人跟进去讨厌，连忙说道："端翁、吉翁、子翁，都到桂云房里烧烟去罢，我的老姘头房间端翁也应该赏鉴赏鉴。"可怜贾端甫一腔冷气，幸得周德泉这一句话才回转点热意过来，可见周德泉是老走江湖，随便甚么人不会得罪的。

　　大家跟着周德泉到了桂云房里，周德泉让盖子章烧了两口烟，自己也吃了几口。桂云已到别的房间去应酬客人，只有小二宝在房里打混。又谈了些闲话，一看钟上已有十一点多钟，约计增二少爷同着小银珠两个人也应该亲密够了，却好听见打杂的喊："陈奶奶，姑娘的酒局，姓王的在花家！"周德泉就趁势同着众人走过小银珠房里来，说道："天不早了，我们走罢。"小银珠还不肯放，说道："我的酒局一会儿就回来的，不要走。"周德泉道："今天出来了一天，让他回去罢，万一老爷子查问起来怎样说呢？日子长呢，弄翻了那倒不好。"小银珠听说只得罢了，叫陈奶奶打了盆热水，让二少爷洗了手,揩了脸,然后亲自拿二少爷的湖绉长衫、夹纱马褂替二少爷一件一件的披上,把周身的钮子一个一个的亲手替他钮好。周德泉又到文卿房里去看龙伯青,见他已醉得不堪,和衣倒在床上,盖着一床毯子,喊也喊不应,文卿已出局去了。周德泉同小杨奶奶说:"不必动他,我们先走罢。但是不要叫他受凉。"小杨奶奶连连答应:"是,是,师爷请放心,我好好的服侍他就是了。"大家走出来,到了路上分手各散。

贾端甫回到馆中约摸已在三更以后,一灯如豆,壶茶不温,服侍书房的那个小三儿坐在房门槛上打瞌睡,东倒西歪的,推了半天才醒,叫他看可有开水没有。小三儿说道:"上房、厨房都已早关了门,那里还有开水?"贾端甫无可奈何,只好叫他去睡。一面把房门关好,坐在椅子上默想:同是一样的人,他们有钱有势,就如此快乐,如此光辉。我一介寒儒,不但没人理睬,还要被这些浪子淫娼奚落嘲笑,怎能有一日让我吐一吐胸中的这口恶气呢!想了半天,一无门路,只好上床去睡。心中又气又闷,又羡又妒,翻来覆去那里睡得着?闹到天已黎明,肚里吃的些酒食不能消化,真是穷秀才无口福,一时发作起来,疼痛难忍,开了房门要去出恭。

这龙师爷的公馆上房同厅房都是四开间,一进上房,旁边就是厨房,厅房旁边就是书房,各自一院。厨房绕书房背后却有条小巷,可以通到门房。不走书房,经过书房院子到厨房,却也有门可通,毛厕在大门下首角头,须由厅房转出。贾端甫恐开这几重门惊动人,晓得厨房里口有一块小小的空地,是堆灰的,比毛厕近便些,拿了手纸就到那里出恭。才蹲下去,只听得通上房的角门"呀"的一声开了,心中吃了一惊。这空地在角门上首斜对过,定睛一看,出来的不是别人,就是龙钟仁最得用的管家毛升。他却匆匆出去,没有看见空地上有人。再看角门口有一双瘦小金莲的尖子露出,还有黑缣丝苏滚单裤的影儿一闪,把头朝外一探,旋即缩了进去,轻轻的把门关上。贾端甫未曾看见面目,不知是龙钟仁的姨太太还是龙伯青的少奶奶,心中十分惊讶。出完恭起来,走过角门口,看见地上有黄澄澄的一件东西,拾起一看,是一支金茉莉针,心中好不欢喜,回到床上脱衣再睡,倒也就沉沉睡去。

八点多钟方才惊醒,赶紧开门,龙玉田已来上学;停了一会,玉燕也来认字。贾端甫因想,我今儿早上碰见的不知究系何人,这金茉莉针也值不多钱,若还了本人,或者有些好处,也未可知。因等玉燕认过了字,读完了诗,向他说道:"我今天天亮起来,到厨房后边空地出恭,在角门口拾了一件东西,不知是那个掉的,你拿到上房里去问问看。"就把那支金茉莉针交与玉燕。玉燕一见说:"这是我娘的,我娘正在那里找呢,让我快点送去罢!"拿了茉莉针抱了书包匆匆的跑了进去。

　　杨姨娘往常也还没有起得这么早,今天因为送毛升出去,关了角门,进来上马子解手,摸摸这茉莉针不在头上,床头边也寻不见,心里就怕是送毛升出去的时候掉的,所以不敢安睡。一早起来,到角门口一找不见,马子巷里也寻过了,又叫小丫头迎春、老妈子王妈把房里、堂屋里地下细细的扫着看,也没有,迎春床上同自己床上枕头边也都找过。那龙钟仁烟瘾既大,精神又不济事,每天晚上被这杨姨娘总要鼎住了了一回公事,事毕之后即与死人一般,非第二天十二点钟不能苏醒,所以杨姨娘找了一早晨的茉莉针,他竟一些不知。

　　玉燕在书房拿了这针兴兴头头的跑了进来,一到堂屋门口就喊道:"娘,茉莉针有了!"杨姨娘忙说:"不要喊,把你爹爹吵醒了要骂人的!"玉燕走到房里,把这茉莉针交与他娘。杨姨娘接过一看,低低的问道:"你在那里拾到的?"玉燕道:"是先生今天天亮的时候到厨房旁边空地上出恭,在角门口捡到,叫我拿进来的。"杨姨娘一听心头鹿撞,不由脸上一红,连忙吩咐玉燕不准乱讲,又嘱咐迎春、王妈:"不许在老爷面前提这掉了茉莉针的事,我以后有好处到你们,若要乱说,仔细你们的皮!"大家晓得他是得宠的姨太太,而且他做的事体眼睛里看得也很多,那个敢来多嘴?

　　杨姨娘一面梳头一面细想:这事已被贾先生看见,若然漏泄风声到这老东西的耳朵里去,那可是个不了的事。要趁事未发觉,同着毛升走呢,又舍不得这一双儿女。左思右想如何是好?停了头不梳,拿了水烟袋一筒一筒慢慢的吸。忽然想到贾先生独居无偶,他拾了这茉莉针,特地叫玉燕送进来,未必没有个意思在里头。虽然是个穷书呆子,到底年纪还轻,比这老东西总要好些,不如与他些甜头,裹住了他的嘴,那就不怕他了。

　　主意想定,放了水烟袋,把头慢慢的梳好,龙钟仁还未睡醒。又停了一会,那龙钟仁才在床上转动。杨姨娘伏到床前说道:"将近十二点钟了。"龙钟仁慢慢的起来穿衣着袜,洗脸漱口。王妈送上一碗莲子,龙钟仁吃了一半。杨姨娘忙把烟盘摆好,烧了十二口烟,上在几支枪上,一口一口的递与龙钟仁吃,把这十二口烟吃完,精神才渐渐的活动了些。停了一会,便叫开饭。龙伯青在衙门里吃的时候多,连他的少奶奶共是五个人一桌。龙钟仁只吃了浅浅的一碗饭就不吃了。杨姨娘吃完了饭,又打了十二口烟,龙钟仁吃毕已是两点三刻,然后喊提轿子进衙门。毛升进来拿了烟枪包,跟了龙钟仁而去。

到了傍晚,龙玉田放学进来,杨姨娘密密的叫迎春拿了四个碟子:一碟南腿,一碟糟虾,一碟腌鱼,一碟香肠,都是家里收藏、龙师爷留以自奉的;还有一壶竹叶青的好绍酒,"送到书房与贾先生,说是姨太太因为先生送还茉莉针酬劳的。"并低低的嘱咐道:"晚上把房门虚掩着,不要睡,三更多天姨太太有要紧的话同贾先生面谈呢!"贾端甫一听,如奉了玉旨纶音,满心欢喜,连连答应道:"遵命!遵命!"一面吃着酒一面心中细想,好生侥幸。

到了一更多天,听见厅上轿子声音,说是师爷回来。只见毛升提着灯笼照着,龙钟仁慢慢的走进上房。向来上房晚饭总在八九点钟,吃了饭后照例是杨姨娘打烟,毛升在套房里头挖烟斗、通烟枪;等龙钟仁吃完了烟,还要收拾烟盘,每天在上房里总有个把时候的忙。杨姨娘乘空走进套房告诉毛升说:"今夜不要进来。"毛升问说:"怎么?"杨姨娘道:"我今早受了点凉,夜里要静养养呢,明儿再来罢。"毛升笑着低声道:"你也有讨饶的日子,这可服输了!"杨姨娘拿手在毛升额上一指道:"小油嘴,不要发欢,总有一天叫你不得了!"杨姨娘说完这句,恐怕龙钟仁知觉,又连忙跑到外房,爬到烟铺上去。隔了一会,龙钟仁吃完了烟,毛升收拾好了烟盘出去,王妈把厅上的转堂门关上。杨姨娘拿出几个小菜碟子,服侍龙钟仁吃了一杯参茸百岁酒,又吃了一酒杯的丸药,看看已十二点钟,然后收拾睡觉。

不到半点钟的工夫,这杨姨娘已把龙钟仁服侍得妥妥帖帖,酣呼睡去。杨姨娘是较惯了的,准头拿得稳稳的,掀开被窝,套了一条缥丝裤子,一件捷法布小衫,一件窄袖玄色绸衫,一件夹纱背心,又把头拢了一拢,耳

第一回　龙伯青凑趣开筵　贾端甫临崖勒马

环也不带,丫髻上拴了一支空心金凉簪同那一支茉莉针。轻轻的把房门一开,又开了角门,走那厨房院子,到了书房院子门口,见门系虚掩,推了进去,在书房窗子眼里一张,只见贾端甫桌上摆了一本书,正在默坐凝思。杨姨娘在门板上用指头轻轻的弹了两下,贾端甫赶紧开了门,让杨姨娘进来,一面向杨姨娘道谢送的酒菜。杨姨娘向他一笑道:"菜是家里现成的,酒也不好,我又没有能自己来陪你,对不住。"说着就在书案对面一张凉榻上坐下。贾端甫连忙倒了一碗茶,送到杨姨娘嘴边,杨姨娘就着他手里喝了两口,摇摇头。贾端甫把那剩的半碗喝完,把茶杯放在书案上,也就在凉榻上靠着杨姨娘的娇躯坐了下来。

　　杨姨娘把一只金莲跷起,说道:"我才在角门口下台坡一滑,几乎跌倒,脚孤拐还酸呢。"贾端甫一手搭在金莲上轻轻捻着,一面把脸贴着杨姨娘的香腮,嘴里说道:"我对不住你,黑夜里跑这些路。"杨姨娘也就把脚搁到贾端甫的身上,说道:"我的乖乖,我实在爱你,就随便为你吃甚么苦我都是情愿的!"贾端甫一手握着金莲一手搂着香肩,问道:"你几时同毛升相好起的?今儿毛升进去不进去?"杨姨娘在他身上轻轻地打了一下说:"你不是好人,你管他做甚么?"贾端甫道:"我已经看得清清楚楚的了,你何必还要瞒我?你把同他相交的情形细细的同我谈谈,我们以后好打通了做事,省得你瞒我、我瞒你的弄出些话把来。"杨姨娘一想倒也不错,这是难得两面光的事,不如替他两边都说明白,排定了一家一天,才得平服呢。脸上一红,就说道:"我说便说,你知道了,可不准告诉人,也不准拿我开心,笑话我!"贾端甫道:"这个自然。"杨姨娘叹了一口气道:"唉,说起来话长。"一手指着贾端甫手里握的那只金莲道:"这样东西真不好,无怪现在的人要讲究天足,总是他是个祸根——这也是我前世的孽缘。前年夏天,有一天晚上,龙老头儿有点感冒,要我替他捶腿,却叫毛升在床面前替他烧烟。我呢,穿了一条旧官纱裤子,就跪在踏板上,两只脚尖恰好靠在毛升腰里,一路捶着,那脚尖自不免摇动,在他腰里揉擦。毛升以为我是有意于他了,抽空就拿手把我的脚一捻。我也不好意思喊得,就让他摸摸捻捻的玩了半天。捶完了腿,看龙老头子已昏昏睡去,毛升拿了烟盘到套间里去收拾,却望我把手一招。我千不合万不合跟了他进去,就被他占了我的便宜。以后我又怎能摆脱他呢？到今儿已两三年了。今儿早起又被你撞见，大约也是前缘。我的身体今天可交给你，你若同毛升说明，大家和和气气的往来，保你还有好处。你若负心，告诉了人，我可做鬼也不依你的！"说着就向贾端甫怀里扑了过来。贾端甫趁势替他缓了私小结束，露出一寸檀槽。杨姨娘已是浑身欲火发动，并无一毫推拒。贾端甫也放出胯下英雄，正欲贯革直入——

这书再照这样作下去，那就成了《金瓶梅》《肉蒲团》了。然当此间不容发之时，叫贾端甫怎么勒得住手呢？请诸位停一停，替他想想看罢。

禹 编 下

第 二 回
赘姻富室大度能容　买笑秦淮酸怀难遣

　　却说杨姨娘在那书房里头玉体横陈,春情荡漾,贾端甫同他正在难解难分之际,忽然心里想道:"杨姨娘今天是因为我撞见了他同毛升两人的私情,才拿这身体来塞我的嘴的,并不是贪爱我的才貌,同我有甚么厚意深情,那是不可靠的。毛升同他却是多年的交情,晓得他又同我搭上了,那有个不吃醋的道理?万一同我为难起来,他是个家人,没有甚么要紧,我是个秀才,又是个处馆的,这种声名传出去,那还再有人请教么?而且到那时候,这杨姨娘必定为护着他,那老龙头儿是不甚明白的人,我还要吃点眼前亏,都未可知。不如现在忍一忍欲念,将来被人家晓得,我还可以落一个夜拒奔女的美名,何苦贪恋这一息息的欢娱呢!"

　　想定主意,就站起身来,把裤子系好,走到那书案面前的椅子上坐着。这杨姨娘还当他有甚么过门拜候的毛病,在那榻床上娇声浪气的喊道:"我的乖乖,你怎么的?把老娘弄得这个样子,你倒跑掉了!快来罢!"只听见那贾端甫正言厉色的说道:"我一个圣贤子弟,几乎被你这浪货所误!我同你家老爷是多年宾主,你的儿子、女儿都是我的学生,你怎好这么无耻呢?我是个顶天立地的男子,不比那些奴颜婢膝的家人,你拿我当作甚么样的人看待?还不快替我滚出去!"

　　杨姨娘听见这话,真如雷轰电掣一般,又气又惊,正要同他辩驳两句,只听这贾端甫一叠连声的催着走,杨姨娘只得套了裤子,掩了胸襟,揩着眼泪爬下炕来,还想同贾端甫说两句情话,听那贾端甫催着走的声音愈喊愈高,杨姨娘恐怕被人听见,只得恨恨而去。这也要算贾端甫临崖勒马的功夫了!然而贾端甫如果不拾那金茉莉针,不收那酒菜,不开那书房门,不套问那些淫话,这杨姨娘又何至如此出丑呢?

杨姨娘出了这一回丑,真是恨人骨髓,就在龙钟仁面前说道:"这贾先生又懒又不通,教的女儿的诗多少白字,连我都听得出。每天睡到学生去上学,房门还没有开。时时刻刻的在玉燕面前打听我穿的衣裳、戴的首饰、梳的头、裹的脚,还叫玉燕同我说,叫我挑块手帕子送他,我看他是不怀好意呢! 幸亏我是个正经人,还肯一一告诉你,要是那些没有把握、专爱少年小伙子的人,恐怕已经请你戴上绿帽子了!"那毛升也有时在旁边说:"这先生声名本来平常,有两回勾着大少爷出去吃花酒,整夜的不回来。"这龙钟仁的耳朵本来是棉花做的,怎禁得这爱妾、宠仆天天在面前唆播? 况且平素看这些教书先生,本觉得可以招之即来、麾之即去的,还有甚么顾惜呢? 不到一月,就借事为由,把贾端甫辞了。

　　贾端甫明晓得是杨姨娘从中作祟,无如见不着龙钟仁的面,无从同他说起,而且晓得说也是无益的,只得卷卷铺盖出来。却是逢人便讲这段佳话,并且说得淋漓尽致,几乎要替杨姨娘画出一幅杨妃出浴图来,所以人人晓得这贾端甫是个坐怀不乱的君子。

　　贾端甫被龙师爷辞馆出来,正在走头无路,却好正逢科考,居然考了个一号第二。又替一个考拔贡的富家子弟帮帮忙,这位学台是个专重时文楷法的,于经古上不甚考究,贾端甫代做得也还过得去,也就高高的取了,得了三百块钱的谢仪,登时就活动了许多。其时贾端甫已是二十三岁的人,正是授室的时候,只因光景穷,无人物色,只好朝雉徒歌而已。这回考了个一等第二,登时补了廪,就有人来做媒,说的又是一位富翁的女儿。

　　这位富翁姓周名敬修,是个做花布生意的,家里约有数万家资。老夫妇两个年过半百,膝下一儿一女。儿子得的迟,才八九岁,女儿已经二十四岁了。这样富厚人家的女儿,如何搁到这么大还未出阁呢? 原来其中有个缘故,这位姑娘名叫似珍,虽是生意人家的女儿,却生得十分灵慧,若是教以诗书,何尝不可成一个不栉进士! 争奈这周家是向来崇信"女子无才便是德"这句话的,周敬修又不通文墨,那里肯延师教这女儿读书? 然而天生慧质,人不能掩,到了十岁左右,听见亲戚邻居的妇女们说些故事,唱些小曲,他一听便会,一会便解,于那缠绵悱怨的小曲便能体会出他言外之意,也要算个兰心蕙性的女子。到了十六七岁,生得面如满月,又会修饰,虽是家常装束,亦自楚楚动人。

　　这年夏天,天气甚热,到晚更甚。这周敬修是个经纪中人,早上一早就起身料理店务,到晚就倦,不过二更,总要安眠的。这姑娘深闺无事,逸则生烦,到这将近摽梅的年纪,就是夏天夜短,也还嫌他更长。这天晚上,周敬修老夫妇两个都睡了,用的一个老妈子看见无事,也到他房里去歇着。这位周似珍姑娘他嫌床上热,一个人躺在天井里竹床上假寐。到了三更过后,坐起身来,看着那皓月将圆,银河欲泻。正在出神,忽见一个人影打后楼院子里走出来,经过这院子旁边的廊檐底下,要向前边柜房里去,吓了一跳。再看那人似乎不是个凶恶的模样,他就低低的问了一声:"是那个?"只见那人也吃了一惊,定睛一看,见是姑娘一个人,就把胆子放大了,走了过来,说道:"是我。"周姑娘再细看这人,也只有十五六岁的光景,生得齿白唇红,一张小鹅蛋脸儿,眉峰耸秀,眼角含情,头上梳了一条光滑滑软松松的辫子,身上穿一件白夏布透风对襟的小衫,下身穿一条虾青官纱散裤管的裤子,手里拿一把杭州细细的蒲扇,颊上微红,似羞似喜——原来是那学徒的白骈仪白小官。

　　姑娘见是他,不由得心里跳了一跳,低低的问道:"后楼是郑先生的住房,你深更半夜的,在他那里做甚么?"白小官道:"不过顽顽罢了。"周姑娘道:"做甚么顽会顽到这会子?我看那郑爱南也不是个甚么老实东西,怪道常常看见他买些吃的用的东西与你!你这会子收拾的这么干干净净、俊俊俏俏的躲在他房里,半夜才跑出来,你两个人在里头还有甚么好事体干?亏得你也是个男儿家,怎么这样不要脸的!"那白小官听说,脸上更红了一红,低声说道:"姑娘,你说到那里去了?叫人家怎么好意思!"周姑娘说道:"你晓得不好意思,不会不要做?你不做,我也不说。我也不来管你们这些事,我只明儿把我今天晚上看见的情形细细的告诉我爹爹,让我爹爹慢慢的问你们两个人。"这白小官一听着了慌,就在姑娘膝前跪了下来,"好姑娘"、"恩姑娘",不住口的央告。这周姑娘也不由得脸上一红,说声:"你快起来,倘然被人家看见,算甚么样儿!"这白小官见姑娘没甚恶意,才定了惧祸之心,又起了不良之念,就将两手搭在姑娘膝上,嘴里央求,手底揉擦。这周姑娘少不得拿手来推他的手,那晓得这白小官的一双纤手生成的又绵又滑,真是《诗经》上所说的"手如柔荑"。这周姑娘握到手里怎能不动心?心里一动,那眉眼之间自有一种描摹不出的春情冶态。那白小官本是一个柔媚的男儿,那有看不出来的呢?趁着姑娘两手来推,拉着姑娘的手就势站起,往姑娘身上一扑,学那西人相见的规矩,行了一个接唇大礼。依白小官的意思,就要在这竹床上演一出《会真记》的《酬简》。倒是周姑娘不肯,说:"这星月之下,怎好如此呢?"撇开手望房里就跑。那白小官就学那《游龙戏凤》的正德皇帝追了进去。到了房里,周姑娘就叫他把房门关上。他二人究竟在里头做些甚么?白小官甚么时候才出来?做书的没有跟着进去,也就叙说不出。

隔了年馀,那晓得这位周姑娘忽然得了一病,终日呕吐,时刻想睡,四肢无力,茶饭到口就厌。有时想吃两样时新的菜蔬水果之类,好容易弄得来,吃了几回又不吃了。周敬修老夫妇两个是心爱的女儿,看了十分着急,请了几个先生来看,也说不出甚么病源。有的说是受凉停经的,有的说是血分热结的,有的说是脾胃受寒的,幸亏开的方子都是些八面风的药,吃下去虽然没有见效,却也没有出旁的岔子。

又过了两三个月,这姑娘呕吐的毛病也就渐渐的好了,却又变了一个怪症:肚腹胀大,腰粗腿肿。周老头儿甚是焦闷,倒是周老太婆稍为懂得点医道,没人的时候,伸手要在他女儿的肚子上摸摸。周姑娘害羞,千方百计的躲着,不肯让摸。周老太婆说是娘女两个,有甚行要紧,定见逼着要摸。周姑娘没法,只得俺着脸让他娘摸了一摸。这一摸才晓得这个病真是厉害,这姑娘肚子里竟是躲的一个妖怪,还会动呢!周老太婆一惊非小,连忙追问他女儿得病的根由。周姑娘满脸羞惭,因为病根已经被老娘摸着,又倚仗平日为父母钟爱,只得撒娇撒痴的把怎样上了白小官的当、得了这病的缘故吞吞吐吐的约略告诉了他娘。周老太婆一听,气得甚么似的,就在他女儿脸上打了两个巴掌,骂了两句"不要脸的,婊子养的"。这姑娘羞得哭了,顺手拿把剪子就要望喉咙里戳。周老太婆着了慌,赶紧夺了下来,也不敢再抱怨他女儿,反将好言安慰,并说:"既已做下这事,现已没法,你爹爹跟前是终久瞒不了的,我替你想法子说罢,你可不准寻死觅活的,闹得大家知道!"这姑娘也就借此收场。

到了晚上，周老太婆把女儿的病源委婉曲折地告诉了周敬修，口口声声都说是白小官不好，害了他的女儿。又说："女儿已经要寻死了，你可不准再难为他，送了他的命，那我可是不依的！"周敬修听了这话如何不气？但是女儿家做了这种事体，把他打骂狠了，只有寻死的一条路。他若寻了死，这老太婆必定要闹个不肯开交，那是怎么好呢？况且也无益；要同白小官算帐，他又是个孤身人，没有家业的，算不出个道理来，徒然弄得通国皆知。心里仔细一想，只好叹了一口气，忍耐不言。到底是阅历多年有涵养的人，不肯乱来的。

第二天，周老太婆把向他老子说的话同他老子的情形密密的告诉他女儿，这周姑娘才得一块石头落了地。依这周姑娘的意思，就想把这白小官招在家里，其实倒也是一床锦被。争奈这周老头儿夫妇两个嫌这白小官家道寒微，怕被亲邻耻笑，不肯把这已破的明珠轻掷，反借事把这白小官撵掉，又密密的找了些好药，把这姑娘肚子里的怪病医好。老夫妇两个做得却甚秘密，以为外人一些不知，不料这种事体最易传扬出去，无风尚要生浪，况是真赃实证的事！不多几时，亲戚邻友早已都知，只不好意思当面说笑他老夫妇两个。所以屡次托人做媒，晓得些的人家不是说八字不合，就是说齐大非偶，以致耽误到二十四岁。

这回媒人替贾端甫提亲，贾端甫也是个本城的秀才，这些事那有一些不知的道理？只因自己一想是个上无片瓦、下无立锥的寒儒，"现在又失了馆，莫讲没人肯拿女儿给我，就有人肯拿女儿给我，我又拿甚么来养活呢？难得这么一位富翁丈人可以招赘上门，不但自己目前免了孤单，日后也还有个依靠；而且那个小官听说已不知流落何地，这事有无也还没有甚么实在的凭据，怎好因旁人蜚语，误了这美满良缘？"想定主意，也就欣然应允。那周敬修见他是个新补的廪生，觉得面子也还好看，倒也不计较他的光景贫寒。这贾端甫就拿那替人代枪得的谢仪三百元打了一头的包金压发荷花别子、一对点翠环子、一副煮金手镯、两个戒指，做了一套宁绸的披风棉袄、一条大红湖绉裙子，还有些小袄裤之类送了过去，算是过礼。那边也回敬了一套袍褂靴帽，贾端甫又自己买了一顶新小帽子、一双新缎鞋、一件新棉袄、一件玉色湖绉棉袍子、一件金酱宁绸军机马褂、一双茶青湖绉棉套裤、一件二蓝宁绸背心子,也要算是焕然一新。就在九月里头挑了一个日子,招赘到周家门上。

这天,周老头儿请了几个读书进学的亲友子弟陪着新郎。拜堂见礼、坐床撒帐以后,这几位陪新郎的就邀着新郎到厅上坐席,大家你一杯我一杯的轮流着劝酒。散席之后,拥着新郎到新房里来闹房,逼着新郎同新娘对吃两碗酒。新娘的两碗是在嘴面前抿了一抿,由两个伴婆代吃了。新郎的两碗却是不准代,大家看着他干了方才肯散。贾端甫酒量本不过好,到这光景竟有八九分的酒意。众客散后,伴婆服侍新郎新娘卸了大妆,带了房门出去。这时候洞房深掩,画烛高烧,贾端甫看了这位新娘子一表人才,风流富艳,当此酒醉花迷,也就如身入广寒宫里遇着了奔月嫦娥,但求亲捣元霜,无暇问他的曾偷灵药了。那位新娘也还遮遮掩掩、伸伸缩缩的做出许多难禁难推的态度。究竟是否原璧无瑕,贾端甫既不甚考究,做书的更无从悬揣。从此贾端甫在这温柔乡里靠着泰山,伴着娇妻,倒也十分安乐。更喜的是时来运来,到了第二年,就生了一位千金,取名静如。

这年正逢科场,丈人帮了盘川,到南京应考。考费不多,不敢久住,出了场就搭了轮船回到家里。到了十月里放榜这天,他翁婿母女四人正在盼望,直到夜里天快亮的时候,忽听见一棒锣声,接着就听得那门敲得震天的响。他丈人连忙披衣起来,心中又惊又喜,那贾端甫同那周似珍姑娘也都起来。开门一看,果是报子来了,心中好不欢喜。当时他丈人周敬修开发了报子的喜钱,在菩萨、祖宗面前点了香烛,领着女婿磕了头。天亮以后,就有许多的亲友前来道喜,不但他丈人面上光采非凡,就是这位周似珍姑娘,平日亲戚中晓得他那件事体,本不大瞧得起他,现在看见他的姑爷中了举,指日就是位诰命太太,那些姑姨姊妹、远近亲邻也就不由得同他亲热起来。可见人生只要富贵有时,一长可盖百短。成败论人,贤者不免,何况这些妇女们呢!

忙了几天,周敬修预备了盘川,叫他女婿贾端甫约了他那新科同年达友仁号怡轩的一同动身,到芦泾港搭了轮船,不多一会工夫就到了江阴上岸,到学台衙门去填了亲供。顽了两日,又同上轮船到南京去拜老师、刻朱卷、打把势,住在状元境一家客栈里头。

第二回　赘姻富室大度能容　买笑秦淮酸怀难遣

这南京是六朝金粉胜地，十二朱楼虽成陈迹，然中兴以后，曾文正公当那戎马倥偬之际，力持大体，首复旧观，使那荒凉禾黍之场易而为藉盛莺花之地。后来薛慰农先生又为之提倡风雅，鼓吹声华，也就不减于《板桥杂记》所载的顿老琵琶、玉京颜色。当那秋夏之交，红袖凭轩，画船就岸，记得有一位先生作的竹枝词有两句道"郎若来时休太早，晚风齐倚玉栏杆"，真是描写得神。就是这严冬的时候，暖阁红炉，也不殊那富家的销金帐里。这两位孝廉应酬了几天，空了下来，皆想领略领略这秦淮的风景，而且这状元境离钓鱼巷又不远。贾端甫还未启齿，这达怡轩是个旷达不羁的人，就先开口相邀。贾端甫想，我如今是个新科举人，与从前在龙家教书的时候寒酸气象不同，大约到窑子里去，他们也应该巴结巴结。就一口应承。

两人装束齐整，把人家送来的苹敬拆了两封，各人揣在身边，一同前去。到了六八子家，偏偏这贾端甫却赏识了一位最红的姑娘名字叫做双铃的，达怡轩也赏识了一个叫月红的。那本家及房里奶奶看没熟人领着来，又摸不着这两人的底细，虽不敢十分冷落，也不敢十分兜搭。两人坐了一会，先是双铃有人叫局，随后月红也有人来叫。两人只得站起身来要走，开销了两块钱。那房里奶奶淡淡的留了一句，也就让他们去了。

两人回到寓中，闲话一会，各自就寝。贾端甫细想："这双铃态度风骚，神情倜傥，真不愧绰号叫做"活鲫鱼"，比那通州的小银珠要高得多。今儿初见，无怪他不甚理睬，明天我去摆台酒，大约总可亲近亲近。好在是人家送来的贺仪，就花掉些也还不心疼。"起了这个念头，第二天一早就同达怡轩说了。因为人少，又约了一位同寓的候补佐杂老爷冯吟舟、隔壁书铺掌柜的习师文，还有前一回考寓的房东也是个读书人，叫安小斋，约定晚上七点钟在六八子家双铃房里吃酒。这几位自然是都愿意的。贾端甫又同冯吟舟谈了一阵，问了问吃酒的规矩同吃酒以后一切的规矩。

饭后两点钟，贾端甫就邀着达怡轩、冯吟舟同到六八子家打个茶围。到了双铃房里，双铃才起来，正在靠河窗口桌子面前坐着要梳头，看见他们三人进来，笑着招呼大家坐了下来。男班子泡了茶，贾端甫就向房里高奶奶交代了一个六大六小，六点钟来吃。高奶奶出去吩咐了一声。月红头上插着两支挑簪,也过来应酬了两句,又说:"达老爷到我房里去坐坐!"达怡轩口里答应,却未起身,月红也就回房,自去梳头。

这时候天色尚早,嫖客尚未上市,所以甚觉清闲,三个人倒很坐了一会儿。双铃梳着头无甚事,同着高奶奶也很同他们说笑了一阵。达怡轩说:"我们出去走走罢。"高奶奶说了一声:"晚上早些来。"双铃的头还未梳完,望着贾端甫笑了一笑,说:"我不送你了。"月红也走出来招呼。

三人匆匆出门,冯吟舟走到路上说道:"在这双铃姑娘房里能坐到这半天,双铃又肯这样的招呼,端翁的面子真算足极了!"贾端甫心中也自暗暗的得意,觉得比昨天有趣些。三人回到寓中坐了一会,又有人家送贺仪来。贾端甫、达怡轩忙着写了谢帖,交与来人。

到了五点多钟的光景,贾端甫就同了达怡轩、冯吟舟,又顺便邀了隔壁的习师文,一齐走到六八子家。此时双铃房里无人,高奶奶就掀开帘子让他四人进去。一看双铃不在房里,说是出局去了,只有一个十一二岁的小姑娘。敬了瓜子,问他名字,说叫小金子,倒也是个小本家。一会儿月红也来打了一个转。

正在等着安小斋,盼着双铃,只听见外头打杂的喊了一块:"高奶奶,金大人来了!"这高奶奶连忙跑了出去。贾端甫在帘缝里偷看,只见一位二十多岁圆方脸的少年,头上戴了一顶缎棉小帽,面前钉着一块辟邪玺的帽花,脸上架着一个金丝墨外国眼镜,身上反穿着一件云狐犴尖的马褂,青灰素缎的皮袍子,甚么统子却看不出。还有一位年纪约在四十左右、穿着得也十分富丽,大约也是一位阔人,后头跟着几个跟班,走了进来。高奶奶慌忙迎到院子里,说道:"金大人,刘大人,请到对过房里略坐一下罢。"金大人登时站住,脸上放出一种不愿意的神气出来,说道:"怎么,房间里有客么?"高奶奶连忙赔笑道:"是个过路客人,来打茶围,就要走的。好大人,先在三宝房里略为坐坐,已叫人催双铃去了。"这金大人似乎还有不豫之色,幸亏同来的那位说道:"蔚翁,我们就在三宝房里坐一坐,让他赶紧就去收拾房间罢。"那三宝也立在对过房间门口,亲自打着帘子喊道:"金大人,刘大人,请到我房里坐一坐罢,双铃妹妹也就回来的。"这金大人却不过情,才勉强走进去。

第二回　赘姻富室大度能容　买笑秦淮酸怀难遣

　　高奶奶赶紧进房，拿了茶缸子过去，一面又叫打杂的："快些到隔壁去催双铃回来，说金大人来了！"一面跑进房去，向着贾端甫道："贾老爷，对不住，只好请你让一让房间罢。"贾端甫望他愣了一愣，道："我们有酒哩！这回子让了房间，回来酒在那里吃呢？"高奶奶道："这金大人来了，那是没法子的。不但此刻要请诸位让让，就是回来吃酒，也只好在对面客厅里罢。实在是对不住！"贾端甫还在不肯答应，这高奶奶又说说："诸位老爷是外路来的，大约不知道这位金大人是公子哥儿的脾气，说声翻了脸，不但我们吃不住，就是你老爷面子上也要下不来呢！"贾端甫还要发话，达怡轩是随遇而安的人，就说："我们让让又何妨！同是一样的吃酒，又何在乎这间那间？免得叫他们为难。"那冯吟舟听见是金大人，更是早已吓酥的了，也在旁苦苦相劝，贾端甫只得忍气把房间让出。

　　高奶奶领到下手堂屋旁边一个姑娘房里。这房里一个姑娘，头上贴两张风膏药，躺在榻床上。高奶奶向他说道："凤仙姑娘，这里有几位吃酒的老爷，借你房里坐坐。"那凤仙慢慢的抬起身来，说了声"请坐"，又一位一位的问了尊姓。看那凤仙有二十五六岁的光景，一脸的烟色，又黑又瘦，虽是搽了些粉，也掩不住那一层黑光，开出口来喉咙又粗又哑。高奶奶把他们引到房里就匆匆的走了，去招呼金大人。

　　约有五分钟的时候，听见高底小脚声音叽咯叽咯的从外头走进，料是双铃回来。只听才到对面台阶就喊道："金大人，你怎么这时候才来？"一面说着一面到那边房里去，以后说些甚么便听不见了。贾端甫满望双铃到了对面应酬一会必要过来，谁知竟如空谷足音，不但双铃不曾见面，就连高奶奶也不过来。达怡轩同那习师文谈些近来新出的书籍，冯吟舟同那凤仙在炕上烧烟闲谈，倒也不甚觉得，只有贾端甫意注神驰，有个一等也不来、二等也不来的光景，真个焦躁异常，却又不好发作。

　　又等了一会，只见打杂的领了一位客人进来，却是安小斋。贾端甫连忙起身让坐。安小斋说："舍间有点小事，来迟来迟！劳候劳候！"又同大家招呼。贾端甫一看钟上已有八点，就向打杂的说："我们的酒摆罢。"打杂的应了一声"是"，走过去告诉了高奶奶。那高奶奶才过来说道："对不住，双铃就过来了。"又问："各位老爷都有相好的姑娘罢？"贾端甫也跟着问了一问。达怡轩自然是月红,冯吟舟是向来叫刘琴家的瑞云的,习师文是叫王二家的翠宝。只有安小斋没人,高奶奶就荐了这房里的凤仙,他也就点头答应。酒已在堂屋摆好,大家推逊着入座,双铃才过来。敬了各人的酒,在贾端甫旁边坐了不到五分钟的工夫,就架筹出席,叫小金子来陪着。上了几道菜,局也陆续到齐。乌师上来,也就是小金子代唱了一支《小东人》,各人叫的姑娘也都照例应酬了一支,就是那个凤仙,也还哑着喉咙唱了一支小调。各人的局或是初叫,或是不大出来顽耍的,所以这些姑娘都不过敷衍门面,不甚亲热,还是习师文同翠宝彼此咬着耳朵说了几句体己的话,也不知他们说些甚么。

只见上头房里又来了几位客,都是鲜衣华服,仆从如云。在房里摆了一桌便饭,却没有开弦索,而欢呼谑浪之声与这边席上冷热大不相同。尤触耳的是那双铃又娇又媚又圆又脆的声音叫着金大人。这个声浪被那不知趣的风吹到贾端甫的耳朵里头,真个叫他难于排遣。贾端甫向那习师文低低的问道:"这位金大人是谁?"习师文还未回信,那冯吟舟道:"你不晓得么?这金大人就是现在第一位军机大臣金中堂的孙少爷,才从湖北督销交卸回省,现在当的是筹防局的总办,还兼着武备学堂,早晚就要放缺的。就是制台,诸事也要将就他些呢!"贾端甫听了这话,也就默然不语。

不一时,局已先后散去,菜也陆续上完,大家见主人无甚兴致,也未十分闹酒。贾端甫又让了两杯,大家都说:"酒已够了,吃饭罢。"于是吩咐上了干稀饭,大家胡乱吃了一些,一齐散坐到凤仙房里。冯吟舟又吃了两口烟,贾端甫叫人叫高奶奶来,把酒钱当时开销了。他高奶奶微微的推了一推,也就收了。达怡轩说:"天已不早,我们走罢。"大家穿了马褂,高奶奶忙叫双铃、月红过来送了一送,说了句"明儿来",这里几位才走出房门,那双铃已跑过那边,仍旧陪着金大人去了。

贾端甫等出得大门,看见街上摆了几对官衔大灯,也有钦加二品衔江苏特用道的,也有某某局总办的,也有某某学堂总理翰林院的,也有统领某某军记名简放道的,也有头品顶戴记名提督军门的,也有钦加三品衔即补府正堂的,还有些吹熄了看不出字的,那蓝呢绿呢四轿摆满了一街。他们五人侧身而过,贾端甫才晓得这"嫖"之一字是穷措大不能轻易问津的。

走了一会,安小斋分路回去。到了门口,习师文拱手道谢,作别回店。进了栈房,冯吟舟亦说了声"多谢端翁,明儿再会",回房去了。贾端甫、达怡轩二人到了房中,茶房送上茶来,二人坐着谈心,明儿不知他们还去钓鱼巷不去,请诸位也明儿再看罢。

铸 编 上

第 三 回

沆瀣相投高谈道学　睚眦必报巧遇冤家

却说贾端甫同达怡轩谈了一会,看看天已不早,也就各自睡觉。贾端甫睡上床去,想起今天花了十几块钱,只见了双铃两面,并没有一句体己的话儿,真是不值。若要再同他斗一斗气,怎奈这金大人势大财丰,真有卵石不敌之势。在床上翻来覆去,又是可惜花去了的银钱,又想恋着双铃的媚态,又恨敌不住金道台的势焰,心中就同泼了些油盐酱醋一般,真是说不出甚么味儿,这一夜的难过与在通州看会的那一天大略相同。看书的诸位,这天同去吃酒的共有五人,同是受的一般的滋味,那几位何以并不觉得难过,独有贾端甫如此呢?须知道达怡轩这个人是看得我之一身无境不可处,我处甚么样的境界,自有甚么样的景象,那些炎凉骄谄的世态,皆是随境而来,于我身何与?所以绝不放在心上。习师文、安小斋两人是如鼹鼠饮河,就像这天的样子,以为已经甚乐,还有甚么不足?冯吟舟这种人是从父精母血里带来的一种服从性质,看见这些贵倨公卿,觉得他们都是天神降生,应该享受崇奉,我们是应该屏气敛足、退避三舍的,所以视为分所当然。独有贾端甫资秉出众,随处有个出人头地之思,而又为境遇所限,又不能随遇而安,就有这种抑塞感慨之气。这是他的坏处,却也是他的好处,毕竟与那些甘为人下的不同,所以将来的名位也比他们高得多了。此种人却不常有,非是豪杰,即是奸雄。不然,那些堂子里气死的人恐就不少了呢!

贾端甫因受了这两番冷落,从此深恶烟花,绝迹不入青楼,有人同他谈到风月闲情,他不是正言弹驳,便是掩耳不闻。就有些说到那谢太傅东山丝竹、白乐天江上琵琶的,他也说:"这正是他两位生平的短处,所以他两人终身的名位勋业也就不能冠绝一时。我们是要代圣贤传道、国家办事的人，万万不可学这前贤的短处。"见人就是此等谈风，未曾做得风流名士，却作成他做了一位理学名儒。达怡轩也还邀了贾端甫两回，要去复东，贾端甫执意不愿，也就罢了。两人住了几时，打了有一二百块钱的把势，仍旧结伴回到通州。

　　第二年，贾端甫进京会试，那盘川自然是他丈人预备的。他复试取了个二等，那会试的卷子恰恰荐在一位副总裁厉尚书手里。这厉尚书官名叫凤文，直隶人，后来也做到协办大学士，殁后朝庭予谥"文贞"，生平事迹宣付国史馆立传，也要算是当时一位名臣。他生平端正清廉，不苟言笑，四十岁上断弦之后，既不续娶，又不纳妾。只有一位寡媳，也是系出名门，十八九岁就守了孀，领着一个遗腹孤儿，侍奉这位公公，真能柔声怡色，曲意承欢。厉尚书吃的饮食，非这位少奶奶亲手调治，吃得就觉不甘；厉尚书穿的衣服，非这位少奶奶亲手披扣，穿得就不舒服，早朝晏息，皆要这少奶奶在左右招呼。有时厉尚书病了，这少奶奶便彻夜不眠，亲尝汤药的伺候。就是溺器中揄，也须他亲手递送，他也绝不嫌秽亵，真要算是天下难得的孝妇。这厉尚书也能爱惜儿媳。常言道官久必富，厉尚书虽一直做的是京官，却是门生故旧甚多，岁时馈赠也就不少。他又是向来自奉俭约、敝车羸马、上达九重的人，家里又只一媳一孙，人口甚少，有些亲戚本家因为厉尚书正气逼人，皆不敢轻易亲近，也就没有甚么分利的人，所以宦囊甚为充裕。这位少奶奶要甚么就有甚么，金刚钻、祖母绿、外国白金、珍珠美玉的首饰无一不备。只有珊瑚辟霞红的颜色同那赤金的，因为是穿的终身孝，所以不要，却是这种淡妆素服更觉得光彩照人。

　　厉尚书屡掌文衡，爱的是清真雅正，大约时文能揣摹《仁在堂》，试帖能揣摹《我法集》，功夫深些的总合得这位尚书的法眼。这回厉尚书得了这贾端甫的卷子，真是臭味相投，爱不忍释，慌忙拿着送与大总裁傅中堂去看，意思想要中他一个会元。傅中堂细细的看了一遍，说："这人理法尚清，但是笔下过于峭刻，无一点活泼的天机，恐怕这人将来就是大用了，也不过是王介甫一流不近人情的人物。不中他也罢了。"厉尚书那里肯听？傅中堂不能过拂厉尚书的面子，只好把他低低的排在榜里，中了一名贡士——这大约也就是他不欺暗室的一点阴骘所致。

场后贾端甫去拜老师，厉尚书一见，极为称赞他的功夫，又见他举止端严，衣冠古朴，谈论吐属大半本于程朱语录，是自己一路的方正人物，心中甚是喜欢。贾端甫复试二等，殿试二甲，朝考也在二等，引见下来，用了一个主事，签分刑部。恰好山东司里有个江苏的同乡司官，就把他拉进这司行走。接着同乡团拜，同年团拜，请老师，老师请，真个酬应不了。厉老师请同门的这天，居然派他执壶，这真算非常的体面。一直闹到七月底边，才算稍稍清静。

新科进士到这时候都要请假回籍省亲，贾端甫本已无亲可省，就是扫墓也还可搁在脑后，看看丈人、妻子更是不要紧的，倒是要散散朱卷、打打把势、张罗两个住京的旅费是第一切己之事，所以也就随着众人照例请了一个假。因想："我这回到家是个两榜京官了，本地官府自然也要拜往拜往，住在丈人铺子里似乎不像样子。"于是先写信托同年达怡轩代他找了一所三间两进的房子，又于在京动身的前几天写了封信与他丈人，说是叫他夫人先搬到新房子里住着，门口贴好了报条，钉好了进士的匾额，雇一个男仆、一个女仆、一个烧饭的，用度还是要请他丈人接济的。他丈人接到这信，本来是个心爱的女婿，现在又中了进士做了官，那来的信比那道士的符咒还要灵些，就一一的依着他布置。

不多几天，贾端甫锦衣归里。头一天打芦泾港到家，不免辛苦，又有附近的邻居亲友过来道喜，更觉劳乏。做了官的人身体是尊贵的，自然要在家歇歇。他丈人周敬修算他第二天必定要来登门，忙把店堂后头一间客屋铺设齐整，还预备了些点心、菜蔬，穿了衣帽专诚等候，谁知到晚并未见来。叫出店的打听打听，说今天坐轿子出来，只拜了州里的惠大老爷同花布捐的王大人就回去了。到了第三天，他丈人有些熬不住，好穿了袍子马褂，套了靴子，戴了大帽子，先到女婿府上来道喜。

那周敬修走到贾端甫的门口，看见旗锣牌伞站满了在街上，说是州里惠大老爷正在里头会着。周敬修不敢进去，只好站在门外老等。这位惠大老爷在里头谈了好半天，才听见里头喊送客，外头的头锣、红黑帽、衔牌、红伞一个个的站立齐整。又停了一会，才看见蓝呢四轿抬了出来。

原来这位州大老爷就是增朗之增二少爷的老翁，名字叫惠椿，号叫荫洲。他看见贾端甫用了京官，又听见本地会试的举人回来说起他是厉尚书的得意门生，所以见他回来，应酬得格外周到。头一天拜了之后，第二天就赶紧回拜。先是贾端甫叫人挡驾，他定见要登堂道喜，挡了两次挡不住，只得请了进去。一见面就行了大礼，起来笑着说道："老同门，你怎么这样的客气？我们同在厉老师的门下，那就是通家至好，以后尽管便衣常到兄弟那边去坐坐，我也不时要来请教请教，千万不要见外！"又问了厉老师同京里的些情形，所以坐了许久才端茶告辞。走到台阶子下要上轿的时候，还拉着手说了许多话，就是多年换帖至好也没有那么亲热。比到他令郎前年相待的情形，真是大不相同。

这惠大老爷的轿子出门之后，周敬修才敢走了进来。贾端甫却也降阶相迎。他向来是跟着似珍姑娘叫爹爹的，这回中了进士，却在那"爹爹"上头加了"丈人"两个字，叫了一声"丈人爹爹"，说道："我昨天本来就要过来请安，因为拜了州里同花布捐，两处谈的工夫都不小，在轿子里又坐了半天，实在有些腰酸，只好就回来了。今儿要过去，又听说州里要来回拜，恐怕他定要拜会，不能不在家里等等，果然挡了几次再挡不住，坐到这时候才走。你老人家倒先来了，真是对不住！"说着就邀他丈人在炕上坐着，送了茶，他也坐在对面炕上衣冠相陪。周敬修是个生意场中人，看见这样官腔官板的实在弄不惯，坐在炕上，动也不是，靠也不是，真弄得他手足无措了。心里要想到里边去看看女儿，争奈这贾端甫只管讲京中考试的规矩、胪唱的仪节，及些官场的情形，剪不断他的话头。周敬修又不懂得这些，惟有唯唯而已。

隔了半天，贾端甫的话才住，周敬修正要开口，只见贾端甫从京里带回来的一个管家，勒着大帽子恭恭敬敬的走了进来，手里拿着一个拜帖、一个拜匣，上来回道："州里惠大老爷送来的贺仪四十两，还有一份请帖，请老爷明天的申刻吃酒。"周敬修听那管家的声音是个扬州人。贾端甫把帖子同封套细细的看了一看，叫这管家在厅背后转堂门口把新用的刘妈喊了出来，在这转堂门口站着，然后再叫这管家把这封贺仪在转堂门口递与刘妈，交代太太暂时把这银子收好，并叫太太在那窗口书桌横头文具盒子里面拿一张印好的"谨领谢"的帖子、一个木红封套一支笔，同墨盒子交他拿出来。又等了一会,刘妈把谢帖、封套、墨盒、笔拿了出来,仍站在转堂门口,交与这管家。这管家恭恭敬敬的拿出来放在炕桌上,贾端甫在那谢帖角上端端正正的写了"敬使一元"四个小字,又在身边表袋里挖出一块洋钱,封在木红封套里,又在上面写了"茶敬"二字,旁边注了"一元"两个小字,交与管家,连帖子、拜匣转交州里来人回去道谢。又叫这管家把请帖放在护书里,预备明天去吃酒的时候面缴。把墨盒子同笔在转堂门口交与刘妈拿进去。

这遭周敬修看没有事了,才说道:"我女儿好么?我要看看他。"贾端甫沉吟了一下,想这是没得说的,只好拿着官腔喊了一声:"张全!"那个京城里带回来的扬州管家又戴着大帽子恭恭敬敬的走了上来,垂首站着。贾端甫向他说道:"你叫刘妈传话回太太,说外老太爷要进来看太太呢。"那张全到厅背后转堂门口叫了刘妈,同他说了,那刘妈进去回了太太,又出来到转堂门口,向张全说了声:"太太请。"那张全回到厅上,垂手回说:"太太说请外老太爷到上房里见。"然后贾端甫邀着周敬修下了炕,张全在前领道。

走到转堂门口,张全站住了脚,喊了一声:"外老太爷进上房来!"里头刘妈又接着出来引道——其实只隔着一个院子,却费了许多的周折。那周敬修带来的一个出店的,在家是见惯了这位姑娘的,有的时候还同这位姑娘坐在一张板凳上拣枸杞头儿、洗豆芽子呢。今儿看他这位姑娘做了太太,意思要想进去替姑娘请请安,顺便看看上房里的铺设,刚走到厅背后,那张全连忙拦住道:"不要乱走!我们老爷吩咐过的:男底下人不准进这转堂门,女底下人不准出这转堂门。若要违犯了,不但砸了锅,还要送到衙门里吃板子呢!"那出店的把舌头一伸,说道:"做官的规矩真正厉害!"连忙缩着脚退了出去。

周敬修走到堂屋门口,这位周氏太太已穿着补褂红裙打房里出来,因为他老翁第一次上门,行了一个大礼。贾端甫就让周敬修坐在堂屋中间神柜面前方桌旁边上首一张椅子上,自己也在下首一张椅子上相陪,叫周氏太太在下首旁边椅子上坐着。周敬修父女还未交谈,贾端甫又讲起京里做官的话来,又是半天才住。周氏太太才问了一声:"娘这两天可好?"

第三回　沆瀣相投高谈道学　睚眦必报巧遇冤家

周敬修道："好的,只是很记挂你,说过一天要接你回去顽顽。"周氏太太看贾端甫没有搭腔,也不敢贸然答应,只含含糊糊的应了一句。周敬修又问："前天送来的三十块钱收到了么？这个月想也够用了。"周氏太太说了一句："收到了。"贾端甫接着道："丈人爹爹,家用呢,三十块钱倒也可以敷衍,但是我既在家里,这官场来往是免不了的,茶水灯烛、轿钱封赏,一切开销自然不少,还要开贺请酒,这两月的用度竟拿不定呢。请你老人家再送二百块钱来罢。"那周敬修把眼睛瞪了一瞪,又不好回报得,只好勉强答应。

正在谈着,只见那个张全又走到转堂门口,手里拿着一个帖子,叫刘妈来回说："花布捐王大人来回拜。"贾端甫便邀了周敬修到外面去坐。可怜他父女两个见了面彬彬有礼的坐了半天,一句家常话也没有能谈,这也真是做了官太太的苦处。走到厅上,周敬修恐怕王大人要进来,匆匆就走。贾端甫送了丈人,然后叫管家出去挡驾,那晓得一挡倒也挡住了。

到了第四天的饭后,这贾端甫不能不到丈人家去了,穿了衣帽,坐了轿子,带了跟班来到丈人家里。周敬修连忙接到店门口,邀进店堂背后客座里,贾端甫倒也行了一个大礼,谢了他丈人,然后又到里头替丈母也磕了头。他那小舅子也从村馆里回来,同姊夫见了礼,贾端甫送了他一个墨盒子、两支开过了的笔,说是他殿试的时候用的,替他发兆,将来也像他一样。周敬修夫妇两个欢喜得了不得,赶紧叫出店的去弄点心,又要留女婿吃饭。贾端甫说："这倒不必,今天是州里请我,稍为坐一坐,就要去的。"谈了一会,看了一看表上已有四点多钟,叫提轿子、再拜两家客,就到州里去吃饭。周敬修知道不能再留,只得送他上轿而去。

这贾端甫家本寒素,父母又见背得早,平日来的亲戚本不多,这回中了进士,本地官府又同他来往得厚,那些看了十分羡慕,只要是有弯子可以叙得过来的,都来上门认亲。也有读书的,也有做生意的,也有当衙门的,不过总想在他面子上沾点光,或在官府面前说两句好话,或荐个把小小的馆地也是好的。就是他那两个娘舅莫仁、莫信,有多年不通往来,这回也先上门来替外甥道喜,还要过来帮忙。在贾端甫呢,本来不愿意招惹这些人的,因想了一想,一来是桑梓之情难却,二来就要开贺,这些人既来认亲,那有个不送些贺仪的呢?积少可以成多,大处不可小算,至于以后的事,再想法子撇开他们也不难的。当时也就不十分拒绝。

忙了几天,贾端甫又去上了几处本支的祖坟,拣了日子开贺。官场、生意、亲友人等多多少少的都送了些贺仪,就是那位龙师爷,当时彼此虽然不欢而散,此时也还送了四块钱。到开贺之后结算下来,总共收了有三四百块钱的光景,也就不算少了。

他开贺是挑了两个日子:一个日子请官场,一个日子请的是本城亲友。到了请亲友的这天,把三间厅的隔板打通,接着廊檐勉强摆了十二桌——幸亏都是借的板凳,若用椅子,就万摆此不下了——却是坐得满满的。贾端甫各桌送了酒,坐在中间檐口末席相陪。

上了两道菜,让了几杯酒,贾端甫举着杯子向着各席道:"今天蒙各位高亲贵友赏光,我贾崇方不胜荣幸之至。我却有句话,要趁着各位高亲贵友通同在座,先告过罪,望各位干了此杯,听我贾崇方一言。"大家皆略略举了一举杯子侧耳静听,寂然无哗。只听见贾端甫说道:"我贾崇方托众位福庇,得中两榜,通籍朝端,便是一个朝廷的命官、儒林的表率了。在国就要想做一个正色立朝的臣子,在乡就要想做一个守正不阿的绅士。但是要做名臣正绅,自然先打立品起,凡有替人说事、荐馆等事,那是最干碍品行的,我可发誓不为。恐怕各位亲友不知,看见我做了官,常与地方官府来往,有些事体要托我向官府关说关说,或是要谋个把征收厘金之类的馆地要找我推荐推荐。那时我要答应了呢,坏了我的品行声名,那是我断断不肯的!若要回报,岂不叫来托的人下不去?所以今日当着大众说明,望各位高亲贵友总要原谅,免得临时见怪。还有一说,我目今是个京官,那不必说;将来题了员外,转了郎中,得了京察,放了府道,那时是做外官了。外官衙门最坏事的就是官亲。你们不看见那《时报》里论的么?可谓把官亲的弊端发挥净尽。将来我放了外官,我那衙门里可一个官亲也不用。倘各位高亲以俗情相待,到那时远道见访,不要怪我贾崇方无情。不但衙门里不能破例位置,就是盘川也分文不能送的。宁可将来回家多多尽情负荆请罪,在官的时候可不能不恪守官箴的呢。"

这一席话说得各席亲友面面相觑,默默无言。有两个善于奉承的读书人还说："端翁这话真是做官的正理,而且预先向大家说明,免得人家不知误犯,到那时进退两难,更是端翁忠厚待人的地方。"只有那达怡轩在东首靠墙的一桌上冷笑了一声,低低的说道："做官的正不正、清不清全在自己,那里有会被人家带累的呢?我不信。古来那些名臣正士,难道他都是断绝六亲的么?"贾端甫耳朵里也微微聒着两句,心里想道:"他也是个同年的举人,若同他兜搭起来,设或他再响响的说两句不中听的话,那时同他辩也不好,不同他辩也不好,倒不如装作不听见过去罢。"——这正是他的天禀聪明,一入仕途,就会了这见风收帆的诀窍,无怪他将来要宦途得意呢!贾端甫把话说完,又拿着杯子劝着大家道:"我只顾说话,把众位的酒都耽误了,请干一杯。"一面又催管家斟酒。不多一会,菜完席散,众亲友各自告谢而去。

贾端甫在家里住了一个多月,也到州里去过两次,惠荫洲也来谈了几回,又托惠荫洲写了几封信带在身边,先在场下,后到扬州、南京、上海、苏州各处官场、盐务、商务张罗了些,约摸也有千金左右,回到通州已是腊月中旬。

这天看见报上的电传阁钞是傅中堂逐出军机,削职回籍,却把厉尚书派在军机大臣上行走。他看见他的恩师进了军机,不觉怦然心动,就有个王阳在位、贡禹弹冠的意思,忙忙收拾过年,料理进京。只因要带着家眷走,不带老妈子路上无人服侍;带老妈子,通州人听见进京,觉得路远得很,要的工价甚昂。这是个日长岁久的事体,怎能不打算打算呢?张全乘机说道:"小的也只一妻一女。妻子本是北边人,女儿也才三四岁。本想带着进京,不如叫他路上服侍太太、小姐,求老爷赏份盘川就是了。"贾端甫也觉得很便当,就叫他赶紧到扬州接了来。

贾端甫计算张罗的钱为数不多,又同他丈人商量,硬要通挪一千银子。可怜这周敬修是个一钱如命的生意人,怎经得这女婿左一次右一次的刮削呢?然而又因他官尊势大,有三分爱他的心,还有三分怕他的心,只得忍着肉疼,照数替他汇了进京。贾端甫算了一算,总共腰要有两千多金,京里还有印结可分,三四年的用度也可以敷衍得过,就带着这位周氏夫人、静如小姐、张全夫妇连他那小女儿一齐动身。通州雇的男女仆人、烧饭的都开销了。周敬修还亲自带着几个出店的送他们到芦泾港,帮着搬东西上轮船,同女儿洒泪而别,望着贾端甫说了声"恭喜你一帆风顺",那轮船已经要开,这驳船也就松了缆开回去了。

贾端甫到了上海,在长发栈住了两天,搭了"新济"轮船到了天津,坐火车到京,暂在杨梅竹斜街的斌升店住下,第二天赶紧到厉老师宅子里道喜。他是十点钟进内城的,在门房里坐了有一点多钟,老师方才回来。回事的把他的帖子送了上去,厉大军机一见大喜,就请在书房里谈了半天,留他同着吃了饭。同他说:"近来我竟忙得很,人家看了阔,其实没有甚么意思,不过朝廷的恩典,厚不敢辞。"贾端甫道:"老师是清望著于中外,不但朝廷倚为柱石,就是天下苍生,亦无不额手仰望的。"师生两人谈得甚为投契,到三点多钟方才回去。

次早到衙门里销了假,又在总部胡同老师宅子左近找了几间小小的房子,把家眷搬了进去。江苏同乡翰林、部曹在顺治门外几处胡同里住的居多,他却另有意见,一来离老师宅子近,可以时常过去受业;二来内城用度省些;三来他是个要讲道学的人,免得住在外城,有些亲友要拉去吃馆子、听戏,坏了声名,多了事非,所以住在哈达门内,清静些儿。他晓得老师是不收礼的,只拣了在上海买的几件素色外国缎的女衣料送与那位寡世嫂。厉大军机因为是心爱的门生送的,这位世嫂看见这几件衣料又很中意,也就破例收了。从此,他不时就到厉大军机的宅里走走,门房里几位得用的回事管家也都混得很熟了。他到了宅子里,只要老师回来空着,总是他在面前陪着闲谈。若老师这天没空,他就躲在门房里不露面子。厉大军机看他来的时候无一回不凑巧,晓得他是个方正而又精细能干的人,也非那种一味古板迂腐无用的可比,心中格外喜欢。里头有甚机密的事体,不时也就同他谈,他却是谨守温树不言之戒,从无丝毫漏泄,老师更加赏识。

但是他既是一位军机大臣的门生,天天可以同这军机大臣见面的,他虽然不肯同人家应酬,人家也争着要来同他亲近。他却很有分寸,凡是他自己的同乡亲友来找他的,他就一概正言厉色的回绝,说是:"我虽然常在敝老师处走走,但是所谈的皆是穷理尽性的学问、立身行己的功夫,至于朝政外事，我固一概不问，老师亦极不与我谈的；若要讲到说项推毂的话，我这位老师固是铁面无私，一毫关节不通风的；就是我兄弟也还知自爱，怎肯为人家滥作曹丘呢？"那些人也就不敢强以所难。若是同厉大军机那一面有点瓜葛的人，要他在里头敲敲边鼓，说两句好话，他也乐于成人这美；而且他说话的法子又巧，候的时刻又准，只要是他答应说的，无不灵验，从不会碰钉子的。这些得到好处的人也甚感激，遇到进京出京、年下节下，大约都有些馈赠。只要这人送得诚实慎密，他倒也不肯过拂人情，总要照数笑纳的。如此两三年下来，他一个极清廉的穷京官，倒也不求富而自富。就是他那位管家张全，也就沾光得不少。可见这"财"之一字，只要运气来了，甚么官皆可以发得，也有个莫之为而为的道理在里头呢。

　　这天正在厉大军机那里闲谈，忽见那回事的拿进一个手本一个帖子来。手本上写的是"同知衔指分广东试用知县增辉"；帖子上是"小门生增辉"，上头粘了一个红签子，写的是"系江苏通州直隶州知州惠椿之子"几个小字；还夹着一封信，信面上是"夫子大人安禀"。

　　贾端甫在旁一看，心里想道："这不是通州的增二少爷么？他怎么忽然到京里来呢？他这回自然是来找我老师的门路，可也碰在我的手里，且慢慢的叫他吃点小苦，他才晓得人不可以貌相呢！"这厉大军机一面拆信看一面说道："惠荫洲的儿子也捐了官了，这就不能不见呢！就请在那边小花厅坐罢。"究竟这增朗之为甚么进京，恐怕下一回的书还说他不完，请诸位停停再看罢。

铸　编　下

第 四 回

龙伯青忍辱绍箕裘　增朗之避风登仕版

　　这位增朗之为甚么丢着那最快活的少爷不做，跑到京里来呢？原来那增朗之的老翁请的那位钱谷龙师爷，自从把贾端甫辞了之后，另请了一位姓王的秀才，是个扬州人。这王先生不但做人圆到，笔下灵动，而且丝弦箫管、京调小曲无一不精。到馆一个多月之后，每到放学的时候，就自己以此消遣。这男女两个学生正是投其所好，也就跟着要学，这王先生倒也不吝教诲。谁知这两个学生读书的天分有限，学唱的天分甚高，那女学生更是天生成的一串珠喉，又圆又脆，唱起那《小荣归》来，虽只十一二岁的人，那一种轻倩柔媚之神，能令人魂销心醉，比那些西南营的姑娘要高得多了。丝弦到手就能成声，而且抱的式样、弹的指法都是不学而能，真是个生有夙慧的。就是那男学生，虽说逊于乃姊，喉咙却也不错，唱起那旦角的昆曲京调，宛转如好女一般。这王先生见学有传人，不胜欢喜，也肯尽心指授，不到一年工夫，这两位高足于那唱歌音律科的学问竟能领得卒业文凭。

　　龙老头儿有这一双儿女，又有一个千娇百媚的爱姬，还有一个克绍箕裘的令子，家道又很温饱，也可以娱此暮年。不料他财多身弱，老态渐增，初只步履需人，久则渐成瘫痪。当那贾端甫登第回家开贺之时，这龙老头儿已是卧床不起一月有馀。依着惠荫洲的意思，看这位钱谷师爷不能到馆，就想另请高明。幸亏这龙伯青向来恭维得增二少爷十分受用，到这时候就在他老翁面前说道："这龙师爷在老爷子衙门里也将近十年了，平日处得也很好，办的公事也从没有碰过上司的钉子。现在病着，虽然不能逐日到馆，他这世兄龙伯青在衙门里学的年数也不少，平日公事也就有一半是他办的，遇到有要紧的事体，也还可以叫他在老翁跟前商量请示。今儿

第四回　龙伯青忍辱绍箕裘　增朗之避风登仕版

若因为龙师爷病了，就辞了他另外请人，岂不叫人家看得咱们待朋友太薄么？"惠荫洲听他贤郎的这番议论倒也十分近理，也就将就下去。

那龙伯青听见感激万分，但是自家的底子自家知道，心里想着："他待我的交情虽然甚好，然而我没有甚么可以牵绊得住他的地方，这交情总靠不住。老翁的病看着是不会好的了，万一有个风吹草动，这馆是终久要脱的。我是个没有出过手的人，到那里去谋馆哩？必得要想个法子笼络住这人才好。"

这天又在小银珠家吃酒，两个人到了酒酣耳热之时，这龙伯青开口道："我承朗翁这番相待，真是情逾手足，无恩可报，意思是想联一个金兰之好，但是我年纪稍长两岁，似乎不当。"这增二少爷正在高兴头上，满口应允。第二天，龙伯青赶紧写了份帖子，穿了衣帽，到增二少爷书房拜换。增朗之也连忙叫人去写帖子，说明早一准登堂。这龙伯青回家禀知父亲，龙老头儿听了也甚欢喜。龙伯青又吩咐厨房预备了一桌酒菜，又同姨娘、妻子、妹子说是"明天须要早点收拾收拾，怕是要请见的"。

次日十一点多钟，增二少爷穿了衣帽坐了轿子，叫家人拿了一个"如弟"帖子，来拜龙少爷。龙伯青赶紧穿了衣帽迎了出来。到厅上行了礼，交了兰谱，增朗之叫家人拿"如侄"帖子拜龙师爷。龙伯青连忙自己拿着帖子进去回，出来说道："家父虽然不能起床，因系通家至好，不敢客气，请到房里相见，但是不可行礼。"增朗之应了，跟着龙伯青进了上房。

到了龙钟仁的房里，走到床面前恭恭敬敬的叫了一声："老伯！"那龙钟仁在床上拱了一拱手，说道："小儿承蒙不弃，许订昆弟之好，真是高攀，将来一切总望格外看觑。我是老得不能动了，不过拖延日子，得一天算一天。"增朗之又安慰了两句道："老伯这病不要紧，天气暖些就会好的。"那杨姨娘、龙玉燕同着龙伯青的少奶奶水柔娟都打扮得花团锦簇，在堂屋里等着见礼，龙研香也从书房里叫了进来，龙伯青就邀着增朗之出来一一相见。增朗之看那杨姨娘虽是半老徐娘，而风致不减于鸡皮三少的夏姬；这位世妹更是轿小玲珑，两个双眼睛箍儿含着一汪秋水，真是个天生尤物；就是那位把嫂，似笑佯羞的一种小家风度，亦自撩人。这三个美人对着这豪华公子，彼此都有个恋恋不舍的意思。那龙研香见了礼先回书房去了，龙伯青就让着增朗之在堂屋里坐,杨姨娘们也都坐在旁边陪着闲谈。那杨姨娘的谈风最好,问长问短的,亲热异常。

隔了一会,毛升上来请示说:"菜已好了,开在那里?"龙伯青体贴增二少爷的意思,说:"我们通家至好,人也不多,不如就开在上房里一桌吃罢,不过简亵些儿,未免不恭。"增朗之连忙说道:"哥哥说甚么话?我们既成通家,我是天天要来的,一桌吃最为热闹!"杨姨娘忙叫王妈、迎春来收拾桌子,水柔娟也叫他的丫头连儿帮着搬椅子。

一时摆好座位,上了碟子。自然是增二少爷的首座,龙伯青对面相陪,龙玉燕坐在上首横头,杨姨娘同水柔娟坐的是下手横头。那龙研香是向来在书房里陪先生吃的。龙伯青恭恭敬敬的送了一杯酒,增朗之也回敬了,大家入席坐下。上了两道菜,杨姨娘向着玉燕道:"你斟杯酒敬你二哥哥嘘!"玉燕取过增二少爷的酒杯,亲自斟了一杯酒,玉手纤纤的送到增二少爷手里。增二少爷满心欢喜,一饮而干。玉燕接了过来,又斟了一杯送去,隐隐有个成双的意思。这位小姐真是天生的解人,那增二少爷更加欢畅。大家谈谈笑笑,虽皆初见,倒也无拘无束,真是个淳于髡说的"男女杂坐,履舄交错",当此之时,一石亦不醉了。这一席酒,比请他在西南营小银珠房里吃台花酒还要入胃些,一直吃到四点多钟方才散席。增朗之又到房里陪着龙老头儿谈了一刻,这才告谢回衙,龙伯青也就跟到衙门里去办公事。这增朗之三日两日总要到龙家走走,看看这龙老伯的病体,这样要好的ши侄可谓难得之至。与杨姨娘混得熟了,因为不大好下称呼,就拜了杨姨娘做干妈,取了两件衣料、一只金簪、两个嵌宝戒指、一对金镶藤镯孝敬干妈妈,又送了这干妹妹龙玉燕一支同心如意金簪、一对玻璃翠的帽蝠。这干妈妈也送了一个平金扇套子,系了一个交颈鸳鸯的玉扇坠儿、一个自己绣的双龙戏珠坠表的槟榔口袋做见面礼,又弄了几样体己的菜款待这干儿子。

这天,龙伯青在衙门里公事忙,没有得回来,就是杨姨娘、龙玉燕、水柔娟三个人陪着吃的。席间,杨姨娘叫玉燕弹著琵琶唱了两支小曲,又唱了一支《虹霓关》的京调,增朗之乐到不可收拾。隔了几天,杨姨娘又叫玉燕亲手挑了一块狗牙子边的玉色湖绉手帕、雪青纺绸的兜肚,挂了法兰绒

第四回　龙伯青忍辱绍箕裘　增朗之避风登仕版

的里子，是增朗之天天来看着这位小姐亲手挑的，做好了就叫这小姐亲手送与干哥哥。那增朗之欢喜非常，就当着面伸手进去把那兜肚贴身带好，说道："是干妹妹送的，我不敢不把靠着身体带着。"那位小姐听了脸上一红。杨姨娘还说："明儿夏天再叫你妹妹做两个单的送你。"从此这增朗之来往更频，进来出去也不必用人通报，无论龙伯青在家不在家，一任他随随便便的穿房入户，真算是个通家至好。

　　这一天是三月里的天气，增朗之进来，但见这一院花光珠帘低下，各处人声寂然。他走到房里，看那龙老头儿朝着里床沉沉睡着。再走进套房，看那干妈妈坐在马子上呢，抬起头看见有人进来，吓了一跳，再看是增二少爷，就说道："你怎么轻轻悄悄的跑了进来？人家上马子呢，你快些出去罢！"这增朗之走到杨姨娘面前，弯着身子靠着杨姨娘的脸旁边，低低的说道："干妈妈上马子，干儿子来服侍服侍也是应该的。"杨姨娘"扑嗤"的一笑，说道："你这小涎脸，也不嫌臭！"增朗之道："干妈妈上马子，我敢嫌臭？就是叫我替干妈妈揩屁股，我也是情愿的。"说着就伸手拿了草纸，意思竟要来揩了。那杨姨娘恐怕未必就肯让他揩，但是这样的好干儿子叫杨姨娘又如何打发呢？或者像那《补缸》戏上王大娘款待他干儿子胡老儿的法子款待了他这干儿子一顿，也说不定。这种秘密事情不但做书的不甚清楚，就连那龙玉燕小姐，在这套房后首的半间房内，只隔了一层板，他晓得不晓得也就不得而知。两个走到外房，看那龙老头儿还是沉睡未醒。

　　又隔了半个多月，交了立夏的节气，这位龙钟仁竟被那一殿秦广王下了一份关书，请他去办森罗宝殿的库储交代去了。这龙伯青兄弟自然遵制成服，衣衾、棺木皆是现成的，也不十分费事。这时候，省城镇江的当道幕友听见这通州钱谷师爷捐馆的信息，就纷纷的写信来荐朋友。这位惠直刺的意思倒也有些活动。就是那位刑名师爷陈仲言也劝他另延，说："这席面的责任重大，恐怕龙世兄吃不下呢！"无如他这位贤郎是得了他龙家的特别好处，而且还有无数的希望，怎么肯不尽力呢？也用不着那龙伯青嘱托，他就热心为友，一口一声的说道："古人说的'一死一生，乃见交情'，如今龙老伯尸骨未寒，怎么好就另延他友呢？况且龙伯青办了半年多下来，也没有误过事，他又在块久了，晓得老爷子的性情，遇到事体也还容易商量。换了一位来,知道他公事如何？品行如何？脾气如何？万一还不及这龙伯青,那又怎么样呢？"惠荫洲拗不过他这位贤郎,只好换了关书,就请这位龙伯青师爷袭承父业。一面找那书启师爷文彬如写了几封信,回复当道的几位宪幕,说"龙实生老夫子的世兄在敝署襄理多年,现在不忍辜负死友,已经订定蝉联"的话,那些荐馆的见他念旧情殷,也就只得罢了。

  这里龙伯青在七里拣了个日子开吊出殡,把他老翁的灵柩暂在城内一个庙宇里停放,未满百日,龙伯青就赶紧剃了头,进衙门办公事。又嫌那所房子不吉利,搬了一个公馆,前进仍系三开间的,厅西角头另有一院,同这厅平排的两间书房。上房是五开间的前后房,上首外一间是杨姨娘住的,内一间是龙玉燕住的；下首外一间是水柔娟住的,内一间另在廊檐上开个门,是龙伯青的内书房,里面也有门可以通到水柔娟房里。又嫌那张大床是龙老头儿在上头故的,也不要了,增朗之另外托人在上海买了两张宁波式的红木嵌花合欢床,一张送他他干妈妈杨姨娘,一张送与他干妹妹龙玉燕,虽然穿素,却都铺设得齐齐整整,收拾得干干净净。这位增二少爷自然来得更勤,同这杨姨娘不但是握雨携云,公然的停眠整宿,就是那玉燕小姐,也在旁边递茶装烟。增朗之有时把他抱在膝上,低唱支把浓情艳句的小曲,或弹套月琴,或吹支笛子,大约每天总团在他干哥哥身上的时刻居多。有时打打麻将,龙伯青在家自然亲自奉陪,不在家就是他的爱妻水柔娟恭代。龙伯青是有心要同他那先世四位灵君里头第三位的支派连宗的,况又爱弟情殷,所以绝不来管他们的闲事。

  有一天二更后的光景,增朗之来了,龙伯青在家不在家他也没有打听,一径走到他干妈妈房里,却不见人。再走进干妹妹房里,看见玉燕倚在床上,手托香腮的不知想些甚么,见增朗之进来,却也并不起身。增朗之也就到床上挨着玉燕坐下,一只手搭在玉燕腿上,一只手握着玉燕的手,问道:"干妈呢？"玉燕回说:"不晓得。"增朗之伏下身去香着玉燕的面孔,低低的问道:"恐怕又到毛升房里去了罢！"玉燕在他头上打了一下,说道:"你管他呢！"增朗之又问道:"你晓得他到毛升房里做些甚么？我现在找他做甚么？"玉燕道:"我知道你们这些人做些甚么鬼事？"增朗之道:"妹

第四回　龙伯青忍辱绍箕裘　增朗之避风登仕版

妹,你不知道,我来教你。"说着那手就要伸了下去。玉燕连忙用手来拦,说道:"我还找我娘去罢,不要同我闹,再不然到我嫂子那边去顽顽吧。"增朗之道:"好妹妹,他们怎么能及得妹妹呢？我想妹妹想得久了,好妹妹,你也应该可怜可怜我！"说着又来动手。这玉燕想要起身,无奈身子是被他压住的；要想喊,又是平日顽笑惯了的,怎么好同他认真？而且晓得全家都倚靠的是他,就是喊也不中用。好在这身上的皮肉差不多没一处不经过他的手,又何在乎这一点点地方呢！也就不去十分保护。

到得两个抬身起来,那杨姨娘却打外边走进了房,羞得这位玉燕小姐低垂粉颈,满泛朱霞,用手遮着胸膛,轻轻的说道:"娘不在块,干哥哥跑来就把我欺负了。"杨姨娘说道:"干哥哥欢喜你,那是顶好的事,还有甚么说呢！你今天就好好的陪着干哥哥睡罢,先起来吃口酒也好。"两人各自披衣起床。杨姨娘叫迎春烫了一壶桂花烧,凑了几个碟子,三个人在房里浅斟细酌。增朗之看这玉燕羞怯无言,异常娇媚,真个是出落得别样风流。吃了酒,杨姨娘叫迎春替他们把床上被褥铺好,送他干兄妹明公正气的解衣就寝。第二天睡到巳牌时分,两人方才一同起床。

过了几天,增朗之打了一支嵌珠软镶的压发五枝荷花别子、一根金兜索子、一副金镯、一对玻璃翠的耳环送与玉燕。因在服中,不好送得衣料,另外又私自送了二百块钱,与他干妹妹做体己的用度。干妈妈跟前也送了一百块。比到那上海堂子里替红清倌人点大蜡烛的规矩也差不多了。增朗之日日在他母女身上缠混,不但家中琴瑟置而不御,就是那西南营小银珠的房里,也就踪迹甚稀。

增朗之既已一箭双雕,也应该适可而止。那知他是如韩信将兵,多多益善,必欲使诸葛三君同归帐下,然后为快。这天却好是龙少奶奶的生日,他就厚厚送了一份寿礼,又办了一桌席,却连龙伯青一齐请的。六点钟的光景入席,又央求龙玉燕弹着月琴唱了一支上寿的京调。先还猜谜行令,后来就左一杯、右一杯的敬着寿星。那水柔娟本来也觉得这次第春风应该吹到他的枝上,三五杯下去之后,不觉烘动春心,与这增朗之目飞眉语,做出无限风情,也顾不得蘖砧在座了。

这龙伯青倒也有唐中宗亲自点筹的气度,不过究觉自己在座,人家总有许多不便。正思设法避一避贤路,恰好周德泉在西南营也是替桂云做生日,写了条子来邀龙伯青、增朗之两人去吃酒。龙伯青趁势说道:"我正有话要找他商量,我就先去罢。"就站起身来到房里去穿马褂。出来又问增朗之道:"你回来去不去?"增朗之道:"我是主人,不能不终局。这边散的早,我总来的。但是吃酒可以不必等,迟早是说不定的。"龙伯青笑着道:"你就不来,也没甚么要紧,不过我又要听小银珠抱怨两句。"说着就匆匆的走了出去。

这里水柔娟见无碍眼之人,更加开怀畅饮,吃得个杏眼如汤,桃腮欲滴。那增朗之也有了几分酒意。有一杯酒是水柔娟猜子儿输的,不肯吃,增朗之竟跑到他座儿上,挨着他坐下来,搂着他的粉颈要灌。那水柔娟趁势把那香躯望增朗之身上一贴,粉脸望增朗之怀里一偎,迷迷糊糊说道:"我实在吃不得了,听你拿我怎样罢,你定见要把我灌醉了做甚么呢?"那龙玉燕看着觉得太不像样子,且不免微含醋意,就悄悄的走回自己房里去了。

这水柔娟靠在增朗之怀里,云鬓全倚,娇肢半舛,闹了一会,不觉酒涌上来。增朗之连忙把他娇躯放开些儿,一手托着额角,一手搂着纤腰,让他向着地下吐了。迎春赶紧过来揩抹,连儿也连忙递了茶来,与水柔娟漱口。又打了手巾来,增朗之接了,替水柔娟慢慢的揩着。又叫连儿再打一把来,替水柔娟擦了一擦,却顺便自己也揩了一揩,同着杨姨娘把水柔娟绰到房里。水柔娟已是骨软如绵,任人播弄。杨姨娘知趣,也抽身走开。增朗之看把嫂醉到这个样子,把兄又不在家,这"有事弟子服其劳"一句是不敢辞的。怕他把嫂再吐,连忙跑上床去,先替他宽了外衣,卸了簪珥,退了莲钩,然后替他把上下里衣一齐解脱,拿了床薄棉和合鸳鸯被,替他轻轻的盖好。这水柔娟真如吃了醉仙丹的光景,双眸紧闭,百体皆慵。增朗之忙了半天,也很觉得吃力,坐在床前歇歇,取了水烟袋慢慢的吸着。又叫连儿浓浓的泡了一壶茶,恐怕他把嫂醒了口渴。那增朗之坐了一会,到将近三更的时候,想那把兄是不见得回来的了,要想走,又怕把嫂没人陪伴,空房胆怯;要想秉烛达旦,争奈睡魔催人;而且当此清秋深夜,让把嫂一人独寝,更恐他酒后受凉。踌躇至再,也只得轻轻的钻进被窝,学那熨体荀郎，慢慢睡去。

那水柔娟一觉醒来，纱窗曙色射入罗帏，睁眼一看，见这拥肩并枕的人不是把兄，却是把弟。幸喜是天天见惯的人，也还不十分惊讶，只轻轻的把他推了一推，说："你甚么时候跑到我床上来的？"这增朗之被他推醒，擦了一擦眼睛，笑道："我昨儿晚上这么样子服侍你，怎么你竟一些不知？"水柔娟在他身上轻轻的打了一下，说道："人家被你捉了醉鱼儿，不同你算帐，你还要拿人开心！"说着就披了衣服起来，上了马子，在脸盆里洗了手，摸摸那茶壶尚温，倒了一碗喝了，又倒了一碗，尝了一口，拿到床面前，递与增朗之喝。增朗之抬着身子就他手里喝了。水柔娟看看天色尚早，仍旧解衣就枕。后来据增朗之同人谈起，说这水柔娟相貌虽不及杨姨娘、龙玉燕两人，而他这操纵自如的本领，却远在他母女两人及小银珠之上——（水柔娟）本是个书班的女儿，也是被龙伯青勾挑上了，才娶过来的。——两人起来的时候，已是红日满窗，好在计算龙伯青这时候在那文卿床上也不过刚刚起身，杨姨娘也有毛升作伴，彼此都还不甚寂寞，只不过撇得龙玉燕略为苦些。

增朗之穿好衣服，洗了脸，漱了口，仍旧走到杨姨娘房里。杨姨娘望他笑着说了一声"恭喜"，他也笑着坐了下来。迎春送上一碗莲子，玉燕也打房里出来，望着他拿手在脸上刮。他也有些觉得对不住的光景，摸了一摸头上辫子毛了，就央告玉燕替他梳一梳。玉燕说道："我不会，你叫嫂嫂替你梳去！"增朗之连忙望着玉燕作揖，亲妹妹好妹妹的再四央求。杨姨娘笑着说道："燕儿，你哥哥既如此求你，你就替他梳一梳罢。"玉燕却不过情，回到自己房里，拿了自己用的梳篦出来，替他把头发打开，慢慢的梳好，然后把梳篦拿回房去。增朗之也就赶紧跟着进去，拉了玉燕一齐躺到床上，说了多少好话，赔了多少小心。初时玉燕只是不理，后来也渐渐的和悦了。

两人亲热了一点多钟的时候，各自起来，整了一整衣裳。玉燕又喊迎春打了盆水，两人洗了洗手，搀着出房来。坐了一刻，看着已快十二点钟，增朗之要回衙门，玉燕忙拿挂在壁上的湖绉夹衫替他披上，又拿夹纱马褂也替他穿好。增朗之又走到水柔娟房里打了一个照面，水柔娟也就像那堂子里的规矩,说了一句"晚上来",增朗之笑着答应了一声。

走回衙门,进了上房,他的少奶奶犹云娘问道:"是不是又在小银珠那里住?"增朗之道:"可不是!昨儿晚上被他们灌醉了,小银珠不让走,只好住在那里。"他这位犹氏少奶奶也是善于自遣、大度能容的人,只笑了一笑,也就不往下追问。只可怜这小银珠却冤冤枉枉的替那位龙少奶奶担了一个虚名。

这龙家六条玉臂抢着一个情郎,一天一天的自然有许多的风流佳话。但是这回书已经觉得描摹太尽,容易引动阅者春心,做书的再没有工夫细细的替他编这一篇秽史了。

却说这龙伯青公事笔墨上虽不见得十分考究,那个人的经济学问却是绝顶的精明。从前只因脚跟未定,不敢放开手段去做,现既做了夏徵舒,又做了杨国忠,近来更做了一个海潮珠的崔子。既然有挟而求,还有甚么忌惮?也就大开方便之门。这通州地方本来好讼,更兼地属滨江沙洲,案子最多。那争沙洲的业户,两造都是些有钱有势的人,而且这种案子里头的纠葛皆是可东可西的,其中互有是非,并没有甚么一定不移的断法,更好高下其手。有些可以径自作主的,那是不必说了;就有时遇着迹涉嫌疑、非幕宾所能下笔所能进言的事体,就叫老婆、妹子在枕边逼着增二少爷替他想法,总要弄通为止。既有这种好门路,那个不来走走?真个是其门如市。他这两三年的进项,比他老子几十年的积蓄差不多可以相抵。可见拿这个"色"字去换那个"财"字,是一件最便宜的事体,真要算得发财上策!无怪近来凉血部中的种族日见繁滋了。

但是鼓钟于宫,声闻于外,通州又是沿江一个小小的码头,这风声岂有不吹到上司耳朵里去的呢?更有两个不得其门而入的刁生劣监,在那上控呈子里头将他把弟兄两人的行乐图略略描写了两句。上司密派委员查了一查,不但所告皆实,竟还有两件不能形诸纸笔的事,皆有真赃实据可指。上司听了赫然震怒,本来要把这位惠直刺立时撤参,因为这位惠直刺京里照应他的固然很多,就是年节寿喜,他的馈送也比别人丰盛,怎么好意思动他的手呢?只得下了一个严札,叫他把这劣幕赶紧辞退,驱逐出境;从严管束子弟,以息浮言。又有一位文案委员,密密的写了封信与惠荫洲,说"这回事体极峰查实之后,欲以白简从事,费了多少唇舌才能挽回。现在帅恩虽然宽厚,然必须赶紧遵照宪札办理,不可再事因循回护。万一京里有了折子,或是抚台那边动了手,那就无可为力。"

惠荫洲接到这个札子并这幕府的信,吓得魂不附体,赶紧把这位龙伯青师爷连夜辞退,又叫帐房师爷同捕厅催他带着家眷即日搬到别处去住,不可在此逗留,致讨没趣。又把儿子叫到面前,严严的训斥一番。这时候这位增二少爷真是无可如何,就如李三郎到了马嵬坡,六军不发,虽是心爱的妃子,也就没法保护,只得让他自去。

惠荫洲又拿了这札子同那封幕府的信到刑名师爷陈仲言那里,请他做个禀帖,把感恩引咎、立时遵办的情形禀复,还要写封回信谢谢这位幕府。那陈师爷连连答应,当下说道:"本来这龙伯青闹得也实在不堪,把我们处大席馆的脸面都丢尽了!二少君平日倒也是个明白能干的人,不过被这龙家的混帐男女引诱坏的。现在龙家虽已撵开,二少君还在衙门里,恐怕地方上那些不得志的小人还要作浪生风。好在二少君身上已经有了功名,不如叫他引见到省,既息了此地的风潮,又成了一个正经的事业,岂不两全其美!"惠荫洲听了陈师爷这番话,也深以为然,就说道:"仲翁这话很是,我再去叫了小儿训诫一番,照着这样办罢。"说罢起身进去。诸位也请明儿再看罢。

鼎　编　上

第　五　回

戒懔四知正言规友　　政成百里密疏荐贤

　　却说那惠荫洲听了刑名师爷陈仲言的话，心下很以为然，晚上就将儿子叫到面前同他商量。增朗之心里想：龙家三艳已经去了，坐在家里无事，总不免想着难过，不若藉此散散心也好。就说道："陈老夫子这话很是，儿子也二十多岁的人了，在家里坐着终久不是事，出去阅历阅历，也可长长见识。"惠荫洲道："那么明儿叫周德泉写信到上海，托蔚丰厚替你捐足三班，指省分发。但是到那一省好呢？"想了一想说道："广东藩台包容斋方伯他在江苏多年，我做江都的时候他办堤工局，同我共得很好。这人也还宽厚和平，易于伺候。广东省官场局面听说也还好，海道往来也还便当，不如到广东去罢。"增朗之应声"是。"惠荫洲说道："你以后做了官，从前那些脾气可全要痛改！这做官的前程是最要紧的，总第一要保住不出甚么岔儿，那才不至于折本呢。无论甚么事，总要格外小心；无论甚么人，千万不可得罪！上司吩咐的事体，无论是不是，做得到做不到，总要把面子敷衍过去；就是有些能说不能行的地方，宁可叫百姓吃点亏，万不可同上司违拗！不拘他是甚么样子脾气的上司，没有一个不喜欢捐顺风旗子的。你看我在安东的那一年，上头要办蚕桑，那个地方岂是种得来的？我也叫没法，自己下乡，硬逼着百姓把已种的秫秫拔了，种下桑秧；却也不苦以所难，只有沿大路的一条地方如此办法，里头的地面我也不去同他们顶真。后来上头派委员下来查看，说淮安府数我办得最好，就把我调了江都，还在折子上切切实实的保举我——就是升补这通州，根子也还在此。至于绅士们，更要敷衍得好，来托件把事体，必得要答应的；就是理短些，也要想法子替他斡旋，这其间利害所关不浅。我亲眼看见，得好处的、受害的皆不少，可为前车之鉴。圣人说的'为政不难，不得罪于巨室'，这真

第五回 戒懔四知正言规友 政成百里密疏荐贤

是做官的要诀。我今天这些话皆是我十馀年来亲历其境,很得了些益处的,你可不要当作耳边风!"增朗之连连答应:"是!是!"——这是他父子家传的治谱,有志做官的却都应该学学。这部书上做官的法子最多,稍为学点,宦途总可得意的。但不知这做书的他到底做过官没有?他做官又是用的甚么法子?几时见着诞叟,倒要问问看呢。

　　增朗之看老翁没有甚么话说,也就退了下来。回到自己房里,却有一个白面郎君陪着他少奶奶坐着,见他进房,却赶紧站了起来。你道是谁?原来他这位少奶奶犹云娘是陕西人,他老翁也是个举班的江苏州县,生了两个儿子。一个呢从小儿出继与他一个堂房哥哥,在陕西原籍;一个呢带在身边。他在南京候补的时候,有一位同乡的同寅,因为犯了事,发往黑龙江效力,却很存了几文,留与他一个姨娘,带着个小儿子住在南京。这犹云娘的老翁因为这位同寅临走的时候曾经托他照应照应,他没事就常去走走,却连这位姨娘衾寒枕冷的苦处他都照应到了,就同他生了这位云娘小姐。又同这姨娘借了钱捐了个大花样,补了一个很过得去的缺。原同这位姨娘约定,到任之后接了过去同享荣华,他太太又早死了,家里只有一个妾,这位姨娘很为愿意。那晓得他到任之后,几个月连封信都没有。这位姨娘就带了那位老爷的少爷、这位老爷的小姐一齐来找他。他竟屏诸大门之外,连他亲生的这位云娘小姐他都不认,并吩咐地方保正:"这女的如再不走,就要当流娼驱逐!"这姨娘没法,只得跑回南京,在江宁府里告了一状。江宁府晓得他是藩台面子上的人,闹了出来,岂不叫藩台为难?就叫他的几位同乡替他调处。这几位同乡断得倒也"公平",叫他把借的这姨娘的钱还了,他女儿领回去,彼此一刀两断。他拗不过公论,才把这云娘小姐收回去的。惠荫洲在江都任上,他做甘泉,就彼此结亲。后来他的儿子死了,媳妇永远住在娘家,据说跟人逃走,却也不知其详。丢下一个孙子,取名犹蔚,号叫子蒸,比云娘小两岁,从小姑侄两个在一块儿顽耍就极为要好。云娘过门之后,他的老翁不久也就身故,身后还有亏累。那个妾也另外嫁了人,这犹子蒸孤身无依,就来投靠这姑母。那增朗之是常常宿柳眠花的,全亏这犹子蒸早晚进来陪伴姑母,替他解解闷儿,犹云娘才不觉得有锦衾独旦之感。这回见增朗之走进房来,就叫了一声

"姑夫"，晓得今天姑夫是要住在房里的，夫妇之间总有些秘密话谈，而且天也不早了，就走了出来。云娘也未相留。

犹云娘因为丈夫久不进房，本想说两句门面的醋话，继而一想，丈夫今天受了他老子的许多教训，心上人儿又都去了，何苦再去怄他？也就和颜悦色的相迎，说道："你在老爷子那里谈了这么半天，可还要吃口酒再睡？"增朗之说："也好。"就叫丫头烫了酒，两个对吃了两杯，收拾睡觉。这犹云娘本来是个惯家，枕席上也还不减于水柔娟，今天要替丈夫开开心，更加着意奉承。增朗之觉得家鸡风味也还不减于野鹜，倒也有个久别初归的光景。枕头上又讲起老子要叫他出去做官的话，这犹云娘也极力赞成。

第二天，惠荫洲叫周德泉写信与上海蔚丰厚的金守峰，托他替增朗之由候选知县捐足三班，指分广东试用，并加一个同知衔。不多两天，金守峰的回信来说已经上兑。惠荫洲就打发儿子动身，汇了两千银子，与他为引见的用度；又写了几封京城里当道的信，与他带去。

增朗之到了上海，住的是长发栈，因为家人们在房里铺设行李，他就在房门口立着闲看。只见间壁房间也新到了一位客人，年纪也只三十岁左右，问起茶房，说是杭州来的，听说也要进京。正说着，这位客人也到房门口来，就彼此招呼，请教姓名。原来这位客人姓范名承吉，字星圃，是个杭州孝廉。他本由优贡用了知县，因为还想会试点个翰林，故未掣签分发。近来听见科举将停，想着就点了翰林也没有意味，倒不如就这州县出山混混罢，此次也是预备到京掣签引见的。彼此谈起，皆无甚耽搁，就约着一同进京。

这增朗之见家人把房间收拾好了，就叫去雇辆马车拜客。范星圃问他拜那几位，增朗之道："要去拜蔚丰厚同新马路的一位管通甫司马。"范星圃道："管通甫也是熟人，蔚丰厚也有来往，我们就同去罢。不过我还要拢一拢日升昌。"增朗之说："那也很便。"范星圃也叫管家去雇车，增朗之道："星翁不到别处去，我们就一车罢，热闹些。"范星圃说："也好。"两人同上了车。

到了后马路蔚丰厚，两人帖子进去就请了。金守峰同范星圃是认得的,晓得那位是增朗之了,就说:"我前天接着周德翁的信,知道朗翁就要动身,计算今天是招商的船,大约朗翁必到,所以有个朋友约我去碰和,我还没有去,不想果然等着。星翁倒也同来,可谓有趣之至。两位是向来认识的?"范星圃说:"是同住在长发栈,彼此谈起,都是要进京的,结个伴热闹些。"金守峰又向增朗之道:"实收已填好,在我这里,朗翁还是就带去,还是临走再取?京里头我已关照我们号里招呼过,等朗翁自己到京换照。"增朗之道:"费心,费心!实收暂时存在这里,我临走再取罢。"金守峰又同范星圃说道:"令岳大人前天由汉口汇了一千银子来,是五天的期,那却没有甚么要紧,星翁现在要用不要?"范星圃道:"那是预备到京用的,就托你们替我汇罢。"

坐了一刻,范星圃说:"我还要到日升昌去呢。"金守峰道:"今天就是日升昌的袁子仁请我在周宝宝家碰和,这时候怕他早已去了。我看星翁不必扑这个空,回来我在江南春奉约两位,顺便邀了袁子仁在那里会罢。"范星圃道:"也好。朗翁,我们去看管通甫罢,天已不早了,让他好去碰和,省得人家三缺一的老等。"金守峰道:"不要紧的,我已经交代他们,先替我叫花文兰代碰着。你们看见通甫,顺便代我约他一约,我也不写字儿了。"两人又喝了口茶,就上了马车,去访管通甫。

这管通甫是浙江绍兴人,名字叫德宽,在上海住了多年。他的交情最广,没有一省没有托他办的事体,也没有一省的大员他不熟。他是个候选同知,年纪也有五十多岁,就在上海靠此混混,也不预备出山,他每天的应酬也就很忙。这天倒还在家,他们两位进去,管通甫见了增朗之,道:"台甫是朗之,我们是初会,尊大人却是很熟的,前回赈捐保案的加衔还亏尊大人代托的呢!"增朗之也说了些客气话。

管通甫又问范星圃:"这回可是要引见了?以星翁的才调,甚么官不可做,又何必点那翰林!"又问:"令表兄郑琴舫近来如何?"范星圃道:"他光景可不好,到省两年,还没有得过正经差使,他老太太近来又多病,真为难呢!"又谈了些各省的升迁调动。范星圃道:"我们还想到张园去逛逛,通翁可以同去罢?六点钟金定峰约在江南春,托我们代邀通翁。"管通甫道:"我还有点事,要到公信洋行去找个朋友说话,张园就不奉陪了,晚上在江南春会罢。"

两人上了马车,到了张园,在安垲地泡了茶。这天不是礼拜,游人不多。增朗之是初到上海,看这地方明窗四敞,浅草如茵,果然甚是有趣。忽见来了两个靓妆女子,跟着两三个娘姨大姐,知道是书寓堂子里的倌人。看他面目虽只中材,装束极为时款。

坐了一会,来了一个戴金丝眼镜的同着一个穿素的走到面前,看见范星圃,连忙招呼说:"星翁,几时来的?"范星圃连忙站起来说道:"才到。"邀着一同坐下。这两位又同增朗之彼此请教。这穿素的姓江号志游,名师陆,是个嘉兴副榜,住在斜桥,从前同人家开过一个报馆,他两位哥子皆很阔,时常接济他些。那戴金丝眼镜的姓冒号谷民,名邦善,如皋廪生,是水绘园的后人,上年保了经济特科,没有取,在望平街开了一个书社。两人都是新学家的领袖。问起范星圃,晓得他要进京引见。冒谷民道:"星翁此次出山,真是同胞之幸!记得那回在这里演说的么?这遭坐而言的可以起而行了。"范星圃道:"我们官卑职小,有何用处!"江志游道:"只要不忘初志,倒也不在乎官的大小。"

正在谈着,忽见一个大姐在范星圃身上一拍,道:"四少几时来的?"范星圃回头一看,是他做的倌人林凤云的大姐,回说道:"今天才到。"看见凤云在那边桌上,也彼此招呼,谈了两句。看看天已不早,各自分散,又叫马车在黄浦滩兜了一个圈子。

到了江南春,金守峰已先到,说道:"我也刚来,袁子仁还要号里转一转呢。"范星圃道:"管通甫我已代邀了,一会儿就来。"不一时,管通甫、袁子仁都到了。金守峰还约了一位江苏候补知府叶勉湖、名字叫传钊的,是四川人。客齐入座,金守峰说:"大约在座都是喜欢闹热的,自然要叫局了。星翁这回叫那个?"范星圃道:"才在张园碰着林凤云,我已经同他说过,就叫他罢。"金守峰又问增朗之道:"朗翁还是叫大先生呢叫小先生呢?"增朗之道:"随便罢。"金守峰道:"那么荐一个大的一个小的,朗翁回来自择罢。"金守峰就荐了迎春二巷的陆蔺香。范星圃说:"我荐个小的,叫做顾宝琳,在百花里。"叶勉湖的相好王桂香、管通甫的文菊仙都是金守峰向来晓得的,也不再问,连袁子仁的周宝宝、他自己的花文兰,都写好局

第五回　戒儆四知正言规友　政成百里密疏荐贤

票发出去。不一时局已到齐,增朗之看那顾宝琳真是明眸善睐,可惜太小,不过十一二岁。那陆蘅香约有二十外点,态度也还风骚。散席之后,同着范星圃在林凤云、陆蘅香两处打了个茶围,一同回寓。

第二天,管通甫请在松盛胡同文菊仙家,又添了一位公信洋行的买办屠桂山,他叫的是平安坊的李秀卿。这陆蘅香晓得增朗之是户好客,下了身份的恭维觍着,翻过去摆了个双台。因为客少,范星圃替他添请了冒谷民、江志游两位。江志游叫了个昆曲好手张五宝,冒谷民叫的是美仁里的聂倩云。席散之后,陆蘅香硬留着增朗之住了,无如他的相貌不及龙玉燕,风致不及杨姨娘,本领也不及犹云娘、水柔娟。增朗之是曾经沧海的人,并不十分留恋。范星圃也在林凤云家吃了台酒。恰好新裕船到,两人也就收拾动身,天津也未耽搁,到了京中,同在西河沿的高升店住下。

第二天,增朗之带了老翁的信要去见厉大军机,范星圃也就托他先容。到了总部胡同宅子,投进帖子去——这就同那第三回书中厉大军机看见帖子相接了。回事的把增朗之领到小花厅。不多一刻,厉大军机出来,增朗之见了太老师,赶紧行礼,厉大军机弯腰立受。增朗之又站着说:"小门生的父亲吩咐替太老师请安。"厉大军机一面让坐一面说:"你老人家可好?我同他倒有好几年不见,近来缺况何如?前回制台保了他,其实进来走一趟,也就可望放缺的。"增朗之回道:"通州的缺近来远不如前,父亲本来也很想进京,只因地方上绅民都不让走。前一回请开缺引见的禀帖都已写好,被两个绅士硬拦着不准发,所以也就迁延住了。"厉大军机又问:"你这回可是来引见的?从前下过场没有?"增朗之应道:"从前下过两场,父亲因为近来听见科举要停,所以叫小门生引见到省历练历练的。"厉大军机道:"那也不过是他们那些趋时的人在里头兴风作浪,始而要废八股,既而又要停科举。其实我看八股、策论、科举、学堂同是一样的为国求贤,只要那抡才的取士必端,不上那些轻薄少年的当,都可以拔取真才,又何必轻言改革呢!你看本朝多少名臣,那一个不从八股科第来的?也不见得定见要策论、学堂才能造就人才。朝廷的意思也还未定,再看罢。"又问:"你这回是一个人来的?有同伴的没有?现在住在那里?"增朗之道:"昨天到京,就下在西河沿高升店。有一个同来的浙江人,优贡知县范承吉,也是来京引见的。范令说,从前也见过太老师,明天就要过来请安。"厉大军机道:"这人我却听说笔下很好,我见过没有可记不得,他明儿来谈谈也好。"又问些江南的事情,就端茶送客。送到厅门口,厉大军机就不再送。那贾端甫晓得老师送客之后,大约要进去歇歇,早已溜回自己宅子去了。

增朗之回到店里,却好范星圃也从他老师洪中堂宅子里回来。增朗之向他说道:"厉大军机那里我已经替你说过,他说晓得你笔下很好,叫你明儿去见呢。"范星圃说:"费心,费心!"

次日饭后,范星圃穿了一件宽腰大袖、拖天扫地的沉香茧夹袍子,旧缎子外褂,钉了一个旧夹金绣的补子,那雀子已经要快飞了,坐了车来到厉大军机门下。厉大军机还未回来。在门房等了一刻,送了一份门敬,恰好厉大军机朝罢归来,看见帖子,也就请见。这范星圃是新学旧学、词章性理、经济考据无一样谈不来的,晓得这位大军机的脾气,所谈的皆是些只须饬纪整纲、不可妄更法制的一派议论。又说到财政不足,范星圃讲的是:"财政重在节流,而现在多从开源上着想。不知国家的财源无不出自百姓,若为国家再求开源,百姓岂不格外吃苦?如那直隶的苛税杂捐,还要行甚么印花税,几于民不堪命。前次那道谕旨,真是轸恤民艰、力固国本的深仁厚泽。近来各省专讲制造兴作,一年耗费繁多,倘将这些上头略为节省些,岂不也就可以足用了呢!"这一席话说得这厉大军机把头点了又点,真是赏识万分。约谈了一点多才出来。

隔了几天,直隶会馆团拜,厉大军机因怕看戏,只早上到了一到就回来了,管会馆的一位司官格外恭维,单送了一桌菜到宅子里来。厉大军机一想,增朗之的老子馈赠甚殷,这回他儿子带来的东西也很不少,现成的酒席,不如请他来吃一顿,总算尽一尽情;那范星圃人也很有道理,与他住在一处,就一起请了罢,叫贾端甫来陪陪。想定了,就吩咐回事的写个单子去请。

这单子送到高升店,增朗之、范星圃两人才从馆子里赴席回来,见单子上写的是"翌午菲酌候光","范大老爷"、"增大老爷"底下注了个"西河沿高升店","贾老爷"底下注的是"本胡同"。那"贾老爷"一条下面已经恭

第五回　戒懔四知正言规友　政成百里密疏荐贤

恭敬敬的写了"敬遵"两字。他们两人也赶紧照写，交与来人。增朗之一想："这贾老爷定见是那贾端甫了！老人家本说过，他是厉大军机的得意门生，我这回还没有去拜他，从前在通州又见过的，明儿同席见着，岂不难以为情？他是厉大军机赏识的人，不可得罪。不如趁此刻去拜他一拜，再重重的送他五十两的代土仪，他一个穷京官，见了必然高兴，将来还可托他在厉大军机面前说两句好话呢。"当时套好了车，写了个"代土仪"的红封套签子，旁边注了"五十两"三个字，取了张五十两京平松江银的票子封在里头，插入靴掖，揣在靴筒子里，上了车。

到了总部胡同"刑部贾"的门口停了车，帖子进去，倒也请见。行了礼，分宾主坐下。贾端甫道："朗翁，我们倒久违了！尊大人好？"增朗之连忙应道："家父替端翁请安。端翁一向在京好？宝眷记得那年是同进京的，现有几位公郎？"贾端甫道："敝眷进京的时候只有一女，前年又添了一个男孩子。"又寒暄了几句，增朗之在靴筒子里取了靴掖子，拿出那个封套来，说道："此次到京，因为既要坐轮船，又要换火车，行李多了难于照顾，所以没有能带得甚么东西。这里有些须薄敬，聊代土仪，望乞笑纳。"说着把红封套双手送了过来，以为贾端甫必定欣然接受。那里晓得贾端甫接到手里看了一看，登时脸上颜色一变，做出一种懔然难犯之色，开口说道："我们读书做官的人，这操守二字是最要紧的，就同女人家名节一般。我虽是个寒士，却向来于这些上头最有把握，通籍两三年来，从未受人家丝毫非分之财。岂不知道这部曹是个穷京官？然而贫乃士之常有，只有学那'君子固穷'的一法。不是我说朗翁，此番是要到省为民父母的了，这品行是最要讲究，'钻营奔竞'四字万不可犯！现在朗翁送我这份厚礼，把我贾端甫当做何等样人看待？就是朗翁也未免自待太薄。岂不闻关西夫子所说的'天知、地知、你知、我知'么！我因为在家里承尊大人见爱，所以阁下来了我就赶紧请见。那晓得阁下是为乞怜昏夜起见，我就不敢亲近了。"说着把封套交还增朗之，就端茶送客。只气得这增朗之目瞪口呆，心里要同他辩驳两句，嘴里又说不出来，只好忍气吞声而去。后来贾端甫见着同乡亲友来找他寻门路的，他就把这段事体说在前头，使人家不能进言。所以他暮夜却金的美名也就传扬殆遍。

第二天午后，大家都到了厉大军机宅子，等厉大军机回来，一齐进去。席间谈论起来，贾端甫也深佩服范星圃的见解，彼此颇为相投。次日范星圃拜了贾端甫，过一天贾端甫也去回拜了，彼此聚谈了几次。两人取径虽然不同，而做官做人的宗旨则一，所以愈谈愈觉合式，有个惟英雄能识英雄的光景，两个人就订了金兰之好。

　　这范星圃掣的江西省，这一次引见单子江西省的知县只有两个人，那一位姓任名纯，号天然，大兴县人，原籍安徽。他的胞兄叫做任善，号冷然，是个拔贡，用的工部司官。这任天然的父母都已过世，他也曾考过一次小考，学台说他笔下也很畅达，但是八股的篇幅不大合格，而且还有些伤时的话，碍于功令，把他取了一个佾生，他从此就不考了，在各处衙门局卡营里处处笔墨馆。后来被一位盛京将军敬熙帅赏识了，请了他去办奏折，又叫他捐了一个分省县丞，替他保了一个以知县分省补用，这回也是掣签的。他的夫人和氏，名叫韫玉，同他是姑表兄妹，同岁生的。他两位的母亲姑嫂之间最为相得，常时交换乳哺，以为戏乐。他两个三四岁上同在一处顽耍，六七岁到十二三岁都是在一起识字读书，真是两小无猜，彼此都有个鹣鹣鲽鲽之意，不过没有像那小说书上所说的互赠表记、私结丝罗耳。两家父母都甚通达，并不拘定姑表之嫌，就结了一重亲上的亲。到了却扇之夕，玉台镜下，果是老奴，自然非常爱恋，生了两个儿子一个女儿，都还小呢。韫玉小姐一位哥哥名叫用颐，号养田，也是个两榜部曹。任天然到奉天去的时候，韫玉小姐在那里过了一年，因为怯冷，就把从小用的一个丫头名叫可儿的叫任天然收了，自己仍旧回到京里娘家暂住，却又替大的一个儿子定了和养田的女儿爱卿。任天然因敬熙帅升了兵部尚书，也就同着回京引见，同范星圃在吏部演礼会见，因系同省同寅，彼此都拜往了。

　　不多时引见下来，范星圃、增朗之都到厉大军机那里禀见。恰好两人去后贾端甫将将进来，厉大军机同他谈到这两个人，贾端甫说："这范星圃是个远到之才，断不久于百里之任。"厉大军机亦深以为然。贾端甫又说："这增朗之是个浮薄子弟，前次接到家乡亲友来信，说他这回是因为闹到不得下台，奸占幕友妻女、串通幕友弄钱，几乎把他老翁的功名送掉，不得

第五回　戒懔四知正言规友　政成百里密疏荐贤

已才叫他引见到省的。"

厉大军机见了增朗之几面,本嫌他举止轻佻,听了贾端甫这番话,更不喜欢。原想不去招呼他,因他老子惠荫洲是从前挑取誊录的门生,自从选了盐城县出去,那时自己还是内阁学士,到而今十多年来,他每年冬天总是二百金的炭敬;就是那年做那安东的苦缺,他都未少分毫;遇到生日,还重重的另送一份。这交情全在未进军机以前,是很烧过一阵冷灶的,与那些锦上添花的不同。他儿子虽然不好,到底不好意思不照顾照顾他。临走的时候,还叫一位军机帮达写了一封信与广东督抚,说"这增令是某某尚书的通家子侄,年富力强,请推爱器使"的话。看似极平淡的一封信,然而广东督抚就奉如律令,增朗之到省不久就委了厘差。这且按下不题。

再说那范星圃领凭之后各处辞行。范星圃人才出众,守旧的人喜他的诚笃,继新的人喜他的高华,凡据要津的,他无一个不处得极好,早已争着致书江西当道,替他揄扬,并用不着他去自投荐书。他出京之后,又回到杭州,接了他夫人罗氏同他的一位小令郎,然后到江西禀到。

这江西抚台姓梁名廷植,号培庵,是一位秉性爽直、爱才如命的人。范星圃未到省的时候,就接到几封京信,说他是个长材;见了面,听他的一番谈吐,真个名下无虚,就委了他当本衙门的文案。正值朝廷要变通政治,他代似的一个折子准古酌今,大中至正,笔墨又挥洒自如,真个是崇论宏议,不愧为名臣奏疏。梁培帅欢喜非常,不久就委了他署庐陵县缺。他晓得这优贡知县补缺甚难,同那票号商量替他挪垫,加捐一个海防遇缺先的花样。那票号管事的见他是抚台最赏识的红人,那有不肯通融的呢?他到了庐陵,两个月内就结了三百多起的词讼;不到一年,学堂也建设了,警察也办成了,工艺厂、农学厂都次第开创,真是百废俱兴,政平讼理。梁培帅更加喜欢,调了他的新建县,补了他的东乡县。

他调新建,这庐陵就委了同他一起引见出来的那位任纯接署。因为这任纯到省之后进了课吏馆,梁培帅于课吏一事最为认真,月月总要亲到一两次的。看见他做的策略、填的日记笔墨很好,范星圃委缺出去之后,就委他进衙门办文案。看他当差极为诚慎,是安详沉实一路,也就很为赏识,所以就委他去接范星圃庐陵县的手。任天然在院上晓得这范星圃是抚台一面明保一面密保,说他是江西第一良吏,才堪大用,折子已经拜发了。想他如此政声卓著,必有非常经济,去接他的手,真恐怕极盛难继呢!究竟任天然做得如何,请诸位慢慢再看罢。

鼎　编　下

第 六 回

学步后尘苦心独运　荣膺简擢坦腹双栖

　　任天然奉委署理庐陵县,因为前任范星圃是既得明保又得密保的人,接手真容易,所以到了任,无一事不细细的虚心请教。那范星圃却因调了首县,匆匆就要起程,凡事只虚说大意,就已双旌荣发。那知任天然接印之后不到一月,那范星圃手里结的案子有大半全来翻控。任天然想,这庐陵的百姓真个刁健,前官初去就想翻案,必得要严严的警戒一二才好。及至上堂细细的一问,再把卷里的堂判一看,才晓得这位名吏的审理词讼是有断无听的,不拘你甚么案子!他只把两造的呈子约略一看,就拿定主意如何断结。到了堂上,大致问了几句,就照他自己的意思判断,不管你平服不平服,勒着具结;再造再要辩论,他就把惊堂一拍,说:"本县一天要审结多少案子,还要办多少别样的公事!那有工夫同你们多说呢?"又传别案的人证审问了。可怜这两造花了多少钱、费了多少事才能到得公堂;见了县官,含着多少下情要想申诉,却竟不容置喙,就这么模模糊糊的断结。有些案子此造吃点亏,彼造还占点便宜;有些案子所断的办法竟与两造的事理全不对头,弄得原被告皆觉为难。有一两起跑去上控,上头总说:"这县官是一个名吏,所断极为允洽,不得逞刁渎诉!"就使间或批准"仰该县提集人证复讯,秉公定断",到了县里,还是给他一个硬断了事,所以后来也就没有人去上控。可见这地方百姓遇着了明干的官府,比遇着那阘冗的官府更要苦哩!

　　任天然到任之后,百姓见他审了几起案子,都是平心静气,一个一个的细问,遇到那乡下老实胆小的人,更是和颜悦色的问话,使他定了那惧怯官府的心,得以尽情倾吐。到了判结的时候,还要尽问他们有甚么不平的地方,尽管申诉,不必勉强。总要两造真正情舒心服,无话可说,然后令其具结。就是遇到刁狡健讼、饰词遁辩的,他也是按着本案的事理、中证的口词,同他详详细细的辩驳,使他遁词俱穷,伪情毕露,然后加以惩戒。所以这些旧案都来翻控。任天然见他们有这种苦衷,却也不能不替他们申理,但是前任结过的案,其中情理实在相悬的呢,自不能不为之平反;但凡大致不差的,也还要牵就原断,以存政体,比那自己手里审理的案子更多一层为难。再查查他办的那些学堂、警察、工艺厂、农学厂,外面的装潢都极冠冕,细按起来,则学堂的教习就先不能得人;警察除掉官府经过站道整齐,此外的责任没有一人知道;工艺不过雇了几个外间开铺子的匠人,在里头随意教教;农学更无道理了,筹的经费半属纸上谈兵,按起常年实在数目来,没有一半可靠。有些捐款都是硬逼着那人承认,好在只要他在纸上写几个字,并不逼着他要现钱,那些人也只得火烧眉毛,且顾眼下答应了再说。万一要按簿实追起来,那可就真正为难,即令叫他倾家败业,亦复无补于事。办的人呢,说得天花乱坠,占了面子走了,可难坏了这位接任的官。若要据实上达,不但上司未必见信,必说前后任不合,故意挑剔,而且总还是责成后任妥为整理,担子还是脱卸不掉,徒然多一痕迹。况他是抚台明保的人,抚台断不肯自己认错,恐怕还要说接任官无才,连现成的事都做不好;万一有个撤调,自己的功名还在其次,那后任来的官鉴于前车,势必变本加厉,地方上更要吃苦。任天然想到这层,只得降气平心,替他逐件设法料理,总算到四平八稳,使前任的罅隙皆弥,百姓的元气无损,却真费了许多心血,才算替这位名吏揩干净了屁股。

偏偏他的一位本府茆太尊名式金的,本是一位青年,翰苑理学名儒放出来的,不晓怎样得了心疾,初仅谈到公事东拉西扯、胡帝胡天,还不要紧。有一天三更多的时候,忽然把任天然传了去。任天然不知何事,及至见了面,这茆太尊说是他的两位如君要谋害他,叫任天然替他拿办。任天然晓得他是有点疯了,同着府里的刑钱师爷带劝带拦的闹了一夜,才把这位太尊的痰火压平了些。过了几天,这位茆太尊到底跑进省去见了抚台,说他衙门里姬妾仆从、幕友书差同着地方绅士都要想法谋害他,连县官都被他们串通了,好容易才逃进省来,要求派兵查办。抚台听了十分诧异,后来细看他的神气,晓得他得了疯病,只得将他留省医治,另委了一位

第六回　学步后尘苦心独运　荣膺简擢坦腹双栖

全太守景周来署这吉安府事。

这全太守号似庄,是任天然的安徽同乡,由荫生用的光禄寺署正,截取同知,分发直隶,署过一任深州,官声很好,在河工里保了知府。一位直隶藩台很为赏识,请制台明保了他。这全似庄过府班引见下来,得了"交军机处存记",恰好这位藩台升了江西抚台,就把他奏调过来。梁培帅到了任也很喜欢他,在省里当的都是面子上的要差,同任天然也常见面,很要好。任天然却晓得他的脾气:口里极其谦和脱俗,那堂属的规矩、仪节可丝毫错他不得;胆子极小,肩膀极窄,可甚么事都要尽(管)到;他的属员无才,他竟要当面嘲笑;属员有才,却不免暗中忌妒。任天然听他来做本府,晓得又要多费一番心思去对付他,打听他到了,就赶紧远远接出去。见面的时候,这太尊就说道:"我们至好,何必如此客气!以后大家总要脱略些,不要拘这些官样文章才好。"任天然连连答应,却是参堂、站班、上衙门,没有敢少一点过节儿。供应得也格外周到,三日两日总到他衙门里走走,大事小事无不上去请示,却把那办法暗暗的度到这全太尊心里,让他盼咐出来。上行的禀帖遇到有面子的事体,总说是出自本府的主意;下行的告示遇到有见好的地方,总说是府宪的恩典。所以一年下来,这位全太尊同他共得极为合式,两季的考语都极好。后来新放的实缺到任,这全太尊交卸回省,又在抚台面前极力的保举。这梁培帅真是个爱才的上司,第二年又是一个明保,那范星圃是送部引见,全似庄、任天然也都得了传旨嘉奖。

再说那范星圃做了两年首县,又到他本任东乡做了两三年,那官声也与在庐陵差仿不多。那晓得他的官运甚好,他的家运却不佳。他的世兄已有八九岁了,本是种过牛痘的,不知怎么又出起天花来,碰到一个庸医,用了两帖凉药,以致内陷,这位少爷竟被散花天女收去。他的太太是汉黄德道罗观察的千金,正因娇儿夭折不胜伤感,忽然又接到汉口的电报,说罗观察中风出缺。这位罗氏夫人痛子哭父,水米不沾,奄奄成病,一个多月,日重一日,也就驾返瑶池。这位名吏既抱弦师之痛,又增锦瑟之悲,未免有情,谁能遣此?无心再恋这东乡县缺,请咨入京引见。梁培帅望他飞升,倒也十分高兴,登时委员接署,又替他加片奏保,请予破格录用。他在省中料理交代、结算私囊,也忙了几个月,才带了夫人、儿子的灵柩顺便回杭安葬。然后到京,仍旧住的是西河沿高升店。

这时候,他的老师洪中堂正是军机第一位当权的。他带了一桶江西官窑磁器、一个亨达利买的英国最大八音琴、一套银水碗、一枝羊脂玉的如意、几套定织的袍褂、两盒真正万州血燕,配了些浙江水礼孝敬老师。老师见了甚为喜欢,全数赏收,同他当面道谢,说他在江西的官声真好,很替他做脸。谈了半天。次日又去见了厉大军机,拜了那位贾端甫把兄。这时候贾端甫已经补了主事,得了秋审处的提调。这刑部司官进了秋审处的四提四坐,那题升京察外放是可以操券的。彼此宦途得意,相见甚欢。贾端甫道:"上年得信,才晓得老弟断弦,甚为记念,近来已续鸾胶么?"范星圃道:"期年才过,尚未议及,却也在四处留心。老哥有甚么相巧的人家,尚求代为作伐。"又谈了半天方散。

范星圃这回到京,原想京城当道阔老之中有甚么相巧的姻缘结他一重,也可做一个泰山之靠。到京里打听了一阵,竟没有甚么机会,那些黑尚书、乏侍郎他又看不在眼里,也就有个高不成、低不就的光景。到京以来,终日应酬,空的时候也不多,晚上有时还要同着两位军机阔少、票号财东到那石头胡同、韩家潭一带领略领略风景。

有一天,一个通裕金店掌柜的胡式周谈起,说京里有位姓华的大富翁,真是家资百万,京城、张家口做的生意不知多少,前年死了。只有一个儿子,还小,两个女儿却生得貌比嫱、施,才逾左、鲍,就是丝竹管弦、琴棋书画,也无一不精。范星圃听了甚是动心,就托胡式周替他打听打听,说合说合,胡式周慨然应允。过了两天去问回信,胡式周说:"打听得这两位姑娘说亲的虽多,他的娘却还没有答应,就是星翁的事,我也托人说过,那边也没有回信,却也没有就应允。我再托人探探罢。"过了几天又去催,那边还是个活动话,范星圃甚是焦急无聊。

有一天傍晚,应酬清些,没有坐车,也没有带家人,独自一个到外头散散。顺步走到前门口,看这些车马往来嘈杂,无处立足,又走了几步,不觉进了城,走到玉河桥边。这地方宽阔平整,远看着洋场上一道平路,两面洋楼,倒也还有些风景。正在看着,忽然一个车把式跑到面前,说:"老爷

第六回　学步后尘苦心独运　荣膺简擢坦腹双栖

坐车去逛逛罢！"范星圃问他："到那里去逛？"那车把式道："只要老爷赏二两银子，包你有好地方去。"范星圃一想，本来听见京里有种黑车，这大约就是了，好在今天无事，试他一试何妨呢！就在身边拿了二两一张的银票，与了这车把式。

那车把式把车赶过来，也是个大鞍儿车，那匹骡子也很高大，比外头雇的要好得多呢。跳上了车，先也是慢慢儿的走，后来这车把式加上两鞭，那骡子就如飞的跑去，左转右弯，不知绕了多少圈子，真弄得不辨东南西北。看看天色黑了，这车把式也不点灯，任着这车在黑地里走。范星圃心里倒些发急，然而无可如何，只好听他去跑。总走了有一个多时辰，才到了一个宅子门口，车把式把车停住，说："请老爷下车。"范星圃道："乌黑的下来，怎么呢？"车把式道："那不是有人来接了么！"再一看，果有一个人提着一个灯笼前来引导。范星圃就跳下车，车把式又交代了一声："老爷，紧跟着他走，不要乱跑！"范星圃只得随着灯笼进了大门，一进一进，曲曲弯弯，不知走了多少路。有些门口也有人坐着，有些地方也有人往来，却彼此都不闻问。范星圃心里也有点数儿，只跟着灯，也不去管他那些。末后走进一所高大上房，是五开间大玻璃窗，就有老妈把他领到上首一间外房坐着，也有些丫头、老妈在里头，也不来问他的信。

停了一会，搬出菜来，斟了酒，请他坐。一个丫头低低的说了句："奶奶就来。"又隔了一刻，见有两个丫头掌着灯，照着一个二十左右的美人进来，一张鹅蛋脸儿，高高的鼻梁，一双桃花眼，光采照人，风神俊逸。进了门就说："我怕你饿，所以叫他们先开饭，我却失陪了。"范星圃也站起来招呼了一声，说："奶奶赏饭，也不敢客气，已先吃了两杯。"这位奶奶也就在旁边坐下，丫头递上杯筷，也陪着吃。范星圃低低的问了一声芳名，那奶奶望他笑了一笑，没有回言，他也不敢再问。

吃完了饭，那奶奶挽着他手到房里坐着，也是有说有笑的，却绝不问及姓名、来历。房里收拾得华丽非凡，床上是锦衾绣褥，彩幔罗帏，靠床面前一张条桌，桌子那边一个钟箱，里面一架大挂钟，其馀陈设得光怪陆离。范星圃也看不清这许多，大约是同那《聊斋》上所说的天宫一般。又坐了一会，一个丫头拿了两碗冰燕汤送与他同那奶奶，各吃了一个。老妈子就来开了铺,下了罗帐,走到范星圃面前,说:"请老爷先睡。"范星圃就把外面衣服脱下,那老妈子接了过来,连忙折好,收入柜里。范星圃又要了夜壶,解了小手,上床脱衣拥衾而卧。那老妈子把床面前的鞋子也收起来。那位奶奶还坐在窗子口吃着水烟,同丫头、老妈们说笑。

  又一会,听见院子里许多男人家脚步声音,又听见一个人喊了一声道:"九奶奶睡了没有?"老妈子连忙应道:"没有睡。"只见一个男人家——有三十多岁的光景——走了进来,穿着袍褂,戴着翎顶,隔着帐子却看不出那顶子是甚么颜色——大约总不是绿的,进房就在当窗的椅子上坐着。一个丫头点了火过来装潮烟,一个老妈子倒了一碗茶,那九奶奶也同他谈了些闲话。忽然看见这男人家站起身来朝床面前走。范星圃虽是个极有主意的人,到这时候也不由得吓得汗流浃背,想:今天可是毁了!幸亏这男人家是走到钟面前看时刻的,说道:"呀!已经快两点,不早了,我要去了。"那九奶奶道:"这个钟总快到将近一刻的光景,明儿要收拾呢。"这男人道:"那容易,你明儿交代长富就是了。"说着招呼掌灯。老妈子打起帘子,这男人家走了出去,范星圃才放心。然后,这位九奶奶卸了妆,解了手,用了水,丫头收拾干净,把挂的保险灯吹熄了,留了一张桌灯,移在床面前条桌上,关了房门,退入后房。这位九奶奶一笑,搴帏解衣昵就。毕竟这一宵风味如何,做书的没有敢干过这种险事,不敢妄谈,或者同在上海堂子里吃个双台大致差仿不多,也未可知。

  第二天到八点多钟才起来,还是那个打灯笼的把他送了出去,依旧是那辆车,上车之后仍旧转了几个弯子,不过觉得比昨天晚上快了点。到了玉河桥,那车把式说道:"老爷请赏点酒钱,另外雇车去罢,我不能送了。"范星圃跳下车,又给了他十吊钱的票子,自己步行出城。

  回到店里,他的些家人说:"老爷到那里去了?昨儿家人们找了一晚!"范星圃道:"被一位老爷拉去,打了一夜的牌。"又问:"有没有事体?"那家人回道:"没有甚么事,就是通裕胡老爷请,在国兴。"范星圃一人静坐,想起昨夜虽是十分侥幸,却也十分危险,这种事真可一不可再的。倒是这华家的亲事,那是可以财色双收的事,今晚必得再切切实实托一托胡式周。

第六回　学步后尘苦心独运　荣膺简擢坦腹双栖

晚上，胡式周来催请。到了国兴，那国兴主人佩秋就连忙迎着招呼进去。其时到的客人还少，范星圃就拉了胡式周到旁边，同他谈这华家的事体。胡式周说道："华家呢也还愿意，但是听说有位江苏引见的道台，还有位翰林，也在那里求亲，所以华家还要拣一拣呢。我再竭力的替你想法罢。"稍停，客齐入座，不过是两位京官，还有几位外头进来引见的。因为书里没有他们的事，作书的也就不去打听他们的姓名，想来看书的也不限定要一个个去考究的。

近来京里自从南班子一兴时，甚么林桂生、谢珊珊、杨宝珠、花宝琴名震遐迩，朝贵争趋，不但令那北地胭脂减色，就是这菊部生涯，也几乎为他们占尽，竟致车马寥寥。这些相公却也远不及从前，作书的也懒得细细的去摹写他们，大约不外乎唱两支曲子、敬两杯酒而已。

隔了几天，天气渐暖，是在园子里引见的，范星圃居然蒙恩召见了一次，又到各位军机那里叩谢。洪中堂说："上头意思很喜欢，大约就有好音，你且等着罢。"厉大军机也说："朝廷正在破格用人，上头说你人很明白，大约是个好消息呢。"范星圃回到外城，又应酬了几天。

那天正在店里剃头，只见贾端甫飞了一个信来，说"顷接宁河帅函知，阁下已简守衡州，专此驰贺"云云。接着又见一个专马来，是头班达拉密孟京堂的信，也是这话，叫他赶紧到园子里预备谢恩。他这一见欢喜不尽，随后就见长班人等前来道喜。这天本来还有酒局，赶紧叫人辞了。一面套车到园子里，托孟京堂办了谢恩折子，又到洪中堂、厉大军机两处转了一转。第二天折子进去，又叫了一回起儿，下来就到各位军机那里叩谢。幸喜在园子里，住的都不远，一天就可以见齐。那洪中堂、厉大军机自然有一番欣贺勉励的话。

在园子里住了三天才得回城，道喜的纷纷不绝。那知天下的事喜必成双，这范星圃竟是催官、红鸾同时照命的。原来那华家因求亲的多，主意正在不定，听见范星圃放了缺，看这个人以一个知县就特旨放了知府，将来必定要大阔的，就有了几分意思。胡式周又去讨信，华家说："好是很好，但是要想请过来让大姨太太见一见，不知肯与不肯？"胡式周道："大约总做得到。"赶紧跑来告诉范星圃。范星圃欢喜非常，约定后天过去见。

因为要冠冕些，连夜托胡式周捐了个三品衔。

到了那天，胡式周来约，他就戴了亮蓝顶戴，拖着一条重线的花翎，穿着一身簇新的袍褂，钉的一副钉线的孔雀补子，坐着大鞍儿车，用着顶马，同着胡式周的车一齐来到华家，见那宅子也很像样。有个管帐的出来，迎到第二进厅上坐着。停了一刻，里头说声"请"，那管帐的领了范星圃款步而入。看那位姨太太已经立在堂前，也只有四十左右的年纪，据说姓黎，是个清风店的名妓。范星圃因为想他的女儿，也管不得许多，见面就行了大礼。那位黎姨太太问了些到京的情形及家里的人口。范星圃一一回答，觉得两边房里有许多人看，钏韵衣香，隐隐约约，但不知可有那心上人儿在内，想来总不见得好意思自己偷看的。谈了一会，黎姨太太说："请范大人外边厅上用点心罢。"范星圃就出到厅上，用了点心，同着胡式周一齐托那管帐的道谢，上车回去。

次日，胡式周前去问信，那华家见这位范太守一表人材，风流潇洒，前头太太又无儿女，那有不允的呢？不过说要在京招赘，住两个月才能动身。胡式周告诉范星圃，自然一一遵命，就拣了日期行聘、下茶。好在那女家一切妆奁都是现成的，喜期离下定的日子只隔了半个多月。

这天，华家请了几位做京官的亲友陪这新郎。原来这位华富翁正室早故，这黎姨太太生了两位千金，大的叫素芳，今年十九岁，就是今日的新娘；小的叫紫芳，才十六岁。这黎姨太太生了两位千金之后，七八年没有坐喜，华富翁又讨了一个萧姨太太，生了一个儿子，取名延年，可怜不到三岁，这富翁一命呜呼，丢下这百万家财靠此一线。这两位姨太太一个说入门在先，一个说母以子贵，彼此各不相下，华富翁在日就已分居。这天喜期，虽曾派人通知，那萧姨太太也没有肯来见礼，这黎姨太太可也不去再请。

晚间酒阑人散，范星圃进了洞房，见这新人玉润珠圆，温和明媚，真个名不虚传，这一宵恩爱作书的也就描写不尽。范星圃放出那一种惜玉怜香的手段，真个是"闺房之内事，有甚于画眉"。数日之后，不但调得这新妇宛转随人，就是那位小姨也就熟不拘礼，有时讨论些古人的诗词，有时讲究些名人的小说。到了傍晚，三个人就煮酒谈心，这位泰水夫人间或也

第六回　学步后尘苦心独运　荣鹰简擢坦腹双栖

还入座凑趣。又嫌闷酒无味,行行酒令,猜猜诗谜,继而又定了个以曲代酒的罚例。好在这一位风流太守、两个窈窕佳人皆是知音,更唱互酬,极尽璇闺乐事。

这一天,范星圃拿了一幅花笺在窗下挥毫,这紫芳姑娘恰恰走来,说:"姊夫,你在块写甚么?"范星圃道:"我写的两句歪诗,好在紫妹妹看了也不要紧的,你就替我改改罢。"说着站了起来,让紫芳坐了,自己却站在旁边同看。紫芳拿起来一看,见是几首闺情本事诗,里头有甚么"绣衾乍展心先醉,翻嘱檀郎各自眠";还有甚么"一笑情郎搔背痒,指尖不许触鸡头"、"支枕凭肩娇欲踒,泥郎亲解凤头鞋"、"晓寒不放郎先起,故把莲钩压沈腰",许多艳冶动人的词句。紫芳脸上一红,把诗笺望桌上一放,道:"你把姊姊不可告人的事情都描写出来,被人家看见算甚么呢?"范星圃道:"我做两首送你好不好?"紫芳道:"我不要你说这些混话!"范星圃道:"那何敢呢!"隔了一天,就做了八首七律,皆是含蓄蕴藉的清词丽句,绝无一点狎亵的话头,工楷写了一把泥金聚头扇面,一面叫素芳画的落花蝴蝶,配了一副象牙骨子,送与紫芳,紫芳也甚欢喜。若问他做的这八首诗呢,做书的恐怕他还不及韦痴珠、韩荷生做的,所以没有抄出来,也是善于替他藏拙之一道。

这天晚上,紫芳就弄了点体己的菜,算是谢谢姊夫、姊姊的。三人入座,范星圃说:"每天拿唱来抵酒,这个法子也还不公,今儿我们每人唱一套,一个唱,一个吹笛子,一个带板,彼此轮流,免得你推我诿的。"素芳、紫芳也都说好。于是素芳先唱了一套《小宴》,是范星圃吹的笛子,紫芳带的板。吃得两杯酒,范星圃唱了一套《乔醋》,紫芳吹的笛子,素芳带的板。大家又喝了几杯酒,催着紫芳唱,紫芳却不过,只好唱了一套《琴挑》,是轮着素芳吹笛子,范星圃带板。唱到那"我待要应承,这羞惭怎应他那一声"两句上,范星圃望紫芳笑了一笑,低低的说道:"你应了罢!"那紫芳脸一红,说:"我不唱了!"范星圃赶紧起身,连连作揖说:"好妹妹,不要气,我再不敢乱说了,求你唱完了罢。"紫芳望他瞅了一眼,重新唱了下去。这温柔乡的滋味真个说之不尽,若要一天一天的替他叙起来,做书的可没有个放笔的时候。总而言之,范星圃固是看这紫芳的才貌胜于乃姊,而且这份家私也必得要二乔兼收才能望三分有二,所以在他身上处处用心,不时的拿话打动。这位小姨子却也知他意在沛公,在那有意无意之间也微露怜才之隐。范星圃想,他是个聪明伶俐的女子,不是可硬来的,不如以情理相感,或者可以有几分希冀。

　　这天素芳到亲戚家里辞行,被他姑母留住了。范星圃想,这真是一个好机会,就跑到这小姨房里。先说了几句家常话,忽然问道:"紫妹妹,你看我同令姊的伉俪如何?"紫芳道:"双心一株,还有甚么说呢?"又问道:"紫妹妹,你同你素姊姊的姊妹如何呢?"紫芳道:"同气连枝,也是再好没有的。"范星圃道:"我也是这么说,但是我因爱你姊姊,就不得不爱及妹妹。我想你令姊同我出京,你在京里,闺中失了一个良伴。况且京城豪华的子弟多,风雅的子弟少,以妹妹这种人才,配了一个蠢俗市侩,固然有屈娇姿;就配一个纨绔儿郎,也不免辜负这锦心绣口。"说得这紫芳低垂粉颈,百感交萦。范星圃又说道:"我自从见了妹妹,这一种爱怜的心思潜入脑筋,不是说句轻薄的话,真个被妹妹把魂灵儿勾去了,明知妹妹是玉质琼姿,怎敢妄想非分?然细数古人中仿照英、皇成案的也不知多少名士美人。这心事久已要想同妹妹谈谈,只是不敢冒昧开口,今天实在忍不住了。"说着就立起身来,望着紫芳作揖道:"总要望妹妹怜念。"那意思还要想下跪。紫芳连忙止住道:"你且坐着,你平日的深情密意我也不是一些不知,但是你叫我怎样呢?"范星圃道:"只要妹妹依了同着出京,你令姊的柔情淑德,难道还有甚么不相容么?将来白头相守,在我呢,蜀陇兼得,自当曲尽温存;在你姊妹呢,珠玉常联,亦免时忧离别。妹妹以为何如?"只见紫芳听了这话也不答应,也不发怒,低了头默默凝思。

　　范星圃晓得有几分愿意,不致翻脸了,就走到面前轻偎玉体,斜抱香肩。紫芳连忙推他道:"我就是答应你,也是终身之事,怎好这样草草呢?"范星圃道:"男女相爱,必得要肌肤相亲,方能坚固不移。既蒙妹妹金诺,务必趁着今晚无人,先成好事,生米既成熟饭,一切就易商量。否则设或令堂有个异议,亲戚有句闲言,那时叫我怎样?妹妹又怎样?还是背了今夕之盟呢?在我固不愿,恐怕妹妹亦不肯出此罢!"紫芳听他说得近情切理,而且平素早已被他挑动,此时又经他拥抱了一会,更觉春意满怀,只好

第六回　学步后尘苦心独运　荣膺简擢坦腹双栖

腼腼腆腆的做了个《长生殿》里的虢国夫人。

第二天素芳回来，范星圃将这事告诉他，央求他作成。素芳本来爱怜妹子，而且生性温和，也就没有甚么说的，见了妹子，倒反安慰了几句。紫芳羞愧难言。素芳本想同他娘说明，就效英、皇，因恐在京里，有亲戚人家议论，不如出京再说，但劝他娘带了妹子一同到任上去。黎姨娘本有些舍不得女儿，也就答应了，把京中一切事体托了一位老管事的靳忠甫料理，他同萧姨娘本来不分而分，也没有甚么放不开手的事。

范星圃又到各位军机那里禀辞。洪中堂见了，说是"湖南抚台那里我也在信上替你提过，你去了必赏识的。"其余各处都去辞了行，凡是湖南、江西、浙江三省有点面子的京官，都送了别敬。那位暮夜却金的把兄贾端甫那里也送了一份，那贾端甫倒也破例莞收，并没有像待增朗之那样的拒绝。范、华两家里里外外的忙了半个多月，诸事方才停当。找了一家客店包运行李，共是五百块钱，连几位头等火车、轮船大餐间在内，价钱还不算贵。动身这天，到车栈上来送的两家亲友也不少。那胡式周、贾端甫都来的，看着开了车。方才各散。

贾端甫回到家里，见书房桌上摆了一本《谕折汇存》，里头夹着一张本日的上谕，只见上面一道是："厉凤文着无庸在军机处行走。钦此。"又一道是："刑部尚书熊丙炎着在军机大臣上行走。钦此。"贾端甫看了这两道谕旨，吓得魂不附体。却是为何？下回便知道了。

温　编　上

第 七 回

甘小就正士知机　　恶作伪才媛择木

贾端甫看了那第一道上谕，他的恩师出了军机，失了冰山，已觉无所倚靠，还不十分着急；看了那第二道上谕，这军机大臣却是补的他本部堂官。这位堂官向来同他不大合适，常说他是个一无性天的人，外面做的言规行矩，骨子里头也还是些狗肺狼心，倒反不如那些大大方方要两个钱、讲究点声色自娱的倒还光明磊落些。而且恨他只知道趋奉厉大军机，也带着几分醋意。贾端甫因为那时候是大军机的得意门生，把这位堂官却也不放在眼里，不再去揣摩他的脾气——这就是他的本事不如那位把弟范星圃的地方了。这回见他进了军机，一想这可是件不了的事，要想再去巴结他，恐怕也巴结不上了。

闷坐了一会，打听着厉尚书已经回了宅，赶紧跑到那边去安慰安慰。问起甚么缘故，厉尚书道："这两天因为外省有几处上折子，要废科举、办学堂。我说这是祖宗成法，不可轻更。那晓得拂了洪中堂的意思，在上头说我见解拘执，现在百度维新，必得要有两个讲求时务的在枢垣襄赞，方能共济时艰，所以把我挤了出来。熊炯臣就是因为他学堂办得好，所以才叫他进去的。我们是老旧无能的人了，且看他们这一班维新经济的好手怎样支撑这个时局罢！"贾端甫说道："老师所讲的是法古尊先的正经道理，朝廷虽一时求治，太急用了他们这些新进喜事的人，久后必定还要念及'人维求旧'的这句古训，倚重老成典型，藉此暂时怡养怡养也好。"厉尚书道："我心里倒也没有甚么，省得天天要起早，就是住在园子里也真不方便。你晓得的，我家里就只有你世嫂一人，跟我到园子里服侍服侍，又要记挂家里无人；在家里照料照料，又恐我在那里没人调护，真个兼顾为难。如今倒可以在家安坐，况且我又没有甚么至亲子侄在外头做官，必得

第七回　甘小就正士知机　恶作伪才媛择木

要靠我声光照顾的人,更觉得一无挂碍。"

谈了一会,贾端甫辞了出来,赶紧到衙门里去走走。秋审处的那几位提坐正在商量约齐了去替熊大军机道喜,见他来了,有一位坐办郅幼稽员外名叫郅锻的,同他向来要好,就向他说道:"我正派人去催你,我们要到熊大军机那边去,你叫你的赶车的不要卸了。"说着大家一齐穿了补褂,套好了车。

到了熊大军机宅子门口,真是一登津要,冷热迥殊,那道喜的人已经填门塞巷,熊大军机又预备车马搬进园子,门前更形拥挤。这八位到了,回事的管家知道全是本部最有面子的司官,赶紧就上去回。这位熊大军机是个阳分人,真做得出!说:"那七位一起请见,这贾老爷道乏,改日在衙门再见罢。"那管家照着传话出来。贾端甫听见这话,脸上真是下不去,心上又更加焦急,比在那小银珠家听增朗之奚落的话还要加上一层难过。然而没法,只得退了出来,没精打采的上车回去。

第二天,去访那位同事的郅幼稽员外,商量说:"熊大军机呢,平日同我就有点过节儿,我也晓得我这脾气有些不合时宜的地方,以为他们做大位的人应该大度宽容,不料昨天竟如此相待,以后要想好处,恐怕不见得。你替我想想应该怎样呢?"郅幼稽道:"你我知己,你既同我商量,我却不能拿那泛泛儿的宽心丸子来搪塞你。你须要晓得他们这些做大位的人,那醋劲儿比人家的姨太太还要厉害些,在那不得意的时候,没有抹煞得好,到了他一旦得意,那可真难于补救。熊大军机平日就常在我们面前说你是个厉党,倚着军机的势焰,把本部堂官都瞧不起。现在他进了军机,我就替你虑着,昨天竟如此做得出,那以后更不用说了!万一到了年下同你开个顽笑,那你可就吃不起。就算他没有这种辣手,但是这京官做到尚书,升是无可升的,调呢也轻易不会调,他年纪又不大,圣眷又好,在这部里十年二十年也说不定。题员外,题郎中,那还有个一定的资格,堂官不能过于抑制,那京察一等可全在堂官手里!他在部里一日,你总一日想不到好处,难道你预备做一辈子的刑部司官不成?我替你打算,你已经是补了缺的人,倒不如就了截取直隶州出去。运气好,三五年里头也还可以做到实缺道府,比京察外放也差不多。这是兄弟的愚见,承端翁见爱,所以就倾心相告,端翁再自己斟酌罢。"

贾端甫想想,郐幼稽的这番话也真有道理,就说:"承幼翁指教,我就这么办罢。但是我这脾气恐怕外官也不相宜。"郐幼稽道:"这倒不然,外官圆活的太多,近来有些督抚,把那些油腔滑调的看厌了,倒往往赏识端重谨厚的多,只在各人仗着本事去做。总而言之,非运气不行,你道以为何如?"谈了半天,贾端甫告辞。

回家想了一夜,也只有走这一条小就的路,就去捐了历俸,在吏部呈请截取分发。又想想那一省好呢?因想起河南抚台胡霖胡雨帅是厉尚书提拔起来的,那位藩台乔子实方伯官名叫名俊的,又是本司掌印出去的,平素相处也很好,河南省的直隶州缺分也还多,就指省河南引见出京。那熊大军机也晓得是避他的风头,因为他一个已经进了秋审处补了缺的人,肯于如此小就,算是认吃亏的,也就高高手,不再同他计较了。

这贾端甫初中进士在家乡开贺的那天,就满口拿定了是要题员外、升郎中、得京察、放道府的人,那晓得已经看着要如愿的事情,忽然出了这个岔儿,竟题不了员外、升不了郎中、得不了京察、放不了道府,还要出去做个候补官儿,可见事由前定。俗语说的"满饭好吃,满话难说",而况这做官是"赵孟之所贵,赵孟能贱之"的事体,怎么能自己拿得稳稳的呢?

然而他京官的运气已终,外官的运气甚好。到了省,这胡雨帅因为他是厉尚书的门生,甚为亲热,不多几天,就委了他河工局的提调。这位乔方伯更为器重,说他是学有本原的人。乔方伯正兼着学务处总理的差使,就同抚台要了他兼着学务处的提调,面子要算好极了。那学务处的委员甚多,懂得学务的却甚少,贾端甫看着皆不足与谈,只有一位参议兼高等学堂总理的魏琢人太史,见了两面,觉得甚有道理。

这位魏太史官名行坚,是东西南昌人,未满弱冠即入词林。后来因为参了一位当道大员,这位大员勋位名望甚为朝廷倚重,他这折子上去,不但没有参得动他,反传旨严加申斥,几乎送了前程。他见风头不好,就告养回家。这胡雨帅做江西粮道的时候就同他很要好,升到河南抚台,正值朝旨谆饬各省兴办学堂,就把这魏太史卑礼厚币的请来开办。胡雨帅于学堂的事体本来丝毫不懂,全仗魏太史维持布置。高等学堂预备科开学

第七回　甘小就正士知机　恶作伪才媛择木

的这天,行礼已毕,教习领着学生上来参见,胡雨帅要想说两句内行话,就望着魏太史道:"这学堂功课里头,体操一门那是最有益处的,我天天还要做那八段锦的功夫呢。算学一门似乎可以随便些,难道叫他们学成功了,到洋行里去做刚伯杜么?至于地理,这是琢翁贵省的人最讲究的,琢翁想来也总高明的了,来龙去脉、沙水风火,那是不容易考求的呢!他们在这学堂里学成了,就能够替人家看地么?还是也要到山里走走,历练历练呢?"魏太史晓得他全弄左了,怕他下不来台,只好含糊答应了两句,拿别的话岔开去。这番话却是通学堂都听见的,魏太史虽然再三叮嘱不准传说出去,然而那里拦得住这许多嘴呢?

恰好同时,有一位督抚,也是因为要办学堂,开了个单子,叫那学堂总理买几部书。那位学堂总理把单子一看,共是五个字,分作三行:第一行是"抉微"两个字,第二行是"天文"两个字,第三行是"雷"一个字。这位总理看了不解,只得上去请示道:"奉大帅发下单子,吩咐买几部书,那'抉微'大约是《几何抉微》了?"那督抚点头道:"不错。"这总理又问道:"请示这'天文'买那一种呢?"那位督抚道:"亏你是一位翰林,连个天文的书都不晓得,可笑!可笑!"说着就端茶送客。那个"雷"字这位总理也不敢再问。回到学务处,请了几位提调、文案、教习,大家猜拟不出。有一位悟性好些的,忽然想着道:"大约是那电学的'电(電)'字之误!"大家齐说"不错"。这两件事被一家报馆听见了,说:"这'地理'对'天文',真是天造地设,工巧绝伦!"就拿来登在报上。

再说这位魏太史少年时候词章功夫最好,做点六朝小品、温李香奁,一时无出其右。通籍之后,殚心经籍,研究《说文》,继又结交名流,讲求新学。后来见这新学的流弊太多,几至牵动国脉,怕为匪所伤,又力矫其弊,恪守着圣经贤传、尊君亲上的道理,真是识贯古今,学通中外。而且言坊行表,趋向必端,洵不愧为学界津梁、师儒表率,把这河南的学堂办得井井有条。学堂里的学生虽不能淬励精神、翊卫邦族,却个个循规蹈矩,没有一些争竞嚣张之习,要算是时下办学堂的一位能手。见了这贾端甫,也觉得针芥相投,没事就常常过从。彼此意见都说这学堂的教科第一最重的是经学,若各门学科不从经学入手,将来皆成为无本之学。所以他们讲究的学堂功课首在读经解经，比那从前讲八股的时候倒还讲得认真些——这也是保全"国粹"的大道理。有一位过路的狂士同他们说道："经书里惟有一部《论语》，是最为有益于身心家国之书，文字亦简而赅，浅而奥，朴而华，为人生所必应读的。《左氏》为文章之祖，不在经书之列，却也不可不读。此外皆是些断碣残碑。《禹贡》是个不全的地舆图，《月令》有如隔年历本，只好视为商彝周鼎，作为一种最尊贵之陈列品而已，又何必费有用的精神，钻研这无用的故纸呢？"这两位说这狂士是个离经叛道的人，要请抚台拿办驱逐。抚台因为这位狂士也是当代知名的，未敢轻易动手，这位狂士也就望望然而去了。

他们两位逢到礼拜学堂放假，就迭为宾主，煮酒论心。这天又是礼拜的期，贾端甫得了一条极大的黄河鲤，又新由南货客人带来的金华茶腿，上一天买了几盆菊花，就约了这魏太史衔杯赏菊。又谈到政治上，魏太史道："他们讲新学的总说不可用专制手段，其实天下事非专制不行。就是他们外国，说起来呢有甚么君主、民主、立宪、共和的分别，替他按实了考较起来，也还不是这专制的主义！像我们这个学堂，若要不是我们用专制手段压服住了，这两年不知要起了多少风潮，怎能够这么服服帖帖的呢？若讲到治家，更非专制不可，若不专制，儿子不服老子的管教，妻子不受丈夫的约束，那还成个甚么人家呢？"

正说到这里，只见他的管家手里拿了一封信匆匆的跑了来。魏太史忙问："甚么事体？"那管家回道："今天早上老爷出了门，太太就叫家人雇辆车，说到于太太那里去。家人说：'家里有车，何必雇外头的呢？'太太说：'那骡子不好，会岔眼。'家人就到街上雇了一辆，太太就叫小桃拿了一个包袱、一个铺盖卷、一只箱子、一个拜匣，还有镜盒等类装在车上。家人问小桃：'带这些东西做甚？'小桃说：'要到于太太那边住两天呢。'家人也就不敢再问。也没有要人跟，说路近，有车把式行了，省得多个人跨在辕子上讨厌。刚才侄少爷到老爷内签押房拿件公事，看见桌上一封信，说是太太写的，里头说的话真是奇怪。侄少爷加了一张信，封了口，叫家人送来，请老爷看了，吩咐怎么办法。"

魏太史听了甚是诧异，连忙拆开看，里头一张信笺，上写的是：

第七回　甘小就正士知机　恶作伪才媛择木

二叔大人尊鉴：

敬禀者：顷在内签押房，见案头有小信封一个，并未封口。侄抽出一阅，见是婶母致长者之书，情节甚奇，飞呈察阅。婶母至今未归，应如何办理，伏祈酌示，专肃寸禀。

　　恭叩

福安

　　　　　　　　　　　　　　　　侄男传经　谨禀

再看那小信封，上面写的是"留呈遁庵主人亲展"，下款是"碧珍手缄"。抽出里头是三张离合如意的梅花笺，上头写的是：

遁庵主人青鉴：

絮自奉裳衣，荏苒八载，初以主人才名著于乡里，直声震乎朝端，俨然一代伟人，自必有非常德业。絮惭非德耀，获配伯鸾，窃引为三生之幸。迨依侍既久，始知主人生平学术、经济，都从"心劳日拙"四字中来，谨就确有可指者数端为主人陈之：

主人以乞养辞官乃归里之后，高堂之甘旨常虚，而主人之樽盘必备。德色谇语，时中伤乎庭帏；侧帽扶轮，徒饰观于戚邺。迨至金萱就萎，风木增悲，主人侍疾曾无尝药之诚，枕块犹恋桑中之好，而徒以表阡庐墓为惊世骇俗之方。此则主人之所以为孝也。

主人兄有孟皮，疾如贡父，主人不求苤苡，俾荆树以重荣；转燃豆萁，致棠华之遽殒。遂得独擅胚产，犹复侈说兼祧。此则主人之所为弟也。

若夫临财之际，主人素以千驷不顾自矜。何以主讲岳麓，脩脯一支十年，未及一载，以燔肉不至，托故而行，而预支之脩，未闻以丝毫返璧。主人之廉固如是乎？

至于中冓之事，更有不堪为外人道者。即如令侄麟如，名为依阮籍之光，实则赖怀嬴之助。此中暧昧，他人不知，宁如絮之日侍房帏者,亦复裒如充耳耶?

　　絮频年体察,如主人之宅心行事,断无作善降祥之理,为之妻孥者,将何以仰望终身?因念良禽择木而栖,贤士择主而事,臣之于君,既有斯义,妇之于夫,何独不然?然泰西男女,离合固可自由,即在支那,伊古以来妇女之下堂求去者,亦史不绝书。

　　絮蓄此志久矣!前在浔阳获见主人表弟池客中书,以英挺之姿,具磊落之概。方之主人,其诚伪相判,奚啻霄壤!絮宁为诚者妾,不愿为伪者妻也。所以不亟亟相从者,良以孟子去齐,三宿出昼,既馀惓惓之情,何忍悻悻以去!且以主人智慧卓荦,识见过人,或能猛省前非,亦未尝不可白头相守。近见主人颠倒黑白,日益加甚,欺世盗名,若将终身,斯真不可救药矣!伏念絮湘弦数遍,已届残春,若再含垢忍尤,郁郁居此,必致终沦藩溷,未免负此性灵。用是薄检奁妆,长驱就道。古人绝交,不出恶言,不忍面诮主人之短,是以不别而行;而又不肯如玉清之私遁,用特留书告别,一罄鄙忱。从此使君不妨另自有妇,罗敷亦自有夫矣。

　　絮念主人于此等处尚能达观,当必夷然视之,不以追骑相迫;万一主人未能免俗,必欲置诸法网,罪以潜奔,在絮固不辞缧绁之羞,恐主人亦转扬帷薄之玷,似彼此均有不利。尚望高明反复审之。书不尽言,千万珍重。

长沙何絮　　留启

　　魏太史看了这信,沉吟了一会。贾端甫问是怎的,魏太史本想把这信送与贾端甫看看,商量商量办法,但是信里头所说的话实有不可告人之处,贾端甫虽是至交,也不便与他晓得。想了一想,把信望怀里一揣,说道:"没有甚么,内人急于要回娘家,怕我拦他,不等我回去就动身了。"当时就叫那管家来,说道:"你回去告诉侄少爷,说信我收到了,没甚么要紧,我回来再说罢。"他仍照常与贾端甫吃酒谈心,从从容容的吃了饭才回去。

　　他本想派人去追,又想:"这位夫人是说得出做得出的,万一追了回来,当着人把这些话说个淋漓尽致,叫我怎么收场?又叫我怎么在此地做

第七回　甘小就正士知机　恶作伪才媛择木

人呢？倒不如忍口气，听他去罢！"这真可以算得个有学识、有涵养的人了！然而看书的诸位替他设身想想，除了这样，还有甚么万全之策呢？

他这位何氏夫人小名柳儿，名号、籍贯都已见过，不必再提。他父亲也是个名士，早不在了。十七岁上嫁这魏太史做续弦。他本是个阔达不羁的才女，就他这封信也可略见一斑，同这矫揉造作的魏太史怎么合得来呢？这就是我们中国婚姻不由男女自择的毛病。在南昌同这魏太史的表弟章藻相见就彼此有意，恰好章藻是由举人考取内阁中书，要进京，魏太史就了河南的学堂，两人各带家眷一齐动身。到了九江，同住一个客寓，因等轮船耽搁了几天，这个当口，何碧珍就同章池客了却那五百年前的孽债。本想跟着他溜进京去，因怕九江人多，万一闹出事来，不免都要吃点眼前亏，所以没有敢轻举妄动。在这河南住了两年，心里实在忘不了那称心如意的情郎，晓得这些满脸道学气的人，最怕人窥测他的隐微，更怕人把他那不可告人的事体当着大众掀出，使他那个架子装不成功。所以写了这封信，以为拑制他不敢追缉之计，然后卷了些金珠细软，带了一个丫头，雇车扬长而去。到了路上，才同这赶车的说起，叫他送到顺德府上火车。这赶车的说："我甚么都没有预备，又没有带边套牲口，怎么能走呢？"这位魏太太道："车上东西轻，单套也行了。至于应用的物件，我多加你些钱，在前头站上买，有甚么事总是我担承，断不会叫你吃亏的。"那赶车的也就肯了。他逆料这封信到了魏太史手里，必胜于埋伏着十万断后精兵。果然魏太史不出这女诸葛所料，不敢以一矢相加，可谓知彼知此娘子军的背水奇阵了。

这何碧珍到了顺德，加倍给了车价，打发那赶车的回去，带着小桃上了火车。到京的时候已有五点钟，暂在骡马市的佛照楼住下，写了一封信，叫店伙送到潘家河沿内阁章老爷宅子里，请章老爷就来。

这章池客恰好才从馆子里吃酒回家，刚下车，进门就接到这信，拆开一看，见上面写的是：

池客中翰夫子爱鉴：

妾自洪都识荆，即深依恋，猥以残质，获接帷裳，一夕邮亭，三生梦石。当时即拟追步红拂,奔侍药师,只以两家车从在途,耳目繁多,恐累清德,遂尔忍恩割爱,劳燕分飞。别后膏沐无心,泪痕常湿,妾之思君如是,不如视君之念妾何如? 近与伧父诀别,有泰西男女离合自由之权,间关来都,投托宇下,妾之婢之,惟君所命。敢乞速赐临存,一商进止。俟奉台命,再当整理荆钗,晋谒大妇。临颖伫盼,馀言面陈。

  敬请
  刻安

         辱爱妾何絮　裣衽谨上

  章池客看了这信,倒也觉得十分奇异。他是个不拘小节的人,当下就对店伙说道:"你回去说,我就来。"又吩咐赶车的不要卸车。他进去转了一转,交代了不要等他吃饭,就出来上了车。一出街口就到了佛照楼,进去一见面,这何碧珍就盈盈下拜。章池客连忙还礼,说道:"表嫂,你怎么来的?"何碧珍道:"我已经同那魏琢人恩断义绝了,你这样称呼那可不行!"章池客又改口叫"碧妹妹",何碧珍说:"也不好。"章池客道:"你叫我怎样称呼呢?"何碧珍道:"我从今是你身边的人了,叫我柳儿也可,叫我何姨娘也可,听你的便罢。"章池客道:"那总不好。这么样罢,我们彼此以字相称,何如?"何碧珍道:"那也随你。"当下坐下细谈别后之事。章池客道:"你大约还没有吃饭,我们叫几样菜,弄点酒来吃吃罢。"何碧珍道:"不但要你在块吃饭,并且你今天可不能回去。我到了家里不敢争夕,今天才到,你可得在此陪陪我,我还有多少话要同你谈呢。"章池客说:"这也没有甚么不可。"一面叫店伙去叫菜打酒,一面吩咐赶车的说:"你把车赶回去罢,我今天不回家了,明儿八点钟来接。"

  不一会,店伙烫了酒,拿了几个下酒的碟子来,两人对酌。谈到临走写的那封信,何碧珍细细的背与章池客听。章池客道:"写得真好,只是说的隐微毕露,未免太刻毒些!"何碧珍道:"不是这样如何制得住他,我怎么能平平安安、放放心心的来找你呢? 我可同你说,我是心服情愿跟你做妾的,你家太太跟前我总低头服小,尽我做妾的道理。"章池客道:"那总太觉

第七回　甘小就正士知机　恶作伪才媛择木

屈尊,我们再商量罢。"何碧珍道:"不是这么说,我要不愿,就是叫我做嫔妃、福晋、一品夫人,我也不要做;我要愿,就是叫我做个外妇、私窝、通房丫头,也没有甚么不可。我看不独我何碧珍一人为然,凡是天下的女子,没有一个不存此心的,不过受了父母、男人的束缚,叫做没法罢了。而且我觉得只要男女合意,不拘一夫多妻、一妻多夫,都无不可。那泰西人执定了要讲一夫一妻的道理,似乎还未能体贴得十分透彻。"章池客拍手道:"这话很是很是,卿真可谓解人!"两人又喝了两杯酒,吃了饭,谈了一会,收拾就寝。这一宵的欢爱真是新婚、久别兼而有之,直睡到红日满窗,方才披衣同起。好在这内阁衙门一年该班的日子有限,所以甚为清闲。又叫了两碗面来吃了,章池客道:"我先回家布置布置,再放车来接你。"

章池客回到家中,同他妻子平氏太太说道:"奇事!奇事!"平氏太太道:"甚么事呢?"章池客道:"你晓得我昨夜住在那里?"平氏太太道:"赶车的说你在佛照楼,有个女客在里头留你住,大约是你在上海相好的倌人特为到京里来找你的。"章池客道:"相好的呢倒也不错,却不是上海的倌人。你道是谁?就是魏家的表嫂何碧珍。我不是前回同你说过在九江客寓里那一晚上的事体呢?"平氏太太道:"他怎么能来到京里?"章池客就把他写信与魏琢人断绝、带了一个丫头来京相投的话说了一遍。平氏太太道:"倒也很好,只是这魏琢人怎么肯甘心呢?恐怕他要说话。我是得他来做伴再行也没有的了,但是叫他做妾总不好,我就同他姊妹相称罢。"章池客道:"恐怕他未必肯,回来看罢。"平氏太太叫丫头、老妈子收拾对面房间,买蜡烛鞭炮,一面叫套车去接何小姐。

不多一刻,何碧珍已经到了,家人连放鞭炮。何碧珍先到祖宗面前行了礼,回来就请老爷、太太受礼。平氏太太道:"妹妹,我们平拜了罢。"何碧珍道:"那可不能!我何絮今儿是自己情愿做章老爷的妾,太太若不受何絮的这头,那就是不肯收纳何絮,我何絮只好遁入空门了。"平氏太太没法,只得立受了他的头。平氏太太还是叫他妹妹,他一定不敢当。章池客道:"昨天我说过,就叫他的号碧珍罢。"平氏太太让他到房里坐,他定见让着平氏太太先走。到了房里,就抢着替太太倒了一碗茶,还要来装水烟。平氏太太说:"这可不必。"停了一会,又领他到对面房里看了新房,收拾得也还干净。

晚上叫了一桌菜,这平氏太太生了一儿一女,儿子才八岁,女儿六岁,团团圆圆的坐了一桌,吃得倒也十分有兴。晚上送章池客到这何氏新姨太太房里去息。章池客虽是一个清苦京官,有这一妻一妾相陪,膝下又有一双儿女,过得也很舒服。

隔了将近一年,忽然接到他表兄魏琢人太史的一封信,想来要兴问罪之师了,他夫妇三个看见,皆不免有点心惊。究竟魏太史的信上说些甚么,请诸位猜一猜看。

温 编 下

第 八 回

屈膝负荆终成佳偶　啮臂断袖别具赏音

　　章池客接到他表兄魏琢人太史的信，心中甚是惊惶。及至拆开一看，是替一个朋友托他领诰轴的，并未提及何碧珍一字，他夫妇三人才放了心。这位魏太史真是度量宽宏、能于忍辱负重的大才，将来宫保、中堂恐怕都有份呢！
　　又隔了两三年，章池客的老翁在籍身故，他闻讣丁艰，带了家眷奔丧回吉水原籍。这时候正在开办九南铁路，他葬事还未办毕，就接到这铁路公司总办大绅的信，邀他去当办事绅董。他想在家无事，藉此也好混些薪水之资，就答应了。办毕葬事，料理动身，他的夫人平氏因为本房分得一份薄薄的田园，必须亲自经理经理，儿子也要送进本城的学堂，不愿同到省中，劝他带了何碧珍同去。他想家中却也不可无人。好在省城到吉水往来还便，也就应允。
　　到了省里，会了总办，又会了同事的几位绅董及文案、收支人等。绅董里头有一位庐陵的王梦笙太史，是他同年换帖至好，见面就说："年伯的葬事未克亲临叩奠，抱歉之至。"章池客也谢了他的赗仪。王梦笙问道："嫂夫人可曾同来？"章池客道："内人因要料理小儿进学堂，没有出来，是带了一个妾来的。"王梦笙道："原来老哥哥也纳了宠！大约是京里人，我们倒要见见。"章池客道："却不是京里人，说来话长，里头还有一大篇文章。老弟的宝眷在省里么？"王梦笙笑道："我同你一样，也是带了一个妾。"章池客道："老弟是几时纳的？记得你放差出京那时还没有，大约是在上海讨的了？"王梦笙道："也不是上海讨的，说来也话长。这么样罢，我们把这里的事弄完了，到我那里吃饭，细细的谈罢。"章池客说："也好。"又到别位同事的房间里应酬了一阵，王梦笙也把日行事件看完，约有四点多钟，邀着章池客一起回了公馆。

　　王梦笙问道："老哥哥的公馆有了没有？"章池客道："没有，现同小妾暂在栈房里住着。"王梦笙问起他这位如夫人的来历，章池客就源源本本的说了一遍。说到那封信，王梦笙听了道："这信写得真好！骂得真痛快！这位老前辈我从小就不佩服，也应该如此。这位如嫂夫人可谓弃暗投明，要算是一个女中豪杰。"章池客又问王梦笙的如夫人是怎样讨的，王梦笙笑道："我两人真要算异曲同工、无独有偶。"于是把他讨这如夫人的缘由细细讲来。但是这缘由在王梦笙嘴里讲总不如做书的说得详细，何以呢？难道他自己做的事倒说得不详，还是王梦笙也是个喜欢遮遮掩掩的人呢？这却不是。只因有些话本是章池客知道的，王梦笙可以不说，看书的可不晓得，必定要做书的替他说了。

　　这王梦笙名鹤，老翁是做广东盐运使的，母亲吴氏只生这王梦笙一人。他老翁又讨了一位姨娘，也生了一子，名叫王鸿，号梦书，比王梦笙要小到十多岁呢。王梦笙随任读书，请的是一位九江的名孝廉，姓谢号达夫，榜名知命，据说是他老太爷五十岁才生的，所以取了这个名字。这谢孝廉只有一妻一女，人口不多，所以也就一齐接到广东，顺便叫这女儿跟着认认字读读书。他夫人怀着他这女儿的时候梦见人送了他一张琴，上头有文君二字，后来就生了这位小姐。谢达夫说文君却没有甚么好，就替他起了个名字叫琴，号叫警文，却是生得秀外慧中，伶俐异常。王梦笙的母亲吴夫人看见甚为钟爱，认了他做干女儿。可怜他九岁上他母亲就染了广东的痧子症死了。谢达夫还没有得子，吴氏夫人就把自己用的一个丫头叫喜珍的送了这谢先生。过了一年多些，居然生了一个儿子。这谢先生的教法最好，讲书能达言外之意，不拘拘于章句成法，学生所不能懂的地方就略而不讲，而且循循善诱，使学生乐于亲近，绝无那种师严道尊、拒人千里的神气。这王梦笙却也天姿聪颖，举一可以反三，十四五岁笔下就很有可观。一位梅学台看见他的窗稿甚为赏识，就把他的女儿让卿许字与他。

　　梅学台是南京人，任满之后请假回家。这年王梦笙十八岁了，因为秋间却逢恩科，他老翁就替他捐了监，托谢先生带他回江西应试，顺便完姻。

第八回　屈膝负荆终成佳偶　啮臂断袖别具赏音

吴夫人也一同回家，替儿子料理喜事，谢先生也就带着如君、儿女，扶着他夫人的灵榇一齐动身。这科王梦笙就中了举，榜后在南京赘了姻。这位梅氏让卿既美且贤，满月双归，吴氏夫人见了甚为喜欢。王梦笙十九岁上就联捷，点了庶常，第二年就留了馆，二十二岁就放了湖南副主考，真是少年科第，一帆风顺。谁知放榜之后，就接到广东电报，他老翁在任病故。他就托湖南抚台替他奏报丁艰，由海道奔丧，到广东扶了老翁灵柩，带了庶母、兄弟一齐回家守制。二十七个月服满之后，吴氏老太太因为家道很可过得，那时正是新旧两党互相争竞的时候，恐他年轻的人出去容易贾祸，就不准他进京起复，在家奉着慈母，伴着娇妻，有时课课弱弟。梅氏夫人也连举两子，大的已能让梨觅枣，倒也极尽家庭之乐。

　　这年，他这位业师谢达夫忽然奉委来署庐陵教官，他们得了信喜欢非常。打听谢达夫到了任，王梦笙就赶紧来见先生。先生一见这位高足，也甚欢悦，问了老太太的安。王梦笙问道："先生家眷想已同来，可曾再添世弟？"谢达夫道："家眷是同来的，前年又得了一子。"王梦笙又问："世妹可曾完姻？"谢达夫听了这话，就惨然道："唉！不要说了。我回家之后，过了两年，有一位同县新秀才叫欧阳哲轩的，比你世妹大两岁，生得极为聪秀，笔下也极好，不过父母俱故，家道寒些。朋友来提亲，我就答应了，这年就入赘过来。那知不到两月，竟尔夭折，你世妹已孀居三年了。他婆家也没有甚么人，现在还是跟我过着，你想可怜不可怜呢！"王梦笙只得拿话宽慰了两句，就请见见，并要见见喜姨太太同两位世弟。谢达夫皆叫出来见了。只见这世妹比那小时候更加娇艳，春山锁翠，秋水横波，穿着一身缟素衣裳，尤为光采夺目，不觉得竟看出了神。因为先生在座，也只得收视返听，谈了些家常，说："家母明天就要来接，过去顽顽。"谢警文也说："本也就要过来替干娘请安。"谈了半天。

　　王梦笙回去告诉了老太太，说："这警文世妹竟守了寡！"吴氏老太太也觉得可怜，第二天就叫打轿子把谢小姐同喜姨太太一起接了过来，见面自然有许多怜惜安慰的话。以后也就常来常往，这警文小姐有时也就住在王家，同这梅让卿更加莫逆，两人结了姊妹。王梦笙本是从小见惯、同窗共砚的人，也就不时亲近。那警文小姐倒也没有那种躲躲藏藏的小家习气。不过总是谈论些文词,讲说些时事,却不敢一语及于狎亵。有时王梦笙也在那蕴藉的谈风里头写着点爱怜的密意,那警文小姐也似解非解、似答非答的说上两句,那种机锋全在若即若离之间。

看书的诸位,天下的色共有好几种,大约那实事之外更无馀情的最为下等。那事前则抚摩挑逗、事后则偎倚依恋的,其神趣已不专在实事之时,这也算是中等。独有这种含意不伸、幽怀难写的,说他是无情,却有无限的悱恻缠绵在那语言眉目之外;说他是有情,又有一种的端庄大雅在那起居言动之间,叫人亲又不能亲,放又放不下。那些小说书上就说这种是情而不淫的了,不知这一种人却是上等之色,情到极处,亦淫到极处,比那见面就如是、完事就无情者固属相去悬殊,就比那必须亲沾芗泽、钗挂臣冠,然后令人动心的,也觉得一个尚须凭实,一个全在摩空了。碰到这种人,在那蠢男莽汉,他本不能领略,倒也没甚要紧;若是慧业文人、钟情才子,真要被他将魂魄摄去,做那《聊斋》上的孙子楚呢。所以有一部笔记说,这一种叫做"销魂狱",这个名目真真不错。

这王梦笙碰着这谢警文,可就进了"销魂狱"了!因怜成爱,因爱成痴,竟弄得梦魂颠倒,茶饭不思。说他病又没病,说他不病又似有病。他这位梅氏夫人看出几分,问他道:"你到底觉得怎么样?"他总赖说并不怎么。再隔几天,更加甚了,竟会一个人坐在那里不言不语的出上半天神,见了那谢警文,倒也是呆呆的,并不像从前的有说有笑。梅氏夫人虽不敢告诉人,心中却十分着急。晚上再四盘问,并且说道:"无论有甚么心事,你告诉了我,我总替你想法子做成功。"他才似乎有点醒悟,说道:"连我自己也不知道怎样的,自从见了这谢警文,这心里就放不下。我也明晓得这事万做不到,时常自己抑制自己,但是不能自主。这两天觉得这个心竟变了个虚飘飘的,也不知道在我身上不在,也不知道在他身上不在。"梅让卿道:"我早已看出来了!我总有法子想,必须遂了你的愿,才算我做足这个'让'字呢!"王梦笙望他连连作揖道:"但是想甚么法子呢?"梅让卿沉吟了一会,笑道:"有了,下个月不是老太太的生日么?你可唱天戏——"附着耳朵道:"……就如此如此罢。到那时你可要放出本事来,我可不能来帮你。"王梦笙听了心中大喜,那似痴非痴的病也就好了。

第八回　屈膝负荆终成佳偶　啮臂断袖别具赏音

　　这吴氏老太太是九月十六的生日，这天，王梦笙定要做寿唱戏。老太太想，儿子也是个翰林，家里有的是钱，做做寿也不妨，也就答应。这天，府、县文武无一个不来应酬，男女亲友来拜寿的真不少，那谢小姐同喜姨太太自然也来了。到了晚席散后，谢家派人来接，梅氏夫人定见不放谢小姐回去，说："今天虽然还有两位本家小姐在块住，我们就姊妹同床罢。"喜姨娘也说："小姐就在块看看，我是有这小少爷，不能不回去。"谢警文也就答应了，那喜姨娘先道谢回家。到了十点钟，客已散尽，老太太兴致甚好，同着谢警文、梅让卿还有两位本家小姐、那老姨太太又舒舒服服的看了两出，方命歇锣。梅让卿伺候老太太安睡，同着谢警文回到自己房里，又吃了两杯酒，然后解衣安寝。

　　约有一刻工夫，听谢警文微有呼息之声，连忙轻轻的起来，用了拔赵帜易汉帜的法子，换了王梦笙上床，他却躲到套房里去睡。这王梦笙已把外头衣服脱了，只穿着紧身小衣，掀开了香衾，看这谢警文娇眸双合，媚靥微酡，真如着雨海棠。轻轻的把他中衣褪了一半，映着灯光，看那粉臀雪股，色色醉心。

　　正在细细赏鉴，准备着真个销魂，不想那指尖儿微微碰了一碰他腿上的玉肌，竟把这天人惊醒，翻身坐起，见是王梦笙，登时柳眉倒竖，杏眼含嗔，就有个要高声喊叫的意思。吓得这王梦笙连忙爬起，跪在床前。那谢警文本来要喊，因想这时候已交四更，在他家里闹了起来，又怎么样呢？而且这位老太太平日相待甚厚，计算他辛苦了一天，刚刚睡着，惊动了他似乎过意不去，就忍住了没有喊出来。看这王梦笙别直的跪在床前，谢警文披了小袄，指着他骂道："你这禽兽！拿我当甚么人看待，要来污我的名节？你仗着你是个翰林，有钱有势，欺负我贫家孀妇，明儿倒同你去评评理看！"一手在床面前条桌上取了水烟袋吸着，嘴里千禽兽万禽兽不住的骂，骂到气头上，就拿着火煤子在王梦笙颈项上烧，可怜这王梦笙也不敢回嘴。那谢警文烧的手势虽不重，到底有些疼，也只忍着，不但不敢动，并且不敢哼，竟如木鸡一般，听这谢警文数说一回烧一回，总是甘心忍受。足足有一个时辰，听见转了五更，这谢警文见骂也骂不出个所以然，烧也烧不出个所以然，也就渐渐的有点倦意，把水烟袋望桌上一放，有个星眼微饧、玉容无主的光景。

看书的诸位可晓得,这妇女人家夜间动了气,你若在他那气头上同他抢驳,他的肝火越说越旺,竟要闹到不可收拾;若让他一人数说,他那火出尽了,到了这四五更之际,自然就觉得娇惰不胜,而且这肝火既下,那相火不由自升,就有一缕媚情从丹田直达胸膈,脸上就现出一种春情倦态。无论他贞姬淑女,只要是有点性灵的,到这时候总有这番光景,这时候就同那花炮信子已燥,点得得法,就会响的。诸位要不相信,请在自己的娇妻爱妾面前想法子试验试验,用心去体会体会,就知我做书的所说不错了。

这位王梦笙是怜香惜玉的惯家,那有看不出的呢? 晓得这时候机不可失,转祸为福就在此时,就低低的说道:"唉,今天呢实在怪我不好,唐突了妹妹,罪该万死!"谢警文道:"不怪你还怪谁? 明儿再同你算帐!"王梦笙道:"我呢是晓得罪无可辞,无论拿我怎样,我也是应该身受的。但是我替妹妹想,你怎么呢?"谢警文道:"我有甚么怎么?"王梦笙道:"我是三更多天进这房里,到这时候已有两个更次,房里只有我同妹妹两人,我跪在床下,妹妹坐在床上,原是规规矩矩的,然而没有人看见。明儿妹妹闹了出来,我呢自然是声名扫地,咎由自取,还说甚么? 妹妹难道好逢人辄诉么? 就是说了,人家要不信,瞎造谣言,又待如何?"谢警文道:"那也是你害我的!"王梦笙道:"害呢原是我害的,我也无可辩。但是妹妹担了这个虚名,若是未出阁的闺秀,尚可一试守宫,现在是又无凭据的了。"谢警文听着,不觉下了两点珠泪,说道:"你真害得我苦! 叫我怎么呢?"王梦笙知道有点转机,忙又说道:"我也晓得妹妹是玉洁冰清,原不敢以非礼之事冒昧相待。不过因见妹妹这般的慧性韶年,为这草草短缘,拘守着世俗之见,遂尔孤寂终身,断送了这天生美质,实在可怜可惜! 日日如此着想,这魂灵儿竟不知到那里去了,前几天的神情妹妹也应该看见。梅让卿见我这似痴非痴的样子,觉得不好,要想救我的性命,才出此下策。现在妹妹明天嚷出来,我的性命自然是没有了——明天就不嚷出来,我的命也总是活不成;而我因妹妹而死,我可死得甚是情愿,再没有一些怨言的。不过我死之后,望妹妹看顾我的娘,不时来替我的娘解解闷,那我在九泉之下也就感激不尽。"说着,眼睛里就掉下泪来。那谢警文眼睛里也不觉下泪,

第八回　屈膝负荆终成佳偶　啮臂断袖别具赏音

叹了一口气道："唉！你不晓得是我那一世的冤家！你起来罢，我明天不说就是了。"王梦笙这时倒又放起刁来，说："妹妹不拉一拉，我一世也不起来的。"谢警文也只得用手来拉，他就趁势爬上了床。

那晓得跪在地下的时候，心是提着的，倒不觉得冷，到了床上，心朝下一定，这深秋的天气，只穿了一身的紧身袷裤，怎么禁得住呢？倒发起颤来了。谢警文不由得生了怜惜之心，将他搂了过来，说道："我也是前生造的孽，所以我母亲生我的时候梦见卓文君，这回真要做卓文君了！只好听你罢。但是以后如何呢？"王梦笙连忙说道："以后无论如何，总与妹妹白头厮守。好在让卿同妹妹也是好姊妹，我若要负了妹妹，叫我死无葬身之地！"说到这里，谢警文就拿那纤纤玉手掩了他的嘴，说："不准乱说！"两人就同入鸾衾。可怜谢警文三年清节，就断送在这一宵被底。这王梦笙虽然受了半夜的折磨，却得了无限的乐趣。在枕头上，谢警文抚着他颈上隐隐的瘢痕，低低的问道："烫得你不疼么？"王梦笙道："妹妹下的手本轻，就是再重些，我只知道爱妹妹，也断不会觉得疼的！不信妹妹再烧烧看。"谢警文笑了，说："你这个人真是没得说的！"天下愈难得的事愈觉快心，这时候这两个人真是苦尽甘来，此怜彼爱，比那轻易成就的更增出无限兴会。不一时两人倦极，同入黑甜。

那谢警文梦回鸳枕，已过辰牌。梅让卿轻轻走来，揭开帐子，微微一笑。谢警文羞得无地可容，只说得一句："姊姊，你害得我好——"梅让卿不敢拿他开心，连忙说道："都怪我不是！我因为要救他的性命，又舍不得将来与妹妹分离，才出此冒昧之计！总望妹妹海涵，一切在我身上。"谢警文道："我现在还有甚么说呢？只望姊姊弄得圆到，不要使我轻失此身、没得下梢就是了。"说着推醒王梦笙，说："还不起来，亏你好意思！"王梦笙睁眼看见两人，真有要伏而惭谢的光景，连忙起身。谢警文同梅让卿商量说："怎么〔办〕呢？"梅让卿道："你再住两天，我自己去求先生，把先生那边求妥，这边老太太我看更容易些。"谢警文道："我此刻是没有法子的了，听你们把我怎样就怎样吧。"两人当窗理妆，收拾完毕，同去请老太太的安，王梦笙也出去谢客。这天晚上，还是反客为主，还是如姜肱大被鼎足而眠，也就不得而知。

过了两天,梅让卿同谢警文商量,叫他先回家去,却不必说甚么。梅让卿隔了一刻,也坐轿子过来谢寿。在警文同喜姨娘房里坐了一会,打听谢达夫的签押房里无人,梅让卿本是见惯的,就走了过来,见着谢达夫深深下拜,跪着不起来,说道:"先生,门生媳妇做了一件无法无天的事,要求先生责罚。"谢达夫道:"甚么事?你起来再说。"梅让卿道:"这件事实在都是门生媳妇一个人的错,要求先生宽恕了,并且要求先生答应了,门生媳妇才敢起来。"谢达夫被他弄得没法,又不好来搀他,只好站着说道:"甚么事呢?你且说罢!"这遭梅让卿才把王梦笙见了谢警文怎样发痴得病、他自己怎样怕将来与世妹分离、才用计使他两人成了好事的话委委婉婉的说了一遍,并说道:"我梅让卿情愿以嫡位相让,自居簉室,总要先生允了,才能完全这一重缺陷。"

谢达夫听了本来也有些气,然而木已成舟,就使翻起脸来,坏了学生的功名,也补不了女儿的名节,那又何苦呢?"况寡妇改嫁,汉、唐以来多少名人皆不以为异,只有南宋之后那些迂儒好为矫激,才弄出这个世风,也不知冤冤枉枉的戕了多少性命,我又何苦蹈他们的圈套,断送这一双儿女,叫人家说是头巾气呢?再则自己家道本寒,女儿夫家又没有人,将来也不是个了局,不如就此完全了他们罢。"沉吟了一下,说道:"事体既已如此,只要是你三人情愿,我也不去讲那些道学话。你可得要同你老太太讲妥,名分倒也不拘,总没有僭你的道理。"

这梅让卿连忙磕头谢了,起来跑到谢警文房里,拉了警文说:"我已经说妥当了,你得同我去见见你们爹爹。"谢警文只得忍着羞,同梅让卿走到老翁的签押房里,跪了下去,一言不发。谢达夫倒也舍不得说他甚么,只说道:"你们的事你姊姊已都同我说过,大约也是你们前世的缘分。本来你娘当日梦见卓文君生你的,我心里就觉得不好,如今可都应了。你且起去,同你姊姊商量商量怎么办罢。"谢警文磕了一个头,起来同着梅让卿回到房里。

梅让卿又坐了一刻,上了轿,顺便到几处亲戚本家那里去谢了寿,回到家里把这事细细的同吴氏老太太说了,总把错处认在自己身上。老太太一边是爱子,一边是干女儿,又不是那种不通情理的古板人,自然无甚

第八回　屈膝负荆终成佳偶　啮臂断袖别具赏音

不可,就说道:"这孩子真是胡闹!可难得你这么贤惠。既然谢先生答应了,就这么办罢。你们就姊妹相称,也不必分甚么嫡庶。"说着就叫人去喊王梦笙。

不一会,王梦笙进来,梅让卿就向他说道:"你的事我已经求娘恩允了,你快过去谢谢!"王梦笙赶紧在老太太面前跪下。老太太道:"你也是个读书明理的人,怎么做出这些糊涂事来?现在看你媳妇面上,替你们成就这事,你以后可得要好好的爱敬你这媳妇,不可稍有偏枯。"王梦笙连连应着,磕头谢了起来。

停了一刻,同着梅让卿回房。到了房里,王梦笙望着梅让卿"扑通"跪下,梅让卿连忙去拉,已在那石榴裙下至至诚诚的磕了三个头。晚上,又细问梅让卿怎样同先生说的,梅让卿一一同他说了,他真是欢感不尽。应该如何加功谢这媒人,请诸位替他想想看。

次日,梅让卿又到谢先生这边来,说是奉了婆婆之命,过来求亲的。谢达夫也就答应,说道:"这事呢原无甚么不可,但是庸耳俗目的人那里晓得甚么道理?倒反要造言生事。不如掩避些,不必铺张,就用轿子抬了过去。至于你们将来怎么称呼、怎么相处,悉听你们,我也不管。"梅让卿一一答应,回来禀知吴氏老太太,就照着谢先生的话办。挑了日子,也不惊动亲友,用一乘蓝呢四轿接了过来。到门之后,也还是挂灯结彩,吹打放炮,同着王梦笙拜了堂、谒了庙,双双的磕了老太太的头,同老姨太太、王梦书也见了礼。谢警文却定见请梅让卿立着受了半礼。老太太就吩咐以后梅氏叫太太,谢氏叫二太太。第二天,王梦笙也穿了衣帽到谢达夫那里谢了亲。吴氏老太太又请谢达夫同着喜姨娘,带着两个小少爷过来吃了会亲酒。从此一夫两妇,快乐非常。后来铁路公司请王梦笙去当绅董,梅让卿要在家侍奉婆婆,就叫他带了谢警文到省。

这天王梦笙把这一段缘由细细的同章池客谈了,连那一夜跪着听烧听骂的情形都没有丝毫讳饰——这就是他们两人的好处,虽然是荡检逾闲,却不失为光明磊落。王梦笙就邀章池客搬来同住,章池客也允了。第二天就搬过来,谢警文见了何碧珍,也甚投契。

这时铁路公司方在初开,事体不多。我们中国向来遇到开办一事,总先位置多少闲人,好在以天下之利养天下之人,也未尝不有个道理在内。这天两人无事,各带着一位介在嫡庶的如夫人同去逛百花洲。看那残荷在沼,丝柳成荫,风景也颇不俗。

顽了一会,正要回去,忽然碰着一位客,同王梦笙招呼道:"梦翁,那里去?"又问:"这位尊姓?"王梦笙代答了,章池客也回敬"请教"。原来这位就是那年在上海同增朗之、范星圃他们聚会的叶勉湖。他已过了道班,现当着江西督销的差使,同王梦笙是很熟的。叶勉湖说道:"两位不要走,停回同到我那里看戏,今儿有我们家乡带来的熊掌、鹿筋呢!"王梦笙晓得他的烹调最精,他那公馆里常唱戏,那戏台也收拾得绝好,心里也颇愿意去,却说道:"我们都有内眷同来的,怎么〔办〕呢?"叶勉湖道:"让他们先回去,两位抵配晚上回去唱一出《滚灯》,也就完了。"王梦笙同章池客只好吩咐家人送二太太回去——近来章池客的这位何氏夫人也援着谢警文的成案改了称呼了。

章、王两人同着叶勉湖又逛了一刻,就一齐到叶公馆。不多时客已来齐,有南昌的亨太尊、新建县的华大令、派办处兼军械所提调全太尊——这全太尊就是那做吉安府的全似庄——还有他本局的几位委员及书启、帐房师爷,共坐了两桌,五点钟开锣。

唱了两出,只见一个穿出炉银纺绸衫夹纱背心、绣花薄底镶鞋、留着全发的小旦走了进来,年纪约有十八九岁,生得眉清目媚,齿白唇红,走到两席面前遍请了安。叶勉湖拉着他手道:"艳香,你怎么这时候才来?七姨太太等了你半天,快些进去妆扮罢!"艳香说:"我今天起来迟了些。"说着就走到上房里去。

这叶勉湖的七姨太太就是从前贾端甫赏识的那个双铃,叶勉湖在秦淮河讨的他,也有四五年了。看见艳香进来,就说道:"你怎么来的这么迟?把人家眼睛都盼穿了!"艳香赶紧走近两步,靠着膝前请了个安,道:"劳姨太太久等,真对不住!"七姨太太就拉着他手说:"你坐着罢,不早了,我来替你梳头。"桌上妆具已经摆好,趁着丫头出去泡茶,两人脸靠着脸的照着镜子亲热了一会,然后替他把头发打开,慢慢的替他梳好头,拿自己的珍珠软镶压发荷花别子替他插好。艳香却自己洗了脸,扑了粉,微微的点了点胭脂。七姨太太开了衣橱，拿自己的衣服与他穿。艳香说："今天排的戏里头有出《庙会》，是要解怀的，连兜肚小衫都要呢。"七姨太太就拿了一个京城里带出来一面红纱、一面夹层里画着春工〔宫〕的兜肚与他带。艳香脱了衣裳，露出一身雪白粉嫩的肌肤，七姨太太亲手替他把这兜肚结好。他就穿了这七姨太太的贴身小衫坐到七姨太太的床上，套了七姨太太的一条纺绸镶脚的裤子，装了跷，然后加了外衣。收拾停当，照了照镜子，戴上七姨太太的耳环，望着七姨太太说道："我就要上台，你就来看罢。"七姨太太笑着应了，带了一个小丫头，走到厅旁边一间小书房里去看。这是他向来看惯的地方，叶大人特为替他收拾出来的。

　　艳香走到花厅，真是一个婷婷袅袅的佳人，不知道的几乎当作叶大人的姨太太出来了。又在叶勉湖身边坐了一坐，然后上台。这里开席，又叫了几个档子班的倌人陪酒。这艳香先唱了一出昆曲的《偷诗》，做到那潘必正掀开帐子，看他那杏眸娇合、莲瓣斜倚，潘必正轻轻抱起，腰软肢慵，真令人心驰目眩。隔了两出，又唱《庙会》，解开襟扣，露出了红纱兜肚，映着那雪白的胸膛，任着那王三公子摩挲双乳，看的人皆羡这小生几身〔时〕修到。那南昌府亨太尊笑着问他那相好的倌人玉仙道："比你的不晓得如何？"玉仙把他打了一下，又低低的说道："你也去摩一摩看好不好！"亨太尊就伸手来摩玉仙的，说："先摩摩你的看。"玉仙连忙推开他的手，又低低的笑着说道："我的你还没有摩够么？你去摩摩他的就晓得了。"

　　不一时艳香下台，仍在叶大人身旁坐着。等到那笙歌归别院、灯火下楼台的时候，众人都已各归府第，这艳香是否就住在叶大人的上房里头，那就不得而知。叶勉湖本是富豪，又当阔差，不时邀了章、王两位过去选舞征歌，评花赌酒，往来甚欢。

　　又过了两个多月，有一天傍晚，王梦笙、章池客打公司回家，同着两位如君坐在一处闲谈，忽然接到叶勉湖一个条子，说是："今日拟为艳香消除乐籍，列入金钗，务乞两君速临，商酌此一篇花样翻新的文字。亨淡如太尊亦在座，望即命驾，勿却为幸！"两人看了，说道："消除乐籍呢倒也常见，至于列入金钗，可是从未听见过的。我两人生平的事已经要算出奇出格的了，若像这样新鲜文章，真是闻所未闻，倒不得不去领教领教呢！"两位如夫人也说:"这事真正稀奇!你们去了,回来细细的讲与我们听罢。"诸位要知其详情,等他两位回来告诉他姨太太的时候,让做书的去听他一听,演说出来便知道了。

燃　编　上

第 九 回

助奁妆院司同掷锦　　误朝贺府县共迷花

　　王梦笙、章池客两人坐了轿子同到叶道台公馆,那南昌府亨太尊已先来了。见了叶勉湖问其所以,原来这上一天十月朝,街上出会,艳香刚在人家唱堂戏坐轿子回来,没有卸妆,就同着他师傅的小婆、媳妇,还有邻居家里一位姑娘,一齐走到街上看会,被一位警察局的副委看见,说他不应扮着女子,夹在妇女淘(头)里,有伤风化,申斥了几句。这艳香是向来在抚台、藩台衙门上房里穿房入户,同大人、少爷、太太、小姐们平吃平坐惯了的,他那里把这种磕头虫的小老爷放在眼里!听他申斥,就顶撞了两句。这位老爷也是个少年初出山的,在官场阅历还浅,那腔子里还有点热血未曾化凉,登时大怒,就吩咐巡兵把他带到局里。

　　这副委穿了公服,坐上公堂,叫:"带过这戏子来!"艳香到这时候也就只得跪下。问了几句,这艳香还仗着势同他辩驳回嘴,弄得这副委下不来台,就喝声:"拉下去打!"那巡兵把他拉下,还是穿着女妆,就褪了裤子,露出那曾经供奉过各位贵官富商的香臀。这时候幸亏那正委听见信赶了回来,见这副委正在堂上,不能上去拉他,一面叫家人请他下来,说总办有要话吩咐,一面叫人拦住行刑的巡兵,说先放他起来,停会再打。可怜那嫩皮肤上却已经吃了十几片的毛竹笋了。

　　这副委下来,那正委连忙抱怨道:"这个人你怎么打得?他是抚台、藩台各位大人都赏识的,你打了他,不但你的功名保不住,连我还要被你带累呢!"正在说着,只见他家人拿了一封信,说是府里飞马送来的。这正委连忙拆开一看,说道:"如何?府里已经来要人了!我同你一起送了去罢。"那副委到这时候那腔子里未曾化尽的一点热血也渐渐的有些凉意,只得跟着他上府。

到了官厅,等了一会,说声"请两位进去"。见了首府,这亨太尊就向着那副委说道:"做官的办事总要审量审量,万万不可莽撞!这警察本是新政,处处要学着点外国的法子,本不该轻易用刑的。你不看见前回有位城上的御史,因为滥刑被参的么?你初出来做官,怎么这样任性?"一面又向着正委说道:"老兄是这分局的正委,应该常川在局,怎么自己走开,以致这副委闹出事来?万一上头查问起来,我兄可担待不下!"这正委连忙说道:"总要求大人栽培宽恕!"两人听了几句申斥退了出来,这正委又埋怨了副委几句,副委也不敢回言。——这是那艳香被副委拿到局里的时候,那跟兔的连忙到叶大人公馆送信,叶大人连忙写信到府里派人去要的,都是专马飞递,比那跑奏折的还要快些。

那亨太尊就拿轿子把艳香送到叶公馆。艳香下了轿子,走进上房,就扑到叶大人怀里呜呜咽咽的痛哭,说道:"我也是好人家的儿女,我老子、哥哥不多几年前头还在衙门里做钱谷师爷。不幸我老子、哥哥死了,被人家骗了出来,卖在班子里唱戏,今儿还要丢这个脸,要望大人救我出这个火坑,我死也不做这个行业了!"

原来这艳香就是那龙钟仁的公郎、龙伯青的介弟、贾端甫的高足、号叫研香的。龙伯青从通州搬到扬州,不久死了,被毛升把他家眷骗到上海。又哄他,说是送回绍兴进学堂,那知把他拐到九江,卖在班子里唱了花旦,就改名艳香。他那生母、嫂子、姊姊的下落他也不知道。这艳香在叶大人怀里哭个不住,七姨太太拿自己的手帕子替他揩着。叶勉湖道:"救你不难,只是把你弄出来,算个甚么人呢?"艳香道:"那随你,叫我做甚么我就做甚么,只不要叫我再当堂吃板子就是了。"叶勉湖想了一想,道:"这么罢,我们家乡风气,常有娶小旦的,你就从此改了女装,做我的八姨太太罢。"双铃也连忙说:"甚好!甚好!"这艳香那有不愿的道理?双铃就留艳香住在上房。

第二天午后,叫了他师傅来,叶勉湖当面吩咐了,与他二千身价,他师傅也不敢不从。这叶勉湖就办了菜,请了亨太尊商量这事,并替艳香谢他昨日的情,又请了这王太史、章中翰作陪。叶勉湖当下向他两人说明缘故,两人心中觉得奇怪,嘴里却均极力赞成,说:"这真是一段风流佳话!"

第九回　助夯妆院司同掷锦　误朝贺府县共迷花

停了一刻开席，就是宾主四人，也还叫艳香穿着女妆出来相陪。艳香替亨大人道了谢，王梦笙、章池客均向他安慰了两句，又替他道喜。这艳香也带笑含羞的，倒也有些闺阁态度。席间嘱着亨大人，定见要他把这副委参掉，方才消得这口气，不然可就要寻死了。亨太尊满口答应说："总在我身上替你出气，八姨太太尽管放心，好好的服侍叶大人，明年早生贵子。"说得艳香红着脸，拿一把瓜子撒了过来，大家哈哈一笑。后来，这亨太尊到底借件事，不多几日就把这副委的差事撤去。可见这做官的人万不可任性，不拘他龟奴贼屁，只要他势力大些，千万得罪不得的！

席间，把办这事的法子商量定了，说："这天必得要多请些客，唱一天戏，使大家知道，将来人家才没有话说。"就拿历本，拣了个初六日的佳期，说叫艳香先回家住两天，到这天再拿轿子、吹手接来，大家都说甚好。席散各自归家。

次日，艳香也回去收拾收拾自己的东西。他师傅也办了点酒菜请他，夜里还预备了一枝"玉藕"替他饯行，他也整顿了一个"蒸豚"与师傅留别。

到了初六，连抚台、藩台都请到。此时那梁培帅早已升了刑部尚书，进了军机，现在的抚台就是那广东藩台包世涵号容斋升的。藩台姓谭名笃，号梧崦，是广东人，到任也不过一年。他小时候在香港洋行里当过细仔，懂得些外国话。后来跟了一位同乡的钦差出洋当翻译，混了几年，保到道台，放了一任关道。升了臬台，将放藩台，就丁忧回家。起复之后，放了这江西藩台。同包容帅本无甚么交情，因内里渊源，所以也就成了个肺腑至交。

你道甚么渊源？这包容帅在广东藩台任上的时候，他姨太太用过一个梳头妈，叫做桂姐，年纪不到二十岁，生得油头粉面，妖艳异常。那一双天足，常常的不穿袜子，套在那黑油拖鞋里，掩映得白如团雪，滑如凝脂。这包容帅有时侥幸捻到手里，真如那汉成帝得了赵合德的双跌，登时就可兴阳助兴。虽碍着姨太太，不能常常享用，却也就不时领略馀腥。等到这包容帅升了江西抚台，恰好这谭方伯丁艰服忧回家，这桂姐就到了谭方伯府上。这位谭方伯与包容帅所好略同，也是个酷慕新学的，见了这六寸肤圆，也就垂涎不止，不到几个月，竟在这桂姐腹中下了一个国民的种子。

这桂姐是有丈夫的,只得援那小仓山主人讨方聪娘的故事,托人从中说项,花了三千块钱,才能够特使故雄让新畔,八风皆平。这回同到江西,谭方伯晓得他这位桂姨太太同抚台有这一点密切的渊源,大可就此联络,到任不多时,就叫他进去拜他抚台的姨太太。抚台这位姨太太是在扬州何驹子家讨的,芳名叫文玉,最为得宠,所以把前头的几位姨太太都撇在安徽家里,到广东、到江西,都是这文玉随行,真是说一是一,说二是二,从来不敢违拗的。这姨太太见了桂姐,自然主仆情深,就是这包容帅也不免眷怀旧雨。有时这位桂姨太太就留在抚台衙门里盘桓两三天,包容帅曾否同他重续坠欢,那节府森严,侯门邃密,做书的却不敢托人打听。但是这位藩台自从得他这位姨太太同抚台把这渊源叙过之后,上去回事,包容帅没有不点头答应的;无论委缺委差,谭藩台说了,从来不敢更改;就是包容帅要照应个把人,也得同这谭藩台好好的商量;有时谭藩台上去回的人,包容帅觉得不大妥当,推敲推敲,谭藩台就有不豫之色,总要抚台答应了才算。本来用人是藩台的专责,这位包容帅倒也很肯尽那不肯侵官的道理。这谭方伯见这包容帅已在他如夫人股掌之中,就放开手段去做,真个同那《官场现形记》上所说的三荷包的令兄差仿不多。

这位南昌府亨茂,他老太爷本是内务府总管,近来又升了理藩院尚书。那新建县华公滋大令名荫荣的,也是一位督抚的少爷,皆是家资豪富,孝敬得这谭方伯心满意足,所以上司、属员都很脱略形迹。

这天,叶公馆的客真不少。那王太史、章中翰、亨太尊、全太尊、华大令自然在座。还有那位任天然,从万安县撤任回省,住在叶公馆一条街上,也都请了。任天然因为这是旷古难逢的事体,也很愿意过来见识见识。此外的客也不胜枚举,无非是些阔官巨商。两点钟即已开戏,客人陆续到齐。到了五点多钟,只见四个纱灯、一班鼓乐迎着一顶蓝呢四轿,玻璃窗都用绸幔子遮着,进了大门就鞭炮不绝,一直抬到上房院子里歇下。一个丫头、一个老妈在轿子里搀了一位当年的少爷、前天的戏子、今日的新娘龙艳香八姨太太出来,慢移莲步,轻踏花毡,进了堂屋。这位叶观察戴了红顶花翎,穿着蟒袍补褂,领着艳香敬了神,拜了祖宗。然后摆了两把椅子,叶观察靠着上首一把站着,下首一把是替他太太设的虚位。这艳

第九回　助奁妆院司同掷锦　误朝贺府县共迷花

香就端立红毡,裣衽下拜,叶观察立受了。然后艳香向着双铃叫了一声"姊姊",拜了下去。双铃也回叫了一声"妹妹",并肩跪下同拜。一面请了抚台、藩台及各位客人进来见礼。抚台、藩台本来都是欢喜这艳香的,所以都送了些添妆,不过是衣料镜奁、脂粉香水等类,还有一封重重的见面礼。叶勉湖连忙道谢,又教艳香磕头谢了。

大家见过,都退到厅上座席看戏。等到抚台、藩台走后,亨太尊又高兴重新叫起局来,把这席酒闹到三更后才罢。有些生客都悄悄逃去,那全似庄、任天然皆在逃席之列。席散后剩的都是几个常聚的熟人,吵着要闹新房。叶勉湖也欣然领道:"这新房在七姨太太的里间,是七姨太太的意思,说这房间本来宽大,都有前后间,在一边住着,诸事便当些。"

大家进了新房,一看收拾得十分齐整,壁上挂着一副泥金对联。王梦笙走去,看是章池客送的,写的一笔好王字。对句是:

　　鄂被新迎桃叶艳　　寒簧应惹桂枝香

连声赞道:"池客这副对子真好!浑融工切尽题,(句)中妙有弦外音!"章池客笑着说道:"也不见得。"王梦笙道:"我也做了一副,因为太着色相,且是四个字的,不像新房对子,所以没送。"大家说:"请教!请教!"王梦笙道:"是'鱼熊兼美,龙凤同翔'。"章池客:"其实也很工切。"那叶勉湖、亨淡如于文墨上都不甚了了,也跟着谬赞了两句。叶勉湖又叫老妈子搀着八姨太太到各人面前敬了茶。大家又说:"还要闹闹老房,勉翁不可得新忘旧,撇得七姨太太寂寞了。"

一同走到外间,艳香也跟着出来,却同双铃坐在一张春凳上。王梦笙忽然站起来,走到这两位姨太太面前深深一揖。这一雌一雄的姨太太都吓得站了起来,问道:"王大人,甚么事体?"王梦笙道:"晓得两位姨太太音律都是高明的,小曲琵琶,不敢亵渎,只求两位姨太太一位吹一位唱,替换着同唱一套昆曲。不知肯赏脸不肯?"说着又作了两个揖。这两位姨太太拗他不过,只得答应了,商量着同唱一套《折柳》。先是双铃吹笛子,艳香唱了一支《怕奏阳关曲》;回来艳香吹笛子,双铃唱了一支《倒凤心无阻》;

又是双铃吹笛子,艳香唱了一支《慢点悬清目》;然后又是艳香吹笛子,双铃唱了一支《和闷将闲度》。到底是双铃先进门,让他唱的生角,占点便宜。真是歌声清脆,余音绕梁。大家见已过四鼓,说:"未免耽误了新人好梦,赶紧走罢!"一齐道谢上轿。这一夜,叶勉湖如何力搏玉兔、直捣黄龙,做书的生平未尝此味,无从摹拟。

到了三朝,叶勉湖又请了几个知己的吃酒,那王太史、章中翰、亨太尊、华大令都在座。各叫了相好的倌人,这些倌人都到上房里去请安。看见艳香,个个心里发笑;看见双铃,却羡他生成艳福,嫁得这么一位好大人,替他弄这么一个靓丽可人的深闺良伴。到了上席之后,玉仙嬲住亨大人,到他家里请客,说:"同是一样的人,你看叶大人就替艳香吐了气,难道你就不能替我做点面子?"亨淡如也就答应,邀了同席的几位明天到玉仙那里吃酒,大家也都允了。

次日傍晚,南昌府亨太尊先自己穿了便服,坐了轿子,却没有用执事,只带了四个亲兵,一把红伞,两匹跟马,到那玉仙的香巢。下轿进去,龟奴、鸨妇接着,都请了府大人的安,引着进了玉仙房里,然后派人到各处请客。那新建县华大令不等催请的到,就先过来在他相好的艳云房里坐着等信。听见府大人到了,就赶紧过来伺候。亨淡如这天又请了一位发审局提调绪太尊名叫元祯的。不多时客已到齐。

王梦笙看这房间也还雅洁,挂的一副对联是:

　　欲从玉女窥莲井　　须向仙人乞斧柯

用渔洋成句,也还自然。大家谈了半天。因为绪太尊是高邮人,亨太尊叫他"黑屁股",拿他开心,他也直认不辞。等这叶观察总不见到,催请的回来,才知是抚台请他吃酒,九点多钟才到。这席酒闹到十二点钟方散。

各客告辞之后,亨太尊,华大令也跟着要走,玉仙、艳云两人定见不放。亨太尊道:"这么罢,今天夜里要拜牌子,我们叫人把衣帽拿来,在这儿坐一会就同到万寿宫,岂不甚好?省得回去睡了误事。"华大令忙应道:"是。"于是各派家人去取衣帽,却各到相好的房中寻乐。亨太尊的意思只

第九回　助衾妆院司同掷锦　误朝贺府县共迷花

想吃两口烟坐坐就走,那晓得这位相好的玉仙春兴发作,借着打烟睡到亨太尊怀里偎身相就。亨太尊觉得却之不恭,就推开烟盘,春风一度。谁知力尽精疲,竟自沉沉睡去。玉仙也就关了房门,打开被窝,拥着这亨太尊同赴邯郸。到了五更之后,家人叫鸨妇进来催了几次,华大令也从艳云房里出来,争奈这亨太尊同那玉仙化为蝴蝶,乐而忘返。等到惊醒,已见红日将升,连忙叫玉仙开了房门。华大令也就进来,说:"迟得很了!恐怕要误,怎么好呢?"亨太尊也在着急,赶紧洗面穿衣,同着华大令匆匆上轿。

到了万寿宫门口,只见抚台轿子已经出来。两人下了轿,让抚台轿子过去,走进里面。藩台是在他们管家面前打听出实情来的,因为人多,不好说甚么,只说:"你们怎么这样荒唐误事?回头到我那里再说罢!"说完也就上轿,其馀司、道鱼贯而去。亨太尊就约华大令先到衙门商议商议办法。

两人到了府署,亨太尊道:"今儿这事可真是兄弟的错,连累公翁。但是公翁何以不催催我呢?"华大令道:"卑职到大人房门口敲了几回,总敲不开。现在也不必说他了,怎么想想法子弥缝呢?"亨太尊道:"你看藩台说话的口风还好,我们还是去求藩台罢。但是藩台是好此道的,我们得预备着带去才好。"华大令道:"预备多少呢?"亨太尊想了一想,说道:"这件事闹起来,你我的功名都靠不住。少了怕不行,我们每人带五千去罢。"华大令道:"那么卑职赶紧回去拼凑。"亨太尊道:"不必了,叫我的帐房一起打两张票子,明儿公翁再还我罢,省得往返耽搁。"一面叫帐房师爷到银号上打了两张五千两的银票,两人拿红封套装好,揣在怀里,一齐去上藩台衙门。

手本上去,吩咐声"请",执帖的领到签押房外间坐着。一会儿藩台出来,两人上前请了安,又请了个安谢罪。谭藩台让着坐了下来,说道:"你们两位也太大意了,顽笑顽笑也要有些分寸,万寿朝贺是甚么样子大典,怎么好误呢?抚台在万寿宫派人催问了几次,我虽替两位托词临时患病,把那大庭广众的面子搪塞过去,然而这是通国皆知的事,我怎么遮盖得住?抚台回去,恐怕这会子已经尽知底细。听说已吩咐警察局去出告示驱逐娼寮,那我也没法,这是两位自作自受的!"亨太尊、华大令赶紧又请了安,口里说:"总要求大人的恩典!"手里就把那红封套递了过去,说:"这里预备了点敬意,素来蒙大人栽培的,总要望大人格外想法子保全。"说着又请了个安。

谭藩台接了封套,一面抽出来看了看数目,一面说:"这事恐怕我也不能为力;不过,同两位的交情不是一天,我为人才上起见,姑且替两位碰碰,尽一尽心罢。但是抚台那里怎样呢?"亨太尊见话有转机,连忙接口道:"请大人的示,应该怎样,吩咐一声,卑府们照办。"谭藩台想了一想,道:"姑且也照这样备一份来,我替你们想法子,倘然不行,再还两位罢。事不宜迟,两位就赶紧去料理,封好了只要叫人送到这边,不必自己再来,免得叫人家说话。"这一府一县连连答应道:"是,是。"端茶送了出来。两位到了官厅,华大令就向着亨太尊道:"这一笔就由卑职那里去办,作为归还大人那里代备的一份。"亨太尊说:"这也很好,你赶紧去弄,不要误事。要紧!要紧!"两人一齐出来。

那华大令回到衙门,赶紧打了张一万两的银票,拿了一个信封封好,又套在一个红封套里,面上恭恭敬敬的写了"大人安禀"四个字,叫人送到藩台衙门,说是要紧公事,要句回话。这家人亲自送去,藩台见了,知道是刚才府、县面回的那件公事,拆开一看果然不错,就拿张回片与来人销差。然后把这一万两的银票收了,又把那先送的两张五千的银票也收起一张来,只拿了一张,进来同他这位桂姨太太说了缘由,叫他"把这五千两的银票亲自送与抚台的姨太太,总要求他把这府、县两人的功名保全。事成之后,买一对珠花与你酬劳。"那桂姨太太道:"我不去,那回你叫我同抚台说那赣南道的缺,答应我的金刚戒指,到今儿还没有给我呢!"谭藩台又再三央告说:"我即刻就打电报到上海去办。"这桂姨太太方才答应。

坐了轿子,到了抚台衙门,他是来惯了,没有不请的。见了那文玉姨太太,文玉道:"你今儿来得这么早做甚么?"桂姐道:"我是来做送财童子的。"文玉道:"怕是来做进宝回回的罢!"两人到了房里,桂姐密密的把这事告诉了文玉,把那五千两的银票也交了,说:"这一府一县的功名可全在你身上!"文玉接着,想了一想,说道:"是了,包你没事。你却回去罢,你在这儿,恐怕有些话不好说。"桂姐道:"你答应了,那是必行的,我依你,先回

第九回　助爱妆院司同掷锦　误朝贺府县共迷花

去,让你好好的去办罢。"

这文玉送了桂姐上轿,回到房里,让人去看老爷在那里。丫头去了,回来说:"在总文案汪大人那里谈公事呢。"这汪大人也是安徽人,同这包抚台最要好,从前包抚台做江苏候补道的时候,就请他办笔墨,现在也保到知府。文玉同这汪大人也是见惯了的,心里一想,这位抚台是吃硬不吃软的人,在上房里他要不答应,有些话倒不好说,不如竟到汪大人文案房里去说罢。就叫一个丫头拿了一根水烟袋跟着,走到汪大人房门口。

原来这包容帅打万寿宫回来,细细的问了问家人,晓得这一府一县是在窑子里住的。又叫人去传了派办处的全太守来——全太守是包容帅最赏识的人。包容帅问他:"今儿这南昌府、新建县到底怎么会误事的?"这全似庄自从吉安交卸之后,虽一直当的是些阔差,却没有再署过事,心里很想摸一摸这南昌府的印把子,听起抚台问起这话,想这正是个好机会,就趁势说道:"本来他们倚恃着大帅恩宽,闹得也太不像样了!这亨守、华令终日醉酒迷花,昨天听说就是这亨守在窑子里摆酒请华令,就在那儿过夜,亲兵、轿班、执事站了一街,警察局都知道的。大帅若不儆戒儆戒,恐怕京里要有人说话呢!"包容帅道:"我也听见这么说,怕是传闻得不确,别的人又多半是要见好,同寅不肯直说,所以请似翁过来打听打听的。既然这话是实,我自然有个道理,你且不要漏风,免得人家怪你。"又谈了两件别的公事,送了全太守,就到总文案上来,同汪大人商量做折子参这府、县,出告示禁娼。

正在谈着,听说姨太太来了,包容帅吃了一惊,说:"姨太太到这里做甚么?"那姨太太已掀开门帘走了进来,望着汪文案叫了一声:"汪大人!"汪文案也赶紧起身,恭恭敬敬的叫了一声:"姨太太!"那姨太太就在旁边一张椅子上坐下。包容帅道:"你有话不会等我到上房里去说,怎么寻到这里来?"那姨太太道:"我因为这件事不但关碍着你,并且关碍着我,恐怕见面的迟了误了事,所以到这里来找你说的。汪大人是我没有跟你的时候,你天天同他到我那里吃花酒、打茶围见惯了的,那有甚么要紧!我且问你,我是个甚么出身?"包容帅道:"你这话问得奇了!"那姨太太道:"我是个扬州大树巷的姑娘,难道汪大人不晓得?我再问你,你在我们堂子里嫖我的时候，你是个甚么人？"包容帅道："你这话问得更奇！"那姨太太道："我记得你那时候是个江苏道台，可也是个官。你那时候做官，既然在我们堂子里嫖得，而且讨了我回来，怎么今儿听说你因为府里县里在外头顽笑，你就要去封窑子、撵姑娘，还要参人家的功名。你有嘴，难道人家没有嘴？万一你参了人家，人家也揭你从前的短处，看你拿甚么脸见人！我在扬州当婊子倒没有甚么要紧，今儿既做了江西抚台的姨太太，被人家牵着头皮说笑咒骂，那我可不来！"包容帅道："这些事与你甚么相干？我也并不是专为他们顽笑，这朝贺大典他们都误了，所以才要参他的。你可不必管。"这姨太太听了，登时愣着一双娇眼说道："甚么话，你叫我不要管？我因为关切你，怕人家淘你的臭屎缸，才来劝你的，你倒说我多事！我晓得你近来做了抚台，是个封疆大吏，觉得大得了不得。我看也没有甚么稀奇，在我身上睡过的制台、抚台、尚书、翰林也不知多少。今儿既然你叫我不管，那也容易，你还让我到扬州去做我的婊子，你做你的抚台，彼此丢开手，两不相干。可怜那个时刻你在我那里怎么样子央告我，说甚么事体都听我的话，说了多少次，汪大人也应该听见几回罢。今儿你做了抚台就变了心！"说着，那眼泪就直淌下来。

　　包容帅正在没法，汪大人趁势就说道："姨太太也不用动气，大家再从长商量。这事呢本来怪这府、县不好，朝贺大典怎么好误呢？不过刚才藩司也有信来，托卑府替他说，这两个人平日官声甚好，昨天实在是被朋友灌醉了误的事。现在姨太太既如此说，卑府也替他们邀大帅的恩，恕了他们这一次，叫他们来，申斥一番，再记上几过，做做面子，也过得去了。"包容帅本是不得已才要参他们的，现在见这爱妾如此发怒，本是要想收帆，只是转不过风来，听见这位幕府如此一说，就趁势说道："既然藩台说他们平日官声还好，你又替他们求请，就饶了他们罢。但总得叫他们来儆戒儆戒，那折子、告示暂时都不必做了。"说着，就叫人去传南昌府、新建县两位来见，这位姨太太才收了泪。包容帅不由得说了句："你何苦气到这个样子？"那姨太太撇着嘴说道："你要怄人，叫人家怎样呢？你今儿早上起得早，怕瘾还没有过足，同我进去烧两口你吃罢。"说着就站起身来，包容帅也就跟着进去。

第九回　助夋妆院司同掷锦　误朝贺府县共迷花

这汪大人送了抚台同姨太太,就回到书房,写了个条子与藩台道:"委办之事,府主正当甚怒之下,颇难进言,经鄙人反复剖解,始获转圜。望台从亲见,一言庶几,里面皆到,竿头日进。已领盛情,敬请勋安,诸维心照,尊贱两浑。"封了个小信封,叫家人送去。这位汪大人不但受了藩台的托,收了一千银子,并且他讨的一位如夫人就是那玉仙的姊姊,叫做月仙,于那家窑子也是关切。抚台叫他做折子、办告示,他正在为难,幸得这位文玉姨太太出来,帮了他一个大忙。他送了条子与藩台,就赶紧跑回中军衙门,叫他如君打发老妈子送信回去,使他家免得惊惶搬动。他讨这位如君,全是借的这位胡中军的钱,也就借这胡中军的衙门房子住,只贴过十两银子的伙食,倒住了大半年。食物一切都是这位胡中军供应,说是将来再算。这位胡中军却也有个贪图,因为同这月仙也是旧交,汪大人有时公事忙,不回来,他就可以叙叙旧,这也是两有裨益的事。

再说谭藩台接到汪幕府的信,知道事体已妥,就赶紧上院禀见。这包容帅正在姨太太房里吃烟,听见藩台来,就吩咐请。姨太太又劝他吃了一口,然后到签押房,藩台已经进来。打了拱,让了座,谭藩台就说道:"亨守、华令的事大帅大约早知道了,真真岂有此理!司里查了这种情形,本来就想请大帅奏参的。不过因为这两个平日的官声甚好,而且这亨守于洋务上很明白,这通省的官讲到交涉上头,还要数他,洋人也同他很好,遇到有点事体,得这个人料理料理,好省多少事,实在人才难得!还要求大帅恕其小节,不知大帅可肯赏司里点面子,施点恩?"包容帅道:"这两个人可闹得太不像样了!我平日待人宽厚,他们竟肆无忌惮到如此!我本来已经同文案上商量做折子,汪守也说听说他两人官声还好,现在梧翁既替他们说话,我就不为已甚。但是也得行个公事,儆戒儆戒他们,以免人家议论。"谭藩台连忙答应说:"是。司里下去就赶紧上详,每人记他三大过,以示惩儆。"

藩台见抚台没有甚么话,也就出来。这一府一县已经传到,在大堂口站着班。藩台说:"你们的事总算妥了。"两人忙请安叩谢。那巡捕已拿着手本来请,不知两人进去,抚台吩咐些甚么话,且等他二位出来问问看罢。

燃　编　下

第　十　回

澄叙官方惊看白简　褒崇勋绩荣擢乌台

却说这南昌府亨太尊、新建县华大令随着手本进去，却是在花厅见的。请了安，在圆桌两边坐下。包容帅慢慢的开口说道："你们两位也太荒唐！万寿朝贺的大典怎么都误了呢？我兄弟向来宽厚，差不多的地方不肯同人家顶真，原因为大家同是在外头做官，那里定见要做到不近人情的地步，拿那官话来束缚人呢？然而也总要有些分寸，'大德不逾闲'才好。像今儿这种事件，可实在有点难乎为情，叫人家传说出去算甚么呢？"这两位连连答应着："是，实在是卑府们该死！"包容帅又道："刚才藩台说起，两位平日的官声还好，所以这次我也不再深究。但是以后总要敛迹点才好，再要照这样子，那我兄弟也就没法了。"两人又赶紧起来请了安，说："这全是大帅格外的恩典，卑府们以后总当痛改前非。"包容帅也就端茶送客。这么一件大事，就此敷衍下台，谭藩台也只净落了一万四千金，总要算是十分公道。

包容帅这天起了早，受了凉，劳了神，又被姨太太怄了几句，到了晚上，把个肝气病发作了，浑身串痛，一夜无眠。第二天竟饮食不进，弄了些茄楠香末放在烟里烧了吃都不中用。司、道各官齐来禀安，皆未能见。那位绪元桢太守却找了胡中军同汪文案，说他的夫人善于按摩，"像抚台这种病，一推就好的。请回声，看要不要叫他们进去伺候伺候？"汪文案替他回了包容帅。包容帅说："姑且请他进来看看也好。"汪文案传话出来，绪太尊就赶紧叫他太太进去，先见了姨太太，然后到抚台房里。包容帅看这位绪太太只有二十五六岁的年纪，生得也很秀媚，一双尖尖的小脚，开出口来是个扬州人的声音。包容帅就请他来按摩。他拿手先隔着衣服推了一会，说："这恐不行，要请大人宽了衣。"包容帅就依他脱了衣服，搭着被

第十回　澄叙官方惊看白简　褒崇勋绩荣擢乌台

窝,那绪太太把那纤纤玉手伸到被窝里,贴着肉替抚台按了一阵。包容帅觉得果然松快异常,不觉沉沉睡去。

第二天又请了他来,他说:"要这病好得快,须要到床上拿脚轻轻的踹着。"包容帅说:"那也不妨。"这天阳春天气,颇觉温和,绪太太就宽去外衣,穿着一件玄色紧身湖绉小袄,一条出炉银的湖绉夹裤,坐到床上,慢慢的解了鞋带、褪了莲钩,拿那又尖又小又软的金莲在那抚台身上轻轻的踹来踹去。包容帅真有个贪近娇姿、惟恐讫事的意思,让他慢慢的踹踏。踹有半天,这绪太太粉汗淫淫,觉得有点吃力,就团在里床坐着歇息。包容帅此刻病已全除,假做搔痒,拿手去捻他莲瓣。这绪太太并不着恼,微微一笑,反暗暗的把那两只金莲伸入被底,任这位抚台摩弄。这包容帅自然得陇望蜀,那绪太太也就移岸就船。

并不是这位绪太太春心易动,实在因为这绪太守到省数年,未得一件好事,竟有支持不下之苦,又无门路可钻,是以不惜呈身邀宠。昔人有两句诗道:"君如有意应怜妾,奴岂无颜只为郎。"这真道着绪太太的苦衷了。自此,隔了两三日就请他来按摩一次。在抚台呢,不过为治病卫生起见,所谓定然是神针法灸,难道是燕侣莺俦?而外间传说的却竟不堪入耳。这位绪太守倒觉得心苟无瑕,人言可恤?笑骂由他笑骂,好官我自为之,但只盼这一份谢医的厚礼。包容帅却也答应了,同藩台也说妥了,不是缺就是厘差,指日就可到手。

那晓这天绪太太进抚台衙门,不多一刻就匆匆的出来。绪太守问起缘故,说是抚台接到京里电报,被人奏参开了缺,藩台也在里头。绪太守这一惊非小,到外边打听打听,也没有甚么信息。第二天却见着电传阁抄,原来江西的官场糟到这样,圣明之世,如何能容?早有一位言官上了一个折子,发交邻省督抚查办。这邻省督抚查得所参皆实,复奏上去,也还替这个抚台留了地步,说他"心地慈祥,操守亦好,惟情面太重,以致属僚玩泄,百度废弛。"旨意下来,抚台是开缺,藩台、南昌府、新建县同那位办督销的江苏道台都是革职。还有几个府、厅、州、县,也有革职的,也有降调的,也有开缺另补的。可怜这位绪元桢也在那降调之列,赔了夫人又折兵,真是有苦无处说。

那位汪文案倒居然幸免，但是抚台要走，他也只得跟着走，再去另图机遇，就把那位月仙如君托与胡中军。这胡中军欣然应允，以为从此可以畅叙幽情。那知这位汪文案竟一去不返，也不来接这位如君。胡中军始而以为这事很占便宜，继而细细一想，这位如君的身价是他出的，住的是他的房子，吃用也是他供应的，只算他讨了一位如君，让这位汪文案顽了一年多，只收了他十两花粉钱，却是大吃其亏了。

这天，江西省又得到电抄谕旨三道：一道是：

江西布政使着尚守廉补授，江西按察使着范承吉补授。　钦此。

一道是：

江西南昌府知府员缺紧要，着该抚于通省知府内拣员调补，遗缺着郅锻补授。　钦此。

又一道是：

江西巡抚着瑞恒补授，未到任以前着尚守廉护理。　钦此。

尚守廉呢是本省臬台升的，瑞恒呢是江宁藩台升的，范星圃是做过江西首县的，江西官场皆晓得他们的底细。郅锻就是贾端甫的好友郅幼稽。看书的诸位却见过这个名字，江西官场中人恐怕还不能尽知，好在是个遗缺府，没人在意。大家都说："这位范大人升得真快，前几年还是我们同寅，如今竟升了来做臬台了！"

你道范星圃的官运如何这么好呢？原来他到了衢州府的任，做了不到三年，拿到一个富有会的头目，又拿到一个钦犯里逃回来的京官，解到省里讯明，奏报惩办。这折子里自然要叙出他的功劳，抚台又另外加了一个夹片，保他"精明干练，远到之才"，不久就放了长宝道。到任几个月，恰好本省的臬台升了别省的藩台，抚台就委他署这臬台的事。他是因为拿获会匪头目升的官，这时候正是会匪鸱张，到处散飘结党，煽动人心。朝廷通饬各省查拿,旨意甚为严切。他既受这番知遇之恩,怎能不感激图报?报且署了臬司,摘伏惩奸又是他的专责,所以接印之后就出了重赏,觅了许多眼线,四路侦察。

  这天有人报信,说这善化县的胞弟就是个会中头目。他就不动声色,一清早亲自去这善化县。县里那里敢当?他说有要话面谈,定见要会,县里也只得请了。这范臬台到了厅上,坐下来就问道:"阁下有位令弟,听说笔下极好,所以特为过来奉拜,意思要想过去办办笔墨。现在想在衙门,可否先请见一见?"这位知县听臬台要请他的兄弟,心中甚是高兴,就连忙回说:"职弟现在署中,就叫他出来叩见。但是笔下不见得佳,恐怕不能胜任。"一面就叫家人去请二老爷来。那二老爷方才起身,听见哥哥叫,就赶紧穿了件夹衫出来。这家人没有说得明白,却不晓得是臬台要会,所以未穿衣帽即至。走到厅门口,看见有客,正要退回,已被范臬台看见,忙问:"那位是不是二老爷?既已出来,不必客气,就是便衣见见罢。"这县官连忙叫人喊住,那二老爷也只得便衣进来。见了面,作了个揖,在旁边坐下。范臬台问了问他的名号,见与他访的单子上相符,登时变了颜色,说道:"你做的事你自己总明白的,且到我那里再说罢!"一面叫亲兵来:"把他锁着带了回去!"这亲兵是带了锁链跟出来的,就上来把这二老爷锁了。这县官又吓又急,也摸不着头脑,又不敢拦,又不敢求,眼望着这位臬台把一个至爱的同胞手足拿去。可怜他这位二老爷的夫人生产才三四天,这天还在梦中,被老妈子们说话惊醒,问是甚么事,这老妈子又不懂轻重,说:"二老爷被臬台来亲自锁了去了!"这二老爷的夫人一听,登时就吓得血晕过去,好容易才救了转来。

  这范臬台把这善化县的二老爷带到衙门,坐了二堂亲自审问。这二老爷推说:"不知甚么叫做入会。"范臬台就叫:"把链子烧红了拿来!"那手下人赶紧照办,烧得红红的一盘链子朝堂口一放。范臬台喝了一声:"上刑!"这些人就把这二老爷的套裤扯去,裤子卷起,露出两个光膝骨,架着跪在这烧红的链子上。可怜这二老爷几时吃过这种苦呢!只好招认,说是"被人家哄骗,说入了会将来富贵可以立致,否则两湖地方不久就无一片干净土,那时身家性命总保不住,所以才入会的。"又问他在会里算个甚么名色,这二老爷也认了一个小小的名目。又问他同党的姓名,他也只好供了几个,那晓得几个里头有一个就是这范臬台衙门里刑名师爷的儿子。范臬台得了这些口供,就吩咐松刑,钉镣收监。这二老爷已是不能行动,抬着出去的。

  范臬台退了堂,也不进上房,就到刑名师爷那里。这刑名师爷正同他儿子吃饭,看见东家进来,就放了饭碗相迎。范臬台并不去理他,就吩咐随来的人把他这儿子拿下。这位刑名师爷真个不懂,连忙说:"廉访,这是怎么说?"范臬台道:"他是进了富有会的,你管教不严,恐怕也脱不了罪,就连我也怕要耽个失察处分呢!"说着就跟着拿的人朝外走。这刑名师爷晓得这东家是个心辣手快的人,连忙追了出来,扯着衣裳跪下哀求道:"可怜我望天的人,只有这一个儿子,我在廉访这边办事也好多年了,虽然没有甚好处,也还没有误过廉访的事,务求垂念我这残年舔犊的下情,千万留着他一条性命,送了我的终,那就感激不尽,衔环结草,必当补报的!"——原来这位刑名师爷也是范星圃的浙江同乡,自从范星圃做江西庐陵县的时候就请的是他,后来调新建,补东乡,升衡州府、长宝道,都是这位师爷,在幕中也要算个东南尽美的宾主,此刻跪在地下哀哀哭求,以为总可动一动东家的恻隐之心。谁知这位东家只知尽心为国,不顾朋友交情,当时望这刑名师爷说道:"古人大义灭亲,就是我自己的子弟,犯了这种事,我也不能容情的! 等我问了再看罢。"说着,把衣裳一扯就出去了。

  吩咐升堂,这些站堂的晓得这位大人勤劳王事,说坐堂就坐堂,所以都不敢远离,登时站齐,把这刑名师爷的少爷带到堂上审问。始而也不肯招,又在监里提了那善化县的二老爷来对质,这位少爷也还不认,说:"只同他在会馆里见过一两面,并未同他入甚么会。"范臬台说:"你这东西,不吃苦那里肯认!"吩咐:"上架子!"那些人就抬过一个天平架子,把这少爷上身衣服脱去,把他脊背靠着那架子的竖木上,把他两手搭在架子的横木上,将皮带圈套上手腕收紧,辫子也吊了起来,又把套裤扯掉,卷上裤脚,架子板上盘了两盘铁链,把他两膝放在上头,腿弯上架了一根木棍。范臬台又喝道:"踩!"就有两个人走上去,一头一个的踩踏起来。踩得这位少爷如杀猪的一般狂喊。那刑名师爷在二堂背后门口看着,心中如万把尖刀搅戳,只要奔了出来抢护。幸亏有些家人挡住,这位师爷也只有嚎啕痛哭。这位范臬台真是铁石心肠,毫不为动,仍叫加劲的踩。这位少爷晓得碰见这位阎罗,这命是保不住了,省得受些零苦,说:"你们松一松,让我说罢。"范臬台道:"他既然肯招,且停一停再踩。"这踩的两个人下来。这位少爷息了息气,就把怎样被人家邀结、怎样听信、怎样入会的情节一一供明。又供道:"入会以后,只替会里做了一道广告,写过两封信,却并没有勾结党羽,也并没有受着会里的甚么官职。这都是实话。"这范臬台就吩咐松了刑,上了镣铐,同那善化县的二老爷分别收监。

退了堂,却不去找刑名师爷商量,自己动手,把他两人的口供叙好,叫一个写字的家人在签押房里间密密的写了供折,登时上院,把这供折呈与抚台。抚台见是会匪,又是臬台自己亲审的,不敢怠慢,就拿笔在那供折上当面批了"即正法"三个字,盖了图章。这范臬台袖了供折回来,立刻请了城守营同长沙县来,叫他二人监斩。自己坐了大堂,把这善化县的二老爷、本衙门刑名师爷的少爷一齐提了上来,吩咐去了刑具上绑。登时绑好,一声掌号,就抬了出去。

可怜那位刑名师爷,自从东家退堂之后,自己跑到监里,要同儿子见一面,那管监的狱官同家人晓得这位大人风厉,又是会匪要犯,那里肯让他进去?这刑名师爷坐在监门口哭,那善化县打发来的人也只在监外等着。后来看见范臬台坐了大堂,把这两人提了上去,晓得不好,这刑名师爷连爬带跌的抢了过去,那边已经绑好朝外抬了,父子两个只彼此看了一眼。等到这刑名师爷赶到法场,已是身首异处,只好买棺收殓,这刑名师爷也就因此吓成疯病。那善化县自然也把他兄弟的尸首收了回去,第二天就挂牌撤任候参。那二老爷的夫人产后受这一吓一痛,这血晕的病那里还会好呢?大家觉得这两件事也就惨不忍闻。范臬台还觉得办得从宽,并且不是甚么真正首要,不足以报效国家,心里还不惬意,后来拿办的也还不少。

这天,又打听得本省的一位孝廉,是在一个学堂里当教习的,确是会中一个大头目,凡有湖南入会的,都要在他那里挂名注册,那册子也在他身边。他家里只有一个妻子、一个吃乳的小儿。打听得实,这天将交五更,就亲自带了兵把他房子围住,然后领着人劈门而入。这孝廉夫妇尚在梦乡,听见声音,连忙穿好衣裤。这位孝廉夫人最有心计,把那里边单裤脚子扎紧,套上一条敞脚的棉裤,刚刚下床,那范枲台已带人进了房里。这孝廉夫人就在床里口拿了一卷布朝裤裆里一塞,一面抱了那小孩子。当他塞那卷布的时候,跟进来的人也有看见的,也有没看见的。就是那看见的,也只当这女人家塞块布在裤裆里,总不过是那些肮脏东西罢了。独有这位范枲台眼快心灵,就叫人把这孝廉夫人紧紧带住,不许他走开。一面把这位孝廉锁起,翻箱倒笼,搜了半天,虽有两封含含糊糊的信,也没有甚么十分凭证,所说那挂号的会党册子并没有搜到。范枲台吩咐:"且带回去,审了再说!"又叫把这妇人也带着,并吩咐叫这妇人就在轿子面前走,不准远离。这范枲台上了轿,在轿子里目不转睛的看着这孝廉夫人。随从的人心里想道:"大约我们大人看上了这个女的,其实家里有那们两个如花似玉的大小二乔,怎么还要想尝这野味呢?"

到了衙门,这范枲台下了轿就坐上二堂公案,吩咐把这女的带上来,略问了几句,叫人在他身上搜。这些人就把他抱的那孩子夺了甩在地上,听他去哭,在那孝廉夫人上身奶旁胸口、袖管背后、夹层口袋都搜遍了,回说:"没有甚么。"范枲台又吩咐搜下身。就有两个上来,绰着这孝廉夫人的腰,扯着手,一个扯下这孝廉夫人的裤子,伸手在裤裆里乱摸了一阵,也没有甚么,只好把手伸在裤脚管里去摸,果然在左首裤脚管里搜出一个布包,呈到公案上。范枲台亲手打开一看,果然是那本册子,心中大喜。这位孝廉夫人见这册子已被搜了出来,晓得丈夫是保不住的了,自己在堂上被这些人伸了手在裤裆里乱摸,自问也是个读书世家的女儿,怎能禁得如此出乖露丑?除死更无别法。就系好裤子,望着阶前石上,把那头拼命撞去,只听"扑通"一声,登时血液横流,脑浆迸裂。两旁站堂的皆惨不忍观。范枲台也没有甚么惊骇,只吩咐了一句:"抬下去。"那些人就抬了这孝廉夫人,夹了那地下的小孩子出去。

范枲台又吩咐带那孝廉。那位孝廉在大堂口看见他夫人浑身血污抬了出来,知道那册子必已被他搜着,已把这性命付诸无可有之乡,倒也心

第十回　澄叙官方惊看白简　褒崇勋绩荣擢乌台

地坦然,听见传,就从从容容的走了上去。到了公案面前,也只得跪下,却不等范枲台开口,先仰着头说道:"范承吉,你也是个中国的名下士、黄农尧舜之子孙,怎么这样不顾廉耻!可怜我们中国,数百年来,茅土被人践食,财利被人侵分。你看那泰东、泰西各国的人民皆有皞皞自得之乐,独有我们中国,无论官商士庶,皆同那牛马犬豕一般,鞭策宰割,悉听诸人。照这样子再混下去,不想一个自强保种的法子,将来比那波兰、犹太的人还要不如。我们这一班人也并不想做甚么汉祖唐宗,不过要想叫这四万万同胞同得吐气扬眉,享点天地生人之乐。这种事体在这专制国里算是悖逆,若按之天地公理,要算极平顺的呢!你也是个很有见识、很有学问的人,从前在那上海演说两次,也很有道理,那保皇、革命两党里头同你要好的人、真心佩服你的人也很不少,你怎么忍心下这辣手,戕贼这些同志呢?你做枲司,执法是你的义务,那也不能来怪你,你却不应该设这些阴谋诡计,锻炼周纳的害这许多善类。我也晓得这也并不是你的本心,不过贪恋着富贵,希图发财升官,博你那闺中妻妾的欢心,赚得些衽席双栖的乐趣。为了这'财'、'色'二字,却就瞒心昧己,忘却本来面目,不顾万年唾骂,蹂躏种族,以媚当道,我看你真正不值呢!我的妻子今天殉节阶前,我也准备着横刀东市,总算对得住支那同胞、五洲志士的了!我这一身的担负就此可以卸肩,倒也很感激你。但愿你从此陈枲开藩,建牙入阁,烈烈轰轰的做那奴隶的奴隶去罢!"这一篇话说得范枲台目瞪口呆,要骂他、要打他,却也无从下手,只问了一句:"你共有多少党羽,从实招来,免得吃苦!"那孝廉回道:"那册子已被你搜去,名字全在里头,还要问些甚么?其中自然也有个首从,但是被你拿着,还有甚么分别等差呢?好在这班皆是甘心流血的人,只看他们的造化,运气低的,碰到你手里,也不过拼着一死;运气高的,或者虽在你肘腋之旁,竟能鸿飞冥冥,也未可知。我也没有甚么说的,你早点拿了我的头请功讨赏去罢!"范枲台还想收拾收拾他,一想这种拼死的人,甚么话都说得出的,再惹出他些不中听的话来,那又怎么下台呢?也只吩咐钉镣收禁,退堂到签押房里做那供折。但他这供折不知还是照着这孝廉在堂上所说的话一句一句的实写呢,还是要替他改动改动?做书的没有在这湖南抚台衙门里办过文案,没得看见,也只得略而不叙。自然也是批了下来，立时正法。那个小孩子有人收留没有也不得而知，恐怕覆巢之下，完卵难期了。

依范臬台的意思，还要凭着这本册子去按图索骥。幸亏那位长沙府保善保太尊听见了这个信，到范臬台那里禀见，说："听大人在会匪头目身边搜到一本册子，连本省候补的官员都在里头，那真正不成事体！卑府是个首府，有考察寅僚之责，若官场有这些人，卑府不能举发，未免有亏职守。求大人把这册子赏与卑府，自己找出一份，帮着大人查拿，也可略补从前疏忽之失。"范臬台想："这望立功升官的心是大家相同的，我又何必独自一人占尽了呢？"就把册子交与保太尊，又嘱咐他千万秘密，不可泄漏风声。保太尊连连答应。

回到府上，晚上在签押房里独自一人把这册子打开一看，只见里头有一半是学堂里的学生，也有些举人、秀才，也有些官场绅士的子弟，也有几个现在本省的候补官，也有知道的，也有不知道的，也有几个已经拿办的。想着："这本册子留着，照着这册子一个一个的拿起来，不知要连累多少人！不如我拼着一官，救了这些人的急难罢！"就把这册子烧了。

第二天，先到抚台衙门禀见，见了抚台就说："卑府该死，特为上来求大帅参办！"抚台听了十分惊骇，问是甚么事情。保太尊道："卑府昨天见臬司，晓得臬司拿了个会匪头目，搜出一本册子，凡有湖南省会党，皆在里头，卑府就请臬司发交查看。卑府晚间人静，在灯下细看，见里头学堂学生、世家绅士、官场子弟皆不少，约共有五百多人。卑府想，这岂不要兴了大狱，弄到阖省不安？正在踌躇，那晓得那蜡台放得不稳，倒了下来，竟把这册子烧了。所以上来请罪的。"抚台听了这话，晓得这位保太尊是为消弭大狱、息事宁人起见，故意烧了这本册子，使反侧自安的意思，心里也很以为然，就说："已经烧了，那有甚么说呢？你见过臬司没有？"保太尊回道："还没有去。"抚台道："你先去见见臬台再说。"保太尊答应："是。"退了出来，就到臬台衙门禀见。

范臬台见面就问："那本册子子翁已看过了么？须要自己密密的抄，不可假手于人。"保太尊连忙请了个安，说道："卑府该死，特来请罪的！"范臬台惊问道："甚么缘故？是不是里头有子翁关切的人？我们总好商量。"

保太尊道："这倒不是，只是卑府昨晚不小心，在灯下看着，神思倦怠，打了个瞌睡，被灯花掉下来，把这本册子烧了。卑府惊醒，已经抢救不及。实在荒唐万分，要求大人参办。"这范臬台急道："这怎么好？恐怕抚台已经奏了出去，这怎么说呢？"保太尊道："这是卑府自不小心，无可怨尤，静候治罪。"范臬台沉吟了一会，说："且回了抚台再说罢。"也就端茶送客，随即上院。

见了抚台，就回道："前天署司搜出来那本会党册子，长沙保守要了去看，那晓得他竟不小心拿来烧了，实在荒谬！署司也不能辞咎。请大帅的示，应怎样惩戒才是？"抚台道："保守才来见我，这话他也回过，确是他荒唐大意。但是我兄弟的意思，这种会匪的事体重在歼厥渠魁，若要把那些胁从、附和的人一一追究起来，必致弄到人人自危，万一激出点变故，岂不倒反上劳宸厪？现在册子既已烧毁，这保守也是出于无心，他平日做官也还好，不如记他两过，使大众知道这本册子已经被他烧去，那些被人哄骗的也可以安心悔过。好在首要各犯被星翁拿办的也不少，这湖南省仰仗大力，大约也可以保得平安，不必过为已甚。星翁以为何如？"

范星圃是个随风就转的人，听见抚台的口风，又何肯故意违拗，做那吃力不讨好的事？况且晓得这位保子良也是很有脚力的人，同他做对做甚么呢？就连忙回道："署司的意思也是想上来邀邀大帅的恩，不过因为事体重大，且这册子是署司交与保守的，署司也有错处，所以不敢就替他乞恩。现在既蒙大帅格外宽宥，署司也感激不尽。署司下去就上详，请将保守记过。但是署司也求大帅赏记一过，使同寅见得署司不是有功则居、有过则卸的。"抚台倒也答应了。范臬台出来，回到衙门就上了详，抚台批了，将保守记大过两次，范臬台也记过一次。那册子里的人晓得这本册子烧了，俱各放心安业。范臬台也不再派人侦拿。湖南省却也亏他这么一办，才得四境平安，也不能谓为无功。

抚台把先后拿办会匪的情形奏了上去，范臬台赏了二品衔，不多几时，就有这升江西臬台的恩谕。湖南人编了两句，道："可怜多少才人血，染得星星一点红！"——做官真不易也。

范星圃是初升臬台的人，自然要请陛见。这江西臬台的缺，尚护院还是同包容帅商量着委人署的。尚护院晓得这任天然是谭藩台因为向他需索三千银子,他没有送,把他撤任的,事很不平正。却好新建县被参离任,就叫署藩台挂牌委他署事。做官的人听见委了缺,那有不喜欢的?况且调首(县)又是有面子的事,将来调优、升官皆可操券而致,安有不愿意的道理?任天然也不是个甚么高尚的人,若在平时,早已欣然捧檄。但是他近来因那位可儿如夫人新伤玉碎,正抱朝云之憾;又兼听得这位范星圃升了本省的臬台,想从前与他同班引见,同得明保,又做过前后任,如今他已经做了本省的臬台,自己还是个知县,这回他来到任,还得要脚靴手版的去参见,真应了近来一位大员谢恩折子里所说的"昔日鸣琴之侣,尽做衙官了",相形之下,未免难以为情;而且晓得这位臬台做官的脾气,同自己有点不大相投,万一将来受他点磨折,那就更不合算。好在盘算盘算自己这几年的宦囊虽不甚多,也还有四五万金的光景。前年停捐的时候,又趁着便宜,捐了一个候选道在身上,不如趁此开缺过班。自己也还得过两次明保,有一次也是送部引见,如果到京里运动运动,又何不可希冀放缺呢?心里想定,就同他和氏夫人商量。和氏夫人道:"我正因为可姨死了,你心里总有些闷闷的,想劝你出去散散,有合意的再讨他一个,在身边服侍服侍。而且达儿应该进甚么学堂,也可以替他们打打主意。如今停了科举,将来不到学堂,那里有出路呢?人家做官还有舒服的时候,像你那做官,只是一天到晚的瞎忙。我看这知县不必再去做他,就是那道台,也在可做可不做呢。"任天然道:"我才四十岁的人,你叫我不做官做甚么呢?况且这两个钱恐怕也还不够养老。"和氏夫人道:"以后的事听你再说,这首县我看总是辞掉的好——只不晓得上头答应不答应?"

  第二天,任天然上院,尚护院一见就说:"天翁前回撤任,实在抱屈得很,兄弟那时候在臬司任内,就颇为不平。但是那谭藩台的事天翁是晓得的,抚台那里能同他违拗呢?兄弟说也是无益,恐怕倒反要替天翁招怨,所以只得缄口不言。现在这新建县被那华令糟到不堪,要借重天翁好好的整顿整顿,将来总要酬劳。兄弟现在做了藩司,到底比臬司有点作为了。"任天然答道:"大人的这番恩典,卑职实在感激不尽,自当竭诚图报。但是这首县卑职向来短于肆应,万难胜任!且不独这新建不敢接事,就是

第十回　澄叙官方惊看白简　襃崇勋绩荣擢乌台

卑职万安的本缺，也还要仰求宪恩准予开缺呢。"尚护院忙问道："这是甚么缘故？"任天然道："一来卑职自问才具有限，做了这几年的州县，觉得越做越难，一点不能替百姓做事，虚縻厚禄，殊觉汗颜；二来新放的这位范臬司，同卑职做过庐陵的前后任，彼此虽然没有甚么痕迹，然而州县的前后任，总往往有些意见不合的地方，前任的事体，后任略有更易，前任心里总有些不舒服，这是人情之常。卑职正是后任，范臬司原不见得因此同卑职计较，万一将来有点不能尽如范臬司之意的地方，岂不转辜负了大人的这番栽培？卑职前年在山陕赈捐案内捐了个候选道，意思要求大人的恩典，准予开缺过班。大人是指日就要开府的，将来伺候日长，还要求大人提拔呢。"尚护院又勉留了两句，见他执意不肯，而且是请过班，天下没有拦阻人家升官的道理，也就只得答应。

任天然请安谢了，下来又到司、道首府那里去了一去，自然也有些挽留的面子话。任天然回来就上了禀帖，呈请开缺，给咨赴部投选，上司也就批准。任天然在家收拾收拾，正在同夫人商量住在那里好呢，江西是不想回来的了，却见管家拿了一个帖子进来，说是"王鹤王大人来拜。"任天然就盼咐："请。"不知这王梦笙来做甚么，等任天然会了他再说罢。

犀　编　上

第十一回

月夜看山魂销罗绮　凉宵听雨乡恋温柔

　　却说这王梦笙太史那年由广东奉母回家乡试,其时任天然正在庐陵任上,彼此常见,甚为投契。这天王梦笙来替叶勉湖送行,顺便拜访,任天然也就请了。王梦笙说道:"听见天翁辞了新建,真是志趣高尚,钦佩之至!"任天然道:"实在自知才力不及,我们既落风尘,那里还能讲甚高尚?"王梦笙又道:"引见何日荣行？将来是否仍到敝省？"任天然道:"引见尚拟稍迟,省分更难预定。我倒是想到上海去逛逛,这家眷安顿何处才好,尚在踌躇。"王梦笙道:"天翁要到上海,我却也因为公司里的事要到上海住几时,我们结伴,岂不大妙! 天翁宝眷我看最好同到上海；否则,不如住在九江。我第二个内人的泰山,就是我业师谢达夫先生,天翁也是认得的,正打庐陵教官任上交卸,日内就要过此。他是九江人,不如托他找所房子,将来天翁出门,也可以托他照应照应。"任天然说:"这倒甚好,就是如此罢。"王梦笙坐了一刻去了。任天然告诉和氏夫人,也很以为然。

　　隔了两天,谢达夫到境,王梦笙知会了任天然,当面托了他,谢达夫满口应允。任天然领了咨文,约着王梦笙,带了家眷一齐动身。到了九江,同去拜谢达夫。谢达夫见面就说道:"天翁的房子已代觅妥,就在兄弟的间壁,是有楼的。楼下的房子不大好,楼上一面对着长江,一面看见庐山,倒也十分轩敞。天翁宝眷人口不多,也住得下了。房租也还便宜。我们停会就去看看罢。"原来这谢达夫住在九江城外,他这房子也有楼,对着庐山,那面为人家的房子遮住,所以看不见江。任天然说道:"费心! 费心!"看见谢警文的轿子进来,晓得他父女翁婿总有话谈,不便久坐,就说,"劳动达翁就同去看看罢。"谢达夫答应了。

　　当下三人一齐出门,不多几步就到。是从一家土店里进去,楼下一半

第十一回　月夜看山魂销罗绮　凉宵听雨乡恋温柔

租与这土店,所以馀剩的房子不多,楼上却是全的,果然甚为合适。有这土店在外头,门户也觉得放心。这房子也是一位绅士的,全家都在别省做官,就托这土店经管。当下立了租约,打扫打扫,次日就搬了进来。和氏夫人看这房子真是"四面好山作屏障,一家终日在楼台",说:"比囚在那些衙门里眼目舒畅得多了!"

任天然现在连庶出的共有三子一女。大的十七岁,取名任达,号伯舒,中文还算通顺,预备将来带他进京赘姻,顺便送入本籍大兴县的学堂。二的十四岁,名叫任通,号仲彻,因他英文英语尚好,想带他到上海找个学堂学学。三的才三岁,是庶出的,取名任迩,号叔闻。女儿也十一岁了,名叫任逸,号佩云。任天然同王梦笙朝夕过从,甚为合式,就同他换了帖。和氏夫人同谢警文及喜姨娘也不时来往。

任天然将家事部署部署,带了任通,王梦笙也带了谢警文,一齐动身。坐的是"江裕"轮船官舱,走出舱口,横门就是船顶,一望长江,眼界最阔。谢警文还是那年十一岁的时候从广东回来坐过的,如今已将近十年了。天涯芳草,人事沧桑,颇觉得有些感慨,幸喜有个知心着意的司马相如陪着,也还可以略遣幽怀。

这天,到镇江的时候已有十点多钟。王梦笙朦胧睡着,谢警文把他推醒,逼着他起来陪他去看金、焦风景。王梦笙何敢拂这爱妾的意思?连忙起身,同出房来,吩咐家人:"看好了东西,到了码头要留心些!"这时正在六月下弦的时候,夜凉微逗,弓月初升,只见灯火星星,青山隐隐。王梦笙携着玉人,纤纤微步,低喷软语,逸趣横生,真令天畔双星见而生妒,也不枉王梦笙曾从销魂狱中经过那一番的苦楚。恰好任天然也带着儿子出来看看,谢警文是见惯了的,倒也没有甚么避忌。

不一时到了码头,那船慢慢的调头靠了上去。登时人声鼎沸,上下络绎。这顶上一层虽还没有甚么人上来,也就觉得嘈杂异常,仍各自回到舱中。就有些卖瓜子、桃子、梨、藕、豆腐干、南瓜子的跑到各人房舱口兜揽生意。警文叫丫头买了点,说:"我们弄杯酒吃吃,等开了船再去看看焦山,好不好?"梦笙说:"甚好,甚好!"就在网篮里取了一个白玫瑰烧的瓶子出来,说:"就是冷的罢。"两人浅斟低酌,渐觉微醺。这船靠了有一个多时辰才开。那任天然已经睡了,他们也不去惊动,叫小丫头把酒杯碗盏洗了收好,又同着出来。看那焦山屹峙中流,灯火阒寂,映着这半轮皓月,从那冷淡中现出一种清华气象。两人并肩握手,倚着栏杆看了半天,皆觉得心神舒畅。

看书的诸位,这"色"字、"情"字、"淫"字的趣味,到这种光景才算登峰造极。不过,非男女两人的程度皆到这个分际彼此不能领,若其间稍有等差,便不免有个委曲求欢的心思,比这乐趣就减了一等。做书的常想,倘使中国婚姻也由男女自择,或者可以弥此男女程度相差的缺陷。然而恐亦未必见得,你看那泰西小说所载的,其中也往往限于财势而不能铢两悉称。若像这王梦笙、谢警文两人,真是不容易逢着呢!不过,遇着个讲宋学的先生,又要批评他们合不以正了。

第二天十二点多钟到了上海,任天然因为要多住几时,领略领略风景,就不去住那些名利、长发、泰安等栈,却接了四马路石路上吉升栈的一张招子,王梦笙也同他同住。到了栈里,各人开了一间官房。那吉升栈旁边就是个盆汤,王梦笙、任天然看家人把房间铺设好了,就带着任通同到这盆汤里洗浴、剃头。这天也不去看朋友,王梦笙作东,同到金谷香吃了大餐。又到丹桂看戏,谢警文坐的是马车,他们三人皆是步行。

次日吃了饭,任天然要去看管通甫,托他找学堂,王梦笙说:"我也同去。"两人就坐了一部马车。到了管通甫那里,都是熟人,自然请见。管通甫道:"两位难得来的,天翁更是长远不见,还是你引见出京的那年我们会的。到省之后,恭喜一帆风顺,现在想是卓异进京?"任天然道:"不是,我是开缺过班,名为引见,实在还要迟迟。我这回倒要在这里多顽几时,譬如小孩子关在书房里多少时,也应该让我散散了。但是我第二个小孩子同了来,要想替他找个学堂,他的英文英语都还有点意思。"管通甫道:"今年多少岁?"任天然道:"十四岁。"管通甫想了一想,道:"梵王渡外国人开的学校听说很好,回来我们去问问江志游看。"王梦笙道:"志游近来可好?"管通甫道:"也还没有甚么,前回有人请他开办一个学堂,他进去了几时,觉得不合手,又辞了出来。现在的事我看总是混而已矣。"

三人谈了一会,就同去访江志游。里面还有两位客,一位呢是如皋的

第十一回　月夜看山魂销罗绮　凉宵听雨乡恋温柔

冒谷民，一位呢是通州的达怡轩，与任、王两位皆是初会，彼此互相招呼。原来这达怡轩会了两回试，没有中，他就无意功名。近年通州开了一个大生纱厂，是一位殿撰公开办的，达怡轩也附了点股份。因为他人甚诚实爽真，这厂里常有事同上海来往，就请他常在上海料理料理。其时上海尚未设厂，他就在长发栈暂住。任天然同江志游寒暄了几句，就问："这梵王渡学堂好不好？我有个小儿要附进去。"江志游说："甚好，甚好。但是暑假将满，没两天就要开学，迟了可不行。已经不晓得有额子没有，我回来替你跑一趟罢。"任天然说："费心！费心！"管通甫道："你既要去就去罢，我们到张园去坐坐，回来在江南春再聚。"江志游说："也好。"

大家辞别江志游，到了张园吃茶。又碰着一位江苏候补同知，姓吴号伯可名以简的，当着海运沪局的差事，也是管通甫的至好，大家也招呼了同坐。又有些倌人、大姐来，这些人里头有许多有熟人的，各自招呼，闹了半天。吃了点点心，看看五点钟了，管通甫道："我们都到江南春去罢。天翁何妨把令郎带来！不过我们晚上要叫局，不知便不便？"任天然道："那有甚么要紧！难道他们大了不会顽？带着他们学学也好，我是向来不会做道学先生的。"大家一齐起身，各自上车。

到了石路上吉升栈门口，任天然进去领他的儿子。王梦笙也进去禀知他的如夫人，他如夫人倒也答应了，但是临出来的时候，在房门口站着交代了一句："那条约可不准忘记！"王梦笙也笑着答应了一声。

到了江南春，江志游已来了，向任天然说道："这事大约可成。我才到那里，本来额子已满，却好有个学生因为父亲在别省身故，要去奔丧，不能到堂，今天早上才报的，只要明天领令郎去看看就行了。"任天然一面道谢，一面叫任通过来同众位老伯一一见礼。江志游说："这位令郎甚好，明天去是必行的。"冒谷民又同他讲了两句英国话，也还对得上来。冒谷民说："很亏他呢！"那吴伯可把他拉到身边，细细的问他读些甚么书，家里有些甚么人，定了亲没有，又看看他的手，很亲热了一阵。

一会儿大家入座，开了菜单，管通甫拿着笔写局票。此时去那增朗之过境之时已隔了好多年，上海花丛也与官场无异，隔了两三年，再拿那从前的花榜来看，就一大半或是从良，或是远去，或是流落，或竟玉碎香消，与那隔年的辕门抄差仿不多。曾经有一位先生说:"这两样东西同那历科题名录都可以作道书看。"旨哉是言!所以前回书中所说他们叫的那些人大半风流云散。管通甫现在叫的是文菊仙的妹子文亚仙;江志游叫的是顾三宝;冒谷民倒还是老相好聂倩云;吴伯可是叫的兆贵里胡爱卿;达怡轩赏识的是个扬州人,住在日新里,叫做张宝琴。王、任两位皆是初到,管通甫荐了个百花里的王雅云与任天然;冒谷民荐了个林玉英与王梦笙,是在迎春二巷的。不一时局都到齐,任天然看这王雅云风致颇佳,就是有点标气。

正在热闹,忽见一个娘姨走到任天然身边,说道:"任老爷,你几时来的?"任天然望他一看,面目很熟,却想不起他是谁,望他愣了一愣。那娘姨道:"任老爷阿是认不得我了?我是跟梅梦雪的阿银。"任天然才想起来是他从前做的倌人梅梦雪的大姐,说道:"原来是你!那时你还是个大姐姐,个息变了大娘娘,自然认不得了。"阿银道:"任老爷还是这么样子会说!"管通甫道:"你老爷变了大人,他大姐姐自然要变了大娘娘了。"阿银便改口道:"任大人,你这转做的是那位先生?"任天然道:"我昨天才到,这位雅云先生是管大人做的媒。梦雪听见嫁了人,阿好?"阿银道:"也还无啥。"任天然问道:"你现在跟个啥人?"阿银道:"跟的叫顾媚芗,在小久安里个息来浪七号房间里。阿要叫来看看?"任天然道:"也好。"就补了张局票,交与阿银拿去。不一会,阿银同着顾媚芗进来,也只十六七岁,一张小圆脸,虽不十分美丽,倒也是个温和柔慧一路,就坐在任天然左首身边。任天然略为同他谈谈,问他是讨人还是自家身体。顾媚芗说:"是自家亲生的娘。"

不多时席散,达怡轩邀着到张宝琴家打了个茶围。日新里去兆贵、小久安都甚近,大家本想再到胡爱卿、顾媚芗两处走走,王梦笙吵着要回去,也就只得各散。

次日一早,任天然带着任通到管通甫那里,约了通甫同去找着江志游,一同到梵王渡学堂。那管学堂的同着总教习见了任通甚是中意,又盘问盘问他的中文同英文英语,说:"很好,不用考了,后天进来罢。"任天然也把学费照章交付。

第十一回 月夜看山魂销罗绮 凉宵听雨乡恋温柔

这天,任天然因为要回请王梦笙夫妇,同他们几位说明,改一天再聚。午后就带了任通,同着王梦笙、谢警文去逛了愚园、张园。晚上在长乐意吃了酒,就在群仙看戏。次日却是吴伯可请的,因为有任天然的世兄,也就在海国春,客人、倌人皆是原班。那吴伯可甚爱任通,又同他谈了半天,倌人来了,问他:"可好?"他说:"好。"又问他:"你可要叫?"他说:"我大了,有了钱,也要叫的。"说得那些倌人都笑了。散席之后,约到兆贵里胡爱卿家坐了一坐。任天然又邀着到顾媚芗家打了个茶围。顾媚芗的娘本来也是做过倌人的,应酬甚为周到。看见任通,晓得是任大人的少爷,也拉着他问了些话,拿了多少果子与他。又问:"任大人共有几位少爷小姐?"任天然道:"三男一女,这是第二个。"媚芗的娘道:"真好福气!"谈了一会,又是王梦笙催着要走。

次早,任天然把任通送进学堂。谢警文嫌这栈房闷热,不愿住,王梦笙托江志游在斜桥寻了两间外国房子,甚为幽雅,不过房租贵点。好在王梦笙是便家,倒也不在乎此。也是这天搬过去的。晚上是江志游请,在清和坊二巷顾三宝家。原班之外又添了一位毕韵花,是个报馆主笔;一位祝长康,是人寿保险公司的买办。毕韵花叫的是新清和的洪秀兰,祝长康叫的是公阳里的小玲珑。

这天席间,任天然同顾媚芗说:"我借你那里请客阿好?"顾媚芗道:"怎么不好?阿银前天就叫我同你说,我不过向来不好意思嚷着人家吃酒,而且晓得你有少爷在跟前,总有不便。虽然你不拘这些,还是老子请儿子呢?还是放他一个人在栈里?"说得任天然也不禁一笑,说道:"你倒真聪明!"当晚就邀了管通甫、王梦笙到媚芗那边,开了个单子,请的是吴伯可、达怡轩、冒谷民、毕韵花、祝长康、江志游。任天然道:"我还要请请日升昌的袁子仁、三晋源的沈叔谦,不过我忙得还没有去拜他呢。"管通甫道:"这样子双台了,何不连公信的屠桂山也请一请?"任天然道:"也好,我明天一起去拜罢。"加上管通甫、王梦笙共是十一位客。管通甫望着顾媚芗道:"恭喜!恭喜!"顾媚芗羞得走了开去。他的娘说道:"蛮好,就请管大人做了媒人罢!"

王梦笙看看钟到,又催着要走。任天然道:"真真奇怪!我们在南昌,你晚上吃酒也常到三四更天才回去,怎么到了上海,你如此性急起来,天天催着走,到底是个甚么缘故?"王梦笙被逼不过,只得说了出来。原来在轮船上,他这位二夫人就向他立了条约,说:"家里姊姊那是我甘心让他的,此外的人我可说明了容不得!上海是个万花渊薮,这里头自然总有几个出色的人才、捆仙的手段。你是个风流富贵的公子,那是人人见了爱的。我同你约定:花酒许你去吃,只许人请你,不许你请人;要复东只许在馆子里,不许在堂里;每天十点半钟总得回来。违了条约,那我可是不依的!"王梦笙安敢不画押呢?那天栈房里临出来,谢警文在房门口吩咐的就是申明这条约。王梦笙是个熟谙交涉的人,万不敢背了条约,轻开边衅。把这缘故说明,管通甫道:"梦翁如此怕夫人,倒看不出。"任天然道:"这也难怪,我们这位弟如夫人,也真值得一怕!要是我有这么一位如夫人,我也是怕的。"管通甫望着顾媚艿笑了一笑,说:"你听听,将来记着点!"顾媚艿低了头,也不答言。任天然道:"不要叫梦笙为难,我们走罢。"

次日,任天然去拜袁子仁。袁子仁见了说:"天翁前回在上海,兄弟在此;这回天翁来,恰好兄弟又刚刚出来,真算巧极!"任天然道:"我晓得你换班,正不知你回来没有,前天管通甫说起,才知道子翁前月底才接事,连日要想来,实在没空。"袁子仁道:"才看见你的请客单子,我没有请你,倒先叨扰!"任天然道:"那有甚么要紧!"

坐了一会,又去访沈叔谦。沈叔谦道:"我们南昌一别又将一年。天翁的款子早经汇到,我正在访问天翁的住址,今天早上看见你的请客单子,才晓得小公馆已经定下了。"任天然道:"才吃第一台酒,那里算是小公馆?我到了这几天,为送小儿进学堂,忙到不可收拾,所以未来奉拜,抱歉得很。"又同他打听打听上海各项生意的行情。又说:"我有点银子要想存放存放,你看那里好?"沈叔谦道:"有多少?"任天然道:"也不多,不过一两万。"沈叔谦道:"我看还是汇丰、正金这两家银行稳当,不过总只五厘利。"

任天然又去拜了屠桂山。五点钟到了顾媚艿那里,两人清谈了一会。看看天已将晚,说:"我们早点邀客罢。"就写催客条子,叫相帮送去。七点多种,先后到齐。媚艿的娘道:"人多天热,用三张方桌拼着宽绰点,好在房间还大。"大家都说甚好,一面发了局票。屠桂山前回做的那位相好李

第十一回　月夜看山魂销罗绮　凉宵听雨乡恋温柔

秀卿早已藏诸金屋,今天叫的是迎春四巷的杨燕卿;袁子仁是百花里袁宝仙;沈叔谦是普庆里沈桂云。大家入席。张宝琴最近,先来了,顾媚芗央他吹笛子,唱了一支《天淡云间》。王梦笙听得好,再四央求,他又唱了一支《携手向花间》。然后媚芗接过笛子吹着,宝琴唱了一支《原来姹紫嫣红开遍》,各人叫的局也陆续到齐。

杨燕卿走了进来,管通甫就说道:"'满床飞'来了! 昨天同屠大人飞了几转?"杨燕卿在管通甫身上打了下,说:"饭桶! 你再要混说!"杨燕卿先在屠桂山身边坐着。那毕韵花、祝长康都叫过他,杨燕卿向着毕韵花道:"你好叫也不来叫了,阿是?"毕韵花道:"我晓得屠大人叫了你,见面再转不是一样!"杨燕卿道:"叫你掉牌!"又问祝长康:"可要转局?"祝长康只得答应。管通甫道:"这遭不是'满床飞',竟是'满台飞'了!"杨燕卿被他说急了,拿了一个海棠果正要砸过来,忽见阿银喊道:"任大人朋友来!"任天然抬头一看,只见进来了两位气宇轩昂的客人,一位认得的,是曹六洲,那位却不认得。任天然说道:"有趣! 有趣! 六翁几时到的?"席上的人也差不多都同他认识,江志游说道:"大错先生来了,这又有几天热闹呢!"袁子仁、管通甫又同那位招呼道:"琴翁是同错翁一起从湖南来的么?"那人道:"正是。"任天然又赶紧向那位招呼,一面叫添两个座儿,好在是三张桌子拼的,也还不挤。

原来任天然不认得的这位,就是前回管通甫问范星圃的那位郑琴舫。他是苏州人,浙江候补同知,因丁艰,去找他表弟范星圃,现在服满回省。那位曹六洲名铸,又号错庵,是常州北榜举人。他真是名高四海,当道争迎,但是性情刚直,不合时宜,到处弄到不欢而散。他也是厉尚书的门下,厉尚书因他就了敬熙帅的聘,替他钱行,也还有几位门生在座。厉尚书规劝他总要敛才就范,不可一味任性,说了许多的大道理。他实在有些受不得,当下说道:"老师教训的话门生都懂得了,若要照这样的戕贼杞柳以为杯棬,宁蹈东海而死! 老师做官做人的道理门生固不甚佩服。就以笔墨而论,老师做试官会中了门生;门生若做了试官,是断不会中老师的!"气得厉尚书胡须直竖,从此鸣鼓而攻,屏诸门墙之外。在敬熙帅那里处得总算最好,然而有一回敬熙帅保举人才,他先没有看见稿子,等折子发了他才晓得。他说里头有一个是不应保而保,还有一个是应保而不保的,就同敬熙帅大闹,闹到敬熙帅把折子追回来改了才算。又在梁培帅幕中,大不以范星圃为然,同任天然两次做同事,却还要好。尝同梁培帅议论人才,梁培帅说:"任天然不过是个诚慎之人,范星圃才是个救时之彦。"他说:"任天然还有点真性情,范星圃纯是客气,这人得了意,甚么事都可以做的。"梁培帅又问道:"我呢?"他道:"可以算得一个庸臣。"梁培帅道:"你说我怎么庸呢?"他道:"有爱才之心而无知人之识,怎么不算庸?"梁培帅也要算宽宏大度的人了,听了这话,也就很有些不高兴。还有一位陕甘总督,卑礼厚币把他请了去,这位总督自命是一代名臣,不在曾、胡、左、李之下,同他闲谈起来,要他品题品题,他却替他上了"无赖"两个字的徽号。那位制台也只得干笑了一笑,自然也是席不暇暖。当时还有两位督抚,为朝廷柱石、士民山斗,豪杰之士大半乐为奔走。他说:"一位是专收赝鼎的名人书画,一位是专收制造不精的洋货。"又到了河南,看见了魏琢人,说他是个少正卯,"我若秉政,当先诛此辈!"后来因为发那段不必讲究经学的议论,几乎闹到驱逐查办。到了湖南,他说那位抚台是个掾吏之才,也不足与有为。却很赏识湖南的堂子,说:"那一省的官场人物远不及这几家堂子里的姑娘。"不在城卖文鬻字,买笑追欢,倒很勾留了几时,才同郑琴舫结伴下来。一到就去找管通甫,晓得在这里,所以跑来闯席。

　　大家问他:"这回叫谁?"他说:"我有好多时不来上海,听说现在有个出名的'满床飞',我却想与他比比手段,我就叫他罢。"大家笑着指着杨燕卿道:"这不是!"杨燕卿倒也弄得有些不好意思。曹错庵道:"这是那位的相好?我可要割靴勒子了,不要见气!"达怡轩道:"他的相好台面上就有三位,要动起气来,恐怕错翁要吃亏呢!"管通甫道:"他是打死过洋兵的,那怕他们这样三十个,也不是他的对手——或者'满床飞'还可以制他。"这时候杨燕卿正坐在祝长康身边,祝长康就把他的豆蔻盒子双手送到曹错庵的面前。杨燕卿跟着过来,叫了声:"曹大人!"曹错庵道:"你不用叫我曹大人,你就叫我曹大错就是了。我是闻名特来相访的,明儿我来吃酒,吃了酒可就要同你比试比试,行不行?"这杨燕卿却也羞得说不出口,说道:"这人真少有出见的!"曹大错道:"不是这说,你答应呢就算数,不

第十一回　月夜看山魂销罗绮　凉宵听雨乡恋温柔

答应就不必坐过来。"这杨燕卿只得红着脸道："依你阿好？"大家哄堂一笑。任天然道："你怎么现在竟叫大错了？"曹错庵道："我本来早已就错，现在愈错愈大，所以竟自封为大错。"郑琴舫没有人，媚芗的娘荐了楼下的花文琴，叫上来一看，倒也很柔媚。大家闹到十一点钟方散。王梦笙已先回去。这天呢，顾媚芗也想留，又不好意思留；任天然也想住，又不好意思住，后来还是各散。

次晚，曹大错的酒，请的仍是原班。任天然的局票发去不多时，只见阿银走来，说道："先生今天受了凉，这会还没起床，任大人叫，他又不肯不来，叫我先来招呼一声。"任天然道："既然受凉，万万不要勉强！你赶紧去说声，你再来罢。"阿银就匆匆而去。这天，杨燕卿席上共有四个局，他唱了一支《思凡》、一支《虹霓关》、一支开篇、一支小调，无不曲尽其妙，真是色艺俱佳。管通甫正在称赞，忽见阿银已立在任天然的背后，便说道："阿银，你几时来的？你既然代得局，总也打得底了。"阿银道："我这样的老太婆，还好打底？"任天然道："那里能算老，我做梅梦雪的时候，大约你还没有开苞呢。"管通甫道："只怕就是任大人替他开的罢！"说得阿银急了，要走。管通甫连忙拉住他，说："怪我不好！"

阿银一直等到席散，同着任天然到顾媚芗那里。任天然进房，看见下着帐子，赶紧坐到床沿口，伸手在顾媚芗头上摸了一摸，烧得滚烫。问他："怎么样？"顾媚芗道："不过头胀，心口饱闷，刚才吐了一回，倒松动些。你们台面散了？我本要撑着来的，因你叫阿银再三拦着，恐怕来了倒反叫你不放心，其实我要撑也撑得动。"任天然道："你好好的养养，我明天却要请客，还在这里请，你可不必招呼，你要撑着劳动，那就同我见外了。台面就摆在客堂里。"媚芗道："我明天就会好的。"任天然道："那更好。"说着到窗口桌上取了一张红单，写了一个请客单子。原来任天然今天拜了正金银行管事的许丽生，讲定了存两万银子，五厘行息，明天托三晋源拨交，所以得请请他，就请沈叔谦、袁子仁、管通甫、王梦笙作陪。把单子交代叫相帮的去请，仍旧坐到床沿上陪着顾媚芗。

看看到十二点钟，阿银开了稀饭上来。任天然吃了，问媚芗："可要吃点？"媚芗摇摇头。又坐了一刻，媚芗忽然又要吐，任天然赶紧扶着他的头,一手托着他的胸膛,怕那床沿扛着。媚芗吐得急,任天然的官纱小衫上溅了好些。任天然等他吐完,要茶来与他漱口,扶他睡好,打粗的老娘姨进来收拾了。媚芗的娘跑来看看,说:"阿呀!弄了任大人一身!"任天然道:"不要紧的。"阿银说:"你快些脱下来湔湔罢!"媚芗也说:"你快脱罢!稀齷齪的。"任天然说:"你好好的睡,不要管这些。"一面把小衫脱下,天气热,里头还有件外国线衫,也就不再穿了。等阿银把小衫洗好,钟上已将两点。任天然向阿银说道:"你转去歇歇罢,我还在此坐坐。"阿银也就回去。

媚芗吐了这一回,见有天然在面前陪着,心里一开,倒也朦胧睡去,天然仍旧坐着陪他。到四点钟的光景,媚芗的娘不放心,进来看看,见媚芗已经睡熟,天然还坐在那里。媚芗的娘道:"任大人辛苦了一夜!对不住,他已经睡着了,你也靠靠罢。"任天然答应了,媚芗的娘也就下楼。任天然也微微有点倦,就在外床睡下。到了六点多钟,媚芗醒了,要吃茶。天然赶紧起来,看鸡鸣壶里的茶尚温,就倒了一碗,拿着与他喝,自己也喝了一口。媚芗道:"就是你一个人陪着我?"任天然道:"你娘也来了好几回,差不多也到天亮才睡。你这会子可好些么?"媚芗道:"轻松得多,只是没有力气。你摸摸看,大约退了热了。"任天然摸了摸头上,果然凉印〔一〕些。媚芗又拉着陪他睡下,说:"我心里跳得很,你替我按着点。"任天然拿手替他轻轻的按住,他就枕在任天然的臂上,两人均沉沉睡去。醒时已十点多钟。

这天任天然就在媚芗房里坐到晚。等客到齐,媚芗说:"我好了,台面还摆在房里罢。"任天然执意不肯,还是在客堂坐的。媚芗因没有梳头,不好到台面上去,只在房门口招呼两句说:"怠慢诸位,对不住!"

席散,任天然看媚芗好了些,仍要回栈。媚芗道:"你来,我同你说。"及至到了面前,停了一停,说道:"你还回去,明天再说罢。"

第二天是达怡轩请,在张宝琴家,只有曹大错、王梦笙、冒谷民、任天然、管通甫、毕韵花几个人。杨燕卿一到,大家就问曹大错究竟如何。曹大错道:"虽然他也递了降书,到底算得一员健将,而且前茅后劲,无一不工,也算是名不虚传。"燕卿虽然不懂,晓得不是好话,在他身上拧了一把,

第十一回　月夜看山魂销罗绮　凉宵听雨乡恋温柔

说："我没有看见过拿这些话逢人便说的！"管通甫道："这也是替你扬名的意思，你看见毕老爷就要替你上报了！"杨燕卿拿了两颗新莲子砸来，管通甫接着，剥来就吃，杨燕卿也就一笑了事。

　　这天顾媚芗已经照常出局，一直坐到席散，拉了任天然步行而归。那晓得天要下雨，到了门口，已有两个大点子打在身上。进了房里，那雨就大下起来。两个人都说："幸而走得快，不然要着雨了！"这雨越下越紧，十一点多钟还没有住。任天然道："这雨怎么还不住？"媚芗道："你今天还要走么？"任天然道："我今天又没有吃酒，怎好住呢？"媚芗道："我是自己的亲娘，那里拘这些？我娘虽叫我吃了这碗饭，却留客不留客总随我的便，从没有勉强我，所以我的客也甚少，我也不大轻易留客。因为你待我还不是像那些大人们，拿着堂子里倌人当作是些甚么东西，花了两个钱，就要叫人家低头服小的听他播弄才愿意，所以我就有心——"说到这里脸一红，就咽住了。任天然故意追问道："你就有心怎么？"媚芗红着脸低低的说道："留你住。我娘也早同我说过，说是'不拘一台两台，我看你同任大人很好，随你们的便罢。'那天席散，我本想留你，一来有点不好意思，二来我那晚就常见着有点弗适意。不想第二天就病起来，累你忙了一夜，我这主意却更拿定。昨天因你上一夜没有好好的睡，所以让你回去。今天难得下雨，你再要走，就对不住我了！"说着就叫阿银开稀饭，一面就去卸妆。他娘也走了进来，媚芗望他娘说道："今儿这么大雨，再有堂策我可不去了，娘想法子回报罢。"他娘笑道："阿囡，好好的陪着任大人罢，有堂策我替你回报。本来你才好，深更半夜的，我也舍不得叫你出去。"他娘说着又下了楼。任天然趁着媚芗对着衣橱卸妆，也走过去并肩照着，只见镜子里的媚芗嫣然一笑。两人吃了稀饭，粗做老娘姨吹了保险灯，点了一盏油灯在床面前桌子上，打了水，收拾完结，带门而去。两人含笑入帏。正是七月上旬的天气，罗帐低垂，灯光斜射，觉得那韩秋鹤定情诗"臂玉香浮光致致，口脂馥射气绵绵"两句摹写得也还不差。

　　看书的诸位，就是这堂子里顽笑，也须要两相情愿才有些趣味。若是倚着势力、银钱勉强成就的，那倌人就陪你睡着，也不过像那书启师爷做那贺年贺节的通稿、衙门厨子办那四大四小的例菜，试问有何趣味呢？

次日十一点钟方才起来。任天然开销廿四块钱下脚,至于小货之类应酬了多少,那就不得而知,请诸位见着任天然代为问问看。彼此以后,任天然无一夜不住在媚芗这里,有两天迟了不来,媚芗也必定要派人寻的,那栈中床榻竟成虚设。

有一天,任天然与顾媚芗还在交颈同梦,阿银忽然推门进来,叫了声:"任大人!"任天然惊醒,问:"甚么事情?"阿银道:"大人的当差的来,说栈房里有位远来的客,等着要会。"任天然想:"是那个呢?"就说:"你叫当差的进来罢。"媚芗也醒了,连忙起身跑进后房。任天然也坐起来,看表面上也有十点多钟。那家人上楼,进房回道:"江西的全大人来了,说有话,等着要会老爷。"任天然想:"这是全似庄了!他来做甚么呢?"究竟这全似庄因何来到上海,必须等任天然回了栈问了他才能晓得呢。

犀　编　下

第十二回

买军火太守展长才　开绮筵钦差饶雅兴

　　任天然听见全似庄来访,赶紧起来洗面漱口,穿了衣服。回到栈房,全似庄正坐在房里吃水烟。任天然道:"不知道老宪台驾到,失迎！失迎！"全似庄道:"天翁出门如此之早！"任天然道:"不瞒老宪台说,旧属昨晚是在堂子里歇的,才起来。"全似庄也只笑了笑。任天然又道:"老宪台是今天到的？今儿轮船何其早？住在那里？这回到上海有何贵干？"全似庄道"今天这只船很快,我叫家人把行李押到长发栈,我就过来奉访。因为瑞久帅委来采办军火,要同天翁商量商量,看那一家好。我们同乡至好,天翁万万不要如此称呼！"任天然道:"老宪台是旧属的亲临上司,怎么好不如此称呼呢？"全似庄道:"天翁若再这样,我只得称大人、卑府了。"任天然没法,才答应改口,说道:"洋行呢也有两家熟的,但是这里头经络不大了了,不如去找找管通甫罢。"全似庄道:"我也这么想。"任天然就约全似庄同到九华楼吃了面,去找管通甫。彼此寒暄已毕,说明来意。管通甫道:"买军火的事却不大容易,其中弊病甚多,我们姑且找找公信的屠桂山看。"

　　大家一齐到了公信洋行,屠桂山见是生意上门,恭维之至,连忙取了图样本子呈与全似庄,说:"要那几种,请太尊拣定了通知一声,好知会洋东,取出来看。"全似庄见一时看不清楚,说:"我且带回去看看,明天再商量罢。"任天然因全似庄初到,总得替他接风,就问:"似翁先生堂子里到不到？"全似庄道:"我从前常顽的,这回想怕不便。"任天然道:"那么今天晚上就在海国春罢,我叫人去定那第一号房间,又宽又大,两面临街,风凉些。"全似庄答应了。任天然就同着全似庄到长发栈,作为回拜,顺便又约了达怡轩。

这晚，任天然请的是全似庄、屠桂山、沈叔谦、袁子仁、达怡轩、曹大错、郑琴舫、管通甫、王梦笙九位。六点多钟，陆续到齐。点了菜，任天然拿着笔要写局票，问道："老宪台叫不叫？"全似庄道："你又这样称呼了！该罚，该罚！我从前在上海是很顽过一阵的，并不是甚么道学，管通翁也晓得。但是现在做过了现任知府，而且瑞久帅、范廉访再三吩咐说，这回军火办妥，就委兄弟的缺，怕还是在沿江居多，这回叫局，似乎不大稳便。诸位却尽管叫，我也还要领略领略。天翁现在尽可快乐快乐，将来引了见，天翁是得过两次明保的人，放缺必快。我却要奉劝，到那时候也要收束收束呢，这个声名是官场最要紧的。天翁以为何如？"那曹大错听了这些话很有些不耐烦，就嚷道："若要叫我不在外头嫖，就请我做中堂、督抚我也不愿，所以我不做官！天翁快发局票罢，我还要到小玲珑去碰和呢！"

　　席间，管通甫问起："范廉访到任后如何？前回过此地，没有多耽搁，我只见得一面。"全似庄道："那真是个有守有为的大才！到任之后，整顿的事情不少。他是做过江西几任州县的，所以利弊尽知，下属无从蒙混。"曹大错道："范星圃呢是个能干人，不过手段太辣，专讲究的是获上之道。这回在湖南，真弄得士类寒心，恐怕这人将来难得善终！"管通甫道："你怎么不劝劝他呢？"曹大错道："这种人怎么能劝？琴舫不是劝了几回，他那里肯听？琴舫也只好不可则止。所以这回邀他同到江西，他也没有肯去。"管通甫道："不错，似翁要办军火，琴舫可是熟手，不妨邀他看看。"全似庄也就赶紧同他攀谈了一阵，邀他明天同去。郑琴舫也答应。

　　不多时局已到齐，王梦笙又瞥着顾媚艿、张宝琴两人，还是一吹一唱。全似庄倒也甚为赏识。管通甫道："今天广东来了好几位大绅士、阔官场，都是来议赎粤汉铁路的，我也有好几个熟人，明天要请请他们。似翁太尊不嫌简亵，明天还在这儿奉约罢。诸位也就此奉订。"大家也都答应。管通甫就叫了细崽来，吩咐他明日仍留这号房间，五点钟来。细崽连连声诺。大家还要去打茶围，碰和看戏，全似庄却心心念念惦记着买军火的事，又同郑琴舫殷殷订约，问道："琴翁住在那里？"郑琴舫道："住在后马路福兴栈。"全似庄说："明天午后奉访。"郑琴舫道："恭候！恭候！"

　　全似庄匆匆道谢回栈，已有好几家洋行买办来访过他，尚有两位候着

第十二回　买军火太守展长才　开绮筵钦差饶雅兴

未去。一位是同和洋行买办丁榄臣，一位是哈孚斯洋行买办麦仿松。全似庄当下同他两位见了，也各留了些图样。第二天早上又来了几家，全似庄被他们弄得没法。这军火生意洋人本来是极公平的，只因中国向来采买的委员视为优差，这些买办乐得奉承，大家都有些甜头。就如这位屠桂山，本来是一个光身汉，现在已经弄到卅万家资、二品顶戴、娇妾美婢、大厦高屋，大家如何不羡慕呢，所以争着做这生意。一听见那一省来了一位采办委员，就想法子去蟠弄他，比那第一楼的野鸡还要殷勤些。全似庄因管通甫说郑琴舫是个内行，吃了饭就到后马路福兴栈去找他。同去看了几家的存货，郑琴舫都说不佳，价钱也太悬远。全似庄也就不敢答应，心里却甚着急，总想快点把这事弄成，可以早些去署缺。看看天色已晚，只好同着郑琴舫去赴管通甫之约。

　　再说管通甫今天所请广东来赎铁路的几位官绅呢，一位是傅汤来，号又新，是一个做估俚出洋的，在外洋混了二十多年，赚了有数百万家资，前年报效了一笔巨款，赏了一个京堂。一位是田人芸，号广生，是个香山拔贡，靠着沙田起家，香港、澳门、广州、佛山、石龙开有十几处的银号、当铺，也是个二品衔的候补道，有六十多岁了。他到六十岁的时候还没有儿子，本家侄强逼着要过继与他，并有个要替他主持家产的意思。他正在没法，幸喜遇着一个异人，传了他一个种子秘方。他因为各处做的生意多，近来这些管事的欺他年老，常常舞弊，必须不时亲往盘查，就在各处铺子左近弄一所房子，把这些姬妾分派住着，他却到处周巡，每处住个十日八日。那晓这个法子一行，竟是财丁两旺，不到两三年工夫，十几位姨太太都有了生育。他是晚年得子，尤为高兴，每生一位，必要替他做三朝，做满月，酬神请客，热闹几天。现在已经有了五六个儿子、七八个女儿，那些想承继、谋家产的族人，都只好偃旗息鼓的了。这个种子秘方似乎比那些龟龄、再造丸、三鞭酒要灵验些呢，有钱无子的阿要试试？一位呢是廖得中，号庸庵，捐了一个浙江试用知府，向来在广东包闱姓的，近来为了停了科举，很折了点本，想在这铁路里捞回点子，所以撮怂着傅京堂来上海打主意。一位呢就是增朗之，他到广东当了两次厘金，又当了一次的白沙缉私，署了一年的潮阳财运，总算不坏。前年在赈捐案里捐了一个候选知府,近来因为新任制台风厉,想避避风头,听见这位傅京堂要办铁路,跟着混混,看有甚么可以插手的地方。一位呢是浙江宁波人,叫单鸣盛,号凤城,本来也是个广东佐杂,向来当那催收缉捕经费的差,很弄了两文,又在拿获会匪的案内保了个补缺后的知县。近来也因为制台风厉,是靠赌吃饭的都不大讨好,所以就过了班,改指江西,不过跟着他们几位同来,如铁路一时没有眉目,就预备引见到省。全似庄同郑琴舫到海国春的时候,这几位都已到齐,彼此一一见过。任天然、王梦笙、袁子仁也都先到。

管通甫道:"今天还约了你们江西的一位新同寅。"全似庄道:"是那一位?"管通甫道:"就是新放的南昌遗缺府郅幼稽太尊。他放缺下来,回山西原籍走了一趟,回到天津。因为长江一带道路不熟,天津有位朋友写信托我招呼的。"说着,细崽喊了声:"客到!"只见一位黄须高颧方脸、年约四十六七的人进来。管通甫迎着招呼说:"幼翁来了!正要再来催。"郅幼稽道:"我从通翁那边来,并没有回栈,就到甚么愚园、张园逛了一会,天也就不早了,就叫马车一径到了这儿。是不是比由栈里来近些,我可不晓得。"袁子仁又向他招呼道:"才过去回候,没有会见。"郅幼稽拱手道:"失迎!失迎!"管通甫又指着任天然、全似庄道:"这两位都是江西得过明保的阔同寅。"彼此见了礼。那单凤城听得这三位都是江西道府,赶紧走过来一位一位的请安,说:"卑职才到,还没有到各位大人那里禀见。"管通甫又赶紧替他报了姓名、履历,然后各人相见。

不多时客已到齐,只差曹大错一位。正要去催,只见细崽拿进一张信片来,就是曹大错的,说是自作主人,在杨燕卿处碰和,不能来了。大家入座。管通甫道:"我们几位常聚的大约所叫都是原班?"屠桂山道:"我今天要换一个。"管通甫道:"是不是同大错吃醋?"屠桂山道:"那倒不是,因为今天在张园碰着一个老相好,不好意思不叫叫,他你也是熟人,就是西荟芳的武林林。至于满床飞,我同他本也没有甚么道理。他的客人也真多,碰着就有交情。不但他如此,就是他那娘杨四姐、绰号叫羊妈妈的,徐娘虽老,妍头也还不少,听说还是好人家的出身呢!"管通甫又问:"傅大人叫那个?"傅又新道:"随你们荐吧。"管通甫荐了个花翠珍,沈淑谦荐了个左芸台,屠桂山荐了个瑶月阁,他都叫了。又问郅幼稽可叫,郅幼稽道:"也

第十二回　买军火太守展长才　开绮筵钦差饶雅兴

想见识见识。"屠桂山荐了个花笑春，袁子仁荐了个盛月娥。廖庸庵是前次叫熟的赛叫天。增朗之问起陆蕙香，管通甫道："早已到天津去了，他的妹子陆芷香也还好，不如就大姨夫弄小姨弦罢。"增朗之那时也见过，才十岁左右，也还清秀，就答应叫他。单凤城是管通甫荐了个朱素琴与他，又荐个薛莲卿与田广生。

一时局到，花翠珍的洋琴，盛月娥的琵琶，合席无不称赞。这朱素琴唱的昆曲，全似庄、王梦笙尤为赏识。管通甫说："还有个老名下张五宝，岁数却大了，面目也不佳，昆曲可真好！"增朗之道："这人还在块？我却领教过的，真不错！"郅幼稚、王梦笙、全似庄都说："何妨叫来看看！"单凤城向着管通甫说道："既是几位大人要听，就替我叫了罢。"管通甫就替他写了局票去叫。不多时来了，唱了一支《北阳》、一支《刺虎》，却真个声情激越，响遏行云，大家都说名不虚传。

傅又新叫的几个都不大中意，却看上了袁子仁叫的袁宝仙，就问袁子仁道："贵相好芳名叫甚么？住在那里？"袁子仁代答了，就说："傅大人赏识，就转个局罢！"傅又新说："怎好分爱？"袁子仁道："这是上海常有的事，有甚么要紧！"说着就把豆蔻盒子送了过来，那傅又新也接了。全似庄道："本来袁子翁同姓为婚，例应断离。"管通甫道："到底是做过现任黄堂的，断得实在不错！"袁宝仙晓得这傅大人是个广东巨富，就放出本事来巴结他。这傅大人甚为喜欢，说："我们就翻过去罢。"大家看天色还早，也都愿意凑趣。袁宝仙见上了咖啡，就叫娘姨回去招呼，自己却赖着要跟傅大人一车同去，傅大人开味之至。

席散，大家同到百花里，一同上楼，宽了长衫。袁宝仙忙让傅又新、袁子仁在炕上吃烟，自己靠在傅大人身边烧着。一面就叫摆台面，起手巾，重新入席，虽是双台，也就坐得满满的。王梦笙忽然想起，向着全似庄问道："全大公祖今天也破例了？"全似庄道："我昨天想了一想，请客是朋友的权，要请在那里，只得听朋友请在那里，不好因一人之见强主就宾，这个例不能不破。叫局不叫局是自己的权，那个例是拿定主意不破的了。"单凤城看各位老宪台都喜欢顽笑，再三嬲着管通甫，替他代邀各位明天在朱素琴家。任天然看这人讨厌，不大愿意，全似庄却很喜欢朱素琴，倒先答应,任天然也就不肯违众。

　　这天席上,屠桂山密密的约了郑琴舫,明天十点钟在九华楼谈谈。郑琴舫晓得他另有用意,也就随口应允。席散之后,袁宝仙断无不蟠住傅又新之理。达怡轩约着任天然同路,各适所欢。王梦笙是谨守条约的人,自然早归洞府。其余的行踪所至,也就不能一一详记了。

　　次日早上,郑琴舫刚起来,屠桂山就来催请。到了九华楼,那麦仿松、丁榄臣都已在座。点了菜,吃了两杯酒,屠桂山道:"这回江西这笔生意,我们三人商量了同做,却要奉求琴翁在里头作成作成。将来事成之后,除照例之外,我们三人另有敬意,总教琴翁不虚此行。"郑琴舫道:"前天不过通甫说起兄弟懂得点,全似翁邀着同去看看,我不过尽其所知。三位既如此说,这事我以后不与闻就是了,那敬意多谢多谢。我本来没有多耽搁,就要到杭州禀到去的。"三人仍说:"大家同是在外头混饭吃,总要费心提挈。"郑琴舫自己打好了主意,也就不同他们多说。

　　这天,全似庄又来找他。郑琴舫说:"这事是不能性急的。我本来也不甚了了,但是款项颇巨,也不是件小事,似翁再多邀两位内行细细的看看罢。上海的地方,口甜心辣的人多,总要当心点才好!"全似庄只得怅怅而返。

　　再说单凤城这天清早就穿了衣帽,备了手本,到江西几位上司那里去禀见。全、郐两位倒见着,任天然是还在顾媚芗家双宿双飞,怎么会见得到呢?到了四点多钟,单凤城就邀了增朗之、管通甫,先到朱素琴家坐了一会,就去催客。全、郐、任三位大人都是用红单端楷恭恭敬敬写的。任天然同着顾媚芗逛张园才回,见着条子就过来了。上了楼梯,就看见单凤城在楼梯门口恭恭敬敬的垂手站着,让任天然进了房门,就跟着进来请了个安,说道:"卑职今天到大人栈房里禀见,没有见着,明天再过来叩见。"任天然道:"失迎,失迎。兄弟不大在栈房里,明天不要劳驾。兄弟也是由江西州县才开缺的,将来引了见,到不到江西还在未定,凤翁不要如此称呼;况且在堂子里顽笑,更不必行这些官场规矩。"单凤城连连答应:"是,是。"却又说道:"大人是两次明保的人,引了见下来,指日就放道台的,卑职伺候的日子正长,怎敢忽略呢?"任天然见同他是说不通的,只好由他。

第十二回　买军火太守展长才　开绮筵钦差饶雅兴

陆续又来了几位客。——他却是叫家人在楼下看着，江西三位大人到来，就先上来报信的，所以任天然来他预先晓得，出来站班。

一会儿，他家人上来说道："全大人、郐大人来了。"他又赶紧到那楼梯门口去站。朱素琴看了不解，说："单老爷，你做甚么？"单凤城望他摆手，朱素琴看着只是笑。只见郐幼稽、全似庄两位大人上来，他又随着进来，恭恭敬敬的请了两个安。郐幼稽、全似庄同说："早上劳驾！我们才过去谢步，凤翁已经出来了。"单凤城又连连请安，说："不敢当宪驾！"那朱素琴同着娘姨、阿大捂着嘴还几乎笑出声来。阿大趁手来接郐大人、全大人的衣裳。朱素琴也在旁边招呼着，恰好站在全似庄的面前。全似庄拉着他的手问他："今年十几岁？是大先生小先生？"一面向着单凤城说道："我是规矩人，不会剪边的，凤翁不要吃醋。"单凤城道："只要是卑职身边的人，随便大人要怎么都可以的。"全似庄也不禁大笑。

将近七点钟，客已到齐，只有达怡轩因有另局，来书道谢。大家入座，叫的还是那些倌人，看见袁宝仙，都替他道喜。管通甫问他："傅大人请你吃了点外洋的甚么新鲜物事？"袁宝仙道："你阿要吃点？我这里还有呢！"管通甫道："谢谢罢，要么请我吃点点心。"袁宝仙道："点心你去问亚仙阿姊要罢！"亚仙道："你扯上我做甚么？"袁宝仙道："难道你的点心管大人没有吃过？"管通甫道："我们做了多少年，可真是规规矩矩的，不像你同傅大人，一见面就抟成一块儿了。"说得袁宝仙要扯管通甫的胡子，管通甫连忙告饶。

这个当口，忽见全似庄的管家拿了一个帖子，说："有位侄少爷，说是打外洋回来的，在栈房里等着要见老爷。"全似庄接过帖子一看，上头写的是"侄燕福"，旁边注了四个小字是"原名善言"。全似庄想道："我这个侄儿听得他在香港一家洋行里学徒，这回怎么跑了来呢？想必又是弄到不得了了来找我的。"沉吟了一会，说："叫他在栈里等着，我散了席回来再说罢。"任天然问他是谁，他含含糊糊的答了两句，心里很不高兴。单凤城又叫了张五宝来，叫他好好的唱了几支昆曲，恭维几位老宪台。

散席之后，大家穿衣各散。单凤城又穿着长衫，恭恭敬敬的站在楼梯门口，等郐大人、全大人、任大人、傅大人、王大人走了，才退了进来。阿大实在忍不住,只好问道:"单老爷,你这样到底算甚么?"单凤城道:"我们官场的仪注,属员请上司到的时候,照例要在轿子面前迎接;走的时候,照例也要在轿子面前站班送。不过在你们堂子里,各位大人又是马车来的,不能跑到巷堂外头去站班,只好在楼梯口站站,已经是格外简便的了。"朱素琴道:"你们做官的有这么许多规矩,真觉难乎为情,还要不及我们吃堂子饭的呢!"

　　再说全似庄回到长发栈,只见房里坐着一位亮蓝顶子花翎,穿着簇新的蜜色亮纱缺襟袍子、天青亮纱方马褂,戴着金丝眼镜,美如冠玉的少年,心里倒吃了一惊,想:"这是何人?"只见那少年看见他进来,连忙除了眼镜,跪下磕头。全似庄正想回礼,听那少年说道:"侄儿已多年不见叔叔了!"全似庄才晓得就是在香港洋行里学徒的那位侄儿,但是他何以能陡然发迹呢?

　　原来全似庄这个侄儿原名善言,号禹闻。他父亲也是荫生,用的通判,分发广东,到省不久,染疫身亡。他母亲亦相继而故。他才十二岁,无人收留,幸亏他的房东是在香港洋行做生意的,把他带去学徒。他却生性聪明,几年工夫英文英语学得很好。有一位广东候补道光泰号平阶的常到香港,与这洋行有点往来,很喜欢他生得清秀灵动。那年放了英国钦差,就带了他出去做个小翻译,顺便在上房里跑跑,在那卡字号的光景。这光观察一位千金,叫做玉妞,这年才十三岁;一个儿子,才四岁。这玉妞姑娘资秉聪慧,口齿尤为伶俐,就要跟着全禹闻学外国话。光钦差说:"这也很好。"就天天叫全禹闻教他。一年多下来,英文英语都很有样子,固是他天资敏悟,也因为住在伦敦,有个"引而置之庄岳之间"的道理在里头。不但这位姑娘容易学,就是全禹闻也长进了许多。

　　这位姑娘时常同着全禹闻出去顽耍,看过两回英国男女结婚。又有一天,同着全禹闻去看茶会跳舞,回来就同全禹闻说道:"外国的规矩真好,将来我也要学学呢。"这天又拉了全禹闻出去,到了一家餐馆,进去同吃,说是吃醉了,叫全禹闻就陪他在那里住。全禹闻始而不敢,那姑娘说:"你要不答应我,我回去叫你不得了!"这种送上门的好事体,全禹闻又何肯固辞?也就只得答应。这位姑娘虽只有十四岁的人,但是旗下女孩子往往发生得早,也就有个成人的样子。这晚住在餐馆里,居然行了个自由结婚的大礼,不过没有请我做书的做证人,所以不知其详。

在这餐馆一住三天,然后双双归家。这位钦差各处派人去找,因为不是甚么美名,恐怕被人登了报纸,传到中国,所以未敢去报警察,看见女儿回来,如获至宝。只见这位姑娘走到老子面前,靠着膝前跪下,说道:"女儿实是该死!因为看见外国人自主婚姻实在很有道理,我想我们中国的男女总是彼此从未见面,强合着做成夫妇,有何趣味?这全禹闻他教我的语言文字一年多了,我看他人很好,待我又尽心,我如果回了国里,嫁的人断不能及他。本来要同阿妈说明了的,恐怕嫌他穷,不肯答应,所以就学了外国人。现在女儿的身体已属于他。父母要这不肖的女儿呢,就望提拔提拔他,他也是个世家子弟,没有甚么低微;若不要女儿,女儿就跟着他走,讨饭也不要紧!"那全禹闻也跟着跪在地下。这姑娘又说:"错处全在女儿一人身上,不能怪他。要是难为他,女儿也就只有一死!"

这位钦差本是爱这女儿如同掌上明珠,看见生米已成熟饭,不答应也是不能的了;且这全禹闻也还生得一表人才,满汉通婚又是奉过明谕的。只得叹口气道:"既已如此,还有甚么说呢?你们且起去罢。"两人磕头起来,拣了个日子就在使馆设了甥馆。后来又问他有功名没有,全禹闻道:"自己没有,却是在洋行里的时候,有个同事的也姓全,叫做全燕福,他却有个候选从九的照。那年他得了痧子症身故,家里没人,这照被我收在身边,不过是个广东籍。"这光钦差道:"这就行了。如今停了捐,必须有个底子才能加捐呢。"就替他加捐了个分省试用同知,托人在京里替他缴了捐免保举同印结,那姑娘又拿体己的钱替他捐了条花翎。这年差满,保了一个以知府分省补用,并赏加三品衔。如今跟着光钦差回来的。

他侄儿把这番话大致说了一遍,这位全似庄喜不自胜,一口一声赞他能干,远不似在袁宝仙家得信的光景了。问他住在那里,全禹闻道:"还跟着丈人住在天后宫行台。今日下午才上岸,看见报上说叔叔在这里,所以过来请安,明儿再叫侄儿媳妇过来叩见。"全似庄道:"我明儿要去见钦差呢,就在那边见罢。"又谈了些家常,这全禹闻才辞了回去。

次早,全似庄穿了衣帽,到钦差行台禀见。等了一刻,钦差起身,请进去,见了面行礼,起来请了个安。光钦差说:"咱们儿女亲家,你怎么还用手本?以后万万不可再行这些官礼!"谈了一阵,又请进上房,叫姨娘、女儿、儿子通同见过。全似庄约光钦差晚上到海国春,光钦差道:"那不是番菜馆么?"全似庄道:"是。"光钦差道:"那我在外洋可吃厌了,我倒想有甚么好堂子里去见识见识。"全似庄凝了一凝,不肯拂这钦差亲家的意思,连忙说:"就是这样。我去招呼一声,就写帖子过来罢。"光钦差请他宽了衣帽,留他吃了点心,然后出来,上了马车,就赶紧吩咐到小久安里。

下了马车,叫小马夫跟着进了巷堂去问。幸喜这顾媚芗是在小久安里的,大门迎着巷堂,最易寻的。全似庄进了大门,问顾媚芗的房间。相帮说在楼上,一面喊:"阿银姐,客人上来!"顾媚芗正同任天然吃点心,听说客人上来,媚芗想:"我有甚么客人这会子来呢?"阿银忙到楼梯口,一看同过几回台面认得的,连忙打起门帘,说:"任大人朋友来!"又向着全似庄叫了声:"全大人好!"早引着进了房。媚芗也站起来,叫了声:"全大人!"任天然忙问:"似翁先生如此早光,想必有甚么事体?"全似庄坐下说道:"不但有事奉求天翁,并且要奉求贵相好呢。"任天然忙问何事,全似庄道:"昨天席上不是我的家人来回,说我的舍侄来了?这是我的胞侄。我先兄只此一子,从小儿是我抚养大的,送在香港学堂里读书。那年光平阶钦差出使英国,我因为他的英文英语都还有点功夫,荐了过去,光钦差就把他奏调出洋。蒙光钦差赏识,将他赘做东床,现在也保举了分省知府,昨天同了光钦差一起回来。今天我去见了光钦差,他因为在外洋闷得久了,要在上海散散心,叫我在堂子里请请他。我是向来不叫局的,那里去摆酒呢?想着天翁是至交,可否同贵相好商量商量借这里请请他?"任天然道:"那有甚么不可?但是有多少客?双台单台呢?"全似庄道:"要请的客甚多,就是双台罢。"任天然忙叫顾媚芗的娘来,叫他在九华楼定两桌席,"今晚六点钟全大人借这里请客,菜要丰盛清脆,还像前回,加他两块钱一桌。"媚芗的娘答应着去办。全似庄叫买了一个红封套连签子、一个红全帖、两张红单帖,请的是光钦差、傅京堂、田观察、郅太尊、廖太尊、增太尊、王太史、达孝廉、单大令、郑司马、屠观察、管司马、任观察。又写了个条子,叫他侄儿随着钦差一同来,光钦差又加了一份帖子,写的是"本日申刻洁樽恭迎宪驾",却没有写假坐某处。又叫家人拿护书来,检了一个手本夹着,交与家人去请。任天然就留全似庄在此便饭,是媚芬的娘自己弄的菜:一碗火腿炖鸭子、两条煎鲫鱼、一盘自己腌的咸肉、一碗炒蟹粉、一盘虾仁、一碗冬菜肉片汤。虾仁、蟹粉是临时添的,鸭子却是任天然昨天想吃,隔夜用神仙炉子炖的,火候甚好——这也是全太尊的口福。

吃了饭,坐了一刻,那请客的管家回来说:"郅大人昨天晚上上了轮船到江西,增大人也到南京去了,郑大老爷说肚腹不好,谢谢。因又补请了沈叔谦、袁子仁两位。"全似庄也就回栈。

任天然好在无事,看着媚芬慢慢的梳头。媚芬问道:"全大人为啥勿叫局?"任天然道:"他说他做过现任知府,不好叫得。"媚芬道:"为啥做过现任知府就不好叫局?我看做着抚台、道台,在上海叫局的也多得很呢!"这话问得任天然真无词可答,只好说道:"这也叫做各行其志。"

不一时,媚芬头已梳好,那教曲子的阿大来了,就叫他在房里坐着,替媚芬拍两支昆曲。任天然躺在烟榻上,听这清歌婉转,比那酒席上的弦管嗷嘈更加有趣。任天然想道:"在这里享了个把月的清福,比在那任上衙鼓惊心、簿书尘目光景大不相同,真所谓'人生贵适意,富贵复何为'!"

乌师去后,媚芬也坐到榻上,偎在任天然身边,说道:"你自然是欢喜我的了,但是你到底欢喜我的甚么?你倒说说看。"任天然笑着拿手在他腹下按了一按,道:"欢喜你的这个。"媚芬推开他手道:"不要瞎说!那个是天下女人家人人都有的,又何必单单欢喜我的呢?"任天然道:"欢喜你的人尚率真,无甚习气。"媚芬道:"这考语下得也还不错。我听说你太太叫你出来讨个姨太太,我嫁你要不要?"任天然道:"我比你大了二十多岁,未免老了。"媚芬道:"那有甚么要紧!四十出头的人怎么能算老?况且人生缘分长短是有一定的,你看那些青年佳偶,难道就没有中道分离的么?你到七八十岁,我也是五十左右的人,还不够么?"

说着,王梦笙来了。媚芬的娘喊了声:"王大人来!"媚芬赶紧在任天然怀里站了起来。任天然也起身相迎。王梦笙道:"你们大有那'情切切良宵花解语,意绵绵镇日玉生香'的光景,真个会乐!"任天然道:"你那乐趣恐怕还要深一层!那天在轮船上我看了你们的情意,心中又羡又妒,只好独自关门睡觉。"王梦笙道:"刚才看见单子,怎么全似庄今天跑到这里来请客? 那光大人又是谁?"任天然笑道:"他就因为这光大人起见。光大人就是出使英国的光平阶,同他是亲家,要他在堂子里请,他没法,才来找我的。"王梦笙道:"我也要请客呢! 我想馆子里没甚意味,我那住的房子虽然小些,一桌客也还坐得下。并且我们第二个内人听见老哥哥赏识了媚芛,也想见见他。"任天然道:"在你那里请也甚好。要见我的媚芛,其实不拘那一天,我带了他来叩见就是了。"王梦笙道:"你倒竟公然据为己有!"说着望媚芛一笑。媚芛脸上微微有一种又羞又喜之色。阿银来问:"用点啥点心?"任天然道:"做点锅贴来吃吃罢。"两人就在那里盘桓。

到五点多钟,全似庄已来了,说:"我们早点催客罢! 晚上光钦差还要看戏,我已叫人定了天仙的两间包厢,连他的姨太太们都要去呢。"任天然就帮他写好催客的条子,叫相帮分头去请,光钦差的一份全似庄是叫他管家自己去请的。任天然又把局票写好,只空出光钦差同全似庄的侄儿两份未写。

不多时,客人陆续来到,彼此招呼。管通甫一进门就说道:"今天怎么全似翁要剪起任天翁的边子来?"全似庄道:"因为我们亲家要到堂子里见识见识,所以我才央求着天翁、媚芛两位借借光的。"屠桂山打听得全禹闻是全太尊的胞侄,又是从外洋回来的,十分恭维亲热。大家说:"要荐两本好卷子与光大人才好!"管通甫荐了个宝树胡同的谢玲娟,屠桂山荐了个西安坊的王文兰,又向全禹闻道:"我荐个懂外国话、天足的新学人物与禹翁,叫作吕湘文,在东平安。"全禹闻望着全似庄看了一眼,全似庄道:"你尽管叫,不要紧的。"

不一会,台面摆齐,起了手巾。请的是光钦差的首座,光钦差定见不肯,说:"我们至亲,没有这个道理!"硬拉着傅京堂坐了首座。光钦差还要让,大家都不肯,只得坐了二座,馀外各自随便就座。主客十四位,仍旧是三张桌子拼的,每边坐五位,任天然同全似庄坐主位横头,那一头是屠桂山同全禹闻并坐。

席间,全似庄约大家散了同去看戏。屠桂山说:"我还有应酬,不能奉陪。"有几位也辞了。屠桂山低低的同全禹闻说道:"今天武林林那里烧路

第十二回　买军火太守展长才　开绮筵钦差饶雅兴

头,我要去做主人,禹翁不嫌简慢,就请同去坐坐,比在这里到底少点拘束。不必去看戏了,就是要去,等那边席散,再到戏馆也还不迟。却不必同令叔说出缘故来。"全禹闻答应了。不知屠桂山为何要单约全禹闻吃,且到武林林房间里台面上打听打听看。

抉 编 上

第十三回

长袖善舞利益均沾　新学争鸣诗张百出

屠桂山约定了全禹闻，就同武林林咬了咬耳朵，武林林的娘姨就过来装了烟，同着武林林先去。这里席散，全禹闻向全似庄说："还要到天顺祥去说句话，再到戏馆。"全似庄点点头，就约了任天然、管通甫几位陪着钦差、傅京堂去看戏。

屠桂山邀了全禹闻同到西荟芳武林林家里，发了请客票头，只请了丁槐臣、麦仿松两位。一时都已到来，屠桂山当着两人向全禹闻说道："令叔此次来办军火，上海的人心不一，我是因为管通翁与令叔至好，通翁招呼了的，我怕令叔上人家的当，我们到底知己点。但是这种事体往往有人在里头争夺生意打破锣，禹翁在外头阅历得多，总晓得的。这件事将来令叔必同禹翁商量，务求在我们三家之内，不拘那一家作成作成。我们三家是彼此相信得过的，总不叫令叔吃亏。就是禹翁面上，总于照例之外另有加敬。禹翁初到上海，应酬必多，总还有些用度，这里有一千块钱，请禹翁先收着零用罢。"说着在麦仿松手里拿了一卷钞票，点了一点，九张一百元的，十张十元的，就送与全禹闻。全禹闻微微的推了一推也就收了。这席酒就是宾主四人，丁槐臣叫的是林二宝，麦仿松叫的是潘冶云。那吕湘文同全禹闻不时说两句外国话，两人也很合适。散席之后，全禹闻仍到天仙，尚未散戏，看了一出，大家同走。

任天然仍到顾媚芗家，上了楼梯，阿银在那里等着。任天然看见客堂里都有客人，想正房间一定也不空。正要退下，借那花文琴的房间暂坐，那阿银却把他从后房门引到正房间，嘴里喊道："任大人朋友来！"房里只有老娘姨坐在榻上，媚芗也在房里，大家捂着嘴笑。任天然才晓得是怕那客人要进正房间，故意装作有人的，也不觉笑了，低低的说道："你们掉的

第十三回　长袖善舞利益均沾　新学争鸣诪张百出

好花枪!"那客堂里的客人在烟榻上又躺了一会,觉得没趣,要走,媚芗出去敷衍了两句,停会就听见那"怠慢"、"好走"、"明朝来"的几句套话了。这客是个宁波人,也很吃过几台酒,碰过两场和,手头也还松,心里有点转媚芗的念头。阿银也说他是户好客,争奈媚芗心已有主,不复措意。所以堂子里不但怕倌人有恩客,就是肯花钱的,老鸨、娘姨也不愿意这倌人专意在一个人身上。这就是自己亲娘的好处,不来逼着他招揽。若是讨人身体,那能容得他呢?

再说全似庄果然同着他令侄商量,问他军火上可懂得。全禹闻说在外洋也曾替人办过,就说了许多的名字,又说了许多的经络。在全似庄固不甚了了,就是做书的也没有考究过制造的学问,所以他说的话也就记不清,叙不出了。全似庄就同他看了几处,他也有些挑剔,后来在公信、同和两家定了五千支的曼利嘎无烟快枪,要价每支规元五十八两,磨到五十四两才定。洋行里要先付半价,交货再付半价。全似庄还要想请郑琴舫复看复看,到福兴栈去一问,早已到杭州去了。江西复电来说:"枪支照办,价银既经再四磋磨,谅系核实,惟两期付清,库款力有所不及,仍请磋商。"又讲到:"先付四分之一,交货再付四分之一,交货后一年再付四分之一,又后一年再付四分之一。此两年未付之价,须照银行章程计息。在上海交货,长江水脚归江西算。"江西复电说:"四期交价可行,两年息银须商免,货须包运九江。"全似庄又叫他侄儿再三同这两家买办商量,全禹闻并同洋商当面说了许多英国话,才商定了交货后两年应付之价。如按期照付,不起利息;若按期不能付清,或未到期先行付款,应付、应扣息银均照银行章程按日计算。由洋行包运九江交收。江西复电:"照办。"全似庄就同洋行商立合同。洋商说:"这合同要江西抚台、藩台盖印。"全似庄电禀请示,也答应了。洋商签了字,全似庄办了禀帖寄去,江西往返电商,忙了二十多天才算完事。

这天,王梦笙因为吃的人家酒席太多,他是立有条约不能到堂子里摆酒的,就定了聚丰园的菜,在公馆里复东。请的是全似庄、吴伯可、曹大错、达怡轩、江志游、毕韵花、管通甫、任天然几位。客人到齐,看那厅房虽小,面前一片草地却甚轩爽,院中两树桂花开得正盛,香气扑人,也很有些趣味。除了仝似庄，各人都叫了局。王梦笙带了顾媚艿、林玉英两个上楼去见他二夫人，他二夫人一见也甚欢喜，同他们谈了一会，说："明天我请你们吃一品香，吃了番菜同到群仙看戏。"又同顾媚艿说道："你可同你任大人说声，陪我一晚上。他有甚么应酬，局是你的，却不许你去，你看做得到做不到？"顾媚艿笑着应道："一准如此，包做得到。"王二太太也笑道："你倒也拿得稳！"两人辞别下楼，顾媚艿就同任天然说。任天然道："我不许你去，否则我另外叫人。"顾媚艿望他瞅了一眼，道："你敢！"管通甫道："这有点意思了！"笑着，大家入席。

吴伯可说起要回省销差，托王梦笙、管通甫二人做媒，说："小女今年十三岁，意思要同天翁的二世兄结亲，但是小女是个天足，预先说明。"王、管二人皆说甚好，任天然亦满口答应，说："就是明天清帖传红，彼此皆在客边，也不必用那些俗套。"次日任天然却兑了一对金如意簪压帖，取个和合如意的意思。两家的帖子都是请王梦笙写的。这天任天然请，在顾媚艿家，谢媒、会亲兼而有之。那顾媚艿可被王梦笙的二太太邀去吃番菜、看戏，席也没有来上，另外有几处来叫，他娘都回报说是到老旗昌去了。席间，吴伯可约了各位明天在胡爱卿那里，也是谢媒、会亲的意思。

次日席散，天气还早，王梦笙说："天哥，我同你到媚艿那边坐坐罢。"任天然说："难得！难得！"两人同到了顾媚艿家。却好媚艿的娘有个手帕姊妹，包了一个倌人，前节生意甚好，上月因患痨症死了，有一对珠花托媚艿的娘替他转卖。媚艿的娘想，王梦笙是个富家，他那二太太或者可买。看见王梦笙来，就拿着珠花上楼，说道："王大人，昨天多谢你家二太太带媚艿吃大菜看戏，媚艿回来说，二太太真是和气得很。"王梦笙道："昨天回来还不迟罢？"媚艿的娘道："不迟。这里有对珠花，是堂子里一个倌人，因为被客人漂了帐，看着要到节下，开销不出，托我替他卖的，要想卖八百块钱。王大人带回去请二太太看看要不要，倘看了还好，就作成了他罢。可怜到了节下，被客人漂了帐，是真说不出的苦！"任天然笑道："这么，我明天赶紧就走，也漂一漂看。"媚艿道："你只要舍——"说到这里却缩住口，脸一红。王梦笙道："你们说话真奇怪，只说半句的。"媚艿的娘道："你同任大人睡了这多少时，还要不好意思？"说得媚艿更加难为情，走了开去，嘴里咕叽着道："娘也跟在里头瞎说！"

王梦笙向媚艿的娘道："我正要同你说，我们二太太前天看见媚艿，说任大人赏识得很不错，昨天在一品香，同媚乡谈了半天。媚艿也细细的向我们二太太打听任大人太太的脾气、家里的规矩。我们二太太同任太太是天天见面的，晓得他是大贤大德的人，家里也全是讲共和、平等治法的，媚艿听了更有个倾心矢志的意思。我们二太太叫我同你说，你是他亲生的娘，不比得人家讨娘，替他们圆成这番好事罢！"媚艿的娘道："我何曾不是这么说？我也不要甚么大身价，只要任大人把我二千洋钱还还帐。任大人总说要进了京才能定规呢。"王梦笙又向任天然说道："老哥哥，我看是'好花堪折只须折'。"任天然道："我也早有此意，但是何必急急？我此刻行踪未定，怎么能就办呢？"媚艿连忙说道："你就不就办也得有句定规的话！"任天然道："有王大人为证，总算数阿好？"王梦笙道："好了，媒做成了，我可以回去复命了！"任天然道："我明天在这里替吴亲家饯行，请你作陪。"王梦笙应了一声，匆匆而去。

回到公馆，把媚艿的娘同任天然的话向谢警文说了一遍。谢警文道："我看任天然怪可怜的，有这么个人陪陪他也好。"王梦笙又把珠花递与他看，说："要卖八百块钱呢，你看要不要？"谢警文接过珠花看了看，说道："我今天在张园会见一位余小姐，说是住在贻德里。他那头上的珠子真是又圆又大、又光又匀，那真真难选呢！比这个要差远了。这小姐长得也很风致，也很和气，明天约我吃一品香，到丹桂去看戏。"

次日傍晚，任天然催了客，大家到齐。媚艿的娘问王梦笙道："昨天的珠花二太太看了阿中意？"王梦笙道："我们二太太说，昨天在张园会见一位余小姐，他头上戴的珠子真好，比这个要差得多，今天约我们二太太去看丹桂的戏。"江志游道："可是住在贻德里的？"王梦笙道："正是。"江志游道："那自然，那个的珠子能比得他？他是有名的珠王！"王梦笙道："他是那里人？"管通甫道："他是湖南人，他祖老太爷做过东边道。那时候东边道的缺一年有好几十万，他做了八九年，发的财真不少。他的老翁又会营运，又非常的吝啬，却死得早。他的胞伯在天津管一个实业的学堂，也只一个女儿，是这珠王的姊姊。一个儿子还小呢，却兼祧着两房。"达怡轩道："他这位令姊不必提了,嫁的也是个候选道,这位道台因靠着裙带子的富贵,只得听他广置面首,他老子管的那个学堂里的教习、学生,有一大半是他临幸过的。"媚乡的娘道："就是上海的这位小姐,声名也不大好。前节下头,花文琴用过一个大姐,就是跟过这位小姐的。说这位小姐用的一个马夫,替他打扮得十分华丽,五六月里天天坐夜马车到愚园,空地下总是叫这大姐看着车子,他两个人一去半天,不知干些甚么。后来说这大姐姘上了马夫,吃了醋,连马夫带大姐一齐撵了。据大姐说是冤枉,冤枉不冤枉却不晓得,大约总没有甚么干净。这种人二太太同他少来往些也好。"王梦笙道："本来不认得,也是在张园偶尔碰到的。既然如此,我回去同他们说,以后同他疏远点。"席散之后,任天然又留着管通甫、吴伯可、王梦笙坐谈一会,说："今天你们二太太去看戏,多坐一刻不要紧。"到十一点多钟,吃了稀饭方散。

  王梦笙回家,看谢警文还未回来。等了半天,已经十二点半钟,还不见到,想戏馆早该散戏了,怎么还不来? 正盼着,听见马车进来的声音,王梦笙赶紧拿着桌灯到楼梯口来照,说："怎么这时候才回?"谢警文一面走一面说道："今天真险,几乎闹出大笑话来!"王梦笙问是怎的,谢警文道："我同那余小姐到丹桂,他包的不是全厢,却也还清静。那边坐了两个人家人,带着一个十一二岁的小官;还有两个,像是堂子里倌人自己来看的。到快散戏,那两个人家人同那一个倌人都走了,还有一个倌人在那里。我催了几遍,余小姐才起身。刚到包厢门口,已经煞锣。看那楼梯口拥挤非凡,我们两个走不下去,只好在包厢门口站着。忽然有个十三四岁小厮跑了进来,拿了一个手巾包子,不知里头包的甚么,送与那个倌人。这小厮跑出来,被余小姐一把把他头发抓住,问:'三儿,谁叫你送东西与他的? 送的甚么东西?'那小厮道:'是四爷叫我送的,里头甚么东西我可不知道。'那余小姐就在这小厮脸上打了一个巴掌,说:'你四爷好,又送东西与这些烂污婊子了!'这小厮脱手跑去。那倌人却站了起来,问道:'你骂那个烂污?'余小姐道:'我骂你!'那倌人道:'我怎么烂污?'余小姐道:'你姘戏子,吊人家膀子,怎么不烂污?'那倌人道:'我们吃堂子饭的,有甚么要紧? 是随便甚么人都可以陪他睡的,就姘戏子也算不得甚么下贱。像那

第十三回　长袖善舞利益均沾　新学争鸣诪张百出

官府人家的小姐,姘着戏子,还要同人家吃醋,那才真正烂污呢!'这余小姐被他骂急了,捋起袖子就要去打他,那倌人也准备着要回手,幸亏两边的娘姨、大姐死命的拦着。有个客人走过门口看见,大约是同这倌人认得的,就进来把这倌人劝走。那戏子也跑了过来,好像是那唱小旦的赛紫云,望着余小姐请安。余小姐打了他两个嘴巴,自己倒哭了。我看着不像样子,只好不别而行。现在还不知怎样呢!"王梦笙道:"今儿席上他们谈起,也说这小姐声名不好,叫我同你说,远他些。"谢警文道:"我因为看他也是一位大家小姐,那里晓得他是这种样子烂货!"王梦笙道:"倒是今天闹到这个地步,怕的明天要被人家登报。他呢不要紧,万一把你也说在里头,却怎么好?"谢警文也慌了,说道:"好哥哥,你有甚么法子好想,去招呼招呼,不要提出我来罢!"王梦笙道:"我明天且同毕韵花商量商量看。"

次早,王梦笙去寻毕韵花,没有寻着。回到家里,正在没法,只见家人拿了全似庄的请客单子进来,请的是傅又新、光平阶、田广生、廖庸庵、王梦笙、任天然、达怡轩、江志游、毕韵花、祝长康、曹大错、冒谷民、单凤城、沈叔谦、袁子仁、屠桂山、丁榄臣、管通甫,还有他的侄儿,是假坐沧洲别墅。准三钟入座,那傅又新名下打个"谢"字,说是上海道请,不能来;廖庸庵名下注了个"赴宁波";田广生名下注了个"回香港"。说是得到电报,香港姨太太又添了位少爷,去做满月了。其余都打了"陪"字,单凤城名下是端端正正写的"敬遵"二字,就是江志游还没有去请。王梦笙想:"我正要找毕韵花,到那里总可会得着。"也打了个"陪"字。

全似庄这天何以大请其客呢?因为上一天听见光钦差要动身,一来替他饯行;二来军火办成,请请两个买办;三来自己计算快回江西,替各位复复东。这些人都互相请过的,他们商议买军火的那二十多天,那一天没有酒?还有一天两三台的。不过他们席上没有什么事情,他们吃的人也不见得记得清日子,做书的也就不替他一一铺叙。诸位实在要考究,只要到这几家堂子里查查他们的酒帐、局帐便知道了。

王梦笙住的地方离沧洲别墅甚近,到的时候全似庄也才到。坐了一刻,任天然带着顾媚芗同车而来。王梦笙道:"你们竟是同眠同起,形影不离!"任天然道:"他说这园子好,要早点来逛逛。"不多一刻又来了几位。

毕韵花一看见王梦笙就说："梦翁，刚才找我做啥？"王梦笙道："我正有事同你商量。"就把他拉到对面亭子上坐着，把昨天晚上余小姐在丹桂同他倌人吃醋的话说了一遍，托他通知各家报馆，如果登报，千万不要牵上他如夫人。毕韵花道："梦翁尽管放心，这事绝不会上报的。"王梦笙道："这种事正是游戏报上的好料子，怎么不会上呢？"毕韵花道："你且慢慢的听我说，这位小姐的历史长得很呢。昨天晚上他们说他姘马夫的那些话都是实的，还有人亲眼看见他在张园同人家推露天牌九。他每天在张园吃茶，出名的倌人大约他有一半都认得的，看见了彼此招呼着同坐坐。有些客人借着去同这倌人说话，走过去一桌坐下来，他也不回避，有时也就夹在里头攀谈攀谈。就是没有倌人在座，只要见过认得，他心里喜欢的，也就招呼着坐了说话，还拿他自己吃的水烟筒让客人吃。大胆的同他说两句玩笑话，他也不动气，脸也不红，比那初出来的倌人还老到些。彼此有了意，就约在番菜馆或是小客寓里一叙。前次看中了赛紫云，天天一个人到丹桂去看他的戏，他出了台，就同他飞眉眼。赛紫云因为他是大家人家的小姐，他还不敢去吊他的膀子。他却看熟了，晓得那小三儿是赛紫云的跟兔，就叫案目叫这小三儿来，把了他几角钱，叫他叫赛紫云在楼梯口等他，有话说。他到了楼梯口，望着赛紫云一笑，同他说道：明天六点钟在某家番馆第几号会，赛紫云应了。第二天，到了那番菜馆，这小姐已先在那里。两人同着吃了番菜，这小姐叫细崽来，拿了十块钱一张的钞票与他，叫他把里头一间密室打开，撺好了自来火，那细崽欣然从命。两人进去密谈了有一个多时辰才开门出来。后来嫌餐馆台基都不稳便，索性在九江里租了一上一下的小房子，用一个老娘姨看着。每天看了戏，两人必到的，或是事毕各归，或就住在那里，都说不定。这赛紫云用他的钱也真不少，一节下来，比那阔嫖客在倌人身上花得总要多些。这赛紫云有些旧相好，又撇不脱，所以常常闹出笑话。昨天赛紫云散戏的时候在台上一望，以为他已经走了，所以才叫三儿送东西与那倌人，约他三点钟在家里等他的。那里晓得这位小姐还没走，所以闯出这回祸来。你们二夫人走后，这赛紫云好容易赔了礼，还是同坐一车走的。这些事我们各家报馆都打听得清清楚楚，只是不敢替他上报。这是甚么缘故呢？这位小姐虽然细行不检,那手笔却很大方,现在甚么安良会、女学会,都仗着他做一个财政家的大主脑,他遇到这些事体,两千三千都肯花的。新学朋友里头靠着他混的不知凡几。所以大众知会各家报馆,凡有他的风流事体,都不准登报。一来怕坏了他的名誉,有些事体就呼应不灵;二来怕他灰了心不肯出钱,那就失了一个大财东——这也是紫阳《纲目》为贤者讳的意思。所以你就放心罢,随他再闹些甚么笑话,都不要紧的。"王梦笙听了,才晓得新学界中有这么许多文章。

　　两人出了亭子,客已来得不少,局也跟着陆续而来,都是各人在上海滩上预先招呼,也有用马车接来的。曹大错搀着杨燕卿的妹子燕如进来,说:"燕卿有病,叫他来代。"各人都在园子里闲逛,顾媚芗同着张宝琴、小玲珑、林玉英、花翠珍、吕湘文、文亚仙几个跑到对面土山上去,几乎走不下来的,顾媚芗、张宝琴两人急得在那里喊。还是任天然、达怡轩跑去搀下来的,只有吕湘文走得爽快。大家说:"所以近来要讲究天足,真是便当!"

　　看看已到五点多钟,只有冒谷民还未到,聂情云倒先来了。大家说:"我们坐罢,他们这些先生们,一到上灯,局事就多,不要耽误他,谷民就虚左以待罢。"于是纷纷入座。主宾十七位,是用长台,同吃番菜一样坐法,却是三桌的菜。管通甫看见袁宝仙,因为傅京堂不在座,就问他道:"这几天傅大人是被你迷住了,共总弄了他多少?你到底是同袁爷好呢,还是同傅大人好?"袁宝仙道:"袁爷是前转在上海就做起的,大家晓得,脾气自然是要好的。傅大人老实,一句话,要不是看他有两个钱,想弄他点,这种乡里土老儿,又是一个假眼睛,谁还去理他!"曹大错拍手大笑道:"这话真说得痛快,有如蕉叶雨声!我看不独你们是如此,就是当道的王公大臣,同他交往,又谁不是看他有两个钱,想弄他点呢?不过不肯像袁宝仙这样爽爽快快的明说罢了。"任天然道:"大错狂态又作,天下的事怎好去揭穿呢?你的错就在这上头。"曹大错道:"何尝不是!不过我这错是万改不掉的,就听它错到底罢。"

　　一会儿,吕湘文站起来要走,说:"家里今天有酒。"望着全禹闻道:"你回去拢我那里,我有话说。"全禹闻道:"回来看罢。"吕湘文道:"你敢不来!"管通甫笑着道:"听说你还是个小先生呢,要他去做甚么?"吕湘文道:"怎么,小先生连约客人去说句话都不准么?"光钦差道:"我看起来吕先生下口必大!"吕湘文望着光钦差看了一眼,说道:"只怕是光大人头上太尖罢!"说着一笑而去。王梦笙道:"对得真好! 堂子里倌人有这样的吐属,真正难得!"江志游道:"他原来不是倌人,这话说来可叹。他上年来的时候是兄妹两个,也是书香旧家,很带了有好几千两银子来,要开学会,又要开女学堂,演说过两回,韵花、怡轩、谷民同我都去听过。那晓得在上海住了些时,他令兄就终日花天酒地,有时还要去推推牌九摇摇摊。他呢就结识了两个新学朋友,一个绰号叫小陈平,是个南市开小杂货店掌柜的兄弟。他嫂子也是在女学会里的,据说有曲逆之行。又有说因他计画甚多,所以有此美名,那也不知其详。一个就是有部小说里所说逼着他六十多岁的娘进女学堂做学生的那位。这两个同着他今日马车、明日逛园子,颇有泰西男女新婚游历的情景。但是,这两位不但色上要占点便宜,就是财上也要做个分利的人。他兄妹两个带来的银子,那里经得他们如此挥霍?到了年关相近,两人盘算盘算,不但令兄的和酒局帐开销起来不少,就是令妹的戏园餐馆、绸缎首饰及替那两个新学朋友添置衣物的帐,也就不是容易了的,身边只剩了二百多元的光景。两人想来无可如何,只好乐一天算一天,且到临时再说。

"有一夜,他令兄倒没有出去应酬,在家里住的。到了黎明,却就起来,到他妹子窗外一看,只见床面前摆着两双鞋子,晓得他令妹正在同一位新学朋友研究那体育功夫,大约还是方针直达中心点、团体横陈大舞台呢。这位令兄倒也深明只求保全自己的自由、并不侵人的自由的道理,所以也不去惊动他,只拿出一封信塞在那和合窗的缝子里头,就开了大门扬长而去。等到十一点钟,这位令妹同那新学朋友双双起身,看见窗缝里塞了一件东西,取来一看,原来是他令兄一封留别的信。说那存的二百块钱他已带在身边,搭了公司轮船,到东洋去游学,'你的生计你自己去料理,彼此努力自强,将来得意再见罢。'这令妹见了这封信,真是手足无措,要追也没处追了。他那两位要好的新学朋友,到了年下,本也应该匿迹销声的时候,从此面也不见,直急得他要寻死路。幸亏他用的一个娘姨,是在

第十三回　长袖善舞利益均沾　新学争鸣诪张百出

堂子里登惯了的,手里也还有几个钱,说道:"我看小姐不如挂了牌子做做生意罢,这点子帐还不难清,我也可以担待的。'他说:'我是个诗书世胄,怎好做这花柳生涯? 要么就以卖文鬻诗为名,结交两个文人君子罢。'就在群仙背后平安里味闲别墅的间壁租了间房子,贴了个条子,是'专谈诗文'。谁知上海是个俗地方,讲究文墨的人有限,就有两个走走,都是些寒酸措大,怎么填得起这脂粉深坑? 到了节下,又亏空了几百。这个娘姨说道:'小姐,你要是这样做法,你就把我担待的钱还了我,让你去自由罢。若不然,须要服从我们的压力,好好的挂了牌子,正正经经做生意才行。'他到这时候计无复之,只得走了这条路。这娘姨又弄了几百块钱,开销清楚,调到东平安,包了个房间。他现在在这娘姨手里,就同讨人一般。幸亏到底是讲究新学的,近来趋时的人多,所以生意不坏,身上竟有好几个有交情的阔客。最妙的是,他调头的这一天,有些同他令兄至好、在一淘顽笑的朋友,还公共摆了两台酒,说是欢迎会的意思。你想可笑不可笑!"

毕韵花道:"前节不是有个叫做自由花的? 也是个新学朋友的寡弟媳,同着这大伯子到东洋游学,住了两个月。回到上海,那鹑奔之行自不待言,后来也弄得妙手空空,讲明了把他包在堂子里的。这节不知改了甚么名字?"曹大错道:"咳! 新学旧学的人同是一样,借这些门面,做个老虎皮披在身上,那内里头的狼心狗肺真正不堪对人! 我们中国在朝在野的大半都是如此,这世界如何会好呢!"

正说着,只见冒谷民匆匆的进来,大家争着让座。管通甫道:"你到那里去的? 他们正在块骂你们新学朋友呢。"冒谷民道:"应该骂! 应该骂! 我就是为这个事,真弄得头盔倒挂,所以到此刻才来。"江志游问他:"甚么事?"冒谷民道:"不是前回安徽来的那程致祥、程致贞兄妹两个? 那程致贞在女学会演说一回,演说得真好,我同你皆去听的。那宁波的明心学堂主人就把他请回去,这程致贞在他家又演说一回。大家就商量建一个女学堂,那明心学堂主人居总,分投〔头〕劝集,那位余小姐也出了二千块钱,我经手也劝了二千多块。他兄妹二人把学堂章程拟好,学堂房图画成,学生也选定了。选定学生的这一天,这程致贞又对着这些学生演说了一回。一面开工造学堂,一面请程致祥带了七千两银子到东洋去办仪器,还是三月里去的,说赶暑假以前回来。一去之后,既无信来,人又不回。暑假快满的时候,明心学堂主人着了急,派人到东洋去找。那晓得东京、长崎、大阪、神户、横滨都找遍了,并没有这么一个程致祥来过。日前找的人回了上海,这两天明心学堂主人细细盘问这程致贞,那里是甚么兄妹?他也不叫程致贞,是个芜湖下等娼寮的土娼。这程致祥在他身上嫖了几时,看他人还聪明,也还识得几个字,花了二百块钱买了他,就租了间房子住在芜湖,天天教他这三篇演说,连那停顿疾徐的地方都像教曲子一般的。教了半年多,练得熟了,又教了他些嘴面上的新学话头、见人的应酬礼节同常用的几个字,带到他上海,说弄了钱,同他回去买田偕老,所以他也就百依百从。那三篇演说呢,就是在女学会演的一次,在明心堂主人家里演的一次,挑选学生那天演的一次,除此之外他就一无所知。在明心学堂主人,算花了几千块钱买了这么一个烂娼,那也不用去管他。我经手劝的这些款子,人家都来退钱,还有那些已交学费的学生,也来要退学费。今天弄了一天,还没有清楚,你想呕人不呕人!人家说我冒谷民是冒充国民,这才真是冒充国民的来了呢!"江志游道:"我也还有两个经手的学生,怕的明天也要同我打饥荒呢!"管通甫向着冒谷民道:"这都是你要做国民的魔障,以后把这谷民的号改了罢。"

冒谷民正要回言,只见全似庄的管家拿着一封电报,说是江西来的。全似庄连忙接过,拆开一看,只见上面写道:

上海长发栈全似庄太守:

票及合同均悉,款六万七千五百两由三晋源汇,合同已盖院司印信,亦交该号寄回。九江荣守调署广信,遗缺即以借重。事竣望速回。

抚院　冬

全似庄就把这电递与屠桂山、丁榄臣看道:"这事总算妥了,枪枝望早些运去。"屠、丁两人一面来接电报一面说:"那个自然,似翁太尊尽管放心!"两人看了,又替他道喜。大家问了缘故,也都说:"大喜大喜!"全似庄

第十三回　长袖善舞利益均沾　新学争鸣诪张百出

又把这电送与沈叔谦看,说:"汇款及合同一到,就请交与桂翁、榄翁两位,兄弟一准初五坐礼拜四的招商轮船回去。"沈叔谦、屠桂山、丁榄臣都说:"遵命,遵命!"大家又争着要替他饯行。全似庄说:"这两天还要收拾行李、各处辞行,实在无暇,多谢多谢。"达怡轩道:"我们就是初五这天在徐园公饯罢。"大家都说甚好,全似庄也只得答应。

席散,王梦笙回去把毕韵花说的话告诉了谢警文,谢警文才放了心,说:"这么一位世家小姐怎么会如此?真令人想不到!"看书的诸位,天下善于聚积、生性悭吝的人,留着家财与那败家的儿子,已是流弊无穷;与这败家的女儿,那更不堪言状。至于讲新学的,原不尽为财色起见,然而以此为名图财图色地步的也正不少,恐怕做书的还形容不尽呢。

到了初五这天,任天然一点多钟到长发栈,替全似庄送行,顺便约达怡轩同到徐园。其时全似庄出去辞行,还未回来,达怡轩同任天然倚在楼梯口栏杆上闲眺。只见栈伙领着些搬行李的人望官房里去。停回上来了两位十六七岁淡妆的姑娘,一个鹅蛋脸,一个小圆脸,都生得一双媚眼,两瓣凌波,袅袅婷婷,很饶风致,衣裳却不大时式。问起茶房,说是浙江一位道台的家眷。跟手又上来一个木木讷讷穿素的小官,约有十四五岁,却有个家人跟着,大约是位少爷。又隔了一会,上来了一位乌须黑脸的贵官。上了楼梯,达怡轩一见,连忙招呼。那位贵官也连忙除了眼镜,道:"老同年怎么也在此地?真是幸会!幸会!"究竟来者何人,请诸位等一等,听做书的慢慢替他叙说罢。

抉　编　下

第十四回

会短离长萧郎萦别梦　情深胆怯弱弟试灵丹

　　达怡轩在长发栈楼梯口碰到的那位贵官,你道是谁?原来就是他乡榜同年贾端甫。他在河南学务处当了些时提调,乔藩台同他甚为合适,就委了他去署光州。这光州是个大缺,荐朋友荐家人的很不少。他虽然不肯滥收,然而衙门里事务纷繁,也断非一二人所能办,自然也只得拣着用了几个。里头有个写字家人叫做柏义,是魏太史荐的,说是扬州人,据他自己说已有三十多岁,却生得齿白唇红,看上去不过二十三四的光景,字也写得很光洁。贾端甫中进士之后,就用的那个张全,素来最摸得着这主人的脾气,所以主人也很重用他。他的妻子郝氏,是带着女儿跟着贾太太进京、又跟到河南的。女儿也十多岁了,名叫小双子。到了河南,郝氏又生一子。贾端甫的上房是不大有人能到的,只有这郝氏母女,因为曾经服侍过,不时进去请请安。到了光州,自然派的是前稿门政,家眷住在衙门旁边租的一个书班的房子。这柏义同他是扬州同乡,所以最为亲近,称呼他世叔——这世交却也不晓得是那里来的,做书的也无从替他叙起——常常帮着他料理料理公事,张全很觉省心。近来张全位尊事繁,也就吃上两口烟,有时公事忙,不得不在衙门里住着,这柏义就替他烧烧烟,陪他在榻上躺着谈谈。到了夜深人静,这柏义竟赧然毛遂自荐,这张全也就欣然拜领。消受了两回,觉得竟是一个出色的龙阳,那一种宛转迎送的风情,比那战功卓著的窑姐儿还要得趣。张全从此就格外勤慎从公,常在衙门住宿。贾端甫也觉得到底是多年旧人,知道慎重公事,也就格外倚重。

　　这贾端甫做了两年多,据那些上司讲起来,都说他官声很好,抚台又在河工案内替他保了个免补本班,以知府仍留原省补用。却好新补的实缺也要到任,他就禀请交卸回省,请咨过班引见。不多时接任官到了,交

第十四回　会短离长萧郎萦别梦　情深胆怯弱弟试灵丹

卸之后,带了家眷回到省城。依他的意思,所有新用的家人一齐开销。张全说:"做过现任的究与那初到省候补的不同,公馆里总得多用两个人才忙得过来。"就留了这写字的柏义,还有个管杂务的俞安。贾端甫上了各大宪的衙门,谢了保举,面禀了些地方利弊及他在那里整顿的法子。抚台、藩台皆极钦佩,说当叫后任实心照办,不许擅自更易。他又同那最知己的魏琢人太史聚了几次,算清交代,请了咨文,在省里也就耽搁了好几个月,才得料理进京。张全的意思想主人把这柏义带着,路上好消遣消遣客况。若这位主人依了他的话,做书的倒也好,省了些笔墨,只要说他"日事雕鞍,夜游兔窟"就完了。争奈这贾端甫是位道学先生,他说:"我从前在京是马瘠仆痛惯了的,这次进京若是多带仆从,人家必说我染了外官的习气,那是于我的声望大大有关系,我可断断不为!"张全也就没法,又切托了柏义替他照料照料家事。张全的妻女这柏义本是见惯的,一口一声的婶婶、妹妹,向来就甚亲热。张全此番既嘱托了他,他那有不尽心的呢?等着张全跟老爷动身之后,就三天两天去请请婶婶的安、问问妹妹的好,彼此更加脱熟。

　　有一天柏义跑去,那婶婶却被邻居家请去看牌,只有小双子一个人在那里做针钱。柏义进去叫声"妹妹",就坐在旁边同他兜搭兜搭,说那帷灯匣剑的风话。这小双子本来生得流动风骚,心里也早有几分中意这位哥哥,就笑着问他道:"听说你在衙门里天天陪我爹爹睡觉,到底做些甚么?"柏义道:"那个说的?"小双子道:"小三子说的,我娘还骂你不要脸呢!"柏义说道:"做些甚么我说是说不出的,要么演把你看,我同你到房里去。"小双子道:"我不去,我又不是个男人家,占不到你的便宜。"柏义道:"你不是男人家也好演的,总让你占点便宜,阿好?"说着就拉他。小双子道:"你不要动手动脚的,我喊起来,你不得了!"柏义就独自一人跑进小双子房里,在他床上搜到一双换下来没有洗的袜套子,拿在手里,站在房门口,望着小双子道:"这个可送我了?"小双子看见,丢了针线追上来夺,柏义就朝床上一躲,小双子也只得追到床上;他把身子一翻,这小双子在他怀里,要喊也喊不出来,只好将机就计,任着柏义把他老子同他的那番形景细细的演了一回,不过顾后瞻前稍有不同。这小双子得到甜头,以后倒也时常同他试演试演。

　　这天柏义跑来，小双子正在那里做鞋花。柏义拉他，小双子说："你不要闹，这鞋子是预备送太太的寿礼，今儿要把他做成功，明天拜寿带进去的。"柏义拿他做好的一双在手里看了看，说："这位太太的脚倒很小，不晓得长得如何？我到这里三年，还没有见过呢！"小双子道："你这个人真不是好人，太太的脚你也要揣量揣量，相貌你也要打听打听。我同你说，这位太太虽然四十出头的人，却是生得年轻，看上去还不到三十，也还娇艳动人呢！"柏义又问："这位太太不知那里人？娘家姓甚么？怎么也不大见老爷通信呢？"小双子道："姓周，是老爷的同乡，听说家里也是个做生意开铺子的。老爷做了这么大的官，怎肯同那做生意的亲戚常常通信？"柏义听着吃了一惊，说道："是不是开周恒顺花布庄的？"小双子道："那就不晓得了。"柏义道："好妹妹，你明儿进去千万替我问一问，如果是的，你说我是太太娘家的亲戚，要求见一见呢！"小双子道："你又是他甚么亲戚，叫人家去碰钉子？"柏义道："你不要管，替我问一问，不是的也没有甚么要紧。"柏义还怕他不肯，又夺了他做的鞋子，好好的奉承了他一阵，在枕上千央万恳，小双子满允了才算数。

　　第二天，小双子母女两个进去拜寿，郝氏因为家里没人先回去，小双子留在里头吃面。空的时候，小双子就同太太说起。太太道："我家里确是开的周恒顺花布庄，但是有甚么姓柏的亲戚呢？我可记不清楚。好在他在公馆里，老爷又不在家，回来叫他进来见见再说罢。"小双子到了下午也就回去，走到门房门口，同柏义说道："我同太太说过，太太说不大记得清，回来叫你见见呢。你可看清楚了，不要冒认，带起我挨骂！"柏义连连答应。

　　到了傍晚，太太想起小双子的话来，本来自己娘家久已不通音信，要是亲戚，也可问问，不是亲戚也不要紧。就叫老妈子叫了进来。柏义请了个安，周氏太太望他细细的看了一看，说道："阿呀，原来是你！"那两眶珠泪竟不觉盈盈欲堕。你道这柏义是谁？原来就是河南知府贾端甫太尊嫡配夫人周似珍太太破题儿头一次的情夫白小官，名叫白骈仪的。他自从同周氏太太有了肚子，事体发觉之后，被周敬修撵了出来，他就跑到南京

第十四回　会短离长萧郎萦别梦　情深胆怯弱弟试灵丹

找他的娘舅。他娘舅是在江宁县衙门里当跟班的，就把他荐在一个候补佐杂老爷身边。这位佐杂老爷未带家眷，看见白小官洁白如玉，就叫他在床上服侍服侍。他本是个鸟道已开的人，轻车熟路，有甚推辞？后来这位佐杂老爷在南京等了几时，没有甚么意思，他有位亲戚放了兖沂曹济道，就到山东去投奔。在河工上当当差使，保了知县，改指山东，接了家眷到省。那晓得这白小官又同这位老爷的一个未出阁的妹子搭上，被这位老爷撞见，送到县里，打了二百板子，递解回籍。走到路上，让那解差得了点便宜，把他放了，这种不要紧的人犯谁去追究呢？又去跟了一位盐大使，这位盐大使的老翁做过河工厅官，丢下来的家资很厚。这盐大使是庶出的，他的生母老太太本来也是个河工汛弁的媳妇，因为厅官老爷赏识，就赶紧敬献上去。等到这厅官故后，这老太太却有武则天之风，家资皆在其掌握，几个儿子何敢违拗？看见这白小官比那貌似莲花的六郎还要爱些，日日叫他进去伺候。这位老太太也有六十左右的人，老阴少阳，最为伤人，几个月之后，白小官竟觉得玉容憔悴，这差使有些承应不足，只好逃了出来。又到一个门上那里当三小子。这门上的主人放了河南南汝光道，跟着过来，却又被那门上的小婆子看中了，被这门上得知，又把他撵掉。他又跟了一个老爷，在学务处当差，他却巴结上了魏太史的侄少爷。听见贾提调得了光州的美缺，晓得贾提调与魏太史至交，就求了侄少爷的少奶奶，同魏太史说把他荐到贾端甫这边。今天同这周氏太太见了面，周氏太太回念旧情，真有个靡芜重逢之感。当时因为儿女皆在面前，只得忍着泪，问了两句门面话，说是娘家远房表弟。却到临退出来的时候，送到堂屋门口，低低的说了句"回头你再进来谈谈"。白骈仪是走惯了这条路的人，自然领会得这太太的意思。

到了二更将尽的时分，悄悄的溜到这太太房里。周氏太太一见大喜，叫他坐着。白骈仪道："太太如今是做了贵人了，真好福气！"周氏太太叹了一口气，道："唉！甚么做了贵人，倒是做了罪人了！自从嫁了他，他做秀才的时候，我在娘家住着，倒还舒舒服服的，不过心里有点想你。及至他中了进士做了官，就摆足了这做官的架子，上房里连个雄苍蝇都飞不进来。我跟着他走上海、过天津、到京城、来河南，经了多少名胜的地方，就是穷人家的妇女,也还能去看看戏、逛逛花园,开开眼界。可怜我是上了轿子、车子就把帘子关得紧紧的,连轿子旁边的玻璃窗、纱窗都替你把幔子钉沿〔严〕了,叫你一点也看不见。到了客店,上了轮船,只要进了那间房,除掉临走,不要想出那房门一步儿!至于在公馆,衙门里头,就只张全的老婆女儿两个还让他进来走走,此外是一个人影儿也不要想看见。你想这么终日囚禁着,不同个罪人差不多么?不过没有上手铐脚镣就是了。说起来他是个道学,其实到了房里,关了房门,叫你做的那些事体,真是娼妓所做不到的!我是你身上的人,也没有甚么怕你笑话。叫我要不答应他,又是要终身靠他吃饭的;要是心里情愿的呢,这本是男女互相寻乐的事体,就随便叫我怎么样也不要紧。你想,他这种样子待人,叫人家怎么愿意?比陪着强盗还要难受些!可怜我这些说不出的苦,叫我同那个说呢?"说着就呜呜咽咽的哭起来。白骈仪连忙走到身边,拿手帕子替他揩着,一面劝他。周氏太太就依在白骈仪的怀里说道:"我今天见了你,可真算见了我的亲丈夫!那时要依我嫁了你,就是光景寒俭点,倒也一生受用,那里会受这种罪?总怪我爹娘嫌你家道低微,要把什么读书做官的呢,弄的今儿同卖了女儿一样——卖了女儿还要得点身价,可怜他其实还赔了多少钱,这做官的女婿也没一点儿好处到他两人身上。如今已有好几年不通信息,连死活都没处打听。我今儿难得与你重会,你可不要嫌我老,我可要同你好好的聚几时。我也明晓得,那个人不久回来,我们也就不能常会的。但是俗语说的:'郭雀儿登基,快活一天是一天。'我抵配这条命送在他手上,将来有好机会,我们再想法子罢!"这白骈仪又温温存存、熨熨贴贴的抚慰了一番,自然是互解罗襦,重联旧好。每天晚上这白骈仪总得进来伺候这位太太。这周氏太太把那贾太守逼着他做的那些潘五姐的细品玉箫、王六儿的后庭插箭,都心服情愿的奉承了这位白骈仪。虽然是秋娘老去,那本事倒比在家的时候长了许多。

但是,周氏太太生的这位静如小姐也是十五岁的人了,贾端甫却也教他识了些字,读了些书,《四书》、《五经》都能通晓大义。虽然没有那些《西厢》、《红楼》的小说到她眼里,但是那《毛诗》、《左传》上头摹写的男女风情,他也就颇能领略。又生得姿态轻盈,性情流动,才过豆蔻年华,已解摽

第十四回　会短离长萧郎萦别梦　情深胆怯弱弟试灵丹

梅心事，就住在娘的对房，这白骈仪夜进朝出，那有不看见一两次的呢？有一天，这位小姐起得早些，开了房门出来，彼此恰恰迎面相逢，静如小姐望他笑了一笑。白骈仪只得低着头走了出去，心里想道："今儿被这丫头撞见，万一将来他老子回来，在他老子面前搬弄搬弄唇舌，我可不只像那回在山东吃那二百板子的苦呢！若要趁此撒手逃走，又觉有点舍不得。看这丫头举止轻佻，也不是个不能亲近的。不如下点手段收服了他，那就无甚顾虑，就是银钱上头，也还可以多沾点光。"晓得这位小姐的里房是他小兄弟睡，还有个老妈子陪着。这老妈子是这太太同他见面之后，就重重的赏了些银钱买通了的，白骈仪也常有点馈赠到他，早已听凭使唤的了。白骈仪这天就找了这老妈子，送了他二两银子，同他商量，叫他今天晚上对面的房门不要上闩。这老妈子一想："我这么大年纪，他难道还看上了我，想来采我的残花不成？自然是想这小姐的心思，这种不花本钱的老鸨、不费唇舌的王婆是乐得做的。"也就慨然答应。

晚上，白骈仪进去，到了床上，同周氏太太说道："今天早上出去迟了些，小姐已经起来开了房门，明天须要早点出去才好。"周氏太太道："你本来这两天也太大意了点，我因为你晚上辛苦了，早上又舍不得喊你。你今儿可规规矩矩的睡罢，身子也是要紧的。"白骈仪道："只怕你不够。"周氏太太轻轻的望他啐了一口。这夜就依了周氏太太的话，没有十分兴风作浪，早早的同入黑甜。

到了五更，白骈仪就忙披衣起身。开了房门，他却不望外头走，直到对房，把房门推了一推，果然没有上闩，就轻轻的走到床前，揭开帐子，看那贾端甫太尊的爱女静如小姐朝着里床睡态正浓，他就忙忙的钻进香衾。那静如小姐在梦寐之中曾否觉得身边有个柳梦梅，也就不知道了。隔了好半天，那静如小姐却也微展星眸、半含羞态的问道："你是谁？"白骈仪低低的道："小姐，是我。"静如小姐要想不依，因为鸿沟既已失守，骊珠自必无存，即使挥折鲁戈，未必能回赵璧。只好也像他娘当日，听这白骈仪畅所欲为而去。那个老妈子撮合有功，白骈仪自然要开销一分下脚，想来也不过像那么二堂子里的数目。那静如小姐却另外有一分重重的赏犒，谢这现成的媒人。这样规矩严肃的公馆里头，当个老妈子真当得过呢！

隔了两天,那周氏太太也有些觉得,但一个是爱女,一个是情夫,怎么好意思认真?也就像那杨姨娘、龙玉燕母女一般,彼此说明,让这白骈仪一箭双雕。这白骈仪还要抽空去应酬应酬那位世妹,花底秦宫,却也疲于奔命。

　　但是盛筵易散,好事多磨,不多几时,那到京引见的一双主仆已经秣马归来,自必门禁重申,依旧红墙隔断。那张全却同柏义重修栈道,曲叙离情。这柏义夜间奉陪了老翁,白天还要去恭维他令爱,把受来的那些琼浆玉液倾还他宝鼎丹炉。艾豭娄猪,本是自然之理。到底这张全比那位贾大人精明些儿,在些破绽落在他眼里,把他女儿拷问了一番,才知道不但同他结了通家之好,就连老爷的内眷也成了个上下交征。主仆两人不枉进京一趟,都混了一个四品半的顶戴在头上。心想:"这件事情万一闹穿,这柏义是我劝着留用的,又是我女儿领着进上房的,岂不连我的饭碗也就不很稳当?这样的恩主又何肯轻轻抛却?不如消患未萌,预为釜底抽薪之计。"也就不去说破。

　　却好碰着一位候补州县,同这贾大人有点交情的,新近委了一个优缺,他就同主人说了,把这柏义荐过去。这贾端甫本来在这些家人上不甚留心,就依了他荐去。那知县见是一位抚台、藩台最赏识的府宪大人荐的,怎敢不收?在这柏义,他已历事多主,就是他身上前后的男女交情,也就指不暇屈,倒也视如行云流水,境过情迁。可怜这一位太太、两位千金真觉得硬割情丝,十分难舍。这两位千金呢,有如那《随园诗话》所说,十四月夜诗,知有团圞在后头,还可以此自遣;那位太太已过见恶之年,难挽羲和之景,美人迟暮,伤如之何!若没有这番遇合,倒也死心塌地,老此残年;偏偏又狭路相逢,遇这可憎冤孽,把那二十年前的风景从新提上心头,才得称意,又叹乖睽。始而以重门暂隔,尚可趁隙重圆;后来听见把他荐去外县,从此天涯地角,何年再遇萧郎?自不免因恨成痴,转思作想,日日为情颠倒了。初时不过茶饭不思,花颜憔悴,既而竟就梦魂惝怳,魔竖潜侵。

　　有一夜正同那贾端甫了了日行公事之后,朦胧间觉得那白骈仪走进房来,就赶紧拉着他道:"我只当今生同你不得见面,那晓得你还在块!这

第十四回　会短离长萧郎萦别梦　情深胆怯弱弟试灵丹

一回你可得带我走,不能再把我撇开了!"那白骈仪道:"你放心,我从此陪着你,形影不离。"周氏太太道:"你难道心里不要我了么?我想你想到这步田地,你还不慰慰我的相思?"说着就腾身相就,做了篇倒载而入的文章。正在那银河欲泻的时候,忽然觉得那白骈仪眼睛一翻,口角流涎,大有个中痰的光景,连忙喊道:"白哥怎的?白哥怎的?"那晓得他梦中声唤,竟把他同梦的人儿惊醒,推着他问道:"你说甚么白狗白狗?"周氏太太才醒转来,那里有甚么白骈仪在怀中?还是一个贾端甫在枕畔。心里定了一定,才吱唔道:"我魇住了,梦见一个白狗追着我咬,吓得喊起来,心里还觉得跳呢!"第二天起来,这周氏太太头上就觉得昏沉沉的。到了夜里才合眼,觉得又同那白骈仪在一块儿,就同他说道:"你昨儿怎样的,几乎把人家吓死!"那白骈仪道:"我并不怎样,不过吓你玩的,你就认了真。"周氏太太道:"你不说你做的那个样子怕人,还要说人家胆小,今儿可不准这样!"两人又互相偎抱,到了酣畅之际,觉得那床摇动起来,似乎像地动的光景。不一会儿就听见"哗啦"一声,好像那墙坍了下来,自己也不知道在那里。再找那白骈仪,已不见了,怕是被墙压着,又急声喊道:"白哥,你在那块?"耳边听见一个人应了一声道:"你又喊甚么?"周氏太太睁眼一看,还是一个贾端甫,心里又羞又怕,只得遮掩着道:"我又梦见昨天那只白狗。"日里细细追想那梦中情味,又想到他天天入梦,不要是被他们晓得了我同他的事情,把他弄死了罢!这却怎么好呢?这么一想,又吓得一身冷汗,似乎耳朵旁边就有人说他是死了。又吓、又痛、又急、又想,七情六欲,一齐发动。一个有病的人,怎么经得住?不知不觉晕过去,倒在地上。静如小姐听见,赶紧跑了过来,喊了老妈子,慢慢的将他掐醒,灌了点姜汤。那周氏太太嘴里还说:"白骈仪,你死得好苦啊!"静如小姐晓得他的心病,只得喊道:"娘!快醒醒,不要乱说!"一面扶他到了床上。这夜就浑身发烧,口中谵语还是白啊白啊的乱喊,闹得这贾端甫也不能同枕,挪到里房去住。

过了两天,那周氏太太病情更加甚,醒的时候,那烧打骨头里发出来,初按上去并不觉得,细细按着,竟觉烫指;睡着了就是迷迷糊糊的,那只白狗跟着他缠扰不休,或是彻夜不寐,或是一夕数惊。这位贾端甫向来俭朴可凤,太太、小姐两人只合用一个老妈子,只得把这老妈子叫了过来,夜里服侍服侍太太。请些医生来看,有的说是秋邪晚发的,有的说是血热的,有的说是阴虚的,有的说是水亏肝旺的。并不是这些医生的手段低微,争奈这位太太的心病固是令人难于捉摸,而且看的时候总是罗帐低垂,琐窗深闭,只伸出一双素手,万不能一见玉容。这位太太又是恪守礼教的人,到了医生来的时候,凝神屏气,声息俱无,连那"白狗"也不声唤。旁边呢,又只有那么一个龙钟老妈,有头无尾的说上两句,也讲不出甚么详细病状。这"望闻问切"四字,竟缺了三门,恐怕就是薛一瓢、叶天士、徐灵胎复生,也竟无从下手。贾端甫是宠眷优隆,兼的差事甚多,终日上衙门、进局子、见上司、会属员,公事猬集,酬应纷繁,真也无暇理会,且又不懂医道,只好拣那最走时的先生开的方子与他吃了几帖。幸喜这些医生都是替衙门公馆、富贵人家看惯的,开的分量本轻,并且都是些轻描淡写的药,吃了下去,不变不动,两个月下来,那病仍是那么淹淹缠缠的。

  静如小姐却晓得娘的病根,但是这一味药比那龙肝凤髓还要难弄些,除掉这一味药,恐怕就是割股也不中用。到底是自己的亲生娘,看着这种情形那有个不焦愁郁闷的呢?要想同人说说,又无一人可谈,只好闷在肚里。转转念头,大凡人到了那神思瞀乱的时候,阴气就从而乘之,俗语所谓"时衰鬼弄人",就是这个缘故。这夜静如小姐打娘房里回到自己房中,心里想起娘的这病怎么会好呢?白骈仪又如何得来呢?再想到那白骈仪在块的时候,每天或是深宵,或是侵晓,他总要过来温存偎依,把我这身子紧紧抱着睡在他怀里,真是绣衾奇暖,翠被生春,去年这种严冬,竟不觉得晓寒惊梦。自从老翁归来,就与他不能见面,连一句离别的话也没有能说。这两个月的独眠滋味竟有些儿难受,如此春宵,生生辜负,叫人何以为情呢?那《牡丹亭》里杜丽娘所唱的"如花美眷,似水流年"两句曲文,他虽未曾听过,却是芳心自同,辗转衾裯,不能成梦。到了四更多天,却仿佛看见那白骈仪推门进来,搴帐而入,还同那初次相逢的情形差仿不多。静如小姐忙道:"原来你还在块!可怜我娘为你病到这个样子,你也不问问信!"那白骈仪道:"我因为晓得你母女两个思念着我,所以才跑回来的。我才在他房里陪了半天,他已经好好的睡着,我怕你记挂,才来看你的。"

第十四回　会短离长萧郎萦别梦　情深胆怯弱弟试灵丹

说着已经钻入衾窝。静如小姐也就回身向抱,曲尽那久别重逢的乐趣。忽觉那睡在鸳鸯枕畔的并不是白骈仪,却是一个山东蠢汉,连忙挣起身子来细看。这一挣却就挣醒了,心中十分惊怪,想:"我不要也像娘这样病起来?那却怎么好呢?"也就不敢再睡。

次日觉得身体甚乏,午间微微歇了一觉。到了晚上,自己儆戒自己,今天总要敛神摄性,好好的安睡,不要胡思乱想,惹那邪魔。那晓刚刚合眼,那白骈仪又来了。心中知道又是昨天的梦境,赶紧自己挣扎醒来,却十分害怕。要想再睡,又怕他再来;要想找个人来陪陪,又想找那个呢?娘是病到这个样子,老子固不能来,也万无深更半夜去惊动他的道理,况且这话又怎么好说?老妈子只有这一个,娘是醒睡无常,刻刻要人服侍的,怎好去叫他过来?只有这个兄弟,他虽然年纪还小,究竟男女有别,怎么好意思去叫他?只好自己熬着。无如稍一凝神,那白骈仪就在面前。想到娘的病实在可怕,顾不得羞耻,就低低的叫了他那兄弟两声。

他那兄弟本来无甚性灵,当此深宵熟睡,如何叫得醒呢?静如小姐只得披了小袄,套了裤子,趿着弓鞋,走进套房里去,把他兄弟推醒,说道:"我做的梦怕得很,你起来陪陪我罢。"他兄弟也只得揉揉眼睛爬了起来,跟着姐姐走到外房,坐在那床沿上。静如小姐仍旧解衣就寝,这位令弟坐在床沿上,只是打瞌睡。静如小姐又道:"你坐在块,看受了凉,爽性到我被窝里,陪着我睡睡罢。"静如小姐自从在白骈仪怀里睡惯了,总是赤身而卧。他这令弟进了被窝,说道:"姊姊,你怎么不穿衣服睡的?"静如小姐道:"脱了衣服靠着被窝才舒服呢,不相信你也试试看。"他这令弟也答应了,就帮着他脱卸,两人睡了下来。他这令弟靠着他姊姊的酥胸雪股,也觉得异样香温。但是一来情窦未开,二来良知不昧,也不去转甚念头,竟自沉沉睡了。这静如小姐初意也只想叫他陪陪,并不肯邋蹋非礼,无如正当春兴满怀之际,搂着这么一个玉郎,那意马心猿更加收束不住。这时候也顾不得甚么伦常法律,竟自俯身相就。但是他这令弟才交十三岁,这是个未脱茧的僵蚕,怎能够救他姐姐的这种渴吻?好容易将他引进玉关,却早又逃出紫塞。静如小姐忙得香汗淫淫,心里想道:"担了这样的干系,得不到一点实惠,此时要算同他无事,也算不得了,这却怎么好呢?"忽然想起白骈仪在块的时候,曾放了几颗丸药,说是吃了可以助力的,不知道是灵是不灵?明天姑且叫他吃了试试看。想定主意,倒也心安,微微的睡了一睡。天已黎明,连忙把他兄弟推醒,叫他仍旧到里房去,又嘱咐他:"不可告诉人,我有好东西送你。"好在他这位令弟名叫近仁,却是生成木讷,如同傀儡一般,可以听人播弄的。静如小姐又稍须躺了一会,也就起来。

到了晚上,把家里收的虾米、皮蛋、糟鱼之类装了几个碟子,关了房门,倒了两杯桂花烧,把那药暗暗的研在那兄弟的杯子里头,同他兄弟说道:"娘的这病真有鬼呢!天天夜里来闹,我实在有些害怕。好兄弟,你到底是个男人家,火气旺些,吃点酒壮壮胆子,今天夜里还陪陪我,我明儿做个好笔袋子送你。"他这令弟也没甚推辞,把那酒喝了两口,说道:"姊姊这酒怎么这样香?还有点药味。"静如小姐道:"这是好药料泡的。"两人干了两杯,静如小姐杯筷碟子归置好了,双双解衣而卧。究竟这个丸药灵是不灵,也就不得而知,不过这静如小姐的病魔恶梦可从此也都好了。

看书的诸位,从前上海四大金刚的陆兰芬,大家说他好吃童子鸡,恐怕这样羽毛未丰的雏鸡,他也还没有尝过。并不是这贾静如小姐定要做这种败坏伦纪、凿丧童真的事体,只因这情不自禁的时候也就急不暇择。譬于那好吃酒的人,当那瓶罍皆空,就是明晓得下过毒药的酒,也只好拿来过瘾。

但是贾端甫家的事虽然颠倒,官运却甚亨通。正当医轿盈门、药香满室之时,忽然来了一个报喜的。究竟报的是甚么喜,且到他公馆门口打听打听看。

隐　编　上

第十五回

侍疾承恩正名有待　　酬庸表绩特荐频邀

　　这贾端甫得的是甚么喜报呢？原来是委他署彰德府，那辕门上抄了牌示来讨赏的。次日一早，贾端甫就赶紧上院谢了牌示，又到藩、臬、首道那里叩谢。各位上司见面，自然有许多恭维勉励的话。回到公馆，那道喜的、请酒的、荐朋友、荐家人的络绎不绝。接着奉到饬知，又上了几处衙门，忙了好多天，方能料理行期。

　　这张全想起："太太害的是个无药可医的相思病，那怎么会好呢？不过等死罢了。死了之后，老爷如果续弦，或是纳妾，知道是个甚么样子的人？老爷是中年以外的人，虽是外面道学，遇到那青春女子，只要是善于笼络些的，未有不为他所制。设或老爷被他制住了，有许多事于我很不便当。不如趁这时候把我这女儿献了进去，将来同这位老爷亲近亲近，倘然被他看中收用，那时我就是一个西宫国丈，这恩宠威权岂不格外坚固！况看他这位少爷大起来也是个昏懦无用之人，将来他一生的宦囊也就在我掌握之中；即使不能成事，也没有甚么吃亏。而且我这女儿是个风流灵活、知情识趣的人，任他再道学些，同他朝夕相亲，没有不上钩的。这女儿在家乡的时候，虽从小许过人家，好在也是个贫家小户，如果有甚么话说，只需请老爷赏他几个钱，也没有不了的事。"想定主意，同女儿商量，女儿也甚愿意。

　　这天贾端甫正从藩台衙门吃酒回来，张全跟到签押房里，回道："老爷动身的日期已拣定了，太太这病恐怕一时不会好，路上是不能不要人服侍的。这个老妈子是省城人，带了他去，万一有点不合式，要开销他回来，那可不甚容易。不如在省里回报了他，叫家人的女儿进来服侍服侍太太，等到了衙门里，再找个那里本地的老妈子，岂不便当些？"贾端甫一想这话很有道理,说道:"既然你愿意,就叫他进来也很好。"张全道:"家人受老爷十几年的厚恩,全家都是老爷的人,敢说甚么愿不愿?明儿就叫家人的女儿进来。"第二天,张全果然把他这位爱女小双子送进上房。

这小双子是向来得这太太、小姐喜欢的,这回看见他进来,周氏太太虽在病中,见了也觉心喜,就是煎点药熬点粥,也要比那妈子细心多了。晚上就在太太房里大床旁边铺了一张小床,夜里睡得又惊醒,太太微微的一叫,他就起来,要茶要水,他都是临睡的时候预备得妥妥帖帖。就是老爷早上的脸汤漱盂、点心小菜,无一不当心。晚上老爷睡觉脱下的衣服,折叠得齐齐整整,不但比那太太病的时候服侍得周全,就是那太太不病的时候,也还没有这么细致。那个老妈子是他进来不多两日就开销了。

隔了几天,动身期近,这小双子同着静如小姐,把那些箱笼细软归置得有条有理。一路上服侍老爷、太太,照料行李物件,上车下车,没有一点不留心。这位贾大人看了心里实在喜欢,想:这人真是个治家能手!到了衙门,虽另外雇了一个老妈子,不过洗洗衣服倒倒马桶扫扫地,那老爷、太太身边还是留这小双子在里头服侍,没有放他回去。那小双子也忠心恋主,不敢辞劳。

这位贾端甫接印之后,心里想:"我引见回省不过半年,就委我署了缺,上司这种知遇,必须好好的做点声名,方足以图报称。"遇事加意整顿,凡有属员公事上来,只要有些微罅隙,定见要指出痛驳。就是禀帖里错个把字、文书里漏块把印,都要严行申斥的。下车之始,首先办的两件要政是禁阅斥时事的报章、劈毁小说书的板片;次则封闭娼寮妓馆、驱逐把戏马班。最喜欢的便服微行,刺探街坊事体。

有一回,看见街上一个女的同那男的说话,那男的不晓得说了两句甚么话,拿这女的开心,这女的就笑着在这男的身上打了两下。他就叫街上巡警兵把这男女两个带了过来,一问是夫妇两个。他说这女的殴打丈夫,干犯名义,就喝令当街掌责。这男的跪着哀求,说是夫妻们顽耍的,并不是真正殴打,要求宽恕。他说:"妻殴夫的罪名甚重,这已是从轻发落;你治家不严,也还应该责罚,还敢替他求么?"到底把这女的打了几十掌才算。

第十五回　侍疾承恩正名有待　酬庸表绩特荐频邀

　　又一回，看见小户人家一个七八岁的小孩子扯着爹娘打骂，也叫巡兵扯了过来，当街打了一百板子。说："这小孩子小的时候就打娘骂爹，若不儆戒儆戒，将来大了，必定要犯上作乱的！"从此吓得街上那些小孩子看见贾大人的影子都是怕的。有的时候，人家小孩子哭闹，那父母只要吓他说："贾大人来了！"这小孩子就不敢哭。真有吴下儿童听着张辽名字就心惊的光景。

　　最恨的是妇女们妆饰妖冶，说这是冶容诲淫，大关风化。看见妇女们留着长长的前留海，他就拿来，当街叫剃头匠通剪了，有的时候还要请这女的吃几十个五分头。有一次，一个绅士家的妇女——是才从江南回来的——走到门口买花，却是留的长留海，被他看见，登时抓到街心跪着，叫剃头的来替他剪去，还骂了几句"不要脸的淫货"，总算因为是绅士家的，没有打。这妇女羞愧难当，回到家里就寻了自尽。这位绅士气得要去上控，经亲友们拦住，说："这位太尊是抚台、藩台最赏识的，你去上控也没用，弄得不好，还要说你家教不谨，吃些亏呢！"这绅士只好含冤忍气的罢了。

　　这贾太尊尤恨的是赌博。赌馆自然早已禁绝，就是人家家里看看牌，被他拿到，也是不轻恕的。有一次，一个人家过生日，请了几桌客，早上吃面之后，留着客人等晚上吃酒。日长无事，就打了两桌麻将消遣消遣。被他得了风，跑去捉了，就在那寿堂上打了个落花流水。内中有两个是秀才，一个是别省候补的佐杂。他就说："我也不革你们的功名，只叫你们见不得人！"登时喊了剃头的，把这三个人的辫子全行剃去，却在右偏留了一撮头发，同那小孩子留的歪桃子似的。学老师听见信，迎合府大人的意思，赶紧把这两个秀才注了劣。他本衙门的经厅老爷在上房里同太太、姨太太、小姐打打牌，他又晓得了，悄悄的带着人走进经厅的衙门，拦着那经厅的用人，不许通报，一直进了上房，当场拿获，全数带回衙门。依他的意思，竟要把这经厅的太太、姨太太、小姐当堂掌责。幸亏那安阳县得了信，赶紧跑来，再三求情，这经厅的太太们才算免丢这个丑。后来他到底上详，把这位经厅撤了任。

　　他这微行也有上当的时候。有一天，在一家茶铺子里，天已快黑，他坐在旁边黑暗地方一张桌子上吃茶,听那一张桌子上两个人谈心。一个说道:"我们这位府大人,真算是办事认真!"那一个说道:"我看算不得,他做的这些事有些全是应该捕厅做的。做了一府的大人,自然要保住这一府的商民安居乐业,那才尽了知府的责任。你看现在满境的强梁大盗,弄到商贾戒途。前天城外头一家客店都被抢劫,他也不能保护。听说还有拿来的强盗被他放了的呢!只有我们吃教的出了点事,他还当心些。我尤不佩服他的是驱逐流娼!若说是流娼害人,不得不驱逐出境,他不过换个码头,还去做他的流娼,难道邻境的百姓就应该受害么?况且这些龟鸨娼妓也是中国的子民,若邻境也都这样撵法,叫这些人又到那里吃饭去呢?难道逼他们饥死不成?地方上的风俗好坏,我看也不在乎此,做官的不能想法子养活子民,致他们做了这种下等生涯,反藉驱逐他们来做自己的声名,这种好算得实心爱民么?"贾端甫听着又愧又恼,要想辩驳两句,又无可辩驳;要想说他毁谤官长,收拾收拾他,听他说起又是个吃教的,倘然拿了他,洋人说起话来,那可是个未完。想来无法,只好忍着气悄悄的溜回衙门。

他那衙门里的关防可真是十分严密,凡有来拜他衙门里师爷的,他吩咐过执帖家同号房把门的,总得先来通知他。如果师爷请见,他就穿着衣帽,恭恭敬敬的到师爷房里坐着,替他陪客;这客要走,他还要恭恭敬敬的送轿;不坐轿子的,他就叫亮门,亲自送到大堂檐口。他说:"尊敬老夫子的朋友,正所以尊敬老夫子。"弄得这些师爷的亲友皆怕劳动这位太尊,不敢轻易登门。

他每天早上带黑就下了签押房,略为坐坐,就跑到刑、钱、书启、帐房各位师爷书房外头去转,看见师爷用的家人就说:"大约师爷还没有起来,我也没有甚么要紧的公事,天气还早,不必惊动。"说着去了。不多一刻,他却又来转,总要把这位师爷转了起来才算数,可也真没有甚么要紧事体。

每天吃饭,府衙门里的师爷少,他总是陪着一桌吃。那师爷如果伸着筷子夹一筷远点的菜,他就立刻吩咐家人把这菜送到某师爷面前。他这大厨房的菜实在坏到不堪,他却能吃,师爷如果说菜不好,他立刻叫了厨

第十五回　侍疾承恩正名有待　酬庸表绩特荐频邀

子来骂,有时还用马棒来打,嘴里却咕叽着道:"他们晓得我是不耻恶食、食无求饱的,所以弄到如此。"

他请的一位帐房师爷,是他一个同年的叔子,有五十多岁的年纪,是个江浙人,舒服惯了的,天天吃这坏菜,实在有些难受。这天自己炖了一只鸭子,恐怕东家说他费,又怕人家分他的肥,意思想一人独享。到了吃饭的时候,推说今天吃不下,不出来吃。这贾太尊赶紧到房里问:"老世叔,怎么吃不下饭?"这位帐房师爷只好说:"今天稍微有点感冒。"他说:"老世叔在客边,身体是最要紧的。既有感冒,必得要请医生来看,若要耽误了,我们同年将来要怪我的!"连忙叫家人去请医生。医生来了,他自己陪着诊了脉。那医生不过说是受了点风,停了点食,开了些苏叶、防风、谷芽、枳壳之类。登时叫人买了药,看着煎好,送与这位师爷吃下去。又交代煮点稀饭,预备咸小菜,说是有感冒的人,饮食总宜清淡些,两顿都是他看着吃的。到了第二天,那鸭子已经变了味。可怜这位师爷鸭子吃不成,倒吃了一帖药,真是被他恭维苦了。

他虽如此不近人情,然究竟不能出乎人情之外,白天如此辛苦,到那更深人静的时候,拥衾自暖,倚枕谁欢?也不免有寂寞之感。况且他虽是做出那种道学样子,其实他心中也未尝不贪花恋色,只要看他从前见了双铃的一番情态同他夫人向着白骍仪说的那些话,也可以窥见他的隐情。他这回从上年入京起就未能亲近女色,回到家里同他这位周氏太太聚了不多几天,这位周氏太太就病魔缠扰,香桃瘦损,弱骨支离,怎能再替这相如解渴?这大半年下来,贾端甫虽然强自矜持,也就真难排遣。

这却也是人情,你看泰西人到了情欲发动的时候,如无家室,必定要找一个娼妓来发泄发泄。所以那轮船到了码头,就有些咸水妹去伺候这些大副、二副,他们也就公然同到舱中了却一番春兴,原为卫生起见。不像我们中国近世的人,看见人家宿娼挟妓,就说他有乖行止,必定强为抑制,往往有因此弄出终身不治之症来的。记得有一位京官老爷,家道寒素,不能携眷住京,又顾惜声名,不敢去寻花问柳,在京里硬熬着,独宿了二十多年才得外放,接了家眷到任。那晓得他在京里熬久了,及至家眷接到身边,只要一靠着女人的肌肤,那元精立时就泄,竟成了个虚弱之症,不久即赴玉楼。又无子嗣，为着拘守这点小节，到成了一个无后为大的不孝，这是何苦呢！所以这位贾端甫的良宵难耐，却不能责备他的道学不坚。

　　有一天，正在辗转反侧、好梦难成的时候，觉得有点口渴，想吃一盏清茶，自己又懒得起床，就微微的喊了一声："小双子！"小双子却十分心灵，也就低低的应了一声。这时八月下旬的天气，只穿着紧身衫裤，趿着弓鞋，走进里房，问要甚么。贾端甫说："我要吃口茶。"小双子就连忙在鸡鸣壶里倒了一碗，伸着玉葱一样的纤手递与贾端甫手里。贾端甫伛着身子，映着灯光看他这云鬓微松、酥胸半露，一种睡态慵妆，道学人也不能不为之动心。就说道："我腰背觉得有些酸痛，你来替我捶一捶。"这小双子就在床沿上坐着，斜着身子替他捶了几下。贾端甫道："你偏着身子不好捶，不如到床上来捶罢。"小双子就上了床，那两瓣莲钩微微触到身上，一双玉笋轻轻捶在腰间。贾端甫的兴致更耐不得了，就拿手在小双子紧身小衫之下慢慢的伸了进去，在他背上一摸，说："啊呀！你身上冻得冰凉，快睡下来替你温温罢！"小双子佯作含羞不理。贾端甫的手又伸到前边，小双子把身子一闪，贾端甫趁势一扳，却也巧，将将的就倒在他的怀中。贾端甫搂着他脸靠脸的说道："你从了我，将来还怕没有好处么？"那小双子也就如桃李无言，任他轻薄，也还像那周氏太太新婚之夕，伸伸缩缩的做出许多娇怯不胜的态度。贾端甫是从未尝过原封花雕的人，以为是生辟蚕丛，却不道已有过板桥人迹。可怜他一生只消受了这两只翘边细纹，却都是那白骈仪替他导其先路——大约也是前世因果。

　　自此以后，这小双子已蒙临幸，自然夜夜承欢。那位周氏太太看着虽不免微含醋意，然平心一想，自己行将就木，此席终须让人，这小双子平素服侍得也很殷勤，又何必做这无味的冤家、淘那许多闲气？也就听他衾裯潜抱，做一个半明半暗的小星。这小双子倒也十分和顺，虽然伺候上了老爷，却还不肯忘了太太，药炉茶鼎，事事经心，而且在老爷身上服侍得更为周备，就是濯足浴身，也就不避嫌疑，躬亲其役。这位老爷同着这位太太也都十分怜爱。

　　不料这位周氏太太的病势到了霜降以后日重一日，始而梦中呓语，既

第十五回　侍疾承恩正名有待　酬庸表绩特荐频邀

而睁眼狂呼，后来竟青天白日赤身露体，仰卧胡言；或则深夜起床，挺身狂走。有时浓妆艳裹；有时披发乱头；有时痛骂贾端甫，说是被他奸骗，破了他的美满姻缘，声声要送他回那通州；有时嚎啕痛哭，说是生成苦命，虽有父母、丈夫，竟无一日称意；有时要剪发为尼；有时要悬梁自缢。说他是遇着鬼魅，又不是鬼魅；说他是患了疯癫，又不是疯癫。清楚的时候言动如常，糊涂的时候情理莫喻。闹了一个多月，又变了昏迷不醒，在那床上数日不言不食，叫他也还答应。

忽然一日神气清爽，坐了起来，叫了儿子、女儿到了面前，看了一看，两个眼里扑簌簌的滚下泪来，说道："唉！我一生遇人不淑，误此终身，也无从说起。照你老子这样心行，看起来你们两个娇生将来也未必有甚么好处，这也是各人命中注定，我也顾不得你们了！"也叫小双子到面前，说："我死之后，你就正了这位罢。但愿你好好的服侍老爷，不要有始无终，像我这种苦命。"说着，就觉气逆要吐。小双子连忙取了脸盆过来，吐了一口鲜血，睡下去，连喊两声："我好恨啊！"就睁着眼睛而去。这一双儿女连连举哀呼唤。小双子将帐子扯落，一面叫老妈子在上房门口招呼了外面家人报知。贾端甫也免不得进来痛哭一场，一面吩咐张全备办棺衾成殓。

在这破镜分钗的时候，却来了一个升官喜电。原来抚台因这贾太尊上年在光州筹赈出力，汇案保了他一个补缺后以道员用，并赏加三品衔。这时候真是吊者在室，贺者在门，却也是这位周氏太太的死后风光，那成服、开吊、点主、出殡，却增了无限光采。从前有个人送人家的祭幛，将那"生荣殁哀"四字故意误钉作"生哀殁荣"，其实大可以拿来送了这位太太。

贾端甫因一时不能回籍，就把灵柩暂寄在一个庙里。丧事毕后，这小双子在那枕边衾底也曾向那贾太尊提过一次，像那李凤姐跪在正德皇帝面前一般，要想讨个封号。在贾端甫的意思，也很爱他的娇姿，但是一来有鉴于从前那东家龙实生的覆辙，恐怕天理有个循环，那时岂不被人说笑？我未正名收房，即使有点甚么事情，这绿帽子不是我戴的，不能算我的帷薄不修；二来想着那位受恩深重的厉老师，他也是四十断弦，既未续娶，又未纳妾，我也有儿有女，现在若要置了妾媵，岂不是不能衣钵相传？人家必说我遏欲功夫未到。所以当下没有慨然应诺，只含糊着说："好在总不少你的穿戴吃用，何必忙在这些上头呢？"这小双子虽然想做一做现任府大人的姨太太，风光风光，继而一想："这位老爷的那种官派，死的这位太太已经受够了，我做了他的姨太太，还不知要受些甚么规矩，恐怕倒不及这偷偷摸摸的，一切可以自由。好在目前夜里是陪着老爷睡的，日里是同着小姐坐的，老妈子是听我差遣使唤的，衣服首饰要甚么他也不敢不与我甚么，与姨太太也没有什么分别，又何必急急争此名号呢！"

那张全早已晓得这位老爷已经入了他那位千金的风火神圈，早已拿稳了是一位索太师了。到了太太出了殡，看那册封的"懿旨"还未下来，也颇想上本奏请。后来想道："我这女儿既已与他同衾共枕，是早已把他箍定了的，还怕他滑到那里去？今儿说明白做了他的姨太太，那名分一定，倒也没甚么生发，这小丈人掌权是官场最易惹人说话的。这位老爷又是个沽名钓誉的人，万一他倒避起嫌疑，同我疏远起来，那岂非弄巧成拙？不如让他含混着，这操纵之权在我，还觉得活动些。"三个人各有一个意见，竟不去争这三字的虚名。只苦了做书的，说到他的时候要多下几个字的称呼，不能竟说他是姨太太罢了。

这贾端甫在任年馀，做的事体无不合乎上意，那米汤的批语也不知奉了多少。他属下的州县晓得他是上司的红人，也就奉令维谨，只要是他的札子下去，无不雷厉风行，那百姓的死活也在所不计。有两个同他违拗点的，皆被他密密的一个夹单就撤了。他却廉洁异常，属员们就是馈赠点吃的东西，他都要正言相却。但是他虽如此清廉，做的又不是个十分优缺，而他的宦囊颇觉从容。为办本郡学堂，他首先捐廉两千金为创。抚台替他专折奏保，说他"虽声明不敢仰邀奖叙，可否俟归道班后赏加二品顶戴，以示鼓励"？奉到朱批是"着照所请"。他那位知己的藩台乔子实方伯却好又升了浙江抚台，他得了这个电信，就赶紧打了一个密电到省里，是：

藩宪钧鉴：

　　恭叩开府大喜。宪节入觐，需用必巨，卑府历任缺虽不优，幸自奉俭约，廉俸尚有所馀，已托日升昌汇五竿入都，以备宪台到京取用。出自感激微枕，宪台当不以盗泉相视，务求赏纳。

第十五回　侍疾承恩正名有待　酬庸表绩特荐频邀

卑府崇方谨禀

那位乔藩台接到这个电报，他虽也是个清操卓著的人，但这贾端甫是他一手提拔起来的，这是出于一片诚心，感恩图报，与那些夤缘贿赂的不同；况且升了抚台，进京陛见用度也很不少，正在需款，也就破格莞存。

接着，这位胡雨帅因为有几位做京官的亲友，替他生母老太太在礼部呈请奏准旌表节孝，要替老太太建坊。贾端甫得了省里坐探的朋友密信知会，就赶紧上了个禀帖，大致是"卑府生平最敬重的是忠孝节义，现在听见宪老太太荣膺旌表，真是足以风世励俗的事，所以搜索囊橐，竭诚报效三千金，以备建坊之用。"胡雨帅一想，这是为表彰上人清德的事体，不比那寻常馈献，似乎不能不收，也就写了个"奉慈命谨领谢"的帖子寄了回去。却想着这位太守如此多情，何以为报？趁着国家下诏求贤的机会，上了一个折子，说这贾崇方是"学识精纯，操守廉洁，勤政爱民，实事求是，循良之选，远到之才。请饬部带领引见"。旨意也就照准。以三千金换廿四字，比那古人一字千金却要便宜多了！

这贾端甫既然得了明保，想知府再去引见没甚意思，就在赈捐案内捐过道班。替他算算这些报效捐项，统计总在一万五六千金之谱，那彰德府的进项是算得出来的，他的清名又已上达九重，家里又本是寒素，却不知从那里来的。能于予取予求，源源不绝，也要算是一个经济学家的神手。

过班之后，就请委员接署，交卸回省。却好接着乔中丞的信，说是召对的时候又力保他为"监司中不可多得之员"，浙江吏治废弛，将来到了浙江，还要奏调，上头也答应了，叫他赶紧料理进京引见的话。他就请了咨文，北上到了京中。这时候，他那位厉老师虽没有再进军机，朝庭念系师傅大臣，恩遇也十分隆重，已经得了协揆。见面之后，自然欢喜非常。他那一位对头熊大军机，早已赏给陀罗经，被加恩予谥，谕赐祭葬，饬沿途地方官妥为照料回籍去了。贾端甫见过各位军机，自然送了些照例的馈赠，那位洪中堂跟前还有些特别的孝敬。至于数目多少，逢着道学先生，做到这些事体最为秘密，虽是自己妻妾儿女面前，都不肯漏泄一字，比那妇女人家偷汉子还要口紧些，所以当道里头也最愿意提拔这种外方内圆的人，你叫做书的到那里去打听？又何敢替他随意声叙呢？

这个当口，那浙江乔抚台奏调的折子也到京。引见之后召见，下来就奉了谕旨，是"本日召见之河南候补道贾崇方，着仍以道员发往浙江补用，并交军机处存记。钦此。"次日谢了恩，又到各军机那里叩谢，这位厉中堂也请他去盘桓了一日。他因急于要到浙江，在京耽搁不到一个月，就到各处辞行，出京回到河南。

这一回他公馆里虽然只有两个雏鬟，幸喜一个是有爱弟相陪，一个是念前程远大，倒都还安安静静的，没有出甚么新闻。他就带了家眷，扶了他太太的灵柩到了汉口，上了轮船。过镇江的时候，打发张全雇了民船送他太太的灵柩过江，由内河回通州。他本来也想自己送了回去，一来恐怕到了家乡，那些亲友要找着他借钱荐事；二来因为浙江抚台相需甚殷，多此一转，未免耽搁许多时日。所谓官身不自由，也是无可奈何的事体。

到了上海，进了长发栈，上了楼梯，就遇到这多年不见的同乡、同年达怡轩，这就同那上回的书接榫。只因做书的不肯用那"话分两头"的俗套，所以常用这倒戟而入的法子。贾端甫又是这部书中的一位出色人物，他的历史不能过于从略，所以补叙了这两回。看书的固不免觉得隔断了上回书的气，就是那位急于到任的全太守，恐怕也要等得心焦，下回得赶紧接叙他了。

隐　编　下

第十六回

得色思财惊传噩耗　以财易色细演奇谈

　　这回书却是接着那第十三回达怡轩在长发栈楼梯口会见贾端甫起的。当下贾端甫就同着达怡轩进到房里，又同任天然彼此招呼。达怡轩道："我前回见着电传阁抄，晓得端翁同年要到浙江，想来必要过此，颇为悬盼，何以到今儿才到？"贾端甫道："因为回河南盘内人的灵柩、接家眷，所以耽搁久了。"达怡轩道："嫂夫人几时故的？"贾端甫道："前年冬天。"就把那别后的情形约略说了一遍。不过那两回书中他夫人、小姐的那些佳话一字未提——他本来不晓得，不能怪他。达怡轩道："原来端翁已断弦一年多，兄弟没有晓得，少礼！少礼！前次出来的时候倒还会见令岳，也颇有老景，很为记念端翁，说是也有好几年不通信了。这回端翁倒没有回去转一转？"贾端甫道："本想自己送内人的灵柩回家，因为在汉口又接到乔实帅的电报，催兄弟赶紧到省，说有多少事体等着兄弟去整顿，恐怕回家一转，耽搁的日子太久，所以到镇江就打发了一个家人送了回去。"达怡轩道："端翁这真是公而忘私、国而忘家，可敬！可敬！端翁身边有几位如夫人？一时续弦不续？世兄想已成立，完姻没有？"贾端甫道："兄弟是要想学敝老师厉中堂的样子，既不续弦，又不纳妾。小儿才十五岁，小女今年十八岁，都还没有结亲。"达怡轩心里想道："他既未纳妾，他世兄又未姻，只有一个女儿，他做官又是向来断绝六亲的，断没有甚么亲族妇女在他身边，怎么先头进来两个姑娘，打扮得都是一样，神气之间也没有主仆之别，难道那一个是妖怪变的不成？"心中甚是不解，却也不好问得。

　　说着，那全似庄已回来，走到达怡轩房里，彼此招呼。贾端甫知道他是位江西知府，就问道："有位贵同寅，是兄弟从前同部的至好，不知到了江西没有？就是新放南昌遗缺府的郤幼稽。"达怡轩道："前一个多月在这里我们天天相聚,现在早已到了江西。"贾端甫道:"这是我在河南多耽搁了几日,耽误他了。他的世兄润卿中翰有封家信,还有一包丸药、一个布包,大约是些针线、首饰之类,托我带到上海,说如果在此面交最好,否则交一位管通甫司马转寄。如今似翁既要回江西,顺便费心,很好,省得我再去找那位管司马。"全似庄道:"这是很便的事,管通甫也是常会的。"达怡轩道:"今儿我们在徐家花园公饯全似翁,通甫也是主人,端翁高兴,同去坐坐罢!"贾端甫道:"老同年相邀,何敢不到?但是共有几位主人?那几位还未见面,怎么好叨扰呢?"达怡轩道:"那没有甚么要紧,都是我们天天聚的几个熟人。"贾端甫道:"似翁几时动身?"全似庄道:"今晚搭'江宽'去。"贾端甫道:"这么我先回我那边看看,顺便把郅幼稽的东西取出来交与似翁,免得吃了酒忘记。我也还要挞(搭)张信与他呢。"说着就回到那边官房。全似庄也回到自己房里。

他两人都是官房,紧隔壁。贾端甫写了一封信与郅幼稽,又写了一封信与范星圃,拿到全似庄房里,当面奉托道:"范廉访也是兄弟的换帖至好,这信也费心带交。"全似庄接了,收在文具箱内,上了锁,交代家人先发行李下船。达怡轩也就同了任天然过来相邀。达怡轩道:"天不早了,我们一齐到徐园再谈罢。"于是大家上了马车。

到了徐家花园,不一时,王梦笙、毕韵花、江志游、冒谷民、曹大错、屠桂山、丁榄臣、袁子仁、沈叔谦、祝长康、管通甫、单凤城都陆续到来。曹大错同贾端甫是在河南会过的,馀外都是初见,彼此招呼。贾端甫等主人齐了,向着各位道:"兄弟初到,尚未到各位那里奉拜,就被我们怡轩同年拉着过来叨扰,甚是不当。"大家都说:"这是难得请到的,不过太简亵些。"

看看主客已齐,达怡轩道:"我们好先发局票罢。"就问贾端甫道:"端翁有存记的人没有?"贾端甫道:"我是平生不谈此调的。我看我们还是清聚的好,我们官场的人多叫局,似乎不大便当。"达怡轩听了这话,实在有些动气,说道:"原来端翁同年近来做了贵人,把从前的脾气改了!我自从那年在南京六八子家双铃房里扰了端翁的酒,一直没有复东,这回正想可以了此心愿,不想端翁现在竟是个道学君子!"这几句话说得贾端甫那张黑脸不由得泛了红云,无言可答。全似庄忙接口道:"大约贾观察同兄弟

第十六回　得色思财惊传噩耗　以财易色细演奇谈

的见解一样，有个彼一时此一时的道理在里头。"任天然道："我看是各行其志，愿意叫的也不必牵〔迁〕就着不叫；不愿意叫的也不必勉强着叫，这也就合乎泰西自由之说。"大家一笑，才把这段话解过。等到各人的局到来，那贾端甫竟是目不邪视，正容端坐，比那程夫子的目中有妓、心中无妓似乎还要严肃些，连那全似庄也跟着庄敬了许多。

散席之后，全似庄要早点上船，大家也一齐送到金利源码头，在船上略坐，然后各散。贾端甫因为有点宦囊，也同任天然一样，想在上海存放。日升昌是他老交易的票庄，在席上就同袁子仁约略说了几句，"明日奉访，有事商量"，袁子仁也答应"在号恭候"。

次日，贾端甫进城拜了上海道，饭后又去见了两位商约大臣、电政大臣，然后去找了袁子仁。袁子仁也说："还是几家外国银行，利息虽微，到底稳当些。"为这事忙了有三四天，才料理妥当。雇了船把家眷搬到船上，同戴生昌讲定了，第二天替他拖送。

这天是袁子仁请，在万年春，陪客是任天然、达怡轩、冒谷民、王梦笙、管通甫几个人。五六点钟，大家到了。管通甫到得最迟，招呼了一招呼，就向贾端甫道："全似庄太尊有电来，叫转交端翁观察的。这电上说范廉访出了事，不知如何呢？"说着取出电报，交与贾端甫。大家都走过来看，只见上头写道：

上海梅福里管通甫兄鉴：

　　贾观察行否？函件均交到。范廉访被人奏劾，交钦使查办，已咨院解任，委郅幼翁传证研讯。事甚棘手，望转达贾观察。

　　　　　　　　　　　　　　　　　　　　　　景周　蒸

大家说道："范廉访不知为着甚么事体？怎么还要传证研讯呢？"贾端甫道："这是我的至好，我也很不放心，想甚么法子去打听打听才好。"王梦笙道："这个容易，我写信去托我们同事章池客打听实在，详详细细的写个信来就知道了。他好在不比官场中人，有些避忌，他是不拘甚么话都好说的。"贾端甫道："费心，就写信去，如果得了复信，赶紧寄个信到杭州，免得兄弟挂念。奉托,奉托!"王梦笙连连答应。次日,王梦笙写了信,交邮政局寄到南昌,托章池客打听这事。

隔了一天,任天然约了王梦笙、达怡轩、曹大错、管通甫在顾媚苏家碰和,吃司菜。王梦笙先来,媚苏的娘趁便问起那对珠花。王梦笙揣他二夫人的意思,虽未明言要买,但替他买了也没甚不愿意,又乐得在任天然面子上尽点情,就说:"珠子呢没啥好,买呢也没甚不可,但价钱似乎太巨,让点就算数。"媚苏的娘忙去同那手帕姊妹商量,减了八千块钱,王梦笙也就答应。

达怡轩、曹大错陆续到来。管通甫节下事忙,约定同王梦笙拼伙的。大家就入座。碰了两圈,管通甫才到,怀里取出一本京报来,说是"范星圃的事体有点消息,可不好呢!"任天然正叫顾媚苏代碰,坐在旁边无事,就接过来说:"我来念与你们大家听,省得你们一个一个的看。"大家都说很好。任天然就念道:

钦差英片:

再:奴才本年闰七月初六日在湖北途次,承准军机大臣字寄,七月二十四日奉上谕:"有人奏江西臬司范承吉有被人控告奸占室女、霸争财产等情,是否属实,着英杰顺道确查具奏,并将原折抄给阅看。钦此。"相应遵旨,寄信前来等,因承准此。奴才行抵江西,严密访查,所奏不为无因。惟控涉暧昧,非传集人证研讯,难期水落石出。查应讯人证多系范承吉家属,范承吉现在臬司任内,查传既多为难,且恐承审之员不无瞻顾回护。除咨江西抚臣将该臬司先行解任听候查办外,谨附片陈明,伏乞圣鉴。

谨奏

朱批是"知道了"三个字。曹大错道:"怕是他小姨子的事体发作了,这可有点不妥呢!"达怡轩道:"看那郅幼稽也是个反面无情的能吏,发到他手里审,恐怕也有些不好说话。"王梦笙道:"过两天章池客总应该有信回来,再看罢。"

第十六回　得色思财惊传噩耗　以财易色细演奇谈

　　局散，达怡轩邀大家明日在张宝琴家吃司菜，大家也应允。张宝琴虽是讨人身体，却同达怡轩甚好，无论他讨娘如何逼着他同达怡轩要东要西，他总不肯开口。有时达怡轩与他些，他也坦然收受，并不做作推辞，所以达怡轩也很器重他。次日在张宝琴家又聚了一日，王梦笙将珠花价洋交与任天然，带交媚芗的娘。

　　中秋这天，任天然清晨回栈，他儿子也从学堂回来，替老翁拜了节。在栈里吃了饭，就带着他同媚芗逛了逛愚园、张园。晚上，任天然交代了一桌菜，却不请客，别人请他也不去，就是他父子两个同着媚芗母女两个坐在一桌，倒也吃得很为有趣，媚芗竟吃得有些醉态了。

　　席散，任天然叫马车送他儿子回学堂，自己吃了两筒水烟，携着媚芗同到月台，坐在外国睡椅上赏月。媚芗倚着醉，偎在任天然怀里，说道："你看这月亮圆得有趣，若要永远是个圆的岂不甚好呢？"任天然道："月亮正为他有圆有缺，所以他圆的时候，人家觉得他有趣。若要永远是个圆的，也就没有人觉得他的好处了。你看那日头倒是永远圆的呢，也没有人说他圆得好么。而且我看月亮最好是那将圆未圆之际；就是那花，最好也是那将开未开之时。"媚芗嗔道："你这话是嫌我是个已开之花不是？"任天然忙说道："我说的这已开未开不是指此，你不要转错。我是讲那花未曾开足，则生意盈盈，还不晓得有多少好处在后头；若开足了，也就不过如此为止。至于你讲的那一层，我生平是最不计较的。我觉得男女相悦，全在心性相投，若是心性不投，就是男只一妻，女只一夫，终身厮守，并毫无意味；若是相投，就男系重婚，女系数配，其乐趣正要加人一等。所以有一部笔记上说：有个女的，嫁了头一个丈夫，死了不到半年他就改嫁。嫁的这第二个丈夫不久也死了，他可矢志守贞，任你勾引逼迫，他也不再嫁，也不偷人。有一个邻居女的问他道：'妇人家守节，为的是从一而终，将来可请旌表，你既已改嫁，已算不得节妇，这回又何必苦守呢？'他说：'我也不晓得甚么叫做节妇，甚么叫做从一而终。我但觉得头一个丈夫，他同我没有甚么恩情，我自然也就没有甚么思恋；第二个丈夫虽然日子也不久，他待我的情分可真令我终身不忘，他死了，我总还当他在生一样，怎么忍去再嫁他人？'其实像这种样子才算真为着丈夫守节。若专为着从一而终，可以博那朝廷旌表、门户光荣,其心并不在他死的丈夫身上。这种守法只好算为一身名誉起见,守不守皆于他丈夫毫无干涉的,所以我说男女之际总以心性为主。但是心性相投却不能不借重于肌肤相亲,甚么缘故呢?肌肤譬如躯壳,心性譬如灵魂,人的知觉、运动全在灵魂,然而没有躯壳,你叫他拿甚么去知觉、甚么去运动呢?但是那种有躯壳而无灵魂的人,可也就索然无味了。"

媚芗道:"你说的这话却还有点意思,我从前也有两三个客人,说句不要脸的话,不知怎么样,陪着他睡着,那心全不在他身上,就算了一回功课。自从碰到你,这心不知怎样的被你迷住了,没有住的时候,总想留你住下,才了一件心事;及至住了之后,其实也并不是天天要想同你怎么,但是不同你亲热亲热,就觉得浑身不是的。有时不在你身边,那心还是在你身边。有一回在别的客人台面上,竟不知不觉的叫了声"任大人",把人家笑了半天,笑得我好难乎为情。这话不是灌你的米汤,你也不要笑话我,这大约就是你说的心性肌肤、灵魂躯壳的道理。"两人喁喁切切,不减那"七月七日长生殿,夜半无人私语时"。

只见媚芗的娘走来说道:"你们两个看凉着,进去吃稀饭罢。有两处来叫堂策,我看你有点醉意,已经替你回报了。吃了稀饭,好好的陪着任大人团团圆圆的睡罢。"媚芗微笑道:"娘总是要拿人家开心!"他娘道:"通共三个人在这里,还怕甚么羞?"说着大家进了房。吃了稀饭,天也快十二点钟,收拾就寝,这一宵的美满团圆也不让那一轮皓月。

又隔了两天,王梦笙接到章池客的回信,才晓得范星圃因为他岳家的那位老管事的靳忠甫上年身故,接手的同那萧氏姨太太是姘头,处处偏着萧氏。范星圃放了江西臬司,进京陛见的时候,就同着丈母、小姨子一齐到京,料理他丈人的遗产。他小姨子华紫芳姑娘带着几个月的身孕,在车上一颠,到京没两天就小产。他因为要替这小姨子争一份陪奁,所以没有肯把他小姨子的事明公正气的做了,还说是一位未出阁的姑娘,其实那小产的事京里亲族都已知道。范星圃替他丈母黎氏姨太太出名,叫他的两个得用家人,一个叫侍祥,一个叫曾才,在宛平县递了呈子,告他小舅子串通管事,霸吞遗产。萧姨太太也惧怯他的势焰,请人出来说和,情愿将家

第十六回　得色思财惊传噩耗　以财易色细演奇谈

产平分，各自用人管理，彼此不相干涉。他丈母也想答应，范星圃不肯，定见要将这遗产分作三份，令他姊弟三人各得其一，还要提出五千银子作为他小姨子华紫芳姑娘的嫁资，并且要撵掉萧姨太太姘上的那位管事先生。他自己同宛平县去说，顺天府是他的同年，也去说过。那位宛平县敢不奉令承教？就依着他的意思判断，那个萧姨太太的姘头在堂上大受申斥。萧姨太太没法，只得忍气吞声的具了结，心里可甚不服气。那位姘头吓得有一个多月没有敢上萧姨太太的门，等到范星圃出京，才得重申旧好。

这管事的有一个把兄，是在城上当书办的，那天同他谈起这番冤抑，那书办说："这有何难？你叫你那萧氏的儿子出名，在城上递张呈子，告他一个奸占妻妹、霸争血产，拿一千银子来，不怕不打上风官司！"那管事的回去同萧姨太太在枕上细细的说起，萧姨太太满心欢喜，就叫他托这书办做呈子，送了一千银子过去。

这书办把呈子做好，叫萧姨太太用了抱告，自己到城上去递。他却到晚上检了这呈子，另外打了张四百两的银票揣在身边，到那城上都老爷宅子里回道："这华萧氏的对头是个大有势力的人，别位都老爷都不敢动他，只有老爷是向来不避权贵的，所以告到台下。这里有分敬意，说是如果攀倒了这对头，还要报恩的。"这位都老爷正因为一笔利债逼得紧想不出法子来，见了大喜，就替他像那俗语说的"灶老爷上天——一本直奏"，登时就发交这位钦差查办。

钦差接了这道廷寄，因为带出来的司官都是些熟习财政、讲求兵制的，并没有懂得刑名例案的人。正在踌躇，却好到了江西，这郅太守也将将禀到。钦差晓得他是刑部有名的司官，就传他来见，委他查办。这郅太守就说："大人委派这事，卑府也不敢辞。但是控涉闺阃，非讯不能得实，范臬司现在任上，他的那些家属卑府怎么好传？若要卑府认真查办这事，必得先将范臬司解了任，那时卑府方能下手。"钦差说："这话很是。"次日就咨请抚台撤这范臬司的任，文书上声明"除附片陈奏外"。抚台见他已经出奏，怎能不依？登时就撤了这范臬司的任。那郅太守等这范臬台交卸，就会同南昌府出了票子，传这范臬台的丈母华黎氏、小姨子小华氏——即华紫芳、婢女玲儿、春喜，家人侍祥、曾才。他那原稿上还有大华氏，即华素芳，那南昌府说："这是现任臬台的太太，如何可传得？"硬拿笔替他勾去。

这郅太守把人证传齐在发审局堂上，先提春喜上去，问他："小华氏天天同谁睡觉？在京城是怎样小产的？"春喜始而推不晓得，郅太守就叫："掌嘴！"那小脸上每边打了四十个嘴掌。小丫头子如何经得起呢？只得供说小华氏即华紫芳姑娘是常常陪着范大人睡的，在京里小产也是有的。

又提了那玲儿上去，玲儿也是不招。又击了八十嘴掌，玲儿晓得这是有关老爷功名的事，熬着疼还是不认。郅太守看这玲儿已有十七八岁，长得也还韶秀，问起来是范太太陪嫁的丫头，恐怕是范大人收用过的，必须拿他来示威，用点严刑，这案情方可一鞠而服。就吩咐把他身上衣服剥去，抬架子过来。这些差役就抬过一个天平架子，把这玲儿穿的绸衫、小衫一齐脱下。郅太守叫把他胸口贴在架子上，两手耽（担）在横木上，收紧皮圈，板上虽没有盘练子，也叫把裤管卷起跪着，腿上也没有用杠子踩，但吩咐拿那细竹篾子编的一个帚子在背上打着问着。这是伤皮不伤骨的，可怜这玲儿也硬熬了一百多下。他虽是个丫头，平素范臬台夫妇都是轻怜重惜，连巴掌都没有挨过一下，怎么受得起这种苦劳？旁边又有个已经认供的春喜证着，看来不招也无益于事，只得把那范臬台在京的时候就怎么样调戏紫芳姑娘，这紫芳姑娘也就依从，"后来太太同外老太太也都晓得，并未追究，这两年也就彰明较著，陪着老爷睡。至于在京里小产，丫头没有跟进京，却不晓得。"

郅太守听他认了供，吩咐住了打，却不放他下架子。一面传小华氏即华紫芳上去，这华紫芳那里肯认？郅太守就吩咐稳婆上来验。稳婆把紫芳带下去细细的验过，带了上来，晓得这位大人严明，只得据实报道："验得小华氏即华紫芳产门宽松，并非处女。"郅太守就拍案喝道："你这不要脸的淫货，到了我手里还敢狡赖！替我把玲儿放下来，把他的上身衣服剥了，照着样儿上架子！"登时那些差役一面去放玲儿，一面来剥华紫芳的衣裳。华紫芳一想事已至此，犯奸总没有死罪，再要像玲儿这样吃苦，那可犯不着。只得连忙喊着："小女子愿招，求大人不要上刑！"郅太守道："他既然愿招，暂时放手。"差役就松手走开。这华紫芳浑身钮子已经被他们

第十六回　得色思财惊传噩耗　以财易色细演奇谈

解开,胸乳已经半露,只得一面掩好胸襟,一面忍辱含羞的将怎样在京里被这范臬台调戏成奸,怎样跟到湖南,怎样跟着回京,怎样在京小产,范臬台怎样替他出头争这家资的话供了一番。

郅太守又传了华黎氏上来,看见女儿、丫头都已招承,也只得据实供认。那侍祥、曾才到了案,也把在京的时候范大人怎么叫他们替华黎氏在宛平县递呈子,怎样向宛平县关说,一一供明。郅太守因他们两人尚不狡供,每人只打了二百板子。这么一起奉旨查办的案件,现任臬台的亲属,这郅太守只审了一堂,便审得清清楚楚,据实录了供招,呈与钦差。钦差说他真是能员,当即斟酌出奏。

这些事章池客信上叙得皆很详细,不过那萧氏馈银、御史还债两层江西不晓得,没有提及。信内又说:"江西通省官商皆说这位郅太尊真是一个铁面无私的强项令,上游很为器重,案结之后,就委他署这南昌府了。"

这天恰好是傅又新请,在袁宝仙家。请的是廖庸庵、王梦笙、管通甫、任天然、达怡轩、曹大错、毕韵花、袁子仁、沈叔谦、单凤城十一位。是因为廖庸庵新从宁波回来,替他接风,自然又是双台。王梦笙就写了一封信与贾端甫,连这章池客的来信一齐带到席上,与大家看过,然后封寄。管通甫看了说道:"范星圃的功名照这样看起来恐怕是保不住了。这么一个能干人,正在隆隆直上,为这'色'字上送掉了,未免可惜!"王梦笙道:"他要不为争这点财,也还不致如此。"曹大错道:"这人若就此息肩,还算他的好收场,恐怕他还不死心,再想出头,将来还不知如何结局呢!"

席间,管通甫问道:"庸翁这次到宁波走了一趟,赎路的事到底如何?"傅又新道:"这事有点意思了。庸翁在宁波同罗仲苞先生商量了几天,罗仲翁听见有兄弟在里头,也就欣然答应出来担任。这事他肯出来,那没有不成的,大约明后天就可到上海。"达怡轩道:"这人却有点道理,他出来大约可以望成。"毕韵花道:"不是那位罗万象么?他的罪孽真也不少,你还要说他有道理!"达怡轩道:"他的事体我却深知其详。他在杨树浦开了一个厚存纺织厂,同我们那位纱厂经理最要好的。他原籍听说是广东。"傅又新点头道:"不错。"

达怡轩道:"你说这个人的罪孽多,却也不错。他的家资真不可以数目计，亲戚本家靠着他养活的也多，却差不多有点姿色的女眷他总要沾染沾染。他的一个堂外甥女儿、一个表侄女儿，都是天天替他烧烟，跟着他同坐一马车逛园子，只算明做了他的小老婆。有一位鄞县知县，交卸下来，亏空了八九千金的库款，弄到要参追，托人同他商量。他晓得这位知县的小姐长得体面，他说：'如果肯叫这小姐亲来借，他就如数借给。'这位县官因保全功名要紧，只好把这小姐送去。他留着住了三夜，却照数替这县官把交代了清，现在这位县官已升了实缺知府。

"一位武官，因为亏空军饷要正法，同他平素却也认得，晓得他的脾气，叫妻子带了女儿奉送，求他挪借。他看那武官的女儿长得并不好，因为念他情急，也就留下，照数借银子，救了那武官的性命。这武官目下也还带着营头呢。

"他这位续弦的太太也是一位乡绅小姐，他看中了，托人去说。那边说要做续弦太太，还要一份重重的聘金。他说那都可以，但须要先陪他睡一睡，让他尽一尽兴。那绅士家里因为要攀这重高亲，又贪图这份厚礼，好在是他的人，只好让他先过门来嫖了两夜，然后结亲。过门之后，名为太太，其实也与姨娘无异，甚么时刻要陪他干，就得陪他，丫头、姨娘在面前也回避不了的。

"他有一个内侄女儿，才十三岁，父母死得早，他看着好，叫这续弦太太带在身边，每天替他装烟倒茶、搥腿抹背。有一天，白日里他在套间同他这位太太演那葡萄架的故事，正当凤舄高悬、鸾簪斜堕，他忽然口渴，喊这内侄女倒茶。这内侄女倒了茶来，看见这样，羞得放下茶碗回头就跑。他却撇了这位太太，就把这内侄女儿抱了回来，可怜一朵嫩蕊娇花，竟被他生生攀折。他这内侄女儿悲啼娇喘，辗转难胜，他看了也十分怜惜，就叫人拿了一对赤金手镯、一头赤金首饰、两个钻石戒指、一对老山翠的耳环送与他这内侄女儿。这内侄女儿见了这些东西，也不由得深深下拜，忍痛含羞的收了他这定情钗钿了。诸如此类，不一而足。他无论到了那个码头，看中了的妇女，不问你大家小户，就托人想法去说，总是饵以厚利。得了手一回两回之后，他或是送一笔整钱，或是交一个折子按月支付，他以后光顾不光顾也说不定。

第十六回　得色思财惊传噩耗　以财易色细演奇谈

"有人劝他说：'你这淫孽太重，要收敛些才好。'他说：'这算甚么淫孽！我生平的女色都是花了银钱来的，他要我的财，我才取他的色，彼此说明白，两相情愿，就同做买卖一样，有甚么孽？不像人家诡计花言去骗诈来的。还有些得了人家的色，还要弄人家的财；得了人家的财，还要想人家的色，那才真是造孽呢！'他又说：'财是男子的固有之物，色是女子的固有之物。男子若无财，那就算不得个男子；女子若非色，也就成不了个女子。男子若不肯拿那财去换那女子的色，女子若不肯拿色来换男子的财，那就如《孟子》所说的'农有馀粟，女有馀布'，岂不有窒碍不通之患呢？所以这男子以财易色、女子以色易财，是天地间的公理，没有甚么奇怪的。'有人难他道：'像上海堂子里的倌人，那自然是以色易财了，难道良家夫妇也好算是以色易财么？'他说：'怎么不算？你看女人家上自福晋夫人，下至贫婆村妇，那个不是把那身体让男人家玩诸衽席之上，恣情取乐？却穿衣吃饭，无一不仰给于这男子，这不是以色易财么？男子占了女人家的便宜，却得要辛辛苦苦的赚了钱来养活着他，无论到那里去，回来的时候总要带点东西敬献闺中，贫富贵贱都是一样的，这不是以财易色么？不独中国为然，就是泰西的人，要想娶妻，必先估量着赚的财产够不够供应这妻子挥霍，然后才敢议婚；那女子也无不安然坐享这男子的供养，似乎也还跳不出这以财易色、以色易财的圈子。'看他这种议论奇是不奇？却也没有地方可以辩驳他呢！"

曹大错道："我看这人倒很有可取。他的这骄奢淫逸原不足训，但是他肯发这种奇论，并不说那种遮掩隐饰的话，就是个光明正大的人。他那造孽的地方也就如日月之食，民皆见之，不像那些名公巨卿、大儒宿学，嘴里讲的是仁义道德、礼义廉耻，对着人装出那一种正容厉色、岸然道貌的样子，暗地下新台之丑、敝笱之羞，呼蹴不辞、豆羹不吝，真是无所不为！而且这种人在那失意的时节，虽枕边爱宠，不妨举以让人；到了得意的时节，即指囷故交，亦复视如陌路。当那人炫赫之时，恬痔吮痈，不羞妾妇之行；迨那人落魄之后，投井下石，顿忘故旧之欢。要同这位罗公比较起来，真不啻虎豹狗彘之别！"任天然道："大错，你要不骂人就不错了。"曹大错道："你说我的错处在骂人，我说我的错处在不骂人，我骂的这些全不是人！我要不骂这些不是人的人,去骂那些是人的人,那就不错了?"

达怡轩道:"你倒越骂越甚！我们吃酒罢。"杨燕卿道:"曹大人骂得其实也还不错,我们虽不懂,但是觉得一个人做了甚么就是甚么,何必要那么口是心非的呢?譬如我们已经做了倌人,谁不是贪图两个钱,让人家追欢买笑的?若要拿腔做势,说甚么清贞,充甚么节义,那不是自欺欺人、徒惹人厌么?"管通甫道:"'满床飞',你到底被曹大人追了几回欢、买了多少笑,也要跟他学着骂人?"杨燕卿要来打他,道:"老蔬菜,你专门拿我开心,我不收拾你一回,你不晓得厉害呢!"管通甫连连告饶。只听得外头警钟乱鸣,大家惊道:"那里火起?快去看看!"

究竟这火在甚么地方,等做书的派人到巡捕房同那保险行,打听打听再说罢。

伏　编　上

第十七回

祝融一炬熔尽铜山　飞燕重逢营成金屋

却说傅又新在袁宝仙家吃酒,忽然听见火起,连忙派人去打听。去的人回来说是杨树浦的厚存纺织厂烧了。管通甫道:"才讲这罗万象,罗万象家就出了事!"廖庸庵道:"那是不要紧的,他这总生意总买了燕梳的。"大家没甚关心,也就各散。

次日再去打听,那知厚存纺织厂这位管事的也服了阿芙蓉膏,差不多要同石曼卿见面了。却好罗仲苞也到上海,细细考究起来,才知道这位管事的倒也没有荒唐亏空,拿着东家的生意也很当事,外头又并不瞎应酬。虽在上海,连堂子里的酒都少吃,戏馆里的戏都少看,那租小公馆、包倌人、姘大姐更是没有的事。却只平生最会算小,无论甚么事都要打打算盘。这纺织厂他管了也有好几年,当了这么样大管事的,他连纸张灯烛、茶叶水烟都不肯稍为浪费。厨房里是轻易不肯添菜,每月厂用比前手管事的要省了好多,就是串头、秤底,都要替东家算到,不肯叫东家吃亏。因为近来保险长了价,比前期的差了好些,他定要照原价,那家保险行不肯答应。他又去找了几家,虽然也些须有点低昂,但比那前期的价总觉相去悬远。这纺织厂不是一万两万的生意,这里头进出为数可也不小,他总舍不得答应。这时候前期的保险已经限满,后期的保险又因价钱没有讲定,还未出单。他的一个副手也曾劝过他,说:"这保险的事是一天脱不得的,不要惜这点小费罢;再不然先保个半年三个月,到那时再看光景也好。"他总不肯叫东家花此冤枉巨款,游移不决,只想那些保险行贬价俯就;而且以为天下那有这种巧的事体,这几天里头就会出乱子不成?那知天下竟有这种巧的事体,就在这几天里竟出了这个乱子,几百万的本钱付之一炬。他想这就粉身碎骨,也填还不了东家,只好学那些误国忠臣,把国家的大事弄坏了，临了以一死塞责，还要博个成仁取义的美名呢。

　　这罗仲苞不独在上海开了这个纺织厂，宁波、广东、汉口、天津、香港、澳门皆有他的庄号，每处总有一二百万的生意。他那资财不独人家不晓得，他的细数就连他自己也弄得糊里糊涂，无从计算。洋商里头信服他的也很不少，平时只要他招呼一声，数十百万咄嗟之间可以立集。这厂虽然被烧，他觉得收合〔拾〕馀烬重整旗鼓也还不难。那知道铜山西崩，洛钟东应，他宁波庄上一个管事的人，也还诚谨，只是胆子太小，听见上海这个纺织厂失了事，想："这下子不知要吃多少亏，这个宁波的庄子恐怕也站不住，万一倒了下来，必定要带累我下班房、坐监牢，弄得不好还要吃板子，都说不定。"这么一想，真正十分可怕，连他的娘同老婆儿女都不要了，搭了轮船溜之大吉。这些伙计见管事的跑掉，也都趁火打劫，卷了些银钱，各自去寻头路。这个庄子也就同那些防边防海的梁子一般，还未曾望见敌旗寇舰，就先不战自溃。那广东坐庄的一位，还是靠这罗仲苞抚养成人的一个侄子，他听见这两处的信息，就把资本汇运出洋，家眷也搬在香港，自己却出头请官封闭。这三处不到十天皆成了个土崩瓦解的情形，天津、汉口也就支持不住。罗仲苞领的各省公款不在少处，各省大宪纷纷的电饬上海道查拿押追。初时罗仲苞还躲在租界，想有洋人保护，有几家洋商也肯替他说话。争奈香港、澳门两处不好的消息也相继而来，亏空洋人的款项也不可以数计，连这几家洋商也保不住他了，只好把他送交上海道，发县管押。

　　浙江抚台早已行了钉封文书，叫宁波地方官查封他的家产。这位鄞县大老爷是个办事最为认真的人，接到抚台的密札，他就秘密地到营里要了二百名兵，但说抚台叫调的，也不说出所以然。到了五更多天，带了几十个得力的家人、差役，同着调来的兵，把这罗万象的房子围得水泄不通，然后亲自带了家人、差役，叫开大门，一拥而入。可怜这罗家的人虽然晓得倒了两处庄子，总觉得百足之虫，死而不僵；而且这位罗仲苞又是京中王公巨卿、外省督抚司道有名望点的都同他是刎颈之交，平日得他好处的也真不少，就有些甚么，那有个不念交情照顾照顾的道理？那里就会弄到查封家产呢？就要抄家，也不过把那田产、房屋封去罢了；而且本地方的

第十七回　祝融一炬熔尽铜山　飞燕重逢营成金屋

官府一年也受他家许多的馈赠，这位县官尤其要好，三日两头过来吃酒打牌，有到喜庆事体，是他来陪客照料，不但罗仲苞有事托他百依百从，就连家人们要送个把佃户，请他打一千，不会打九百九的。这样的至交，有点事体好意思不通个信？所以一点没有准备。谁知这位县官竟是个顾公义不顾私情的人，亲自登门做那《红楼梦》的赵堂官。

这位大老爷一进了门，在屏门口设了公座，像那院试的时候提调官点名的一般，靠西向东的坐着，吩咐："先撵男人出门，后撵女人出门，可要在各人身上细细搜检，不准夹带财物！"先是些男的家人、伙计、戚友、亲丁一一搜清放出。后来到了女的，这县官说也得要细细的搜。这些家丁、差役巴不得这一句，在这些妇女身上胸前、袖底、裤裆没一处不搜到。而且这重门搜过，那重门又要搜，弄得这些妇女失履敞襟、披头散发、哭哭啼啼的求死不得。

搜了一半，幸亏本府大人来了，看着太不成样子，吩咐："妇女身上不准乱搜，只要不成箱整捆的搬运，就随身带点首饰、携点奁具，都不准阻拦！"这道恩谕下来，这些妇女才有点生路，各人随身带点细软金珠出去——却也不在少处，他两个儿子就全靠他妻妾们身边带了点儿，后来才得支持衣食，重整一个小小门庭。

等到把妇女撵尽，然后府、县带着丁书、差役进去，把一房一房的箱笼打开，逐件登簿，也有二三十万银子的东西，但抵起他的亏空来，那真是百不及一。

这罗仲苞在上海县里押了两年，还是一个洋商说："外洋本有告穷之例，他既家产尽绝，要了他的性命也是没用。"请领事向上海道说，把他放了出来。有两个不忍相离的爱妾，身边带了点珍宝，同他在上海租了一所小小的房屋，也还安安乐乐的终了馀年。他那时没有财去易人家的色，那些平素以色来易他的财的也就另寻主顾，不来访问他了。

看书的诸位，照这罗万象的收场结果论起来，自然说他是好色之报，不知就是这财积得过多，也真能盈满为灾。你看凡有富过百万的人家，坏起来总是一败涂地，没有渐渐澌灭的。就同那树木一般，高逾寻丈、大可数围，倒起来总是连根而拔，没有个一枝一叶慢慢朝下落的道理。若到了数百万以上,自然做的总是些大来大往的生意、牵枝带叶的事业,到那时候也真不能自主。人家怪他不肯收手,不知到了这个地步,也只有听其自然,做将过去。做得好迟倒几时,做得不好早倒几时,若要想收手,你收手的这天,就是倒的这天。看他是富可敌国,不知他真有骑虎难下之苦,从前那杭州的胡雪岩不也是这个样子么!近来有位先生的家训,说子孙每人富不准过十万,此种见解新学朋友必说他黄老之学太深。然而为保家保身之计,却不得不然。所以人生于这"财"字,只须求其够我一生之用足矣,又何苦贪多务得呢?至"色"字多的坏处,甚么窥帘留枕、广田自荒、卖履分香、他人入室,那是人人都晓得的,也用不着做书的细说了。

再说这罗万象出了这个事体,在罗万象呢,自我得之,自我失之,虽是一场春梦,也还足以自豪,只急得这位廖庸庵竟如婴儿失乳一般,弄到个走投无路。那位傅又新本来他在外洋做生意,也并没有甚么真正理财的学问、致富的经纶,不过那时候在外洋做生意的人少,他是一个孤身,无所系恋,舍着性命去干,吃得苦,拼得出,又碰着他几年的运气,就成了这一番事业。同那些泼赌的人一般,当了两件衣服,拿这钱全数压了上去,居然中了;再翻再中,只要财运好,几宝工夫就可盈千累百。你道他有甚么操券而致的胜算么?中国人却把他当作一个天富星下凡,撮拥着他,以为就可振兴商务、广浚利源,直与做梦无异。无怪这廖庸庵跟了他来,竟弄到无可下台。

那增朗之因为他老翁惠荫洲现已过了道班,住在南京,是以前去省亲,并要了点儿指省引见的款项,这时候也从南京回来。同这傅又新谈谈,还是一篇大话,说:"我不过放心不了这些中国的官府,我要不是怕他们朝令夕更,我一个人号召起来,这点事有甚么不成?不过我不犯着去做。"再去问问那位廖庸庵,已如斗败蟋蟀,只有满盆乱撞而已。增朗之看这样子,晓得是个一场没结果的事情,不如还干自己的正经罢。想那广东是不能再去的,改那一省好呢?因想起江西这位瑞久帅是做过江宁藩台的,同老翁于财政上头很有点密切关系,到了那里,他不好意思不另眼相看;任天然、郅幼稽、全似庄几个江西的阔人,这回又都在上海混熟了,自然也可以照应照应,不如指省江西罢。就托袁子仁替他上兑加三班捐指

第十七回　祝融一炬熔尽铜山　飞燕重逢营成金屋

省,又托他致信广东号里,把那边的存帐结了过来,一面打电报叫他这内侄犹子蒸把他妻妾送回上海。原来他在谷埠船上已纳了一位小星,名叫钏纹,他这内侄却至今尚未娶妻,倒也不觉得鳏况之苦。袁子仁就约他今天晚上到袁宝仙那里吃酒,增朗之答应了。

这天,袁子仁请的是任天然、王梦笙、曹大错、达怡轩、管通甫同这增朗之。到了六、七点钟的光景,主客陆续到来,只有增朗之还未到。任天然同管通甫谈起,说:"吴伯可得了姜堰厘金,有信来约我去顽顽,我倒想去走一趟。"达怡轩道:"那真是个好地方!泰州风景本佳,一过南门,那些鸡犬桑麻、小桥流水,真如世外桃源。海安、姜堰、白米一带,田土沃饶,风俗纯朴,要在那里卜居,比我们通州好得多。我也想去走走,我们何妨结伴,到了芦泾港,如果天晴浪静,我们就在那里下船。你由通州而去,路也极便。冬天水小,到了如皋,却要换船,这时候还可以一船径到。若是到芦泾港的时候遇着阴雨大风,我们就不去冒那个险,同了你到镇江,由仙女庙内河而去。我不过多走两天路,好在我也没有甚么要紧的事。"王梦笙向着任天然笑道:"恐怕媚芗不见得肯放你去。"任天然道:"我昨天已经同他说明,好在我由姜堰,就从镇江回九江一转,带了大小儿再到上海,进京也不过三四个月的事体。"

说着,那增朗之匆匆跑来,也不及同大众招呼,就望着袁子仁说道:"我那指省你已经托他们填了实收不曾?"袁子仁道:"我先头已经去说过,大约已经填了。"增朗之道:"我还要改呢。"袁子仁道:"你同任天翁他们诸位做同寅岂不好?你又三心二意起来。"增朗之道:"不是我三心二意,我才在傅京堂那里看见上海道里送来的电传阁抄,瑞久帅升署两湖总督,我指江西原是为他,不如就改了湖北罢。"袁子仁道:"那么我替你写个条子去改。就填好了也没有甚么要紧,我的增大人,不要发急!"增朗之然后同大众相见。

袁子仁写完了改指湖北的条子,送与增朗之看过,然后叫人送去。顺手就写局票发出,起了手巾,大家入席。顾媚芗头一个先来。管通甫道:"晓得任大人要动身,所以格外亲热点儿,明儿任大人走了,看你怎么好!"顾媚芗道:"就是人家家主公也有个出门的时候,那有甚么要紧!"王梦笙望着顾媚艿,拿手在脸上刮着道:"公然就认做家主公了!"顾媚艿打了他一下,道:"你专会捉人家的白字!"

不一时局已到齐。那杨燕卿坐在曹大错的背后,恰好同增朗之对面,两个眼睛直望着增朗之看。看了半天,拉着曹大错问道:"对面坐的那位可姓增?"曹大错与增朗之虽初次同席,却在别处会过两面,就答应道:"是的。你也没有同增大人同过台面么?"杨燕卿道:"我台面上没有见过。"嘴里说着,那声音竟有些颤,带着哭音。曹大错正在不解,望他看着。只见他向着增朗之道:"增大人,你可是通州的增二少爷?"增朗之十分诧异,也望他看了一看,说道:"阿呀妹妹,你怎么会在此地呢?"这杨燕卿止不住纷纷泪下,一面呜咽着一面应道:"怎么不是?你害得我好苦啊!我今生还会见得着你,也算梦想不到的!"增朗之道:"我何尝不记挂着你!你怎么会进了这道门槛呢?"杨燕卿道:"一言难尽,慢慢的告诉你罢。"坐客皆为不解,问其所以,两人都说是表兄妹,从小在一块的,到如今已十多年不见面。

曹大错看两人光景,晓得必不止于表兄妹,若无忧席之爱,说话不会如此恳切。就说道:"这是难得的,增朗翁先转个局,今天就翻过去,请我们吃一台会亲酒,我就此交印。"说着把杨燕卿的金豆蔻盒子送了过去。杨燕卿、增朗之两人正中下怀,自然没甚推辞。两人到了一处,拉着手又是哭。管通甫道:"他乡遇故知,最有趣的事,不必哭了。"两人勉强忍住了泪。杨燕卿望着娘姨说道:"你先回去告诉我娘,说通州的增二少爷来了,叫他赶紧预备一桌酒,大家就翻台过来。"说着那眼泪又朝下淌,看的人都莫名其妙。大约不独当时房里的客人、倌人、娘姨、大姐不知底细,恐怕看书的一时也还想不起来。

原来这杨燕卿就是龙玉燕,他娘杨四姐又叫羊妈妈的就是杨姨娘。自从龙伯青被惠荫洲辞了馆,撺他离开通州,他就搬到扬州,住在马市街一个小巷子里。那晓得女人家的身体同男人家的操守一样,男人家做官做幕,只要得过回把非分的钱财,就时常想这飞鱼儿吃,再要收手也就不能;女人家只要偷了一两回野食,这口味吃开了,就时常想尝尝新,再要归正,那是万万做不到的;况且他们尝的野味是龙伯青睁着眼睛叫他们吃

第十七回　祝融一炬熔尽铜山　飞燕重逢营成金屋

的,并且靠他们发的财,比那偷来吃的更觉肆无忌惮。

这杨姨娘、水柔娟、龙玉燕三人到了扬州,终日倚门看街,粘花惹草,就有许多游荡子弟来同这三位不要花粉钱的佳人亲近亲近。这龙伯青本是缩头惯的,也还没有甚么不能相安。有一天,水柔娟的两个情夫因妒奸争闹,打到个头破血流,告到甘泉县里。这县官把这三个妇女一齐提去,说他们不守闺训,杨姨娘、水柔娟每人都吃了一二百个嘴掌,龙玉燕因年纪尚轻,幸而邀免。并因这事系由水柔娟身上起的,恐怕这两个人里有因伤殒命之事,就把水柔娟发交官媒关押,等这两人伤痕平复方才释放。这官媒家里与台基无异,那些管家、书办、差役晓得他是个师奶奶,个个要来领教领教,张三才去,李四又来,昼夜不绝,弄得这水柔娟几乎应接不下。这却不能怪他,就是清正点的妇女,到了这个地方,除掉一死,竟没法保得清白,那活地狱所说的情形到处是一样的。做官的遇有妇女到案,就是犯奸,也万不可轻易发交官媒,这也是公门中修行之一道。

这一闹之后,扬州城里都传遍了。龙伯青到底是个做老夫子的人,怎经得住丢这个脸? 就气成一病,不到两个多月而亡。这三个没脚蟹只好靠着毛升,也就轮流着听他受用。计算这龙氏父子两人的幕囊也不下三四万金,这毛升若只做过坐产招夫,同他们三人安然坐享、左拥右抱,也很可以快乐一生,他却又起了不良之心,说:"这些钱坐吃山空不是事,不如到上海弄点事业过活。"这三人久闻上海是个繁华有趣的地方,欣然从命。

到了上海,毛升却把存的银子暗暗里汇到别处,哄说送龙研香回绍兴原籍进学堂。这三个妇女有甚么见识? 让他领去。那晓得他把龙研香带到九江,卖在班子里头,就是第九回书里所说的江西督销叶勉湖观察讨了做八姨太太的那个小旦艳香了。这母女、姑嫂三人在上海痴等,几个月下来杳无消息。存的两个现钱将次用尽,到票号里问问,存款早被毛升汇到汉口,这才晓得为毛升所骗。上海是个米珠薪桂的地方,如何支持? 幸喜三人各有随身法宝,不难自谋生计,好在这种货色是上海最易销售的。初时三人同做野鸡生意,都还不坏,毕竟天生丽质,不容久滞下僚。被一个娘姨看中了玉燕,出了几百块钱把他包了过来,改名燕卿,调到书寓里头。他喉咙是生成的,曲子学得不少,稍须理一理便可出场。相貌既好,应酬也不坏,那床笫工夫时常同他嫂嫂讨论讨论,颇能心领神会。因为他号叫梦飞,所以得了这"满床飞"的雅绰。不到一节,声名雀(鹊)起,做了两三个节,替这娘姨赚的钱真不在少处。这娘姨倒也还有良心,在他身上发了些财,觉得过意不去,把他的娘接了回来。现在做的生意还是两人分帐,他娘虽然要去贴点姘头,也还很觉宽裕。又去买了一个讨人,就是那个燕如。那水柔娟另外搭了一个姘头,前两节做了儿时打底娘姨,现在同着姘头搬到法马路去住,同他母女久已不通闻问。今天杨燕卿看见增朗之,回首当年,怎能叫他不伤心痛哭呢?

大家翻台过来,那杨四姐看见增朗之,叫了一声:"二少爷!"也是珠泪盈眶,荧荧欲堕。这台酒曹大错原是避贤让位,替他二人作合的意思;大家又都已饱餐一顿,本吃不下;那王梦笙更是以条约为重,所以叫局一到,略吃两杯,便催拿饭。这杨燕卿母女两人同着增朗之也急欲细诉离情,约略虚邀了两句,也就主从客便,催着上了干稀饭。

迨至送客留髡,偏偏燕卿又有两三处来叫堂策,只得去了。杨四姐就同增朗之在烟榻上把那崇川分手以后的苦情细细陈说,不过他自己在甘泉县堂上吃那五分头的一节却隐而不宣,也是爱惜颜面必然之理。正在絮语,那燕卿已出局归来,脱了外衣就坐到增朗之怀里,说道:"我们别后的事情我娘大约都同你说了,你把我母女姑嫂三人糟蹋到那个样子,你却丢开手不问,扬扬气气的去做官,以致我们中人奸计,堕入青楼。我一个好好的清白闺娃,竟弄成个路柳墙花,任人攀折,这都是你一人害的,你却怎么说呢?"说着又呜呜咽咽的哭起来。增朗之一面拿帕子替他揩着眼泪,一面说道:"那时候我那里舍得让你们走?听见这个信,我急得甚么似的!只因外迫于上司,内迫于严父,实在无可如何,只得听他们去做。我进京出京的时候,也很打听了一阵,心里要想把你们带到广东,却再也访问不出。今儿幸亏绮席重逢,也是前生缘分。"

燕卿又问:"你在广东这几年还好罢!添了少爷没有?现在到上海做甚么?"增朗之道:"我到广东当过两次厘差,署过一趟缺,现已过了知府班。本来想在粤汉铁路里找点事体做做,看看毫无眉目。现在指省湖北,就预备进京引见。儿女是到今儿没有生过,弄了一个人,也有两三年,也

第十七回　祝融一炬熔尽铜山　飞燕重逢营成金屋

还没有喜信。"杨燕卿道："你好把我们甩开了，你却另外讨了姨太太！"增朗之道："我要晓得你的信息，我肯另外讨人？"杨燕卿道："你们太太还不吃醋么？待这姨太太何如？这姨太太是人家人还是堂子里的？"增朗之道："是广东谷埠花船上的。我们太太呢，说他不贤德也不能；说他贤德呢，同我身上总是淡淡的。就是你们在通州走的那几时总算稍为热和些，平常同我似乎不关痛痒的光景，这其间也就难说。我讨这人他倒也没有甚么吃醋，近来待他更好了些。"杨燕卿道："你此刻预备怎样安顿我呢？"增朗之道："我们既会了面，慢慢的总好商量。"说着，杨四姐已叫人拿了稀饭上来，两人吃过，那吹灯打烊、靧面用水，照例的事也不必叙他。杨燕卿在枕上抱怨了一阵，又亲热了一阵，真个是笑啼并作，恩怨难分。

再说曹大错晚间回去之后，觉得这重公案尚有意味，必须竟委穷源。次日，约计增朗之已出香巢的时候，便信步而来。杨燕卿正在当窗理鬓，看见他进来，叫了声："曹大人！"曹大错望他笑着道："恭喜你！昨天这出二堂相会唱得何如？我也要算知趣的了罢！"燕卿红了脸，望他笑了一笑。曹大错道："到底你们是一段甚么姻缘，你得讲与我听。"杨燕卿道："唉！曹大人不是外人，我也不来瞒你。讲起这事，既怪他不好，也怪我哥哥不好，到底还是怪我不好：我老子是个钱谷师爷，就处的他老子的馆。我老子病了，我哥哥想联这个馆，即同他拜把子，拿我去勾引他。我那时才十三四岁，自己也没主意，就听他坏了身体。后来上司来了一个札子，叫他老子把我哥哥辞去，我哥哥不久也就病死，被一个家人把我们骗到上海。那家人把我老子、哥哥积赚的几个钱，连我一个小兄弟一齐拐走了。我们没法，才吃这碗饭的。"说着那泪又滚滚而下。

曹大错道："原来是你西厢待月的旧交、花径开春的艳侣，自然应该有昨日那番情景，我说不是甚么表兄妹！但是你现在的意思何如呢？"杨燕卿道："我今年已二十七岁的人，十载烟花，风尘备历，早有择人而事之心。今既遇着这个冤家，自然要想重圆破镜。"曹大错道："他的意思何如？"杨燕卿道："昨天也探了探他的口气，他也没有甚么不可，却也还没有定规。"曹大错道："这个黄衫客让我来做罢。"就写了个请客单子，是"本日六（点）钟，洁樽候光"。请的是增朗之、达怡轩、任天然、王梦笙、毕韵花、管通甫、袁子仁七位,末尾注的是:"席设迎春四巷杨燕如房间"。一面叫人请客,一面叫了杨四姐来,叫他预备菜,同他说道:"我今天替燕如吃酒,却替燕卿做媒,你大约也没有甚么不愿意。你意思想个甚么光景,你也同我说说。"杨四姐道:"我正愁他没有下梢,今儿他做姑娘的时候第一个情人来了,那还有甚么说呢!我是他亲生的娘,没有不望他成功的。不过他身上的债也还不少,就是那个娘姨,也还得请曹大人同他说说。"曹大错道:"只要大致不离经,增大人现在也不是拿不出来的人,总在我就是了。我现在还有事,五点钟再来罢。"说着下楼而去。

到了四点钟,增朗之却先来了。杨燕卿同他说起曹大错的话,他本是毫无主意的人,倒也甚以为然。不一时曹大错已到,走到这边房来,却交代把对房收拾好,客来请那边坐。稍为谈了两句,客已陆续到齐。入席之后,曹大错就把增朗之、杨燕卿两人的一番佳话像演说的一样说与众人,又向着增朗之道:"始乱终成,犹不失为君子之道,朗翁想不至做那李益、王魁一流人物!"增朗之道:"这本是兄弟少年之过,今儿既承大错先生作合,我还有甚么推辞?一切悉惟尊命。"杨燕卿道:"今儿当着曹大人、各位大人在座,你从前对不起我的事体我也不说了。你今天既答应讨我,我可是矢志相从,虽是残花,入门为净,我是死生颠沛,不改此心!你的心肠最易活动,若再中道弃捐,叫我怎样呢?"增朗之道:"我从前已觉万分薄幸,今儿既得你矢志委身,又有大错先生及各位证盟,我有生之日,无论地角天涯,总必与你相共,绝不使你有秋扇之悲!若渝此言,请诸位不再齿我增辉于人类!"

曹大错道:"好!我与天翁先做个全福,请他们两位吃个合卺杯儿。"于是任天然、曹大错各拿了一杯酒,分递与增朗之、杨燕卿,两人立着交互饮了。大家公贺了两杯。曹大错就叫杨四姐叫了那个娘姨来,向他说明,与他一千块钱,一概不必顾问。又叫增朗之拿出三千块钱身价,除这娘姨得了一千,其馀二千皆与杨四姐,有债无债一概不管。另外拿出三百块钱下脚出来,甚么除牌子、送添妆都在其内。大家见他把这风流公案断得斩钉截铁,四平八稳,也就俱各遵依。

诸位且等他们择定佳期,再看他们的团圆喜宴罢。

伏　编　下

第十八回
怙恶不悛远戍榆塞　嗜痂成癖死殉莲钩

却说当晚被这曹大错替增朗之、杨燕卿两人判定鸳鸯谱牒，次日，增朗之就在德安里看了一所公馆，是四开间、上下楼——因为广东家眷亦不日将到，可以一作两用，免得将来再费一番搬动。择了吉期，把那三千三百块钱照数付清。杨四姐到底是亲生女儿，随身衣服、首饰都还与了他些。本来这个女儿靠这一片蓝田，替他收的玉税花租也真不少，这回又得了二千块钱，人心也有个足的时候。

喜期这天，也请了两三桌客，不过是傅又新、廖庸庵、单凤城、任天然、达怡轩、王梦笙、曹大错、冒谷民、江志游、毕韵花、祝长康、管通甫、屠桂山、沈叔谦、袁子仁这一班人。就有两个生客，做书的也不高兴再去提他，省得将来这部书更漫无收束。

当这增朗之、龙玉燕重圆好梦之期，正任天然、顾媚芗、达怡轩、张宝琴暂作别离之日。任天然、达怡轩约着今晚下船。达怡轩是常来常去之人，张宝琴本可无须相送，因为顾媚芗要送任天然，也就约着同上轮船看看。两人席散，各适所欢。顾媚芗昨夜与任天然已细诉衷肠，说："我虽在花丛，当矢贞石。好在我娘也不勉强我，我身上也没有甚么多债，有点局事应酬应酬，开销也可敷衍，专心候你的消息。"任天然道："我也不过三五个月便要转来，倘到年下用度不敷，我托管通甫替你招呼，只要同他说声就是。"顾媚芗替任天然收拾这两个多月在他那里脱换的衣服物件，有个扇套了上系着一个羊脂玉的双鱼，媚芗解了下来，向着任天然道："这个我留着，到你家里再还你罢。"任天然道："也好，这也是个成双之兆。"那夜间的温存旖旎也就无须说得，所以这天任天然到了媚芗那里倒也无甚话说，不过有点依依不舍而已。

两人正在密谈别况、预数归期,那管通甫、王梦笙都来送行。任天然看见管通甫,就同他说道:"我有句话奉托,刚才忘记同你说。我却不多几月就回,万一年下媚芗这里短了点用度,请你替我接济接济。"管通甫也答应了。

　　坐了一会,管通甫道:"我们也不必送下船,让他两人去叙别罢。"媚芗道:"没有甚么话说,尽管坐坐不妨。"管通甫道:"你嘴里是这么说,心里是在那里咕叽:'你们这些人还不走,只有这一刻工夫,还不让我们聚聚,实在不知趣!'是不是? 我们还不早点见机,在块讨厌做甚么!"说得媚芗急了,更加拉着不放。倒是任天然道:"好在我们就要会的,两位也不必再上船送,就此告别罢。"媚芗也就放了手。管通甫、王梦笙就说了声"顺风",拱手而去。

　　任天然又同媚芗喁喁絮语了一会,吃了稀饭,媚芗的娘又预备了些雪梨、酱鸭、文饺、瓜子之类,送任天然路上吃的。任天然照例开销了六块钱,这也叫做人熟礼不熟。他那儿子任通是日间到栈房里来过,任天然叫他回了学堂,晚上不必再来。

　　看看快十二点钟,叫人去约了达怡轩、张宝琴,同在兆贵南里门口上了马车,同上轮船。看那船还有一会才开,任天然、达怡轩就领着顾媚芗、张宝琴同在轮船各处逛了一周。顾媚芗同张宝琴凭着外口栏杆看那江心弓月,顾媚芗说道:"我们几时同着他们坐这轮船走就好了!"张宝琴道:"咳! 你是自己的娘,总还容易,我是更不晓得几时才能脱离苦海呢!"任天然道:"有志者事竟成,只要心志坚定,总有如愿之一日。而且天下的事是回思当日,预计将来,旁观他人的最为有趣。若在及身当前,也就不过如此。"达怡轩道:"缘分一至,自然水到渠成,不必预先思虑的。"谈了一阵,听见船上放气,阿银同着宝琴的娘姨来催,说:"要开船,我们去罢。"顾媚芗、张宝琴均说了句"顺风,保重",忍泪而别。任天然、达怡轩在船口看他们上了马车,各回房舱。次日到了芦泾港,天晴日暖,浪静风平,两人就此上岸,到通州去了。

　　有人同做书的说道:你这部书是专门发挥"财"、"色"二字的,上海的这些倌人,有串通了鸨妇骗人钱财的;有以嫁人为洗浴之计的;有嫁了人

第十八回　怙恶不悛远戍榆塞　嗜痂成癖死殉莲钩

仍旧野心不改，轧马夫、姘戏子的；有身子嫁了张甲，心里还想李乙，暗中通信、乘隙偷期的；甚而至于儿女成群，还会逃走的。至于那些鸨妇，拿着人家儿女的皮肉，赚这些冤客的资财，黑的固凌虐不堪，红的又揹留不放。就是嫖客，痴迷者固多，诓骗者也不少，固有自己弄到推东洋车的，也有骗了倌人、鸨妇体己的私囊满载而去的，这都是"财"、"色"界上的特色文字，你何以不铺叙铺叙？看你这几回书中所说的倌人也不少，却都是些平淡无奇的事体，殊不足以餍阅者之目。不知道做书的其中有两层缘故：一层呢，觉得堂子里是像那罗万象所说的以财易色、以色易财正大光明的事体。就是有些倌人的狡猾淫荡、鸨妇的狠毒贪婪、嫖客的奸诈沉湎，都还是理所当然，不足深责。二层呢，那《海上花列传》、《繁华梦》两部书把这些嫖客、倌人、鸨妇、大姐的情态都已描写无遗，做书的要脱却他的窠臼，跳出他的范围，别标新义，独树一帜，自问无此才情；若要抄袭他点意思，依傍他点章法，这是做书的重做八股、应科举的时候就不肯做的事，所以只好从略了。

再说上海的那位傅京堂，是借着到闽浙一带查勘商矿飘然而去。那廖庸庵更无依傍，知道这一次是捞不回本来，仍回广东去另打主意。那粤汉铁路自然有人来正正经经的开办，各种报上载得详详细细，不必做书的去说他。那单凤城也就打定主意去引见，约着增朗之同行。

增朗之娶了杨燕卿之后，不多几天，广东家眷已到上海，接在一起同住。那犹云娘晓得这杨燕卿就是龙玉燕，心里有点不大高兴，好在他是向来拿这增朗之当作一匹耕牛，只要庄稼收成无误，也就不去同他计较。

过了两天，增朗之同着单凤城动身进京，引了见一同出来。单凤城自赴江西到省，增朗之也带了家眷搭了长江轮船赴武昌禀到。上过各处衙门，送了这位瑞制台一挂伽楠朝珠、一副满翠的搬管、一件玄狐外褂、两套定织的旗袍，还有些燕窝鱼翅之类。这瑞制台因同他老翁很有交情，又见他送了这份厚礼，心中甚是喜欢，就委了他当本衙门的文案。他如何会动笔？不过遇事盖块图章，好在还有那分办的文案办呢。不到一个多月，就委他署了汉阳府，这也要算世交情重的了。

增朗之收拾着到了任，那汉阳府就在武昌对江，一苇可达。夏口的事繁，汉阳的事倒还不多，缺虽不腴，却也可以安富尊荣的坐享。只是他到任不到一个月，这位制台却因为那钦差进京说他在江西兵政不修，遇事敷衍，朝廷把他开了缺，将那位陕甘总督调任过来。他骤失冰山，心里也为之一动。好在这知府是个承上启下的官儿，谅来也不会出甚么乱子，也就不去放在心上，不过制台临动身的时候，到汉口送了一送。

　　他请的一位刑钱师爷姓高号竹岗，是浙江湖州人。生平做八股的功夫最好，不拘大题小题，他做得总当行出色，而且既不是那种滥腔墨调，也不是那种高古艰深，无论喜欢那种笔路的试官，看了无不动目。但他却是个今之学者，重利不重名的，所以菫声庠序十有馀载，仍是一领青衿。每逢科岁乡场，就是他发财的时候，至少也有一两个著把，从没有放空的。银钱到手，也就任意挥霍。最爱的是裙下双湾，他把生平抚弄过的弓鞋按人乞取，聚了一枕箱，随身携带，没人的时候就取他出来赏玩，真有那随园主人所说的"小人下达"之风。大烟土的量也真不小，好在国家有这一定的墟期，他倒也不去愁那用度。后来八股废了，考到策论，可就无甚把握。因为在家里常替人家做做呈词，自己觉得公牍上也还去得，就备了二百块钱的贽见，托人向江苏臬台衙门的一位刑名老夫子说了，去拜门过堂。在里头学了一年，替一个县里的朋友代了一回馆，谋了几次总谋不成功。他有个亲戚由翰林改官湖北候补道，他看江苏省的刑钱馆非有大帽子轻易弄不成功，就跑到湖北去找他这位亲戚，替他荐了一个知县的官。处了一年，东家因案撤任，他回到省里闲住了半年。

　　他在上海讨了一个出色的野鸡，名字叫做祝眉卿，绰号叫烂污阿眉。生的两汪秋水，一捻纤腰，那一双莲瓣真是又小又窄，脱下那两只绣鞋，放在三寸碟子里头还盛不满，所以最中这高竹岗师爷之意，到处带在身边，刻不能离的。这回是他这位亲戚观察托了制台幕府里与增朗之同事的文案，再四推荐。

　　到馆之后，宾主倒很相投，但是这位师爷烟瘾很大，又最恋灯，自己又不会烧，必得这阿眉替他打烟对火。初到馆的时候，见了东家还要矜持矜持，后来看这东家也还是个和易近人的人，也就熟不拘礼，一榻横陈，隔灯

第十八回　怙恶不悛远戍榆塞　嗜痂成癖死殉莲钩

相对。这阿眉也就坐在榻前烧烟,并不避忌。两下熟了,也就随便谈心。有时增太尊指着高竹岗身上同他说两句风话,他也顺口回敬两句,说急了就啐这增太尊两口,再过过就要拧一把打两下。这增太尊趁着抵挡的时候暗挼玉腕,偷捻金莲,这阿眉固不动气,那高师爷也不见怪,还有时跟在里头说两句趣话。遇着高师爷要调边,阿眉嫌跟过去不顺手,就坐在增太尊身旁烧着。阿眉是在野鸡堂子里登惯了的人,那勾引挑逗的经络色色皆精,他身子靠着增太尊,始而微倚,继而紧贴。那增太尊又是个吃惯野味的人,趁着他装烟的时候,从底襟里伸手去摩挲摩挲,那阿眉也不过回眸一笑而已。从此这位增太尊更加励精图治,于公事上很为用功,日日总要到这老夫子房里请教半天。不但他太太犹云娘房里踪迹鲜逢,就是他那爱姬龙玉燕的香闺也非安寝不至。到底是认真做官的人,不大肯常在上房里的。

　　有一天,这高师爷正在烟迷的时候,增太尊就去扯那阿眉,阿眉也便弓身相就。增太尊就借这烟榻,拿那随身带着的象牙烟枪,请阿眉吃了一筒白水象浆。阿眉也吞吐尽致,呼吸无遗。他们这口"烟"慢慢的吃完,那高师爷的烟迷还未曾醒,真是卧榻之旁,任人鼾睡。两人觉得不胜侥幸之至。

　　天下男女相悦的事体,如果一次侥幸,各自知足,不去再访桃源,这种离地无赃的事轻易不会破案的。无如男女两人得了甜头,彼此皆有个不能放手之势,至再至三,朝贪暮恋,虽各有个怀刑惧祸的心思,却遏不住那烈火干柴的欲念,蹈隙即思一试,久竟各自忘形,所以无不弄到通国皆知,丑态毕露。就是那些谋杀亲夫的案犯,起初也未必就存此念,无不由恋奸情热起的。

　　这增太尊同阿眉春风一度之后,两情更相爱悦,遇到高师爷入了烟迷,两人就一游花窟。日子久了,不独动作的时候身子不免摇曳,高师爷在睡梦之中也有些儿觉着,就是那言谈行坐之间,也自有一种说不出的形容无端流露。你只要到那堂子里留心去看,那客人、倌人两个有交情没交情,可以一望而知,无须问得。这也是天地自然之理,人人皆同的。高竹岗是个老嫖客,那有看不出来的道理!

有一天，这高竹岗假做烟迷，昏昏睡去，这增太尊向着阿眉耳边低低的说了一句"鼠子动矣'，两人又各整戈矛，搬演水斗。正当战苦云深之际，这高竹岗忽然奋身坐起，把这镜殿屏铜的行乐影子看了一个清清楚楚。两人连忙卷甲抽戈，已经真赃现获。这增太尊就跪在地下哀求，那高竹岗却拿了一支烟枪在阿眉身上乱打，骂道："你这个贱娼！我是个饱学秀才、大席幕友，你今日同这禽兽如此，叫我脸面何存？我以后还能见我的亲友、处人家的馆地么？我只先处死了你，再同人家算帐！"说着又打了几烟枪。

这阿眉裤子还未系好，就在烟榻上滚着嚎哭，嘴里喊道："增大人，你可害了我了！我本不肯的，你却逼着我干，这会子你怎么不救我呢？"高竹岗又拿了一盒子烟，倒了一碗茶，逼着他吞。这阿眉一来被逼不过，二来到底有些羞愤，就接过来尽数吞了下去。高竹岗的心中并非一定不肯换这头巾，要去逼死爱妾，因为恃着自己身边有合的救服生烟上等的好药，拿稳了决不要紧，所以逼他吞下，才可以大开狮口，广弋金钱。这增太尊看着慌了，知道自己求不下这情，彼此觌面，难以转弯，只得爬了起来，去找帐房师爷。

却好本衙门经厅太爷也在帐房里头，增太尊到这时候也顾不得甚么上司、属员，只好腆着脸向他两人说道："怪我不好，同高师爷的姨太太开开顽笑，现在他在那里逼着他寻死，已经灌了生烟。你们两位快点想法子去解劝解劝，随便怎么样我都可以的，只要把这事压下去。要紧要紧！费心费心！"

那帐房师爷赶紧同着经厅太爷走到高师爷房里，看见阿眉直挺挺的躺在烟榻上哼，高竹岗坐在公事桌子面前椅子上默默无言的转念头。帐房师爷同着经厅太爷同他招呼，坐了下来，劝他道："彼此是好宾主，有点甚么总好商量的，竹翁何必认真！"高竹岗道："他这种禽兽行为还算得个人么？我只先把这淫妇弄死了，再同这奸夫算帐！不怕他是个现任知府，难道没有王法么？看他送不送在我手里！"经厅太爷道："那里讲得到此？我们太尊大人已万分知错，托我们出来向竹翁先生恳情。"高竹岗道："有甚么情好恳？我的声名是从此糟完了，我的颜面是从此丢尽了！他能

第十八回　怙恶不悛远戍榆塞　嗜痂成癖死殉莲钩

包我的原儿？我只同他这亡八拼了就是了！"经厅太爷道："竹翁先生不可如此，凡事总要从长计议，总叫竹翁先生过得去、下得台。"高竹岗道："我是靠处馆吃饭的，这遭我还处得成馆么？我这一家的仰事俯蓄从何处来？他能包得起我的原？"帐房师爷听这话有点转头，就连忙说道："竹翁现在闹起来，就是把增太尊的功名毁掉，竹翁如夫人的名节也补不起，于竹翁仍是无益。不如叫增太尊尽尽情，把这事掩盖下去。好在竹翁的这位如夫人听说也是堂子里讨的，不是甚么名门闺秀，他身上也不在乎多这么一个人。竹翁不愿意要，不妨叫曾太尊另外赔还一个；竹翁要愿意要，只要儆戒儆戒他下次，仍旧可叫他伺候的。增太尊尽了情，彼此照旧是好宾主，岂不两全其美呢！"高竹岗才渐渐的转了口。经厅太爷又在旁边千央万恳，帐房师爷又同高竹岗把数目讲得差不多要合龙。高竹岗道："且等我把这浪货救活了再说！"就跑到房里开了拜匣，拿出和好的那药来，如法调好，灌了下去。那知这药救人则效，自用不灵。一来吃的生烟太多，二来阿眉吞烟的时节正当云雨初收，阴精已泄，浑身相火发动，百脉皆张，那烟毒无孔不入，灌了那药之后，虽然吐了些出来，那毒依然不解。高竹岗赶紧又调了一服，再灌下去，仍旧无效，一直弄到天亮。看着看着不是事，高竹岗也着了慌，请了教堂里的外国医生来治，也说来不及了。也是阿眉的寿限、增朗之的冤牵，到了辰牌时分，竟尔玉碎香销。

　　这高竹岗既悼玉环之折，又伤钱树之摧，真个十分痛心，一口气跑过江去，到那臬台衙门击鼓鸣冤。正值这位臬台头一天接印，却是增朗之的一个对头星。你道是谁？原来就是那位坐怀不乱、暮夜却金的贾端甫。他到了浙江，不到一个月就放了宁绍台道，做了两三个月。因那运司被御史奏参，经闽浙总督查明奏革，乔抚台要整顿盐务，就调他署了运司。他晓得升官秘诀，临交卸的时候，把这宁绍台道缺上的好处和盘托出，请上头一年提了十万银子的盈馀。那位乔抚台大加奖许，替他专折出奏。他是不预备回任的，那接印官可不免有洛阳花好，偏我来迟之感。

　　他到了运司的任，晓得这个缺更是做不长，一接印就盘查本衙门每年的入款，连那三小子、打扫夫的一点进项他都点滴不遗。开了一个手折，说是"方今时局多艰，库藏支绌，臣僚士庶皆应洁己毁家，以纾国难，请上台一起提拨归公。"倒是乔抚台说不可竭泽而渔,酌量留了六七千银子与这运司衙门,为办公之费。其馀悉数提解,一年也有四五万金的光景,于国家的赔款却也不无小补。这件事抚台也替他奏了两次的折子,《阁抄汇编》上刻了出来,自然人人看见,他这清名介节也就天下皆知。

这位陕甘总督调任两湖之后,看那湖北的吏治废弛异常,度支尤为不足,听见这贾观察既是察吏能手,又复长于理财,就密疏陈请简放来鄂,藉资襄助。这位制台圣眷最隆,又能交结中涓,密通内线,所奏的事无有不灵,这折子一到,登时就把那湖北臬司调任别省,放了这贾崇方,并且谕旨上说明了"迅赴新任,无庸来京陛见"。这乔抚台看他既是升官,又晓得是两湖制台指名请放的,虽然倚畀正殷,也就不敢挽留,只好委人接了运司印。这贾臬台就赶紧束装就道,过上海连一天都没有耽搁,只到袁子仁那里同两家银行转一转,此外的人一概不去惊动,那通州家乡自然更不能去。古人三过不入,这贾臬台真未遑多让。

到了汉口,当日过江见了制台。次日一早接了印,上了制台衙门,回来还未脱衣服,就听见击鼓,穿着花衣就坐堂传问。叫这高竹岗备了状子进去,他就批了个"控关现任知府因奸致毙人命,无论虚实,均应彻究。仰汉阳县迅速亲诣,确切验明高祝氏是否被奸后服毒毙命,据实详报,毋稍瞻徇含混,致干参处,呈发仍缴。"一面饬首县把尸亲押发飞行下县,一面上院回了制台,又请藩台先将这署汉阳府知府增辉撤省,以便审办。藩台见这增太守犯了命案,何敢容情?登时就挂牌撤省,回了制台,委员接署,又派人先去摘印。

这汉阳县奉到这个批示,连忙传齐书差,带了仵作,到了府里。进了官厅,上了守本禀见,并回明了是奉臬台批示来相验这高祝氏尸身的。增太尊怎好见得?只好叫家人传话,说:"等里头收拾收拾,就请进去相验,不必见了。"一面托帐房师爷、经厅太爷同高竹岗商量,求他认诬拦验,许到两万银子。那高竹岗倒也答应。这经厅又去同汉阳县关说,允送五竿。汉阳县听了这分厚赐,如何不受?只因贾臬台是著名风厉的,今儿到任头一件事,又只一江之隔,如何隐瞒得过?这个糖果儿恐怕吃了不能消化,自己的前程要紧,怎能顾得这位本府?只好多谢了。

第十八回　怙恶不悛远戍榆塞　嗜痂成癖死殉莲钩

高竹岗见县里说不通，晓得已经一发难收，也就不肯拦验。这县官就带了尸亲高竹岗进去，把高祝氏尸身异放平地，细细相验，上下打了探条。那银针上青黑色，用皂角水擦洗不去；产门有馀精流出，实系被奸后服毒身死，据实详报上去。这贾杲台就批发发审局提省审办。这增辉到案，还狡赖着不肯承认奸情。贾杲台就详请制台奏参，先行革职，以便刑讯。朱批下来，自然是"着照所请"，制台恭录行知到司。贾杲台奉到了，立刻就传发审局提调同首府上去，说道："这案关系因奸致毙人命，这增辉已经奏准刑讯，诸位不要留情。增辉今天如再不认供，就尽管用刑罢，这样衣冠败类，也不必替他留面子了！"这首府同发审局提调自然诺诺连声，答应下去。

到底同寅面上，而且是才交卸的汉阳府，怎好意思叫他躺在阶前脱衣露体的吃那板子？就把增辉叫到花厅，望他开导道："你的案子制台已经奏准，将你革职刑讯，今天杲台吩咐的话很为严切。这位制台是风行雷厉、无可通融的，杲台于你这案子又极其顶真，县里详报的相验情形确凿可据，原告当场获奸，还从那里辩起？你再不招认，上头逼紧了，我们也就没法，不能不遵旨用刑，不过替我们官场太丢脸了！你也是做过现任知府的人，何必多受这番苦处？不如从直招认，我们替你上去求情罢。"增辉初意以为贾杲台同老翁也还有点交情，总要照顾照顾，所以不肯认供，希冀上头代为开脱，到这时候知道这案子是无人肯替洗刷的了，只得据实供认。

这首府同发审局提调取了口供，回了杲台。依贾杲台的意思，竟要拿他拟抵，亏这两位再三求情，同刑名师爷商量，也从旁劝说，才定了个发往军台效力的罪名。等到上详出奏之后，罪名已定。首府又替他上去求，让他取保出去，料理料理家事，以便前赴戍所。上头也居然答应。

增朗之到了家里，龙玉燕见了面，两人抱头痛哭。那犹云娘见着并不觉得怎样，还抱怨了两句，说："家里有这么个妖精样的婊子，你还要去采野花，把好好的一个官送掉，这回还不知要花多少钱呢！"增朗之听了甚为心冷，晓得龙玉燕同他不甚合适，将来必要吃他的苦头，就劝龙玉燕仍回上海，并答应与他些钱，说："这都是我害你的！今儿我犯了罪，远谪遐荒，不能怪你有始无终。"龙玉燕道："我虽是个曾当娼妓的人，但是既嫁了你，这就终身不二。要我做那些今儿嫁人明儿出来的回炉货，那是我不来的！我前回在台面上不是当着曹大错那一班人说过的，今儿你到那里我到那里，任他是刀山剑窖，我也不辞！你是舒服惯了的人，今儿只身到那苦地方去，身边没有调护，那如何能行？我听见说皇上家的恩典，这犯罪出口是准带家眷的，我跟着你去就是了。"增朗之道："你肯如此，那真难得！前回你说的颠沛死生、我说的天涯地角，不想竟成今日的语谶！我经了这番风浪，从此发誓收心，庶不负你这一番好意！"增朗之核算核算历年所馀的宦囊，也还有五万多金，留了两万银子与他太太犹云娘，其馀的都汇到张家口，放在自己身边。这财政本是他自己掌着，犹云娘见这事理上、势上都无可说，也不容不答应。

　　隔了几天，部文已到，增朗之领了咨文，带着龙玉燕起程。后来在关外龙玉燕居然连举两子。增朗之限满遇赦，就带着龙玉燕住在京里。又写信托达怡轩把玉燕的老翁龙钟仁的灵柩在通州择地安葬。他那位太太犹云娘的行径他也暗暗看穿，也不再去顾问，那犹云娘也不再来找他，彼此就不离而离了。

　　看书的诸位：增朗之的这起案子虽然是咎由自取，这贾端甫却也不免公报私仇。奉劝天下人，遇到寒士，万不可拿言语去嘲笑他；遇到那不平正的寒士，更不可拿言语去嘲笑他。说者无心，闻者刺骨，逞一时快意之谈，贻异日杀身之祸，这是何苦呢？这增朗之就是在小银珠房里低低的说了那两句戏言，谁知当日的侧坐寒酸，竟做了今日的顶头长吏，弄得身败名裂，谪成遐荒，惟口起羞，如是如是。至于增朗之、龙玉燕两个虽是浪子淫娃，心术并没有甚么大坏，所以结局也还不恶。

　　这增朗之荷戈远戍之时，正是他老太爷撒瑟归真之日，讣音到来，已在他动身之后。他老太爷的姨娘也生了一个儿子，南京石坝街也还置了一所住房。犹云娘因为同这姨娘素来不睦，不愿与他同居，听见公公不在的信，也并未奔往哭临，携了两万银子，同了那心爱的内侄犹子蒸，带着广东谷埠讨的那个钏纹，搬到扬州去住。

　　这钏纹最能体贴这位太太的心意，遇到这位太太每月告假的时候，他

第十八回　怙恶不悛戍榆塞　嗜痂成癖死殉莲钩

就敬谨代劳,陪着这位内侄少爷。在广东的时候即是如此,所以犹云娘、犹子蒸均甚喜欢他。到了扬州之后,这两万银子的财政渐渐的到了这犹子蒸手里。他在广东碰着停捐的那一年,犹云娘就逼着增朗之替他捐了一个候选从九,这会子他又加捐了一个盐知事,捐免验看,指分两淮。犹子蒸既做了官,这钏纹也就渐渐的当令,始而与这犹云娘春色平分,既而竟是强宾压主,再过了两年,那犹子蒸公然在门口改贴了"犹公馆"的条子,那钏纹也公然算是犹太太。犹云娘同他理论,他说:"我是增大人的姨娘,增大人犯罪出口,我改嫁了犹老爷,没有甚么不可。你是他的姑母,难道好做他的太太不成?同我争些甚么?真真好不要脸!"这犹云娘被他说的哑口无言,想来这理是讲不过他,只好忍气吞声,躲在旁边做个老姑太太,吃碗闲饭而已。

那高竹岗结案之后,自然没人敢去聘请,心里细想:虽然攀倒了一位太守,却断送了一个爱姬;未曾弄到分文,倒反失去馆地。也不免十分懊悔,终日闷居旅邸,短叹长吁。有一天过午不醒,他管家叫也不应,打开门来一看,这位师爷竟无疾而终。他那枕箱里藏的绣鞋却抛掷满床,手边口还有一只,似乎是拿在手里看着,死了才丢下来的。这家人着了大惊,连忙招呼店家,一面通知他那位观察亲戚。大家看了,都不解是甚么怪病,只好买棺成殓。这个家人替他把那些绣鞋也都殓入棺中,做个殉葬之物——这也算善于体贴主人意思的了。

再说那位贾臬台做了两个多月,真是视于无形、听于无声的恭维这位制台,以为不久就可开藩开府。不料一天接到一个电抄,贾臬台看了大惊。

究竟是道甚么谕旨,请诸位停停再看罢。

警编 上

第十九回

中萋菲飞章移柏座　执斧柯投刺访兰交

贾端甫这天看见的电传谕旨是将他调授甘肃臬司。这是甚么缘故呢？只因到了湖北，心里存了个是制台奏请简放的人，必得要处处讨制台的好，此外的人均可无须放在意中。又揣摩这制台是偏于严刻一边的，凡是制台说这人应撤，他就上详请参；制台说这人应参，他必定要加他一个出口。至于那些人犯，更是不在话下，只要制台有个重办的意思，那无论他案情轻重，总要把他置诸大辟，庶可仰合宪心。大约就是他的父母、祖宗，制台说是不好，他也断不敢说一个好字的。制台又派他清查本省进出款项，他更是不遗馀力，搜及锱铢。除掉制台衙门的委员每月一千八百的薪水他不敢过问，此外，恨不得要这通省的官员个个枵腹从公，庶可成就他这善于理财、急公奉上的名誉。

天下事惟有这"财"字是人生养命之原，你在人家这些上头剔骨苛求，没有不痛心疾首、思食其肉的。所以古来言利之臣，当其势焰熏张，令人重足而立；迨至千夫共指，怨毒已深，必要使他尸诸市朝、人亡族灭而后快，比那些酷吏的下场还要惨了几十倍呢。

有人同做书的说道："照你这个议论，那天下绝没有敢为国家兴利的人了。你看泰西的人专讲为国兴利，何以并不见他受害呢？"不知泰西为国家兴利之人，都是开天地未有之利源，使举国之人皆蒙其利，那还有甚么害？中国自来为国家兴利之人，其大旨无非损下益上。何事有馀利，想法子提他点；何人有馀资，想法子挖他点。名为提取中饱，实仍出诸商民。只此一碗水，挹彼注兹，试问利在何处？你看自古以来，每到叔季之世，总是始则官长贪婪，继则朝廷搜刮。官长贪婪，则百姓之生计促；朝廷搜刮，则官长之生计亦促，而国事遂不可问。长国家而务财用，势必灾害并至，

第十九回　中菱菲飞章移柏座　执斧柯投刺访兰交

无一朝不是如此的。所以圣人说是与其有聚敛之臣,宁有盗臣。

又有人说道:"照你这样说法,应该听那些官吏上蚀国帑、下损民膏的了?"不知止贪之法,惟在养廉。天下的人中材居多,果令其足赡身家,必不敢妄为非分。你看洋人用一个细崽,一年给他的钱比我们一品官的俸银还要多,所用的人安敢不尽力?安敢再舞弊?就是我们中国著名真正清廉的几位大员,细考他生平所做的官,大都是些优缺,宦囊既裕,操守自坚。若要叫他们一入手就去做那一年只有几十金廉俸的佐杂、一月只有三五元薪水的司事,事蓄不足,债累满身,恐怕也就无以异于众人。况中国所谓优缺,并非那缺的禄糈独丰,不过是靠这缺上的自然之利。名为自然之利,实皆积久之弊,即如州县的平馀、部官的结费,实按起来,皆系应得之款么?张樵野尚书说是"外国以利养人,中国以弊养人",真可谓慨乎其言!之尤不解的同是一样的官,何以应该此优彼绌?即如六部堂官,何以应该户部独优?缺分既有优绌,则喜优恶绌、避绌趋优,情所必然;而奔竞钻营、卖差鬻缺诸弊,无不由此而生。做书的愚见:欲求澄叙官方,首在均缺加禄,倘虑经费无出,何妨以今日官吏所得明取诸民而匀给于官,使出之者有名,受之者无愧。否则,朝廷不居加赋之名,而百姓隐受剥肤之痛,在贤者无以自解,不肖者更因以为奸。若不求养人之方而欲收用人之效,恐怕是做不到的呢。事关国计,做书的何敢妄谈?不过因为诸位论及,信口胡说而已。

这位制台是个爱憎无定、轻喜轻怒、轻信轻疑的人,始而也很以这贾端甫为然,后来有几件事也觉得他做得不甚得体,背后就说了两句闲话。这些不满意于他的人见是有间可乘,自然从隙而入。有的说他才具短绌的,有些说他口是心非的,有些说他操守也甚平常的,甚至于还有说他治家不严、内行有玷的。市言成虎,众口铄金,这么一位清严方正的贾端甫竟被他们说到个下流不堪的田地。这位制台信他的心既渐渐移动,那疑他的心就日日加增,久竟觉得人言皆实,刻不能容。虽然是自己误听传闻、奏请简放来的,却倒也不肯回护,就上了一个折子,说他"徒有虚名,毫无实政,逢迎术巧,匡济才疏"。要是脚力浅点的人,这个折子进去,重则革职,轻则开缺。幸亏这贾端甫从前在他那军机老师门下多年,一切奥窍皆能深知,平素打点得周周到到,又是河南、浙江两省抚台屡次明保的,所以朝廷只说他大约是人地不宜,把他调任甘肃。这也要算是万分之幸了!

他见了这个电抄,正在那里发闷,忽然传帖的拿进一个帖子,说是"江西来的一位范大人拜会"。他拿帖子一看,是"如弟范承吉顿首拜"。贾端甫踌躇道:"他怎么会跑来呢?"就吩咐声:"请!"

你道这范星圃如何来的呢?原来他那起案子被那郃太守审到个淋漓尽致,据实开了供折,呈与钦差。钦差说:"他是个现任三品大员,把这些奸情叙入折子里头,叫天下人看了,岂不大伤官体?"请了首府那位师爷,把这情节改了,说:"那小华氏是同一个家人通奸,怀孕小产,那家人早经开发,不知何处去了。"折子里但讲他"虽无奸占妻妹小华氏实据,惟容留小华氏在家多年,不为择配,致令犯奸;又为干预词讼,争分家产,实属不知远嫌。请旨革职。"郃太守说:"这小华氏即华紫芳犯奸有据,必须照例当官嫁卖,免得他将来再去争产,致原告在部控发,说承审官科罪不当。华黎氏亦应递籍归案,听候审判那争产案子。"钦差见这是有关例案的事情,他是老刑部,说的总不错,就依着他办。

郃太守在钦差行辕商量定规,回到发审局,会同南昌府分别发落,那华黎氏当即签差递籍。范星圃也还派了家人送去,并替他写信托那宛平县招呼招呼。那知这位宛平县看他是个已革的臬台,还有甚么巴结?把这信看了,不过付之一笑。那边又好好的孝敬了些。这位县官审了一堂,说:"华黎氏纵女犯奸,有玷华氏门风,例应责逐。姑念他女儿犯奸一案已由江西断结,从宽免责;但驱逐另住,不准再入华氏家门,所有华家遗产,皆断归华萧氏所生之子执掌。"这堂判下来,华黎氏气得发昏。然而女婿已经去官,一无权势,无从报复,就此气成一病,不到一月,也就死了。

那华紫芳呢,依郃太守的意思,竟要照例去衣决杖,科那奸罪。还是那位南昌府说:"他到底是好人家的女儿,不可如此!"这郃太守才让他以脸代臀,掌责八十,发交官媒。这官媒的地方是前回书中说过的,那里会得干净?这么一位臬台大人的小姨子发了下来,就有那种色胆如天的要去尝尝这种贵品。那官媒是只要有钱,何所不可?华紫芳初次也不情愿,哭着不依。那官媒说道:"你已经身受官刑,是个在案的犯奸妇女,死了也

第十九回　中菱菲飞章移柏座　执斧柯投刺访兰交

得不到个清名，将来嫁卖出去，还不是要失身破节？又何在乎多这一个两个呢？"华紫芳听了没法，只好随乡入乡，迎张送李。

范星圃原想等事情冷冷，想法子弄他回来。谁知他交卸臬司的时候，是委那盐道暂行兼署，等到钦差参了出去，抚台晓得他不能回任，就委盐道署了臬司，首府署了盐道，郅太守署了南昌府。这位对头在坐，岂能容你冒领？后来被一个做水贩的领作妻室，领了出来，睡了几时，带到镇江，卖在四喜堂里，也消受了两年的风月滋味。遇到一个湖南新学的名士，是因为范星圃在湖南臬台任上访拿，他得信逃走，他的妻子却被范星圃拿去，发交官媒管押勒交，他的妻子不肯受辱，寻了自尽。范星圃那时办的这种案子甚多，那里放在心上？这位名士得了信，可怜悲痛欲绝，却是无处申冤。后来在镇江领事那里当了一个文案，有些朋友们约他去作狭邪游，他看见了紫芳，大为赏识，住了几夜。他爱紫芳的柔媚，紫芳爱他的风雅。就在那引臂替枕的时候细诉生平，这位名士才知道今日狎昵的这个名妓，就是当日他那怨家的宠姨。次日告诉了他的朋友，皆说："是天使他来偿还你夫人冤债的！"就醵资替他作合，列入小星，女貌郎才，倒也很为得所。

那两个家人、两个婢女当堂释放出来。家人呢，范星圃自然酌给赏恤，令其调养棒疮，这些人吃了二百板子也还不算甚么。这两个丫头春喜尚小，打得也轻，范星圃看了也还不在意中。这个玲儿是他收用过的，怎能漠然忘情？见他那两颊微窝，竟成了过烂熟桃子，已经心痛难言；到了晚上，替他脱了衣裳，看那嫩皮肤上一条一条的血痕，那雪白的胸膛在那架子上早已磨破，并且晓得他是为顾全主人的功名，才多受这一番刑辱，真是又怜又感又痛又恨。想这爱婢已经不起如此摧残，那位阿姨更如何受得这番蹂躏？口口声声恨着这郅太守，说："我同他是那一世的冤仇？在京的时节也还同过宴会，就是此番到省，我也还在抚台面前保举过他是个能员；贾端甫来信，说是与他至交，还托我照应，怎么他竟如此狠心辣手，定要丢我的脸、坏我的功名？"

看书诸位：天下人心总是责人则明，责己则暗；身受其害，便觉难堪；施之于人，绝不措意。范星圃这时候只怨郅幼稚，却不替湖南的那位善华县同他请的那位刑名师爷设身一想。而且他那在堂上喝令从人搜检那孝廉夫人上身下身的时候,与今日郐幼稽解衣鞭责他的爱婢、当堂验看他的宠姨,其情形也不甚相远。并不限定是天道好还、报应不爽,却也是戾气相感、如磁引针。在范星圃,当日并不是同那善化县与那刑名师爷有仇,不过藉此立点功绩;在郐幼稽,此时也不是同范星圃有仇,不过藉此做点声名:其实两人的用心都是一样的。做书的也不是劝人家遇事粉饰,专做那好好先生,不过如欧阳文忠公父亲所说的:"求其生而不得,则死者于我无憾,不可故从其刻,图快一时。"

　　近时有一位督抚,做州县的时候,因办土匪,很立了点功劳。本省抚台过境,问他要个甚么保举,他说:"卑职不愿要这保举。"抚台说道:"你难道预备做一辈子州县,不想升官么?"他道:"安有不想升官之理?"那抚台道:"既想升官,何以不要保举?"他道:"卑职此次办土匪,所杀不下千数百人,其中那里没有冤枉的? 卑职为地方除害,冤枉、杀了个把,问心尚可无愧;若为自己保举起见,则谋财害命与图名害命试问有何分别?"那位抚台大为叹赏。其时正是晚间,在船上相见,送到舱门口,抚台说:"我有件东西要送你。"他问:"是甚么东西?"抚台指着那挂的官衔灯笼道:"我这对灯将来可以奉送。"后来果然做到督抚。这才真是仁人之言呢!

　　范星圃自从交卸下来,便已搬了公馆,但是深闺姜婢都已受辱公堂,这南昌是万住不得了。要回家乡,家业本甚萧条,宦囊亦复有限。杭州与别处不同,虽是居乡,比在官尤费,房屋柴米、男佣女仆,无一不贵。做过臬台的人,又不能不稍存体制,那个墙门开起来,实在支持不易。从前有几位馀到十万八万的,回家不多几年,都已消磨净尽。所以近来有一位做过四川盐茶道的、一位做过安徽芜湖道的,罢官之后,囊橐皆很充裕,却都不敢住在家乡。况且自问生平服官十有馀年,于那同乡亲友毫无照顾;就是从前回家应试的时候,也是眼高于顶,意气凌人,今天落魄还乡,未免无面目见江东父老。至于上海,却是罢官的寄居最多,取其是个各省通衢,既易寻觅机会,而且花天酒地,亦可消遣闷怀。无如那里新党最多,内中也还有几个熟人。自问上年在湖南的时候,因为要想升官,把那新党办得太过。现在到了上海,不但见了那几个党中熟人难以为情,并恐其中有荆

第十九回　中菱菲飞章移柏座　执斧柯投刺访兰交

轲、聂政之流，设或动了义愤，竟以白刃相加，如那年在番菜馆刺某中丞的故事，岂不有性命之虑〔虞〕？再四筹划，觉得天壤甚大，竟至无可容身。后来想道："这九江全似庄太守平素尚觉投契，前回派到上海采买军火，又委署九江府缺，都是我在抚台面前极力保举的；就是那个德化县，也是我同藩台说了委的，大约总有点念旧。不如暂住九江，再作道理罢。"算计定了，就写信托全似庄代找公馆，一面带了家眷动身。

那知运蹇时衰的人，失意的事体总是接踵而至。他这位华素芳夫人过门数年，也只生了一子，今年才得三岁，坐的这船因轮船缆断，撞了一下，这位小少爷吓了一跳，得了惊风，刚到九江，还未上岸，已经角弓反张而去。范星圃夫妇两人伤感异常，无精打采的搬进公馆。全似庄倒很招呼得周到，那德化县因为本府来了，才来转了一转，见面也甚冷淡。范星圃也去回拜，因为全似庄情义甚殷，而且满口的"大人"、"卑府"，听了殊觉不安，就同他换了帖。

隔了两个月，那送外老太太到京的家人回来，把这外老太太到京、那县里如何审判、那萧氏姨娘如何嘲笑、那外老太太如何因气得病身故，详详细细说了一遍。他夫妇两个又是一场痛哭。可怜这位华素芳夫人，这几个月里，看着夫婿罢官、娇儿夭折、慈萱惨故、弱妹飘零，真是百感交萦，遂而怏怏成病。范星圃想起这位德化县妇科医道甚好，从前紫芳小产之后带了点病，到了江西，就是请他医好的，这回还是请他罢。就写了条子，叫家人拿了帖子去请。那知这位县官做了缺，于公事极为认真，与在省闲住的时候不同，请了几次，都推说事忙，竟未肯来。这位华氏太太病势日重一日，另外请了几位医生，吃的药都如石投水，不到一个多月，竟尔红尘撒手，紫玉成烟。这范星圃碎轸重悲，柔肠欲断，也只得殓以桐棺，暂停萧寺。

开吊这天，九江道只差帖送了一分香楮，说是感冒了，不能过来。全似庄是成服那天就来慰问一番，这回也还送了个幛子，来行了礼。那德化县是为了要站本府的班，才赶过来吊了一吊。倒是任天然刚从姜堰回来，觉得同寅面上，正在失意的时候，不肯冷落，也赶来吊了。此外，九江的官员也还不少，竟没有一位登门。

范星圃想起:"当日初到江西,虽是一个候补知县,却因为抚台赏识,到省就委了院上文案,不但同寅州县里头争着恭维,就是些道、府上司,也没有一个不纡尊相待。后来署庐陵、调首县、补东乡,那更是臣门如市,应接不下。那次断弦,回到省里开了一个吊,抚、臬都送幛子祭席,亲来吊奠。那同寅的幛子竟挂到无地可容,勉强露出一个下款,门簿上的客有四五百位。动身进京的时候,这九江的道、府、县及所有当差的委员,那个不来相送?这回放了臬台,那更不消说了,这位九江道台自己再三相请,到他衙门里吃酒,说是'教弟内人自己做的菜,并不是厨子弄的,无论如何,总要请廉访耽搁半天,赏一赏光。'我那时才勉强去应酬了一趟。今儿连幛子也不送,吊也不来吊。这位德化县,那时在省里当发审差使,晓得紫芳有病,托着首县保举他精于妇科,我才请了他来看看。早请早到,晚请晚到,一天几次都不嫌烦。每次见了紫芳,总是恭恭敬敬的请一个安,叫声'二太太',弄得紫芳都不好意思。后来还是紫芳催着我,替他说了这个缺。这回请了他几次,一次也不来;今天开吊,转了一转就走了。人情势利,世态炎凉,竟到了这个地步!无怪当日猿臂将军见呵于霸陵醉尉,青莲学士被斥于华阴县官,似此路鬼揶揄,真令英雄短气!我范星圃有一遭重上强台,再看你们这班人的胁肩谄笑罢!"想当道之中最关爱的莫过于梁培师、洪中堂,现在正是掌权的大军机,去托托他们,当有法想,就切切实实的写了两个禀帖寄去。接到复信也都很关切,但说必须外头找位督抚奏一奏,里头方能为力。因想两江制台是浙江同乡,去找找他当可有济。到了南京,见了那位制台,也赏识他的才具,答应先替他奏留差遣,叫他自己做个稿子。他做了奏稿送上去,那位制台看了也很合适,正要缮发,那位制台已经奉旨开缺。他看无可指望,只好仍回江西。听见贾端甫到了湖北臬台任,在那位两湖制台面前言听计从,心里想去找他。

这天,全似庄替任天然饯行,就请范星圃作陪。席间,范星圃把这意思同他两位商量。任天然道:"听说这位制台是进人若将加诸膝、退人若将坠入渊的,找他恐怕没甚道理罢!"全似庄却极力赞成,道:"这位贾廉访做官真可佩服,我在上海同他虽只聚了半天,看他那器宇与人不同,议论皆有经纬,他那平日的立名砥行、洁己勤民,更是朝野皆知,将来必为一代

第十九回　中菱菲飞章移柏座　执斧柯投刺访兰交

名臣！现在是这位两湖制台奏请简放的，还有不相得的么？这位制台爱才若渴，最肯破格用人，以星公如此才望，去了无不投契；再得贾廉访从旁揄扬，必然重用。现在这位制台的圣眷最隆，无论因甚么事罢官的，只要这位制台一言，无不立时起用。你看前回一位广东道台，不是已经开复了么？星公到了那里，定卜指日再起，可以拿得稳的。星公既然要去找贾廉访，我却有件事体奉托。去年在上海会见贾廉访，听说他一位少君还未完姻。我的女儿今年十七岁了，我自己教的识了几个字，读了几年书，差不多的信总可以学着写写。我内签押房的信札、书籍，总是他收拾，颇为井井有条，就是持家的道理也还懂得些儿。便中请同贾廉访提一提，如果贾廉访不嫌高攀，就求作伐，无不从命的。"范星圃听他说的甚为动听，就决计到湖北去，说："这冰人我定规作成，今天就算预备的谢酒罢。"任天然也是个世故甚深的人，心中虽觉得不以为然，却怎肯打断他们的兴头？也就不再劝了。

范星圃回家筹画筹画，可怜他官虽升的快，财却不见多。他那华氏夫人娘家的家私，所有实产都被那宛平县断回，一点未曾得到。他母女随身所带能有几何？除了衣裳、首饰之外，拼凑起来，总共馀了不过一万六七千金。那个玲儿虽尚未正名收房，却已有了几个月身孕。范星圃把要到湖北去的话同他商量，玲儿也说很好。范星圃道："我这趟去，恐怕不花点钱总不行，我带一万银子去预备用，存六千银子在银号里生生息息，留与你用，馀外的我带着作盘川。"玲儿道："我一人的用度有限，你功名的事要紧，再多带点去罢。"范星圃道："我不够，再写信来取。"

范星圃本意要想把他寄在全似庄衙门里暂住，那晓得他还没有预备动身，已得了全似庄简放直隶正定府的喜信，只好同房东商量了与他暂时同住，托他照料照料。那房东也很诚实，满口答应。范星圃布置妥帖，全似庄因为要交卸动身，留着他盘桓两天。好在范星圃的事体本来是可迟可早的，就等着全似庄交卸，到省打了一个转回来，带着家眷上了轮船，取道上海北上。范星圃看他们开了船，又隔了几天才动身，到了武昌来拜贾端甫，却不晓得贾端甫调任的信。

贾端甫见了面，说道："老弟久违了！啊呀，消瘦了好多！我前回在上海听见你的事体,我很作急,托了江西的一位太史王梦笙写信打听,略知梗概,真正抱屈。等见了上谕之后,就打听不出老弟的行踪。现在宝眷住在何处?弟夫人可好?有几位世兄?"范星圃叹了口气,道:"唉!我今年的运气真不好!这么一件不要紧的事,偏偏碰到这么一个对头,把个功名送掉!南昌万不能住,因为九江府全似庄向来还要好,就把家眷暂时搬到九江,不想在船上又把个儿子丢了。内人过门几年,只生了这么一个,叫他怎么不伤心呢?接连得到他的娘在京身故的信,他更加悲戚,因此一病不起。我又像那年一样,弄到妻亡子丧,孑然一身!"贾端甫道:"我还不知道老弟遭这许多拂逆的事体,真是令人可叹!但是以老弟的年华才望,转瞬必定再起的,也不必介介于中。"

又问起这回来意,范星圃也略道所谋。贾端甫道:"这位制台真没道理!我到这里因为是他奏请简放的,所以极力相助,真是不避嫌怨,实心实力的替他做事。虽然才只两三个月,这湖北的事体也就整顿得不少。谁知他听信谗言,近来有好几件事体碰了钉子,我就觉得不好。今儿接了电抄,我已调任甘肃,那自然是他有折子去说了话。老弟既来,且在我这里住住,再想法子罢,我看也不必去见他了。"范星圃听了,真是大失所望,心想:"我这运气真不凑巧,又同前次南京的这一趟差不多!"然而没法,只好依着贾端甫的话,把行李搬了进来。

第二天,制台已经委人接署,不多两天,贾端甫即已交卸。贾端甫奉到调任的行知,自然要具折谢恩,吁请陛见。闲中,范星圃同他谈起全似庄要想结亲的话,贾端甫道:"甚好!甚好!他本是个安徽世家,前回我在上海同他会见,看这人倒很正派,才具也很好。他既有这番美意,我是极愿意同他做亲家的。不过我这儿子蠢些,却也还守规矩。老弟看了如尚可以,就请作伐。他现在是放了正定府,我此番到任,无论叫进京不叫进京,是必走那里过的。最好先把帖子寄了去,同他约定了,将来我路过那里,就替他们完姻。免得将来到了甘肃,隔着几千里路,迎娶、入赘彼此都有为难。好在我们这种人家,又不必讲究甚么陪奁,日子虽急促,似乎还赶得及。我等批折回头才动身,喜期在七月里最好。老弟看做得到做不到?"范星圃道:"做呢没有甚么做不到,但不知道全似庄现在到了任没有,

第十九回　中菱菲飞章移柏座　执斧柯投刺访兰交

怎么想法子打听打听呢?"想了一想,道:"有了,前天看见京报,永定河道保子良署直隶臬台,我同他在湖南做过同寅。就打个电去问问他罢。"贾端甫道:"也很好。"范星圃就发了个电报。

次日接到复电,说是"已于前月杪赴任"。范星圃道:"全似庄已经到任了,且先发个电去通知他,让他好先预备预备。"贾端甫道:"甚好,甚好,就请费心。"范星圃又发了个电与全似庄,得到复电:"一切遵办。"范星圃送与贾端甫看了,都甚喜欢。就把庚帖同求亲的帖子备好,范星圃写了一封信,并托他在正定城里外代贾端甫找所公馆,为办喜事之用,交邮政局发去。

不两日,贾端甫的批折回头,是"著来见"三个字。贾端甫就同范星圃说道:"我看老弟不如同我进京走一趟罢,梁培帅同北洋甚为合式,老弟是梁培帅最赏识的人,没有不招呼的。求他同北洋说说,那里是近水楼台,现在练新军、开铁路,以及洋务、河工,无一事不需才。只要随便那一处立一立足,便可光复的。"范星圃道:"前回梁培帅的来信也很关切,但说总得要找位督抚奏一奏才行。现在去找北洋,亦是一策。我本来汇了一万银子来,预备想在这里学堂之类报效报效的,现在就汇到京里去罢。"贾端甫道:"那更好了。"贾端甫就上院禀辞,又到各处辞了行,带着家眷,同范星圃到汉口,坐了火车北上。那时火车只能坐到郑州,在那栈房住了一天,换了车迤逦前进。

这天到了彰德府,在城外一家店里住下。这贾端甫是著名清介,沿路酒礼固是不收,就连预备点铺垫、派两个家人,他都要固辞的,所以沿路地方官也只得恭敬不如从命。

这天到的还早,贾端甫因为这彰德府有他一位同门,是个丁忧的军机领班,差不多就要起复。他的家离府城二十多里,不能不去看他一趟,就在他那里住一宿,五更赶回。他还不敢耽搁了路程,恐怕常用的牲口走乏了,就另外雇了一辆车,带了一个家人前去。那知他这一去,倒如那桓景九日登高,避了一场大祸。

这是个甚么缘故,下回再替他详叙罢。

警 编 下

第二十回

女偿父债供状分明　李代桃僵遗言惨切

　　前回书中说这贾枭台到彰德府乡间去访一位同门,当夜没有回店,倒避了一场大祸。这是甚么缘故呢?原来这天晚上约有二更多天,来了一班绿林豪杰,明火执杖,撞开门,进了店就把看店的伙计拘禁一处,说:"我们是来讨债的,冤有头,债有主,不会向别人家瞎讨。店家、住客各自安睡,不必惊慌,若要出来多事,这手枪、快刀可没有眼睛!"这店里也还有两三个单身过客住着,心想:"并不欠人家的钱,不至于叫人家这么惊师动众的来讨。"也就不来管人家的闲事。车夫、店家遇到这种事,是向来不敢出头的。那贾端甫、范星圃带来的几位管家,只求他们不找进房里头,乐得各推睡着,何敢再去问信?只听见这些人有几个在院子里把风,其馀都拥进上房。似乎先闯进上首一间,不久又哄进下首一间,却在里头扰嚷,有一个多更次才走。

　　等到强盗走了有两三刻工夫,这些家人却个个奋勇起来,跑出来喊"拿贼!"也有拿刀的,也有拿棍的,也有提根绳子预备捆贼的,乱追乱喊,说:"这班囚攮的,一个都不要让他走!官府差使都敢打劫起来,这还有王法么?"还是张全有点主意,说:"先到上房里去,看看少了些甚么东西、人平安不平安再说罢。"说着先进上首一间,一看只见满炕是血,那位范大人倒在炕里。连忙喊道:"不好了!范大人被砍坏了!"范大人的家人听见,赶到面前细看,范大人伤虽甚重,幸喜还有点气息,砍的是腮颊,不是脑门、咽喉,或者还可有救。

　　张全这时候也顾不得贾大人的规矩,只好走进两位姑娘房里,一看只见两个炕面前都堆着一堆衣裤,两位姑娘裹着夹被睡在那里呻吟,有些地方雪白的肌肤还露在被外头,晓得都是狠吃了点亏。这却不去喊众人,只

第二十回　女偿父债供状分明　李代桃僵遗言惨切

走到自己女儿炕面前问了一句："你怎么样？"女儿回了一句："疼得很。"张全道："你放心睡着，这是没法的事。你叫小姐也不用着急，保养保养就好的。我叫你妈来看你们罢。"说着走出来，望着大众说道："还好，没有少甚么多东西。"一面去叫了他老婆郝氏同打湖北带来的一个粗老妈子，进去服侍这位静如小姐同那位未正名的姨太太，又密密的吩咐他们不许声张。

郝氏到了房里，先走到小姐身边，一看浑身剥得赤条条的，那两条腿上都是血液淋漓。骂了一声："这班瘟强盗！怎么这样狠心，弄到这个样子！"一面叫那老妈子去打水。再看看他的女儿，也与小姐差仿不多。那老妈子打了水来，这两位皆不能起床，郝氏替他们揩擦干净，另外拿衣裤替他们穿好。那位贾少爷睡在厢房里，始终没有敢出来。

张全一面叫人飞马去通知贾大人，一面到文武衙门去报案。那彰德府安阳县同城守营得了信飞赶出来，看了看被盗的情形。那安阳县又带了些玉真散出来，看着替范大人上了包扎完密，然后同着大众要到那边房里去看。张全说是"小姐们吓坏了，没有能起床，请不必进去看罢。"这几位自然不进去。查了一查失的东西，只小姐们随身戴的首饰同两件衣服——其实，连那衣服大约这班强盗也不见得要，不过拿来揩揩身体，甩在外头，被人家捡了去的——所以那张失单无论怎样估计，也不过值了五六十两银子。——贾臬台的清名因此格外昭著，这班强盗于贾臬台也不为无恩呢。

那个替贾臬台报信的家人走到半路上，已经碰着贾臬台从那位同门家里回来。这家人把被盗的情形略为回了一回，贾臬台连忙催着牲口，加紧的赶了回店。

张全看见车到门口，抢前走了两步，附着贾臬台耳朵回道："东西没有失甚么，只是小姐同家人的女儿都很吃了点苦，现在还不能起床。地方官面前却没有同他说。范大人受的伤很不轻。"贾臬台点了点头。走进店房，那府、县文武赶紧到院子里站班，迎接贾臬台。

让着进了堂屋，文武官都请了安。彰德府说道："卑府们防护不周，致令大人受惊，罪该万死！"贾臬台道："兄弟做了十几年的官，一个钱没有，这点行装大约比那处馆的寒士还不如。这些强盗谅来以为是那些囊囊丰盈的显宦过境，必有点油水，那晓得碰到兄弟这个穷官，他们也总算上了当。在我兄弟失点东西没甚么要紧，就是把我这点行李全数奉送，也不值甚么。倒是这样的官塘大道，官府过境尚要被抢，那商家旅客更不堪设想了！我兄弟上年在这里看印的时候，真是道不拾遗，夜不闭户。我兄弟有甚么本事？也全仗我们那位伙计好。"这几句话说的那府里、县里汗流浃背，一个道："卑府该死！"一个道："卑职该死！"

贾枭台又道："这位范廉访是我兄弟，约他同进京，带累他受伤，我真对他不住。诸位大约看见过了，不知道要紧不要紧？我很不放心，急于要看看他呢。"那安阳县忙回道："范大人的伤卑职已细细的看过，是不致命的，卑职已把自家和的顶好的玉真散亲手替范大人上了，才包扎好。这玉真散与铺家买的不同，上年卑职的家母也是在道儿上被强盗砍了一刀，上过就收口的；又一回拿到一个强盗，带了重伤，不能取供，上了这药，登时就好。这是卑职家母同强盗一齐试验过，很有灵验的。"贾枭台听他把话说急了，弄成连刀块儿，真不成话，也不禁一笑。这位安阳县自己也觉着很有些难为情，只好搭讪着说道："就请大人进去看看范大人罢。"于是大家一起走进上首房里。

贾枭台走到范星圃面前问道："老弟，你怎么样？"那范星圃还能喘嘘嘘、颤巍巍的说道："这会子疼得好些。"那神气看上去也还清爽，大家略略放了点心，仍旧退出外间坐谈。那县官又拿马夹子坐到店门口，把街坊、地保同打更的每人打了几百板子，勒限破案。营里也赶紧派人四出缉拿。有的说东乡某村是个贼窝，有的说："我前天听见北乡某村来了些不相干的人，我已经派人去查。"有的说："新近裁了两个梁子，恐怕就是那班人散下来做的。"不过讲的那些马后炮的话。这是做官的长技，诸位想也听熟了，做书的也不去细细的叙他。

这些文武敷衍了半天，起身告辞。贾枭台送客进来，然后走进下首房间，看他那位令爱静如小姐同那位未正名的如夫人小双子。两人都是面如纸白，浑身软瘫在床上。贾枭台也只得说道："横逆之来，无可奈何，不能怪你们的，你们静静的养养罢。"

坐了一会，看那静如小姐似乎睡着的时候，就坐到小双子炕上，低低

第二十回　女偿父债供状分明　李代桃僵遗言惨切

的问道："到底怎么样的？"小双子道："昨夜我刚睡着，听见外头人声嘈杂，惊醒了，吓得不敢动。不多一刻，就跑进头二十个人来，嘴里似乎说是来讨债的，却把我同小姐的衣裤扯个干净，一个一个的轮流着来弄。里头还有两个又粗又大的汉子，叫我怎么吃得住呢？而且一个才出来，一个又进去，接连不断，弄得里头涨得要死。还是强盗走了，我妈拿水来替我慢慢的擦了一阵，才好过些。现在肿得不像样子了，怎么好呢？"说着又哭。贾臬台也只得安慰了两句道："不要紧，调养一两天就复原的。"

　　息了三四天，看那范星圃已能略进饮食，这两位小姐、姑娘也能撑着起床。张全密密的回贾臬台道："前天这班强盗，口里吵说报仇的，老爷从前在这里做官很风厉，办的匪也不少，那里没有甚么仇人？久住着恐怕不便，不如早点走罢。"贾端甫也很以为然。因为这件案子那县里自然要禀报的，胡雨帅是最关切的上司，倒不能不发个禀帖，于是赶紧写了个夹单禀，交驿站递去，一面嘱咐地方官上紧缉拿。想起张全的话来，倒也有点戒心，又同防营里要了两棚人护送，一面收拾动身。

　　那地方官遇到这种案子是捺不下去的，只好照着禀报，不过把地方里数说远些，并说些自己访闻、即时会营、带兵前往追捕的门面话。这个禀帖上去，谁知正碰到胡抚台这几天有两件不高兴的事体。一件呢是为那位学务处的魏琢人太史，前半个月忽然下身肿烂，说是他的侄少爷不知拿甚么药怎么弄成这样的。魏太史得了这病之后，这位侄少爷把他一个才只十四岁的胞妹毒打了一顿，带着他的少奶奶同儿子、女儿，卷了些银钱而去。魏太史始而托抚台电饬各处严拿，及至被郑州盘获，电禀上来，这魏太史又说是到底是自己的侄儿，求抚台打电报叫郑州把他释放，也不知是些甚么缘故。这几天魏太史的性命说是保住不要紧，不过怕的要成了个太监，还没有能出来，学务处的事竟没有人能管了。

　　一件呢，胡抚台的一位哥哥，也是放了那一省的大员，到任去，路过河南，因为旧病发作，借了一家别墅调养。这位大员带了一位姨太太，是个京城里有名的窑姐儿，生得杏脸桃腮，云鬓弓足，极其美丽。这位抚台友于谊笃，天天要去看看这位哥哥的病，并且总要背着人，在这位姨嫂面前细细的盘问盘问他哥哥的病情，他这位姨嫂也耐烦细细的告诉他。每天两人总要密谈个一两点钟的工夫,有时到深更半夜才回衙门,这也是手足情深的好处。他这哥哥是病在床上不大起来的,这天,这位抚台正同姨嫂密谈到紧要的关口,他这位哥哥忽然撑着起了床,轻轻的走过对房,看见只有他两个在一块儿,不知为甚么,就拿这娇滴滴的姨太太劈头劈脸的乱打,嘴里还骂着:"你这个没有伦理的烂娼!"这位抚台见他哥哥动了气,恐怕触动了他病中的痰火,就悄悄的走了,连衣帽都没有来得及穿戴。他哥哥这一夜竟忍心把这么一个美貌的姨太太逼着吞烟而死。

他哥哥的姨太太吞烟自尽,其实与这位抚台毫无干涉,可恨这些汴梁人消唇薄舌的,见着这位抚台出来,就在他轿子旁边唱甚么"长是长得俊,可惜没有命;生是生得好,可怜竟死了!"又说甚么:"我昨儿看了一出新鲜戏,是武大郎杀死潘金莲。"一个说道:"只有武二郎杀潘金莲,那有甚么武大郎杀潘金莲呢?"那个说道:"这是新编出来、接着《戏叔》底下唱的。"这位抚台在轿子里听见这些流言混语,实在有些触耳;要买他们的帐,人家在街上说闲话,又拿不着他的错处。

因为这两件事,心里十分懊闷。看见这个禀帖,又接到贾臬台的信禀,勃然大怒,登时就要撤这安阳县的任。亏得里头文案委员通知藩台来替他求,才批了"把这地方文武一齐摘去顶戴,勒限十日内获犯;限满不获,定即撤参!"那位文案又写了个信与这安阳县,说:"抚台虽然向来宽厚,近来心绪不佳,易于动怒。此次系推薇垣之情,尚属从宽,必须设法依限破获方妙。"

这位安阳县是选了一个苦缺,做了四五年,赔了好两万银子,幸亏打听得藩台有位侄小姐,向有痴癫病,要找个姑爷,没人愿娶。他赶紧托人做媒,替他儿子讨了,才得调剂了这个缺,全靠在这一任翻本。到任还不及两个月,若是撤了任,真是要了他的命!奉到这个批,又接到这文案的信,几乎把他急疯了。但是这起案子失赃无多,从何踩缉?还是他的师爷替他想了个法子:拿别的案里的盗犯硬嵌了口供,说是这一案的首犯,并说:"这案抢劫过路监司大员、刀伤客官,情节重大,可否请饬本府,就近提审,立予正法,以昭炯戒?"又把抚台衙门文案上几位好好的布置妥帖,居然批准。这府里想:"这案不破,自己的面子也不好看。好在这个盗犯总

第二十回　女偿父债供状分明　李代桃僵遗言惨切

是要死的,叫他多认一案,也不伤阴骘。"就照着县里详的口供顺了一顺,复禀上去,批准就地正法。这位县官才保住了这个赔垫的美缺。

隔了半个多月,直隶东明县拿到一个向在豫、直两省边界上打家劫舍、戕官反狱的盗魁,名叫彭一飞,绰号"夜飞鹏"的。问起他做的案子,他说:"我那一年不做一两百起,你叫我怎么记得?你们提着头儿问罢,是我做的案子,我没有不认的。"问官自然拣那要紧的案子问,一起是抢劫曲周衙门,一起是打劫饷鞘的,一起是围烧鸡泽盐店、掳杀外事的,他都认了。

又问道:"这彰德府城外打劫贾臬台的案子有你没有你?"彭一飞道:"提起那事,那可不是去打劫的。那个贾臬台他有了钱,都是存放在银号里,自己身边向来不存现货。他那衣服都不值钱,老婆、儿女也没有甚么首饰。他做过我们彰德府,装的那种穷样子我们还不晓得?还要去打劫他么?只因为李二魁李二哥,他的哥子李又魁,是这大顺广彰卫怀一带有名的好汉。他在江湖上也很发了些财,弟兄们有甚么缓急,几千几百的他都肯帮助;地方上有甚么不平的事,找到他,没有不出力的。这两省贫苦的百姓靠他吃饭的也很不少,所以替他看水的人甚多,官府那能正眼瞧他!

"有一天,他在彰德府城里一个窑子里嫖,不想这个窑姐儿的老子是他杀的,他却不晓得。这窑姐儿蓄志报仇,想法子把他灌醉了,拿绳子把他周身密密的捆紧,报了安阳县,拿去收监。李二魁得了信,要想救他的哥子,软做硬做主意还未想定。那时候这个贾臬台正做彰德府,听说抚台最信服他,生杀之权都在他手里。看水的人说:'他衙门里有个张大爷,是他的小丈人,说话最灵的,这条路可以走得。'李二哥想,既有路可走,到底比硬做平稳些。就托人找了这位张大爷说合,送了这贾臬台一万银子,又送了这张大爷三千银子,这贾臬台说是保定了他哥哥不死。李二哥想,就是办个甚么军流罪名也不要紧。不想贾臬台收了银子,仍旧把他哥哥悄悄的杀了。李二哥说,他哥哥呢、杀人放火、戕官劫署,做的事也不少,杀呢那是王法应该的,没有甚么抱怨,只是这一万几千银子可花得冤枉,而且耽误了他别的主意。那时就要找他算帐,那晓得贾臬台这个忘八羔子不久就使乖走了。

"这回子听说他经过彰德,李二哥来找我商量,我说:'这种债是必得要讨的。'就彼此约了一二十个弟兄到他住的店里去讨债。我们有个弟兄叫作程大蟒,我们叫他'程咬金'的,他是个最有血性的人。他先进了上首的房,看见一个人睡在炕上,以为总是那个贾亡八,就兜头砍了一刀,喊道:'这个亡八已经被我捉住了!'李二哥走过去一看,说:'这不是他。'再问那个被砍的人:'你是谁?'那个人可是不会说话的。李二哥说:'咱们只找正经主儿,饶了他罢。'

"又跑到对过房里,我先进门,看见两张炕,面前都摆了一双小脚鞋子,晓得那个亡八又不在里头。我走到上首炕面前,那女的躲在一床夹被里发抖。我把被替他扯掉,看是一个闺女,不过十七八岁的光景,长得也很俊。我问他:'你是贾枭台的甚么人?贾枭台在那里?'他说是贾枭台的女儿,贾枭台到乡下看朋友去了。那边炕上也是一个闺女,他们问他的话,他说得含含糊糊的,不晓得是贾枭台的小老婆不是。我就同李二哥说道:'债主儿既然走了,他这点破烂东西抵利钱也不够,不如叫他这女儿拿身体偿还了罢。'李二哥说:'很好。'我就动手。那贾亡八的女儿害怕,躲躲缩缩的。我说:'你放心,只要你的身体,不要你的性命,你不要怕。'那贾亡八的女儿听了这话,也就依头顺脑的让我替他脱了紧身裤,那身上的纽子还是他自家解的呢。脱了下来,那一身雪白的肉、两个饱饱儿的奶子、一双窄窄儿的脚,瞧着真叫人动火。更喜得他宛转随人的让我们二十多个弟兄一个一个的尽情消受!"说到这里,把那大拇指头一伸道:"我可是占的头筹!那个女的长得也还不坏,我也干了一回。到今儿想起来还快活呢,也不枉李二哥花了一万多银子请我们嫖了一夜!"

那问官听他说得太觉不堪,就喝道:"你不要胡说!那安阳县的来文叙那事主家属的报禀,并没有这些话,你怎么这样牵枝带叶的乱扯?"那彭一飞把眼睛一愣,道:"我夜飞鹏做了二十多年的好汉,生平从没有说过一句谎话,睡的人家媳妇也不少,使的人家银钱也不少,却都是明明白白来的。不像你们这班做官的,阴谋诡计,倚势撞骗,弄了人家的钱财,污了人家的妇女,还要假充正经,说那些遮遮掩掩的话。是我做的事,我为什么不说?他的女儿被人干烂了,他要装幌子瞒着人,我怎么会晓得那些乌

第二十回　女偿父债供状分明　李代桃僵遗言惨切

龟、亡八报的是些甚么情节呢？"

这问官恐怕他还要乱说，只好又问别的案子。后来刑名师爷在供折上把这轮奸的情节仍旧删掉，在那供出同伙犯人名字里也把那安阳县借着销案的那个盗犯添上，既回护了邻封同寅的考成，又顾全了隔省上司的脸面。——这是做官的正宗道理，像这样的刑名师爷才算是当行出色。我做书的若去做官，拿了印把子，也要请他的。

但是公牍上虽然不叙这些情节，那天在旁边看审案的人可听的清清楚楚，而且地方上拿到这种著名大盗，来看审的人必多的，一传十，十传百，不多几天，传得直隶、河南两省无人不知。贾枲台这位千金静如小姐同那位未正名的姨太太小双子姑娘那天晚上吃的这番暗苦才得申冤——也算是天网恢恢，疏而不漏。

看书的诸位：天道属阳，无论甚么事体，皆要他彰明较著，使人共见共闻，不肯让他终久隐藏的。你只看那日月星辰，那一样不是昭昭在上，任人瞻视？所以，有些人到了临死的时候，把生平做过的那些亏心短行、不肯告人的事情往往自家倾吐馨尽，那并不是甚么鬼使神差，正是他阴分已绝，阳气外溢，自然而然的发泄出来。这是天理必有的。所以，那杨姨娘的夜奔书室、增朗之的私馈兼金，贾端甫若不替他宣播，安能人人皆知？这回他的女儿同那未正名的如君受了这番糟蹋，他已经甘心吃这哑巴亏，隐忍不发，也就不见得有人晓得；偏偏这强盗会被东明县拿到，供了个淋漓尽致，这也是有关天数了。

这位东明县拿获邻封巨盗，那保升阶、调优缺想来是必有的，但这都是贾端甫到了正定以后的事情。

再说那贾端甫离了彰德缓缓前进，因为范星圃受伤过重，两位小姐、姑娘肿痛未痊，车上不能久坐，每天只走半站。那范星圃虽然伤不致命，总尚未能合口，在这车上一颠，竟有些翻动起来，饮食倒反渐渐短少，脸上一点血色没有，路上又不能调养，贾端甫心里有点发急。正定的房子是请范星圃写信托全似庄预先看定，预备要办喜事用的。原想邀着范星圃同住，近来看他伤势沉重，恐怕有点短长，诸多不便，就写了封信，派人连夜赶到正定，托全似庄另外找所公馆，以为范星圃养病之地。

全似庄也先听得贾端甫路上被劫、范星圃受伤的信,打电报到彰德去问,说是已经动身。正在记念,接到这信,一面叫帐房师爷去找公馆,一面派人到临洛关火车栈〔站〕上来接,却好贾端甫的家眷次日也都到了临洛。息了一天,坐上火车到了正定。全似庄到车站去接,还是花衣手本,恭敬非常。贾端甫见面说道:"我们是儿女亲家,万万不可如此客气!"一面派人把范星圃送到那养病的公馆,一面同着家眷进了新宅。全似庄也跟过来道喜,帮着照料。贾端甫看大致布置妥当,就同着全似庄来看范星圃。

那范星圃到了那个公馆,晓得是因为自己伤重,恐怕不好,所以叫他另外住的,心中不免有点伤感,然而不能怪人。贾端甫、全似庄来了,范星圃也还在床上拱手招呼。全似庄走近身边看了一看,伤势却是甚重,幸而神志还清,说是"不要紧的",赶紧叫人去请了一个外科来。看了伤口,诊了脉,说:"被伤后受了点风,可要当心才好。"上了些药,包扎好了,开了个方子。全似庄、贾端甫也天天来看他一趟。只是那伤口总不合,面色灰白,口味不开,晓得有些棘手,那个外科也说这个病象恐怕不妥。

范星圃随身带了两三个佣人,这些人是主人兴旺他就趋奉,主人落寞他就阑珊。看到范星圃病到这个样子,早已各人打自己的主意,那里还把这主人放在心上,尽心去调护他呢?晚上名为守夜,实在伏在外间炕上打瞌睡,茶是冷的,灯是暗的。范星圃想起当日爱妾美婢侍奉满前,稍微有点病痛,服侍的人昕夜不离,咳声嗽、翻个身都有人过来看看,药炉茗碗更是预备得停停妥妥,那是何等当心!今儿家败人亡,病眠旅馆,剩这两个蠢奴,叫起来哭丧着脸,一肚皮不情愿的样子。抚今追昔,叫人怎不伤心!隐隐间听着似乎有些鬼声,这种凄凉景况即无阴气相乘,也是不寒而栗的。

范星圃也自知不能收功,心想趁着人还清楚,把以后的事体布置布置。无奈气力总提不上,叫一声人、说一句话,总要喘上半天。只得到全似庄那里要了点大参,叫人煎好,吃下去接一接气。把全似庄、贾端甫请了来,说道:"两位老哥哥,我是要长别的了,这伤口是不会合的,不过早晚的事。从前看相的本说我眼运尾上怕有金刃之灾,我所以不肯住到上海,原是避祸的意思,不想在这道儿上被这些无名毛贼不明不白的砍了这一

第二十回　女偿父债供状分明　李代桃僵遗言惨切

刀，真是不值！这也是定数使然，无可尤怨。只是我范星圃这么一个才干，这么一点年纪，竟至一蹶不振，中道而殂，心中实是有点不服！以我生平的本领，不是自夸的话，就是平平正正的做去，没有不做到督抚的。我自问也没有甚么不可对人的事体，不过求效太急，凡事总想先人一鞭、胜人一筹，有些地方不免做尽做绝。那年在湖南做的那些事，自己也觉得有些过分，不过因为得了一个'严明精干'的声名，也就有个箭在弦上，不得不发之势，其实又何尝好为刻薄呢？今儿虽不见得就是报应，然而问心到底有点过不去。鸟之将死，其鸣也哀；人之将死，其言也善。两位老把哥前程远大，须要切记：凡事做到得手的时候，总要放松一步，不可做得太过，稍留馀地以处人，即留馀地以处己。我是已经悔之无及了！

"我有一个收用过的丫头，叫做玲儿，他娘家姓解，现在还住在九江，托那里同住的房东照应着。我临走的时候，他已经有了几个月的身孕，我留了六千银子在九江银号里生息。他能守固好，他不能守，这银子就与他做为陪奁。他是为我的事很吃过苦的，我不忍负他。我汇到京里的那一万银子，如果这玲儿生的是个男，就留与我这遗腹子；生的是个女，能替我在族中承继一个，把这银子替这儿女两人平分。不过我们杭州人因为家乡住不起，飘流在外省的居多，无论何等大族，本支没有满百丁的。我近支固是无人，远房亦甚寥寥，立嗣也颇不易。其实我躬不阅，遑恤我后？也叫做一息尚存，聊尽人事而已。我这些话请两位老哥替我用笔记下来，我自己是不能写了，而且又叫我写与谁呢？"说着又叹了一口气。又道："我这皮囊是要有累两位老哥哥替我收拾，将来能把我的棺木送到九江，再能同我续弦内人的灵柩一齐运回杭州合葬，那更感激不尽，只好来世衔结图报罢！"

全似庄、贾端甫听了这些话，也很有些悲感，只好拿话安慰他道："老弟不要乱想，这种硬伤是不要紧的，好好的静养自然会好，正在壮年，怕些甚么！"又各人拿了两张长连信笺，把他所说的话照着写了出来，送与他看过，各自收好。

那范星圃说了这些话，动了心血，那疮口又迸了开来，大喊一声，晕厥过去。好容易喊醒，神气更加不好。全似庄同贾端甫走到外间，说："看这样子恐怕难呢！我们得替他预备预备罢。"贾端甫道："天气热，早点预备了的好。"当晚全似庄回到衙门，叫他帐房师爷去看了一副枋子，又做了些衣服、衾褥之类。

贾端甫也到二更方归，睡到床上，想这范星圃的下场如此，心中也很有些难过，直到五更方才朦胧睡着。天刚黎明，就听见老妈子说："范大人那里有人来请。"贾端甫一惊不小。

究竟范星圃伤势如何，下回便知道了。

贪　编　上

第二十一回

药石误投丧朋抱痛　蒹葭幸托凉血甘居

　　贾端甫听说范星圃那里有人来请，连忙起来，洗漱穿衣，匆匆过去。到了那边，全似庄也刚到。两人同到床前一看，见那范星圃昏迷不醒。等了一刻，忽然睁眼看了一看，叹了一口气，道："唉！想不到我范星圃年未四十，官至三品，却竟如此结果了！"说罢，两眼一绰，已向大罗天上去寻他前后的两位夫人，重结那来世姻缘。可怜这么一个能员，竟弄到赍志九原〔泉〕，殁于旅馆！做书的做到这里，也都有点不忍下笔。贾端甫、全似庄均各嚎啕痛哭。那衣衾、棺木到午后也俱齐备，天气正热，不敢久停，拣了酉时入殓。同城文武因是本府同甘肃臬台的把弟，都来送殓，倒比他在九江断弦的时候还要风光些。过了头七，出了殡，寄在一个庙里。全似庄、贾端甫都来步送，那些文武也来得不少。

　　当这范星圃病重的时候，贾、全两家都在那里忙着料理喜事。最忙的是那位正定府的帐房师爷，顾了这边还要帮着那边，办着红事还要兼着白事，比我做书的这支笔还要忙些。那贾端甫租的公馆也不大，是三开间，到后三进。头一进大门门房，中间有个过亭〔厅〕。第二进两间做厅，一间做签押房；两边厢房一边做帐房，一边也做了门房。第三进是上房，上首一间贾端甫自己住着；下首一间与他儿子做新房，却把后半间隔出，预备陪嫁丫头、老妈所住。两边厢房都是三间，靠上房的这一间都有门，可通上首厢房，是他这位未正名的姨太太住着，因为名分未定，不好明明白白的同住一房——其实是一直同起同眠的，那个门却是开着，以便出入自由。下首厢房是静如小姐住的，姊弟都已大了，兄弟又要娶亲，自然要避嫌疑，所以那个便门却是钉呆了的。湖北带来的那个老妈住在上首厢房对间，因为要办喜事，又在本地雇了一个老妈，住在下首厢房对间。

这位静如小姐同那小双子姑娘在彰德府以寡敌众,鏖战一场,固然创巨痛深,到底受的是皮肉之伤,不多几日肿消痛止,已容得老僧出入。那小双子是搬了公馆就照常更衣入侍,这静如小姐虽经此一番大嚼,然而一暴怎能抵得十寒?那时患其多,此时转苦其少。可恨那道便门又被他们关断,蓝桥咫尺,欲渡无从。

这天离喜期只有三天,贾端甫去找全似庄商量事体。静如小姐想道:"再过两日,这兄弟就要新婚,一双两好,其乐融融,既联结发之欢,宁恋燃须之爱?未必重来问鼎,岂能强与分羹?自己是已辟桃源,难寻刘、阮,佳期未卜,幽恨方长。若不趁此一遭旷怀,不知何日方尝异味?这机会万不可失!"就悄悄的走进新房,看他兄弟正光着脊梁躺在新床上睡午觉,这静如小姐就坐到新床上去,把他兄弟推醒,同他"谈"了半天。究竟他们"谈"些甚么,做书的没有好去窃听,想来也不过填阕把《贺新郎·好姐姐》的南词北曲而已。

静如小姐打他兄弟房里出来不多一会,贾端甫已从全似庄那里回家,两人私下十分庆幸。贾端甫进了房,脱了袍子,觉得甚热。这年秋燥异常,虽是七月半后,比伏天还要热些。恰好有新买的西瓜,就开了两个,叫了儿子、女儿并小双子一起同吃。静如小姐说不吃,这女儿家不吃冷东西是不好勉强他的。那位少爷拿起来就吃,一来是父命难违,说不出那不能吃的道理;二来觉得这样热天,吃点凉来也不要紧。只急得那静如小姐暗中跺足,同他做了几回眼色,可恨这蠢物也看不出来,一口气把半个瓜吃完,又喝了一碗瓜水。这瓜水吃下去就觉得有些停在胸口,腹中隐隐作痛。这位少爷也有点害怕,自己去找了块生姜,泡了开水喝了下去,那里有济?到了晚上,腹痛非凡,晚饭就没有能吃。贾端甫道:"今天天热,怕是受了暑,发了痧气。"弄了些卧龙丹、行军散之类与他闻,打了几个嚏,还是不好。又叫了剃头的来周身刮了一刮,也有些红瘢紫块,以为痧气总刮尽了,那知到了夜里疼痛更甚。

次日早上,请了一个医生来看,说是中暑,开了一个香薷饮,还加上两味发散的药。这药下去,那肚子疼得更加厉害,直声喊叫,满床打滚。这天全府正过妆奁,新房里却正在闹病,连铺设都不能,只好东倒西歪的堆

第二十一回　药石误投丧朋抱痛　兼葭幸托凉血甘居

着。那湖北老妈子说道："少爷这个病的样子倒像是夹色伤寒。"贾端甫想："儿子还没有完姻，向来又规规矩矩，不敢出大门一步，怎么会得夹色伤寒？这些老妈子懂得甚么！"也就不去理他，又请那个医生来看。那个医生道："不要紧的，让他喊喊滚滚，那暑气才发得出，这正是那药力与外邪在里头斗呢，再发一发汗就会好的。"又在原方上加了一味麻黄、一味六一散。这一帖药下去更加不是，到了晚上却倒好了些。怎么见得呢？那位病人也不喊了，也不滚了，不过微微的在那里喘气，岂不是被这医生医好了些么？

做书的觉得天下惟医学最难讲究，就是外洋的医生，也不能人人皆精。这个学问真要心细意诚，既不可背了古方，又不可泥于古方；不能不问那病情，以意逆志，也不能惑于众论，遽设成心。到了这家看病，总得一心一意的在这病人身上，还不知道如何；否则，失之毫厘，谬以千里，岂是可以儿戏的事？大江南北有两位名医，都是名重一时，请他一回非十馀金不可，还不知甚么时候才到；若远道相迎，则每日非百数十金不可。这两位医生，一位呢，是到了人家，开口就是"今天某大人请我，我还没有去呢；昨天某乡绅的如夫人已经上了灵床，被我一剂药扳回来；某太尊的老太太要不是请了我去，怕的要丁艰，现在无碍了。我才接到个电报，某大僚又来请我，你看这里这么些人蹩着我，叫我怎么丢得开手呢？"说完这些大话，就讲"某省督抚放了某人，那是同我最要好的；某省藩、臬开了缺，可惜！可惜！某人可以得某差，某人可以署某缺，某人近来甚红，某人却也黑了……"这些话。诊着脉、开着方子，嘴里都是不断的。

一位呢，小户人家是请他不到的，官幕绅商人家也必得要预备着好酒好菜请他，有花的地方还要找两枝花陪着他。看起病来，你说："是肝旺罢？"他说："不错，是肝旺。"你说："是气虚罢？"他说："不错，是气虚。"开起方子来，你说："怕的要用附桂？"他说："附桂是必要用的。"你说："能不能用生军？"他说："生军很可用得。"总是顺着口风的。这两位医生医好的人却也不少，做书的可不敢请教。做书的本来也想学医，因看这事关系太大，自揣才力不及，知难而退。大约能劝天下的粗心人、寡识人、浮燥（躁）人、性情固执的人、太圆通的人、专讲肆应的人不学医、不行医，也未始非积德之一道也。

这贾少爷的病只有这位静如小姐心里明白，几回要想说，总有些说不出口，可是又急又悔。这天晚上，看了这个情形，实在忍不住，只好说道："这个医生的药吃下去看来总不对，爹爹得另外请一位来看看，不可执定了是受暑呢！"贾端甫又叫人到全似庄那边去打听打听，说有位学老师脉理还好，就赶紧请了过来。诊了脉，问了问病情，看了看吃过的方子，摇头说道："这个病是阴寒，要是一得了就治，那并不难好的；现在耽搁久了，又吃了这么些不对症的药，恐怕救不转。这位先生可真误事不浅！姑且开个方子碰碰看罢。"

那时已三更多天，贾端甫赶紧叫人去敲开了药铺子的门，拣了药来煎好了，那位少爷已经牙关紧闭，好容易撬开灌了下去，又不是仙丹，怎么会灵呢？到了黎明，这位少爷竟已无声无息。替他拣的这跨凤佳期，竟做了他的骑鲸吉日。可怜他这一条小命，竟送在这半个西瓜上头！比到范星圃吃那强盗砍了一刀因而丧命，似乎还要冤枉些呢。

这贾端甫年将半百，只此一子，叫他怎不伤心？顿足搥胸，呼天抢地，几至痛不欲生。就是那位静如小姐，连枝情重，剖蒂神伤，也是哀哀痛哭，如失所天。那张全赶紧去料理棺木，一面到府里报信。全似庄也就过来洒了几点泪，宽慰了两句。那位新娘下文另有交代，暂且不提。到了下晚成殓，是个幼殇，不能久停，第二天就抬了出去。

贾端甫因不解得这夹色伤寒的缘由，晚上同那位未正名的如夫人谈起来。这位如夫人一想："弄得不好，岂不还要疑到我身上？这可不能不实说了！"当下说道："这件事我本来早想同你说，因为关系太大，我又没有拿着实据，告诉了你，你的脾气是最方正严厉的，那还容得么？这是有关人家性命、名节的事，我又算不得个甚么人，好出来指证不成？不晓得的人还要说，太太留下这一双儿女我容不得，故意造言生事呢！所以一直忍到今儿。自从在彰德府衙门里，我就觉着小姐同少爷的情形不对，因为少爷年纪小，才十三四岁的人，那里敢去瞎疑心？后来在浙江、湖北几处衙门里，时常看见少爷清晨黑夜从小姐房里走出来。老妈子也同我说过，我都拦着不准乱说。只想少爷娶了亲，小姐出了嫁，一床锦被盖了过去，岂

第二十一回　药石误投丧朋抱痛　蒹葭幸托凉血甘居

不好呢？前天你打全亲家老爷那里回来，约有前半刻钟的工夫，我在门帘里看见小姐打对面房里匆匆的走了出来，我想姊姊在兄弟房里坐坐也不算件事。后来你叫我们吃瓜，小姐不肯吃。少爷吃着，我看小姐望着少爷挤眉眨眼的，我心里就有些诧异，然而也想不到他们大白天里会这么胡干。现在说少爷得的是夹色伤寒，那可色色对景。我可劝你，现在少爷已经死了，你追究起来也是无益，再把个小姐逼死，又何苦呢？徒然闹得通国皆知。不如装作不晓得，赶紧找个人家，把这小姐嫁了过去，岂不干净？你想想看是不是？"贾端甫这才晓得他这位乌台爱女，竟是个鲁国文姜！

　　看书的诸位：贾端甫如此一位道学先生，家政又如此严肃，怎么他的妻子儿女会得如此淫荡呢？做书的以为，此皆贾端甫治家太严之过。有人向做书的说道："你这话说得不通。我正嫌贾端甫治家不严，才有这种流弊，假使他当日连那张全的妻女都不准他进上房，这十几岁的幼儿都撵到中堂以外，岂不就没有这些事了呢？不知道天下的事体无一样可以强制的，只有顺性而导，使他涵濡于不觉，自能就我范围；若去逆而制之，就如抟沙遏水，必致溃败决裂。男女身备淫具，他不动欲念则已，动了欲念，铜墙铁壁不能限他，刀锯斧钺不能禁他，只有愈遏愈炽的。泰西人讲那平理近情、顺道公量的治法教法，并不是故抑君父之权，实有鉴于中外家国历来变乱，无不由于防制太严，惟有使人各适其性，方能消患未萌。而且人生处世，无论何人，总宜待之以诚。做书的生平不谈性理，只有这"诚能动物"、"不诚无物"两语是细心体验、确有至理的。家庭之中，果能处之以诚，则妻妾子女自然各循其分，不忍相欺；若我不以诚相待，惟处处绳以礼法，即使勉循规矩，那心意亦断不相属；况至于拂人之性，则尤为下干物忌，上损天和。你看那笼鸟瓶花，已觉得不如那得食阶前的瓦雀、自生墙角的蓬蒿来得独饶生意。人为万物之灵，更岂可拿他束缚拘挛、使他一无生趣？贾端甫把他的妻女闭在深闺，一步路不许他乱行，一个人不许他见面。诸位设身处地，如果做了他的妻女，愿意不愿意呢？妇女人家必得一个男人的面不见，才能全他贞节，见了男人就要不端，这种妇女也就不堪承教。贾端甫既以不肖之心待其妻女，其妻女自必以不肖自待。所以有一位先生说过："中材子弟，全视父兄之驾驭何如。驭之得宜，则驽骀可成骐骥；驭之失当，则鸾凤可为鸱鸮。"这周似珍夫人、贾静如小姐秉性虽非坚贞，廉耻亦未丧尽，比到那上海堂子里中等倌人，也还不致不及。何以那些倌人虽日与客人裙屐相亲，到了留宿也还要斟酌斟酌，不是见客就留用的；相帮伙计，朝夕相见，也并不致乱来。倘使贾端甫扫除那种假道学的家规，让他们舒畅天机，怡情适志，这一位诰命夫人、一位千金小姐决不致荡检逾闲、毁生灭性至于此极。所以做书的不归咎于贾端甫的妻子，专归咎于贾端甫一人。自古以来，纸裤裆总出在铁门槛里头。诸位将正史稗官、人情物理细细的考究考究，便知道做书的不是于贾端甫身上过为刻论了。

贾端甫再细想这位爱姬的话真正不错，现在再去追究，必致丑声外扬，只好用那"不痴不聋，不做阿家翁"的法子，置诸不闻不问。幸喜这位爱姬已有了几个月的身孕，宗祧可以不愁。但是这种女儿带到甘肃衙门里去嫁人，万一人家因为不是原身吵闹起来，在那任上岂不丢脸？听说那东明县拿到一个强盗，已把那彰德的事体供了出来，这里人家大约都有点知道，不如在此地找个人家嫁了。如果有甚么说话，还可以朝强盗身上一推，那是遭逢强暴，不能怪我闺门不谨的。想了一想，也就向他那未正名的如夫人说道："既然你这么说，我也不去追究，明天去托全似庄做媒。"当晚收拾安寝。

次日去托了全似庄，因恐全似庄是个本府，差不多的人够不上找他做媒，又去托了全似庄的帐房、书启各位师爷，说："不拘官幕绅商，都无不可，我是因为要了却向平之愿再去到任，省得累赘，所以愈快愈好。"

他这位小姐在彰德城外立的那次功劳，这时候东明县已经拿获夜飞鹏，那天的口供正定固已纷纷传说；就是这回他这少爷说是得的夹色伤寒，他这少爷向不出来顽笑众所共知，人家也总疑在他这位小姐同那位似是而非的姨太太身上。所以，贾端甫一开口，这几位师爷也就深知来意，嘴里答应着，心里却想道："天下那有这种愿做乌龟的人来就这门亲？这杯媒酒是吃不成的。"

那知道千里姻缘一线牵，也是这静如小姐的红鸾星动，恰好有位陕西由佐杂过班要进京引见的一个知县，是这位帐房师爷的表弟，因为引见之

第二十一回　药石误投丧朋抱痛　蒹葭幸托凉血甘居

资尚不敷，想找表兄想想法子，或是托托京里相熟的票号、金店通挪通挪，所以路过此地，小作勾留。听见贾桌台托他表兄择婿，就赶紧跑来找他表兄，说是正想续弦，求他作伐。

这位知县姓史名学窦，号五桂，山东东昌府的人，原籍山西。他的父亲从小儿跟着一个姑夫在山东抚台衙门里当三小子，有一位武巡捕看他长得俊，要了他去当个小伴当，不久又提拔他当了一名戈什哈。那时候撵〔捻〕匪还未十分平靖，有些没见识的官幕，把各家的家眷、资财搬在一个山里住着，置了点军火器械，雇了些人保护。有两个带营头的武官，知道里头子女、玉帛甚多，就起了觊觎之心，同抚台说是些会匪盘踞在山里。抚台委济南府查，济南府说："内中都是良善绅民，并非会匪。"这些武官未遂所欲，又在抚台面前播弄，说这济南府也是会党，天天早上跪香诵经，文武官厅都知道的。抚台又委了一个候补道台去查。这位候补道最爱小，当过两回乡场监试，供应的东西无一样不卷个干净。当营务处的会办，那些提调、文案拿他开心，每天在他座儿旁边放几个钱，他总欣然怀之而去。这两位武官知道他的脾气，略为点缀了他点，他回来就照着那武官所说的情形禀复。抚台大怒，登时把那济南府奏参出口，一面派营剿洗。这些营头御侮靖寇则不足，焚村掠寨则有馀，奉令之后，踊跃非常，到那山中争先直上。那些雇来保护的人见是官兵，自然弃甲曳兵，一哄而散。可怜这些官幕的妇女被这些兵弁糟蹋到不堪。事后有位知府出资收赎，也救出十之一二。有些妇女还肯说出姓名，有些只求择配，不肯再替夫家、母家丢丑。这位知府做了这事，就添了一位状元孙少爷。

这史五桂的父亲那时也跟着那位武巡捕前去，也得了点钱财，又掳得一个女的，也是人家一个少奶奶，看这史五桂的父亲年轻貌美，便也愿意相从。身边穿的一件小棉袄，里边全是金珠，这史五桂的父亲因此便得小康，又在这一案里保了一个把总。全似庄所请的这位帐房师爷，就是这少奶奶夫家的侄儿。事平之后，彼此认亲来往，所以同这史五桂算是表兄弟。

那位抚台却因此事不满于众论，言官交章弹劾。那位抚台就写信托一位向来有交情的军机大臣招呼招呼，谁知那位军机大臣复信出来，说是

"物议正繁,无能为力",劝他避避风头。那位抚台没法,只好挂冠回籍。史五桂父亲的姑夫也跟着回了山西。史五桂的父亲却就在东昌府的乡下置了点田产,带着那少奶奶安居乐业。

隔了十多年,那位抚台又蒙恩起用,进了军机,做到中堂。因为那有交情的军机大臣当时未肯出力,致他迟作十年宰相,怀恨甚深,恰恰那军机大臣的儿子在他属下,到底被他参了。史五桂的父亲听得这旧主人的声势赫奕,不免官兴勃发,带了点礼物,要想到京里去找他,不料渡黄之时翻船落水,尸首都未寻得。

史五桂的丈人姓杜,是个曹州土霸。却值《老残游记》上所说的那位某太尊做曹州府,因他丈人捕匪出力,很为重用。史五桂跟着他丈人跑跑,也就搭了名字,保了一个县丞。等到闹拳匪的那年,官府查得他丈人是个拳匪头子,拿去正法。他却先溜到陕西指省禀到,又在办皇差的案内保了一个知县。

这回到了正定,也将近半个月,贾小姐做的这些事他也应该有点风闻,何以甘心来吃这一餐剩酒残肴呢?他却有个用意,也与当年贾端甫肯娶周似珍的心思差仿不多。一来因为贾端甫是个邻省臬台,将来总可倚靠;二来晓得贾端甫只有一个儿子,已经死了,打听打听他那宦囊总有十多万,将来这份家私,做女婿的至少总要沾润他一半。《聊斋》上说的一顶绿头巾,岂真能将人压死?况且在未过门以前的事体,譬如讨了个窑姐儿呢!所以起了这个念头。诸位倒也不必笑话他,现在这一类部族,做到官保、封疆的都有,就做做又何妨呢!

这位帐房师爷听他表弟来托做媒,心想:"这种高亲去攀他做甚么?而且他到底是个臬台,这种样的官阶、家世、人品怕他看不上眼,说了还怕要碰钉子呢。"既而一想:"我这位表弟这回来找我,我要应酬他,将来不知几时才能归还;就是替他转借,那担子也还是在我身上,他还不起,人家只问我要钱;若要不应酬他,他心里岂不见怪?他到底已经保了知县,将来安见得没有找他的事?现在若替他把这头亲事说成,那时他同贾臬台做了翁婿,他引见的事体,贾臬台能不帮忙不成?就是说了不行,也没有甚么要紧,好在是贾臬台托我的,不能说我冒昧高攀。"就向着史五桂说道:

第二十一回　药石误投丧朋抱痛　兼葭幸托凉血甘居

"老弟,你几时断弦的?我还不晓得。"史五桂道:"我内人是旧年故的,家里来了信,我一直没有能回去看看。我这回进京,本想在京里托人做做媒,若京里说不成,我还想请两个月假回去走走,在家乡讨一个。今儿听见贾枭台托你做媒,所以找你替我说说的。"那帐房师爷道:"托呢是贾枭台亲口托我的,但是这位小姐你大约也听见些,可不是甚么整货,你明儿不要吃了二刀韭菜,来怨我媒人。"史五桂笑道:"你尽管替我去说,我认破的买,不来怨你的。"那帐房师爷道:"既然你愿意,我就替你去说说看。"

正值全似庄要去拜贾端甫,这帐房师爷就跑去同全似庄说了,请他先容。全似庄也晓得贾端甫这位千金声名不佳,自然早点嫁了为是,既然有人肯讨,那是最好的事,也就答应替他去说。

全似庄见了贾端甫,谈了些闲话,就说道:"令爱的亲事倒有一家在这里,是我那边帐房朋友的表弟,姓史,他是陕西过班引见的知县,不过是续弦。"贾端甫道:"续弦倒也无妨。这位史大令有多少岁?不知是那里人?"全似庄道:"这人我也见过,年纪也只三十多岁,是山东人,原籍山西,也是旧家。听说同从前一位中堂也还有点亲谊。"贾端甫道:"我也想早点替他们完了这喜事,清清爽爽的去到任,省得多远的路,拖着这些人。既然是贵衙门帐房师爷的令亲,可否请来见一见再议?"全似庄道:"那是做得到的,回头就叫我那帐房朋友同着过来。"全似庄也就告辞。

回到衙门,同这帐房师爷说道:"这个媒有点意思,叫你同着令表弟去见见呢。"帐房师爷听了大喜,赶紧招呼了他表弟史五桂一齐来见贾枭台。贾端甫看那史五桂神气不甚轩昂,言谈亦复粗俗,心中本不愿意,但是相女配夫,这样的女儿要挑甚么样子的女婿?不如胡乱嫁出了门,免得再闹出别样的笑话,被人家指摘。也就略略问了一问家事及到省以后的情形,送了出去,又约那位帐房师爷停会再来谈谈。

帐房师爷知道是个好消息,同了他表弟回去之后,赶紧又来。贾端甫见了说道:"令表弟的人呢倒也没有甚么,岁数虽然大些,我也不大计较。但是他也在客边,若另找房子迎娶,诸事也多不便,自然不如就着这房子暂时入赘过来。不过我的批折早回,进京不能再迟,要办就在这月底月初挑个日子。聘礼之类我也不论,听他如何预备。"那帐房师爷诺诺连声而去。告诉了他表弟,自然心满意足,就挑了七月二十八行聘,八月初四的喜期。贾端甫就把静如小姐住的那间厢房收拾出来做了新房。因那对面上房不大吉利,所以空着不用。未占纳妇,却赋馆甥,总也算在这正定府公馆里办了件喜事。这回书连叙了两件素事,也得要有这么一点吉祥事体,不然岂不太萧索了?媒人就请了全似庄同那位懂医道的学老师。

入赘这天,贺客也还不少,不过这位新郎同这位新娘大家晓得,是都没有甚么腼腆羞涩的,倒不好意思去闹他;而且这位贾枲台又是个道学古板的人,所以散席之后,就只两位媒人领了几位到新房里,说了两句官样文章的喜话,应了一应景儿,也就各散。这新郎进了洞房,看那新娘一张鹅蛋脸儿颇饶风致,下帷解带,成就良缘。虽然是道路宽宏,不免有四面不靠边之叹,然而比到那花平腰站的滋味,到底远胜多多,新郎也就觉得十分中意,新娘也更随遇而安。

但是,贾枲台的爱女已喜联成佳偶,贾枲台的孀媳何以度此芳年?下回总要交代清楚。

贪　编　下

第二十二回

矢贞珉娇女善承欢　　吞巨款恶奴谋反噬

前回书中因为急于要叙那贾端甫小姐赘姻的事，所以把他儿子故后，那位将要过门的新媳妇没有交代。你想，天下安有做新娘子的这一天忽然听见新郎死了，漠然无动于中？天下无此人情，这部书也就多了一个漏洞，做书的得替他详叙一回。

原来这位小姐名叫怀秞，号叫玉抱，是全似庄最爱的女儿。全似庄的夫人俞氏，也是位中堂的孙小姐，比全似庄大了五岁。生了一个儿子，名怀璞，在徽州学堂读书；一个女儿，就是这位玉抱小姐。

俞氏夫人秉性懦弱，更兼多病，向来不能问事，全似庄的家务从前是他一位庶母曾氏老姨太太管的。全似庄截取出京，在石头胡同庆春家讨了一个排九的窑姐儿，叫做秋纨，姓姚，全似庄十分宠爱。这位曾氏老姨太太气成一病死了，这家务就是这位姚姨太太接管。这玉抱小姐到了十四五岁，姿态既十分艳丽，心性又十分聪明，全似庄看着觉得比姚姨太太强，就把这家务夺了过来，交与这位小姐管理。

这位小姐接管家务之后极其严明，就是这些姨娘身上也绝不肯稍为假借。全似庄生平最好洁净，他那间卧房收拾得最为整齐，瓶、炉、笔、砚，无不位置得宜。他帽子上花翎的翎丝都要理得一条一条、舒舒坦坦的，帽纬也要理得又齐又匀。脱下来的衣服要折叠得服服帖帖，穿的时候，腰折边角都要弄得格格正正。那怕是熟客在厅上久候，他的衣服未曾齐楚，绝不肯轻率出来。只有这玉抱小姐服侍得最为熨帖称意。

全似庄除掉那姚姨娘之外，还有两个姨娘，他却不到姨娘房里去住。若要敦伦，总是叫到他这卧房陪侍，有古人"肃肃宵征，抱衾与裯"之风。他这房里的东西都全靠这玉抱小姐收拾布置，就是进巾侍盥、煮茗薰香，近来也都是这小姐伺候的居多。清晨深夜,奉侍不遑,比那厉中堂的寡媳孝敬那位老公公还要周到些儿,那几位姨娘倒反不大傍身。有时小姐不在跟前,叫姨娘们做做,总不如意,全似庄脾气又大,动加呵斥。所以这几位姨娘不敢怨这位老爷,却不免怨这位小姐,背后编派的那些话真叫人不堪入耳,那也不能去听他,他们却不敢当面指摘。

全似庄在九江府上的时候,有一天已有三更多了,这姚姨娘因想起一件东西,跑到老爷房里去取,却看见这玉抱小姐坐在床沿上系鞋带子,老爷却睡在床上。这姚姨娘可忍不住,说了一句:"我没看见过这么大的姑娘还朝老子床上爬的!"玉抱小姐听见这话,说:"你讲甚么?"姚姨娘道:"我讲你怎么在老爷床上下来,连鞋子都没有穿,做些甚么事体?"这小姐红着脸说道:"你看见些甚么,在这里混嗄?"一面就望着老子哭了,说道:"爹爹,你听他这些话,我还能做人么?"就倒在床上放声大哭。

全似庄紧了一紧裤带,跳下床来,就抓了姚姨娘的头发打了两个巴掌,骂道:"你这烂婊子,浪得不得过了,我不叫你,你就跑了进来!"这姚姨娘嘴里还在那里咕哝道:"你们做了这些事,还要打我!说我浪,我没看见老子、女儿好这样没上没下的,定要我看见些甚么才算?"全似庄被他说得也动了气,把他身上的衣服扯掉,拿了一根鸡毛掸帚的藤条柄子,就在姚姨娘的冰雪肌肤上乱抽乱打,打得姚姨娘哭哭啼啼的哀告:"以后再不敢乱说乱跑!"

玉抱小姐还是满床滚着哭,滚得来钗横鬓乱,衣皱鞋松,口口声声说道:"我是一个小姐,这浪妇胡嗄我些甚么,叫我拿甚么脸去见人?我还要这命么?要我活,除非把这浪货拉到堂上去,叫差上打他二百个嘴掌,那再商量。要像这种样子,以后还不晓得要造出多少谣言来呢!今儿有他无我,我就去死!"说着爬下床,趿着鞋子就跑到书桌上,拿那裁纸小刀子望喉咙里就戳。全似庄赶紧跑过夺将下来。被他闹得没法,只好叫了几个家人来,一个背拉着姚姨娘的两只手,拿膝盖抵着姚姨娘的光背脊,一个斜托着姚姨娘的香腮,一个拿那皮掌子,在姚姨娘的嘴巴上左右开弓,一五一十的打了一百多下。打得这姚姨娘满口鲜血直流,全似庄看着也有些不忍,只是关碍着爱女,无可如何。这位玉抱小姐的气才略为平

第二十二回　矢贞珉娇女善承欢　吞巨款恶奴谋反噬

了些。

这姚姨娘脸上两边都打得红肿如桃，上身还是脱得精光，只穿了一条裤子。他虽然是个窑姐儿出身，在窑子里的时候也没有吃过这样苦、丢过这样脸。所以先还哭着求，后来也不求也不哭，尽着打；打完了问他话也不理，衣裳也不穿，一径跑回自己房里，心里想道："我在庆春的时候，这老爷同我何等恩爱！山盟海誓，啮臂铭膺。到了家里，太太是不用说了，自从他祖爷爷死了之后，老爷就不大理他的；就是那位最有宠势的老姨太太，也被我压了下去。我也生过一个儿子，不过短命死了。今儿色衰爱弛，为着这个浪丫头，下得这种狠心，把我如此作践，也不顾顾自己的脸面，竟叫那些家人贴着我的身躯，掰着我的腮颊，打了我这么一顿嘴巴。这种羞辱、这样无情，还有甚么生趣？"嘤嘤的哭了一阵。全似庄正在那边低声下气的敷衍那位爱女，那有工夫再来慰问这失宠的如君？可怜这姚秋纨就关了房门，挂了条三尺罗巾，做了个马嵬坡佛堂的妃子。

第二天，丫头推不开门，在窗子里张了一张，看见姚姨太太在里头打秋千，吓得喊起来。全似庄恐怕女儿见气，也不敢过于悲悼，不过买一个三寸桐棺，装了那几根冤骨，付诸黄土而已。后来全似庄又在丫头里挑选了一个，补了这姨娘的数。

这几个姨娘鉴于前车之鉴，何敢再蹈覆辙？遇到这小姐在老爷房里，真正连窗隙、门缝张也不敢去张一张，虽到漏尽鸡鸣，不闻宣召不敢进房，却也不敢自睡。见了太太倒还没甚畏惧，见了这位小姐，就如见了虎狼蛇蝎一般，怕得甚么似的。饶你这样小心，还不时要受训斥，稍不如意，就叫这老爷鞭责罚跪。

这位小姐待这些姨娘虽然十分酷虐，承应这位老翁却是十分随和，无论叫他做些甚么，他都没有不肯。所以这位老翁也就极其怜爱，本不忍令其远嫁，不过，"女子生而愿为有家"，是人生不易的道理，而且要藉此攀附高门，不得不学那涕出女吴之举。这玉抱小姐也晓得夭桃秾李是女子分所当然，何敢因不忍父母兄弟之情，背了周公大礼？只有这几位姨娘听见佳期已近，而且远适兰州，不觉私相庆幸。在这位老爷，有如挖却心头肉；在这几位姨娘，真是拔去眼中钉，只盼这花轿出门，便可再见天日。

不料红鸾未照,白虎先临,竟在喜期这天出了这个岔儿。玉抱小姐听了这个信,就撤调褪珥,誓作未亡。全似庄夫妇也苦苦劝着,定不肯依。当天,到底送他到贾府成了一成服,却就回去。玉抱小姐同父母说道:"虽不能过门守节,却愿如婴儿事亲。"全似庄固喜,免得别离,贾端甫亦甚钦其节孝。过了静如小姐喜期之后,又接了过来,谒了祖,见了礼,贾端甫并答应将来替他立嗣,以续宗祧。这也要算一位名儒、一位名吏的佳妇佳女,足为两家门楣增光了。

这贾端甫替女儿完了姻、媳妇成了礼,想起这位爱宠尚未正名,"不多两月就要分娩,算个甚么?现在宗嗣之重全在他身上,怎么能永远这么含含糊糊?不趁此刻把这事办妥,将来到了甘肃衙门,未免碍眼;况且从前以服侍小姐为名留在里头,小姐现已出嫁,就要同着姑爷到省,还说服侍谁呢?难道好叫他再回家不成?"这么一想,这事更不容缓,晚上就同小双子商量。小双子道:"我早同你说过,你要这么遮遮掩掩的,有甚么法子?今儿我已经被你弄到这个样子,肚子里都被你下了种,我还能说不愿?明儿我回去同我爹妈说声,你再叫他们来吩咐一句,我爹妈是你手底下的人,他们怎好不答应?就连身价也不见得好意思要的。但是,我虽不想挂朝珠、穿补褂,那披风、红裙我可要的,也是你的体面,你明儿就得叫裁缝替我做。馀外的衣服、首饰我现在有得用,这个地方也弄不出好的来,暂时也不必办,随后再慢慢替我添罢。"贾端甫满心欢喜,都答应了。

从前,这小双子有的时候还要朝去夜来,做那掩耳盗铃之事,自从那位少爷死后,小双子害怕,早晚都不敢独在一个房里,也就公然的陪着贾端甫停眠整宿,那个还去管他?

第二天,小双子梳了头,回家去同他爹妈商议。那郝氏倒也很以为然,说:"早应该如此,还是那个不晓得?这也是不要紧的事,不晓得这位老爷要这么偷偷摸摸的做甚么。恭喜你!明儿养了少爷,也带起我们风光风光,你可不要忘了我们!"说得小双子倒有些不好意思。

那张全却说道:"小双子,你真要嫁这姓贾的么?"小双子愣了一愣,道:"爹爹这话说得真奇!当日也是爹爹叫我进去伺候的,并且叫我凡事百依百随,不要违拗他,这不是明叫我把身体送给他么!现在陪他睡了这

第二十二回　矢贞珉娇女善承欢　吞巨款恶奴谋反噬

几年，连肚子都有了，还好说不嫁他？这也并不是我自己愿意如此的，因为爹爹所命，我不能不遵。怎么今儿爹爹说起这样的话来？"

张全道："你定见要嫁他，那也没有甚么，我也不来拦你。不过我同你说，他这个人最善做作、不近人情的，他待他那位太太你是看见过的，你做了他的姨太太，那更差了一层。今儿名分未定，他还让你回来见见我们，明儿名分定了，恐怕不但不准你出来，就连我要进去见你一面都做不到。这还是小事。他今年已望五的人，你还不满二十岁，人生的寿数是说不定的，花甲的人也不算夭寿，那时你又怎么样？现在他的本家亲戚是不大上门，到那时候，看见有家私，大家来争，你是个小老婆，说不响话的；我是个小老婆的老子，更没有地方插嘴。你这肚子里就算是个男的，那时不过十一二岁，怎能同这些人斗？若要是个女，更不必说，两个没脚蟹，只好听着人家吃。你拿得稳这肚子里定见是个男么？又拿得稳会再养么？你陪他睡了两三年，才有了这一点血脉，我看也不是甚么壮健的人。老子我见得到的地方不得不同你说，你自己去想想看，这是你终身的事，不要到那时候懊悔！"

小双子低头想了一会，说道："那么叫我怎样呢？还是照旧这么糊弄着，还是叫我回来住着，等着去嫁那个扬州的穷鬼？那我可是不来！"张全道："那个叫你去嫁那穷鬼？你依着我，我自然有好路与你走。他的家私别人不知底细，我却是瞒不了的，数目也不多，总共只有八万银子。我本想把他养肥些再吃的，现在他既开了口，那也等不得了——这也是我们只有这点财运！他这八万银子存放在汇丰、道胜两家银行里头，两个折子、存据都在他那只小皮拜匣里。他单身出门，总放在枕头边的，在家里放在那里，你大约总看见过。"小双子道："也是放在床上，那是我看熟了的。我晚上除下来的镯头戒指，都放在这拜匣盖上。"张全道："那就更好！你今天进去不要说甚么，只说同我们说过，我们都没甚话说。你只想法子骗他写个笔据，说这肚子是在未收房以前同你有的，那就最好，不能也不要紧；再嬲着他把那皮拜匣让你把首饰收在里头。这种本事是你的拿手，想来必做得到，用不着我教的。"小双子脸一红，低低的说道："爹爹也拿人家开心！"

张全又道："你明儿早上蟠着他迟些起来,就是他起来了,你总在床上延挨着,不要下床,等我同你妈妈进来,自有道理。将来拿了他这分家私,让你自己挑一个年纪轻轻的好女婿,岂不是一生受用！你又不是个真正闺女,还要讲甚么从一而终么？将来就是你兄弟大起来,这家私可是你拿身体赚来的,他也不能分你的;你要念的同胞情分,分个一两万与他,那是你格外的好处,我老两口子只望靠着你吃碗安逸饭罢了。你看主意如何？"

小双子想了一想："这贾大人本没有甚么恋头,我不过贪图他的富贵。若把他的家私弄了过来,另外找一个年轻貌美的好丈夫,那可比天天陪着这黑脸胡子好得多,做官不做官有甚么要紧！"就说道："都依着爹爹做罢,我进去了。"

这小双子进去,贾端甫问他道："你同你爹妈说了怎样？"小双子道："他们有甚不愿意呢？你明儿再叫他们来说声就行的。但是,你就要进京的人,这个事体说定了自然就要办,我那红裙、披风当天我可要穿的。趁着姑爷、小姐在面前,你把我穿了,将来人家不能说我是妄自尊大。披风还容易,裙子要百褶打间,很费工,日子紧了,你得赶紧替我去做。我别的又不要你甚么东西,总算体谅你的了。"贾端甫又赶紧开了尺寸,叫人去买了料子,叫了裁缝,亲自在厅上看他裁好,叫他连夜去做,限他三天就要。

到了晚上,房里没人,这小双子就撒娇撒痴的倚在贾端甫身上,说道："我可怜十几岁的人,被你硬弄上手,我虽然出身低些,可是正正派派的原身姑娘跟着你的,你可要拿我当个人看待。"贾端甫道："那个自然。"小双子道："我这肚子是不是你的种？"贾端甫道："你这话问得真傻,怎么不是我的？"小双子道："你也晓得是你的,我也晓得是你的,人家可不晓得是不是你的。明儿万一你的亲戚本家推算起你把我收房的日子来,说是月份不对,是个野种,你在面前,你好说得出口;你不在面前,难道我好意思说是我先同你偷上有的？那可叫我怎样呢？你写个字儿给我,我到那时拿了来把人家看,人家自然没得话说。"贾端甫道："那里会有这些事？你真正太远虑了！"小双子道："你不晓得女人家的苦处呢,做人家小的苦处更是说不出。"贾端甫还是笑着没有答应写。小双子撅着嘴道："难道这个肚子你不

第二十二回 矢贞珉娇女善承欢 吞巨款恶奴谋反噬

认帐？我明儿就想法子把他弄掉，省得将来被人家牵头皮，说我带着肚子过门。好在我年纪轻，以后再同你有了，那就不怕人家说闲话！"说着就拿手去揉那肚子。贾端甫连忙拉着他手道："你这个傻子，不要瞎闹，我写给你就是了。但是这个东西叫我怎么写法呢？真正新鲜！"小双子道："你就说是'小双子的肚子是我贾某某先同小双子有的'不就行了么！"贾端甫道："那有那样写法？"想了一想，只得拿了一张信笺写道：

  张氏妾先因入侍，有娠五月，然后收房，恐亲族疑诘，书此以为征兰之据。

            某年 月 日 端字

又念与他听，并细细的讲解与他。小双子一定要在那"张氏妾"旁边注上"小双子"三个字。贾端甫笑道："你这个人真正迂而且赘！还怕不是你？"只得又依着他添上。

  小双子接了过来，得意之至，折好了揣在衣裳口袋里，说："我明儿等肚子里这个儿子养出来，把他的胎毛团儿同这个字包在一块儿，等他大了交把他，说：'这是你爹爹写的，不怕你爹爹同你的本家亲戚不认帐！'"贾端甫笑道："你真是个傻丫头！"小双子望他瞅了一眼道："你说我傻，我看我还乖巧得很呢！"小双子又靠到贾端甫怀里，拉着贾端甫的手摸着他的肚子，说道："我为了这个孽障，不晓得吃了多少苦！前回在彰德，被那些瘟强盗那么样子糟蹋，我心里又羞又恨，依我的性子早已寻了死，因为这个里头是你的血脉，你的子息又不多，不能不替你留着，只得忍辱偷生。我可不是好意的，你可不要说是我不要脸！"贾端甫道："那个自然，你看这多少时，我何曾有一句话怪过你的？"小双子又道："我听见说那一县里已经拿到那一回的一个真强盗了，几时把这班瘟强盗拿完了、杀尽了，才出我心中的气！我想起来又恨又怕，这个地方也在城外，听说也不是甚么好地方，前个把月还有个乡绅家里被抢呢。我天天除下来的首饰，你让我收在床上那个拜匣里，稳当些，钥匙交把我也好，你带着也好，到京里再替我照样买一个。"贾端甫道："你要收尽管收，钥匙就交把你也不妨，但是要当心点，里头是要紧的东西！"说着，就在身边四喜袋里拿了一个小钥匙，交与小双子。

　　看书的诸位，张全说的"中年以外的人遇着青年女子，只要会笼络些的，总要被他迷住"，这话真正不错。你看贾端甫这样一位道学先生，近来是小双子的话，总觉着听得入耳，要东就东，要西就西，也就随他调拨了。新学家总说中国女权弱，做书的看起来，只要是稍为文明点的男子，没有不怕女子的。不拘他是怎样方正的人、怎样威猛的人、怎样拘谨的人，大庭广众之下，对着他的妻妾，尽管规矩谨严，礼法周密，到了那璇闺独对、绣幄双栖的时候，自然有一处似怕非怕、觉得有许多对不住这女子的地方，必得要将顺着他才好的意思。那女子也不论贞淫妍媸，到了这个时候，也自然会得恃宠争怜，好像这男子受了他多少恩惠，应该受他钳制的一样；并且是大妇小妻、私欢爱婢都有这种情形，人人相同。只要看那些大官大府的妻妾，在人面前叫起那夫主来，总是"老爷"、"老爷"的，到了那剪灯私语、倚枕低呼，没有不是"你阿你"的，就是收用过的丫头都是这样，那堂子里的倌人更不必说。这都是不期然而然，用不着人去教，并且出于不自觉的。这就是个浅譬明证了。若要不是如此，也就觉得没甚趣味。诸位以为何如？看书的看到这段议论，必定要说做书的是个既怕夫人、又怕如夫人的人。然而请看书的自己想一想，在夫人、如夫人面前，背着人的时候是个甚么样子，当亦哑然失笑。

　　小双子接了钥匙，看了看钟，已经十一下一刻，说："不早了，我们睡罢。"就卸了妆，把褪下来的戒指、耳环、手镯之类，都开了锁收在那只拜匣里头，仍旧锁好，放在枕头边。这一夜更拿出手段来，奉承得这贾端甫力尽筋疲，沉沉睡去。

　　到了早上，小双子假装睡着，故意的拿那玉臂搂着贾端甫的肩头，金莲压在贾端甫的腰际。贾端甫不忍去推他，比往常迟了有半点多钟的工夫，看这小双子似乎微微有点醒意，贾端甫才得起床。那小双子还是春意满腮、娇慵无力的样子，慢慢的坐起身来，缠那一双金莲。贾端甫不由得问他道："你今天怎么会得这么倦？"小双子望他一笑，低低的说道："问你啥，你还来问人！"

第二十二回　矢贞珉娇女善承欢　吞巨款恶奴谋反噬

　　贾端甫正要叫人打水洗脸，只见张全同着他妻子郝氏走进房来。贾端甫看了一看，刚说得一句："你们来做甚么？"那张全也不回言，手里拿着一根马鞭子，走到床面前，望着小双子身上"嗖、嗖"的抽了两下，骂道："你这不要脸的丫头！我从前叫你进来服侍服侍太太，太太不在了，你说小姐要你陪伴，那晓得你倒陪伴上了老爷，爽性服侍到床上来了！你这不要脸的丫头！"说着又抽了两鞭子。那小双子只是嘤嘤啜泣，也不开口。张全又骂道："你不要脸罢了，你还带起我！我祖父也是个廪贡，我老子也还出过考，我虽是跟官，我也是替官办的公事，没有我甚么低三下四丢脸的事体。今儿你做了这种丑事，叫我将来回家拿甚么脸见亲戚？死后拿甚么脸去见祖宗？而且你是个有婆家的人，前回你的婆婆还有信来，说明年春上就要讨的。我若揹着不嫁，人家说我赖婚；若要嫁了过去，人家看见你这种破货，那个肯顶这乌龟的名？告到官府，我还要为着你去坐班房、挨板子，你这贱丫头，真坑死我了！"接连又是重重的几鞭子，打得这小双子满床滚着哀哀痛哭。

　　这贾端甫又羞又气，又怜又怕，只在那里叫："张全，你有话好好的说，张全，你有话好好的说，不要只管乱打！你跟了我将近二十年，我待你也还不错，你也还该看这十几年的情分，不要瞎闹！"张全接口道："老爷待家人是不错，家人也没有误过老爷的事，老爷怎么不念念家人伺候了十几年，替家人留点面子？家人因为老爷是端方正直的人，上房里头没有一个闲杂人进来的，家教极其严整，所以才叫这女儿进来服侍服侍。还想让他学点大家规矩，将来嫁到他婆家去，也叫人家看着家人伺候的主人不错，家人脸上也有点光辉。那晓得老爷是个外君子而内小人的人，家人再想不到这么一位坐怀不乱的老爷会得如此，大约总是这丫头狐媚勾引的，我只打死这贱丫头再说！"说着又去打。那郝氏却跑了过来拦着道："女儿是我养的，要他死，带他到家里去死！在这里死了，算我张家的人，还是算他贾家的鬼？"说着就上床拉他女儿，顺手抓了他女儿的衣服，问她女儿道："你的首饰呢？"小双子指着枕边那个拜匣道："在那里头。"郝氏也就拿来裹在衣裳里，领着女儿就走。这张全还扬着鞭子一路骂着出去。

　　这贾端甫是气昏了的人，坐在那里半晌说不出话来。他那女儿、女婿也才起身,听见张全夫妇在房里闹的时候却不敢问信,等他们三个人出去了,然后双双进房。那史五桂倒也是跟着静如小姐叫爹爹的,就问道:"爹爹,到底是甚么事情?"贾端甫定了一定神,才说道:"我因为张全是用久了的人,他这女儿也还伶俐懂事,所以才赏脸与他,叫他近身服侍服侍,他倒这么样子胡闹,真是不识抬举的东西!难道他女儿是个天仙,我一定要他?我花几百块钱,那里没有比他好的?他却在那里发昏,以为我非他女儿不行,要去俯求他,那可真是糊涂之极了!况且他在我这里十几年,我那一任不派他一两件好事?他弄的钱也不少。今儿他这一闹,还有脸再来见我?可是他自己把这饭碗弄掉,不能怪我薄情!"史五桂道:"张全夫妇两个大约是一时糊涂,出去回个味儿来,总就要带着女儿进来求的。到底是用熟的人,他女儿听说服侍得也还周到,那时爹爹也不必同他计较了。"贾端甫道:"那再看罢。我生平是不受人家挟制的,照这种样子瞎闹,这人还能用么?"

倒是静如小姐心细,说道:"小双子是他老子同爹爹说了,自己情愿送进来的,伺候爹爹也有两三年,他老子娘也并不是不晓得,就差爹爹吩咐一声、开一开脸,平日间上上下下,谁不拿他当姨娘看待?昨儿他回去一趟,今儿一清早就出了这个岔儿,怕的是串通的呢!不晓得他们里头还有甚么诡计,须要防着点儿。"贾端甫道:"你这话真呆!小双子这么安安稳稳的姨太太他不做?我已经同他讲明,说一两天里头就替他开脸收房,他还争着要披风、红裙,我也答应。他昨天说,要赶收房这一天穿,趁着你们夫妇在块看看,晓得是我给他穿的,免得将来人家议论他僭妄。我想这话也不错,所以当时就剪了料子,交与裁缝去做。我这个样子待他,他还有甚么不遂心?你没有看见,先头他老子那样下毒手的打他,打得他满床的滚,那才真可怜!现在跟着他妈出去,还不知是怎样,那里会同他老子串通呢?"

静如小姐道:"不是这么说。既然爹爹同他说明了要收房,他老子娘忽然来这一闹,这其间更有可疑,他老子那顿打定然是苦肉计!这小双子也不是甚么懦弱的人,若不是串通了,肯安安静静的受他老子这么一顿凌辱,不等爹爹一句话,跟着他老子娘就走?爹爹倒查点查点,看少了甚么

第二十二回　矢贞珉娇女善承欢　吞巨款恶奴谋反噬

要紧东西没有？"

这句话才把贾端甫提醒，连忙跑到床上一看，那只放外国银行存款折子、票据的白皮小拜匣已经不翼而飞，这才着了慌，道："阿呀！这怎么好呢？怪道昨儿晚上同我要这匣子放首饰，又嫪着我写那笔据，原来小双子竟是同他爹妈串通了，安了这种坏心来算计我的！这事怎么办法呢？还是找全似庄商量商量罢。"就走到厅上叫家人："到府里去看看，全亲家老爷如果得空，请过来谈谈，否则我过去亦可。"那家人回道："即才听说今天天亮，上头派了委员下来，把全亲家老爷的印摘了，说要锁拿到江西抄家问罪呢。"贾端甫听了大惊，说："怎么会有这种事呢？"就叫女婿史五桂去打听打听。

究竟是件甚么事，请诸位等这史五桂打听回来，便知道了。

痴　编　上

第二十三回

六亲同运幕燕分飞　一梦荒唐辕驹息辙

那史五桂去打听了一阵,回来说道:"摘印是真,锁拿是假,江西却有个委员来,说是为买军火的事体,要追赔款项呢。"

原来上年全似庄经手买的军火,交到军械所之后,当时没有发用,这回尚抚台练了一镇新军,把这枪配发那营里。领了去不到十日,纷纷回说:"这枪不能用。"抚台叫卫队上试了试,果然有许多机关不灵,也有许多退不出壳子来。军械所提调回说:"这枪是全守在上海买的,又是全守在九江府任上收的,都是全守一人经手。"那位首府郅幼稽太守又回了一句道:"全守在上海买这军火的时候,卑府刚出京,路过上海,听说其中很不实在。卑府因为事不干己,所以没有敢提。"

尚抚台听了大怒。那时还有两期十几万银子未付,依藩台同首府的意思,就要扣着,叫全似庄自己去料理。尚抚台因为那合同是自己在藩司任上盖的印,怕洋人为难起来,自己也拖在里头,就说道:"洋人那边已经立了合同,那没得说,只能照期付银,我们只有追着原经手的赔款就是了。"郅太守道:"款子大了,恐怕隔省不肯代为力追,似乎要奏一奏,请直隶制台将全守押回江西,才能望他清缴呢。"抚台就上了个折子,请将全景周先行革职,押解赴浔追赔;一面派了委员带了咨文,请直隶总督派员摘印,交这委员迎解回浔。直隶制台见江西已经出奏,就委了委员摘印,又行司委员接署。恰好这天折子也批了下来,自然是"着照所请"。这两个委员都是坐的火车,却是昨天晚车到的,不过外头到早上才晓得。

贾端甫听了这信,也就赶紧过去看了他亲家一趟。全似庄道:"我这事有洋行合同,抚台、藩台的印信,瑞久帅几次的电报答应了才做的,我的脚步子很稳,我到江西还怕甚么?"这委员却催促甚紧,只得赶紧交代清

第二十三回　六亲同运幕燕分飞　一梦荒唐辕驹息辙

楚。好在不经征钱粮关税的府缺，没有甚么纠葛。全似庄交卸下来，这些幕友、家丁固然登时星散，连他三位姨娘都跑了两个，大约不限定为着老爷罢官，还多半为着小姐守节起见。全似庄到这时候也没有工夫追捕，只好听他透笼拂瓦而去。

同了委员、带着家眷回到江西，却发交首府看管讯追。首府就发在经厅衙门管押，在花厅上问过两堂。郅太守是做此官、行此礼，公然摆足了那问官的威势，绝不似那在上海同吃花酒的神情。可怜全似庄从前想这首府印把子，没有想得到手，今儿反在这衙门里听审，不为座上主，反作阶下囚，宦海升沉，真说不定。

这郅太守审起案来，同那八股家的好手一般，句句是鞭逼入里的。全似庄被他磨折不过，只好认了个"受人欺骗，情甘酌赔"。郅太守回了抚台、藩台。依郅太守，是将所买枪枝全数发还，令他缴回原价。藩台说："那是万做不到的，要了他的性命也无济于事，叫他赔缴一半罢。"还是尚抚台，到底同他做了多年堂属，不免有点念旧之情，因为那些枪枝也还挑出些能用的来，有些也还可修理，就酌量定了罚赔三成。这全似庄虽然平日挣的面子还好，并没有做过甚么肥缺，就是那年买军火，也不过照例沾润了点儿，还帮了他侄儿一千银子的引见费，所以宦囊也甚有限。罗雀掘鼠，仅仅缴了一半，那一半儿万缴不上来，只好坐在经厅衙门等死。那郅太守还不时要提他上去催催，把这么一位最要面子最爱干净的全太尊竟弄得垂头丧气，垢面囚颜。

他那位玉抱小姐天生纯孝，要学那缇萦救父的故事，自己用贞女出名，上了一个禀帖，情愿自己代父关押，求把他老子放出来，慢慢清理。抚台看了也动了动心。那天是个六月万寿的日子，在朝贺的时候，抚台就同首府说起这事，旁边就有一位道台说道："听得这位小姐是望门守贞的，现在又有这番孝心，真是可敬！况这全守也押了将近两年，似乎应得成全他呢。"

这郅太守最恶的是他办的事，人家在旁边说好话，听了这道台的话，心中大不舒服。当时因为各位上司都在面前，不好说甚么，回到衙门，就请老夫子办稿，要传这位全小姐来，像那回验华紫芳的法子验他一验。老夫子道:"那华紫芳是被人控告犯奸有案,验他一验还没有甚么不可。这人家好好的一位小姐,怎么能传来验呢？那是万万做不得的!"郅太守一想,这话也还有理,然而心中的愤气总不能消,到底传了南昌、新建两县来吩咐道:"这全小姐我风闻他曾经逼死过他老子的一个姨娘,其中暧昧也不得而知,他却还要自称贞女,在抚台那里乱上禀帖。你们可传话与他,以后如再自称贞女,我可要传来验的。果然是贞,不但他老子我替他想法子放出来,还要请抚台替他奏请旌表；若验出来是不贞,那我可要追究奸情,照妇女犯奸的定律去衣决杖、当官嫁卖的!"两县把这话传了出来,你想这位全小姐无论他贞与不贞,怎么肯到这南昌府堂上去让人家验呢？只好把那贞女的招牌偃旗息鼓的收了。后来幸亏这位郅太守害了搭背烂,见心肺而死,全似庄的案子才得模糊下台,取保出来。

这郅幼稚虽然秉性残酷,却于"财"、"色"二字上绝不苟且,应得的钱他也要,并不矫激鸣高；也有几房姬妾,也曾选色征歌,却都是正大光明,并不托词掩饰。他的儿子润卿中翰,也是举人出身,这时已经补了缺,闻讣之后,扶柩回籍。与范星圃虽同是《酷吏传》中人物,似乎收梢结果还略胜一筹。这皆是以后的话,不过省得将来补叙,所以提前说一说的。

再说那贾端甫看见全似庄出了事,这张全的事体若去找别的官府,是要打官话的了,其中可有许多窒碍。只得叫他女婿史五桂去开导他道:"两下里到底是多年主仆,彼此很有点交情,不犯着因此决裂。若要是肯把女儿送进去,自然是当亲戚看待；要是不愿意把女儿送进去,也未尝不可,多少送点陪奁,为你女儿将来出嫁之用。那个折子、存据你可得交还的,他到底是做官的人,万一惊动官府,恐怕要吃他的亏。而且他在上海托人向那银行里说明止住了,那折子、存据也都成了废物。"

张全道:"我虽是个家人,我的女儿可不把人家做妾,他那种高亲我也不愿意仰攀。他要送陪奁,我可是多谢。他的女儿破了身,他好意思拿来嫁你,我的女儿破了身,我可不好意思拿去嫁人。至于那个银行的存据、折子,我本要想还他,并且他这些银子的来路我还有篇清帐,也要交与他；但是在这里却不便交付,我们到刑部衙门或是都察院堂上当面交还他罢。他讲他是个官,我正想同他一起去见官呢! 我女儿是有婆家的人,这肚子

第二十三回　六亲同运幕燕分飞　一梦荒唐辕驹息辙

是他的,有他的亲笔凭据在我手里。我只要拼着我女儿一死,他是个做臬台的,问问他看,职官奸占有夫之女因而致死是个甚么罪名?这不是有榜样在块!恐怕他就不像那汉阳府的增大人,也得像那江西臬台的范大人。那时候,恐怕他的钱要不到,倒反连他的官都送了呢!我因为同他是将近二十年的交情,不肯下这个辣手。叫他放明白些,看破点儿,就此罢手,我也看这钱面上,不来同他为难,总算是我拿女儿的身体卖来的,我就忍口气当个乌龟。他要不知足,或是去告官,或是去到银行里拦阻,那就是他自讨苦吃了。"史五桂也无可如何,而且听了那女儿破身不破身的话尤为戳心,也不好意思再同他说甚么,只好回去据实告诉他丈人。

贾端甫听了这话怎不动气?但想起那增朗之同范星圃的事体,却也真有些害怕,"万一他真个闹起来,有真赃实据在他手里,叫我从那里辩起?不但功名保不住,连这一生的清正名声都毁掉了!"只好憋着这股气,咬咬牙丢开手。

那张全却消消停停的带着老婆儿女动身到了天津,恐怕贾端甫不死心,到上海银行里去做手脚,就在天津两家银行拿存据、折子去商量,说是主人有急需,要在这里提用。两家银行看了折据不错,又打电报问了上海银行,复电来说数目相符,就照数拨付。张全就把这八万银子连他自己积存的两万多银子一起,托票号汇到上海,预备将来在上海、扬州做点事业,娱此暮年。

天下的事总是螳螂捕蝉,黄雀在后,那晓得他在天津偏偏撞着了那个柏义。问起他的踪迹,柏义说是在德州衙门站了两年,很赚了几文,要想回家娶妻置产。张全见了他固不免眷念旧情,小双子看见了更是如获至宝,就同父母说明要招他为婿。张全因为这家私都靠他赚的,又答应过让他自己择婿,此时不能违拗他,也就答应了。在那旅店之中,虽未明偕花烛,却已先续旧欢。柏义同小双子在那枕边细谈别后情形,小双子自然尽情相告。柏义听了那贾太太为他相思殒命、贾小姐为他失节败伦,都不大在他心上,倒是听见他们发了这一笔大财,不觉怦然心动。

过了两天,上了轮船,柏义想:"这张全是个奸滑不过的人,这笔钱在他手里,万万弄不过来,除非他死了,我才能安享。但是他年纪又不老,怎么就会死呢?"也是应该劫数,那天夜里天气昏黑,张全到船边解小手,柏义看见张全出来,就悄悄的跟着他,看他才扯了裤子,就出其不意在背后用力把他一撮,就从栏杆上一个倒栽葱跌下海去。幸亏张全是自认做乌龟的人,登时就有他那些种类手舞足蹈前来欢迎,替他穿上盔甲,领着他见龙王去了。这船上听见"扑通"一声,就有水手拿灯来照。那柏义就大呼:"快救人!快救人!"船上大副也来了,舱里有多少人也惊醒了来看。郝氏母女在房舱里听是柏义的声音,也推开窗子在里头望。只听见柏义哭着喊道:"快放舢板,我的老爷解手失足跌了下去,快点救嘘!人命要紧,求求你们,做做好事罢!"那大副不懂他的话,恰好买办也来了。郝氏母女听见也都哭了出来,柏义只吵着要放舢板。那买办说道:"这时候莫讲不能放舢板,就是放了舢板,这样大风大浪,他下去了这么半天,知他淌了多远?那里去救?本来轮船上要小心些,这海里风大,总有潮水拍上来,板是滑的。这也是他的命数,你们到上海替他招魂设位罢。"柏义还是痛哭,急得要自己跳下去捞。郝氏母女看是没法,倒反把他劝了进去。

到了上海,租了房子,替张全设了灵位,哭祭一番,柏义也很尽半子之礼,郝氏母女都甚喜欢。柏义想:"这小双子是个水性杨花的女子,比我小了二十多岁,再过两年,看我老了,我同他又不是明媒正娶的花烛夫妻,上海轧姘头、拆姘头的事体很多,万一他心上另外有了人,同我拆开,那时他的银钱还是他的,我一点儿沾不到光;况且张全还有个儿子,也是要争的,难道好再弄死他不成?自古道:先下手为强;宁我负人,毋人负我!"

想定主意,就同他母女商量道:"我们这些银子,若要回家置田产呢,我们出身低微,人家打听出来要欺负的,你看那邵北杨家、扬州陈大脚家不是被人家制住了么!要做生意呢,我们却不在行。我听见江西九南铁路指日就要造成,将来利息很大,而且是稳稳当当靠得住的。不如附他十万股子,就是呆息,也够我们用了,将来的红利更是生生不已的。你们的主意如何?"这母女二人有甚么主意呢?而且女儿的身体都是他的,这样青年美貌的女子陪他睡着,这样的家私凭他享用,还有甚么不足呢?想来他也不会有甚么坏心。就说道:"你见的大约总不错,你说怎样就怎样罢。"柏义道:"那么得我自己到江西去走一趟,款子大了,托人不放心。"他

第二十三回　六亲同运幕燕分飞　一梦荒唐辕驹息辙

母女道："那也好。"小双子还叫他买些夏布回来做帐子。柏义就收拾动身，托三晋源把银子汇去。那晓得他也同那毛升一样，一去竟如黄鹤，不但小双子拿身体换来的那八万银子入了他的囊橐，就连张全一生辛苦积赚下来的一点老本，都被他顺带而去。

这里小双子不久分娩，却是一个女儿，可是贾枭台的真种。盼着这柏义，越越的青鸾信杳，黄犬音乖。家里存的现银看看盘缴完了，开门七件渐渐不支，自然也只好还靠小双子的两片皮肤作了糊口之计，恐怕贾枭台的那点骨血将来也不免女传母业呢！

据说那柏义到汉口姘了一个档子班的女的，合了一个班子，在汉口一带唱戏。后来那女的又同一个武小生姘上，被柏义撞见打了一顿。那女的同那武小生商量着把他谋死，因为没有尸亲控告，也没破案，所以不知其详。

那贾端甫被张全弄得人财两空，计无可施，只好带了女婿、女儿赶紧收拾进京。幸喜有他把弟范星圃汇进京的一万银子，可以暂时挪来用用，后来还他没有，也就不得而知。做的那披风、红裙三天后居然送来，只好便宜他的女儿。

贾端甫到京之后，就到宫门请了安。召见的时候问了问浙江、湖北的情形，他一一回奏。晓得这位两湖总督蒂固根深，同他是卵石不敌，心里虽然恨他，却不敢说他一句坏话。他那女婿史五桂也照例引了见，费用不足，自然是贾端甫在那范星圃的一万银子里头拨与他用。

这时候，任天然早由九江到了上海，在顾媚芗那里盘桓了一个多月，到京又两三个月了。因要打听打听范星圃、全似庄两人的事，听见贾端甫到京，去拜了他一趟，贾端甫也来回拜，彼此都没见着。那天有位京官替贾端甫饯行，有任天然在座，才得会面。谈到范星圃的客死旅馆、全似庄的解组追赔，不胜浩叹。贾端甫道："天翁宝眷是不是还住在九江？"任天然道："还在那里。"贾端甫道："好极了！星圃临终的时候有两句遗嘱，托我同似庄替他录出照办。这回似庄自己遭了事，恐也没暇替他料理。他有一位如君，寄住在九江，还存了六千银子，无论他这位如君嫁与不嫁，都留与他。他这如君有了几个月的身孕，遗腹生男，那是最好的；若是女儿，替他在族中择一个(过)继。他有一万银子汇在京里,将来留与他遗腹与嗣子的。这银子我现在挪用了,将来由我归还罢。我这回幸亏这一万银子,不然竟动不了身!做过宁绍台道、浙江运司这样美缺的人,连个陛见费用、到任盘川都没有,你想可笑不可笑?我也总算官场最笨的人了。"任天然道:"廉访的清名那是久仰的,处脂膏而不润,这是最难得的事。"贾端甫道:"我抄出来的遗嘱明天叫人送过来,费天翁的心,到九江的时候,找着他的如君交与他,再打听打听他遗腹是男是女。他的灵柩还在正定,似庄一走,恐怕一时难得回去,只好再说罢。"任天然道:"星圃是教弟前后任的同寅,能尽力的地方无不尽力的。"

次早,贾端甫把抄的范星圃遗嘱叫人送与任天然,就同着女婿、女儿出京。到了陕西,史五桂带着静如小姐去禀到,贾端甫只趁了只身赴任。贾端甫初做官的时候就说过,他衙门里不容一个官亲,现在并妻妾子女俱无,而且真弄得两袖清风、身无长物,天也算成就了他的"清正"美名。他那恩师厉中堂待漏趋朝,还有个爱媳侍奉;他那冤家增太守闯关出塞,还有个宠妾相随,似乎还不至像他这般寂寞呢。

他的女婿史五桂,不但陕西公馆有个在马班里讨的如君,并且东昌家里还有个悍妒非常的正室,可怜贾静如小姐那里知道?到了长安公馆,看见这个姨娘,心里甚不舒服,拿着太太的排场要他来参见。那个姨娘名叫穿姐儿,说道:"家里那个结发的自然是太太,那我不能僭他;这外头讨的自然同我一样,都是小,不拘他是甚么出身,嫁了这有妻有妾的人,怎么能不做小呢?论起来我先进门,他还要叫我好听点才是,我不同他顶真,他倒要在我面前充起太太来?他后讨的好算太太,我早已应该要做太太了!"又向着史五桂道:"你东姘一个也算太太,西搭一个也算太太,你到底有多少太太?我受一个太太压制已经够了,怎么又有甚么太太?他既算得太太,我更算得太太,先叫他拿见太太的规矩来见我再说!"贾静如到这时候才晓得他家有正妻,就望着史五桂哭道:"我是何等样人家的女儿,你却奸骗了来做妾,我同你见官去!"这一出平醋的戏史五桂实在难唱,好容易两面敷衍着,才得将就下台。贾静如看闹不出甚么道理,也只得忍着气,暂做那似是而非的太太。

第二十三回　六亲同运幕燕分飞　一梦荒唐辕驹息辙

谁知不到几个月,陕西抚台在那分别举劾人员折子里替这史五桂下了八个字的考语,是"卑鄙无耻,巧于钻营"。下到这种字样,那旨意下来大约没有甚么好处。史五桂见了电抄,只好带着这两位如君回那东昌乡下。

快到家里的那两天,那穿姐儿是尝过这位太太的辣味的,心想:"这回有这人顶缸,我倒可以少受点罪了。"贾静如可还不知道利害,倚着是臬台的千金,想那太太总得以平礼相待。到了家里,见了面不肯以妾妇自居,嘴里叫了声"姊姊"。那杜氏太太就拿那又粗又大的钉钯手在贾静如那又白又嫩的桃花脸上打了两个嘴巴,骂道:"甚么姊姊不姊姊,那里来的烂婊子,见了我都这么大胆!"贾静如到这时候羊入虎圈,也就没法,那里还敢回嘴?只好忍着泪改口叫了一声"太太",跪下去磕了几个头。那跟回来的家人在外头的这几个月是两位都称太太的,他也总算知趣,向这杜氏太太问了声:"两位姨太太的行李放在那里?"这太太道:"我们乡下,没有甚么姨太太,这个自然还叫穿姐儿。"又问贾静如道:"你叫甚么名字?"贾静如只得回道:"叫静如。"这太太向那家人道:"以后叫他静姐儿就是了。穿姐儿的放在对面房,静姐儿的就放在穿姐儿房后头那小半间里。"这太太又望着他两个愣着眼说道:"你们还不去收拾你们的东西,还等人来服侍你不成?"

可怜贾静如走到那小半间房里,一看又黑又臭,就是一张柳木架子床,上头铺了几根秫秫秸子,一张柳木杌子。然而无法可想,只好把床铺自己铺好,镜箱之类放在那杌子上,箱子只得放在地下。到了晚上,外间房里还有盏黑暗暗一根灯草的油灯,这间房里连这盏灯都没有,只好黑坐。

那穿姐儿要讨这位太太的好,把这静姐儿的履历背了个详细,说:"他是被强盗轮奸过的,在家里偷自家的兄弟,所以他老子不要他,才把(与)我们这位老爷的。听说老爷这回被参,也就为讨了他,上司才说是'卑鄙无耻'。他到了陕西,还定要称太太,他说他是官府小姐,家里太太是个乡下人,见了他还应该尊敬他呢。"这位太太听了大怒,夜里在这史五桂身上又掐又拧,吩咐他道:"我明天可要打他一个下马威,你可不准哼一哼!"

这史五桂敢不唯命是听？

　　第二天，这位杜氏太太起来，坐在堂屋中间，手里拿一根驴鞭子，叫这静姐儿出来，叫他把上下衣服脱了。静姐儿延挨了一刻，这太太就是两鞭子，静姐儿只好把上身衣服脱去。旁边还有许多做工的看着，那下身衣服怎好意思脱呢？这太太又是几鞭子，静姐儿只好把裤子也褪了下来，当着人赤身露体的。这太太喝他："跪着！"静姐儿只得跪下。这太太道："你是个千金小姐，我是个乡下人，我应该尊敬你，我今天尊敬个样子给你看！"说着又是几鞭子。这静姐儿只是哭，也不敢说一句。这太太又道："老爷的功名是我爹爹好容易替他保举的，今儿却送在你手里，你这个被强盗轮奸、偷兄弟的晦气星，不打除不了晦气！我却没有气力来打你这贱肉。"就叫旁边做工的上来把他拉下去，一个揪头，一个揪脚，一个拿着竹片子，像那官府衙门打板子的一样，在那两条嫩腿上打了一二百下才放起来。

　　静姐儿吃了这回苦，更是低头服小，就连见着那穿姐儿都是姊姊长、姊姊短的。那穿姐儿高兴起来还叫声妹妹，有的时候就静丫头、静姐儿随意的呼来喝去。淘米洗菜、提水推磨，都得要夹在那些长工里头去做。那些年轻做工的有时还要拿他开开心，他也不敢违抗。

　　这史五桂讨他的时候，本是为贪图他老翁的庇荫、觊觎他老翁的家私起见。现在自己罢官，无从望他的庇荫；那分家私又被人家全盘端去，在他身上也就无甚爱恋，又为这雌老虎所制，到家一二年，竟没有进过他的房。听说后来史五桂不久死了，又遇着荒年，家里田房都卖了出去，这位杜氏太太竟自己做了老鸨，叫这穿姐儿、静姐儿抱着弦子做那道儿上客店里的夜度娘。究竟这话确是不确，他那位臬台老翁既不去顾问，做书的又何必替他根究呢？

　　再说任天然会见贾端甫的时候说，他已经到京两三个月，这两三个月里头到底他做些甚么事呢？原来他因为要送儿子任达进大兴县的学堂，须赶暑假期内办这喜事，吉期拣的是六月初二。先已有信同他内弟和养田约定，所以五月半后就带着任达赶到京里，住在他哥哥住的较场四条胡同宅子里。见了他哥哥任冷然，虽然觉得苍老了些，精神却甚康健，当过

第二十三回　六亲同运鸾燕分飞　一梦荒唐辕驹息辙

一次琉璃厂的差使,管过一次印结,京官有这光景也还算过得去。大的侄儿任远已考进了顺天府的高等学堂;二的侄儿任遴在直隶武备学堂,程度也说很好。他哥哥又纳了一个妾,叫做顺娘,也生了三四个侄儿,都还小呢。任远、任遴都已完姻,各举一孙,也皆牙牙欲语。弟兄久别,相见益欢,彼此官途尚顺,后起皆佳,尤觉快意。那和养田新近已传补御史,任天然带着儿子去拜见。又见了舅嫂,几个内侄也都见了,只有那爱卿小姐躲着不肯出来,也不好勉强他。

不多两天,就是任达的喜期。赘姻之夕,新郎新娘都是幼年相识,自然欢爱逾常。暑假期满,任达就进了大兴县的中学堂。

任天然把儿子的事体办妥,自然要料理他自己的功名。他那送部引见的明保,还是知县任上得的,同吏部选司掌印的商量商量,说是可以带在道员上开列,召见下来,一样有恩典的。他那位保举老师梁培帅大军机见了几面,也说:"你引了见,我总可以招呼招呼你。做官本不错,现在正是国家需才的时候,那荐贤为国是我们应分的事。就是范星圃他闹了这么一个岔儿,他做官可真好,真有才干!我听见他要进京,我很喜欢,正想替他筹画筹画,那晓得他竟故了,真是可惜!"

任天然又去见了那几位军机,照例送了些土仪,也都收了些。他三班分发捐免保举的银子已都托票号代缴,只有省份还没有想定。这两个月里头,有同他说"某内监现在掌权,某人同他很熟,可以托他介绍见一见,只要得了存记,稍为点缀点缀,不久准可放缺"的;有同他说"某中堂的一个心腹是我的至好,只要去运动运动,那是十拿九稳的,比那无稽之谈较为冠冕,你看前回某人某人不已有了明效大验么!"说这话的几位都是关切至爱、很有面子的人,并非木钟可比。任天然听了,颇为官兴勃勃,有个得时则驾之思。

那天睡在床上盘算盘算,那一省好呢?江西我不愿再去;湖北那位制台也难共事;湖南、福建局面皆小;陕甘、云贵路途太远;两广土匪充斥,那不必说;四川铁路未成,水陆两路皆险;还在江浙两省好些。但是江苏人数太多,浙江道班优差甚少,若不放缺,亦无生发,却怎么好呢?

想着想着,曚昽间像是召见,两圣垂问殷殷,他竟直抒胸臆,痛陈利弊,详说补救时局之方。宸衷大为嘉许,下来就放了缺,好像到了任不久就陈奏开藩,竟做到抚台了。似乎是在江西,又像是在山东。他把生平要做的事都一一实现施行,真个是学校昌明,兵戎壮盛,财源通畅,民物安舒,颇有得志加民、胜任愉快之意。见那各种报上都是称颂他的功德居多,他却虚心爱才,广开言路,不拘甚么人的条陈信札,都要细细亲阅的。

有一天,接到一封海外来的信,是几个新党出名,说他"一切措施恰合公理,既具此等学识,又处此等地位,何不高举义旗,席卷天下,使我黄农苗裔收回久失之金瓯,永享和平之幸福。公如有意,某等当厉兵秣马,负弩相随。"他想,这是灭族败家的事体,如何做得?但是这些新党潜踪岛屿,拿是拿不到的,惹动了他,反要多事,不如付之丙丁。

又一天,又接到一封信,说是:"中丞受国家恩遇,自然无违背朝廷的道理。但是立宪为五洲最平和的政体,中丞身秉钧衡,上邀宠眷,又能洞彻新理,确有设施,当可上格宸聪,成此美举,以慰五大洲志士之望。"他想,这也是做不到的事,只好置诸高阁。

又一天,接到一信,说是:"中丞到任,中外仰望风采,以为必可大抒抱负,使我四万万同胞同享自由之乐,永除压制之灾。乃年馀以来,但见中丞为中朝筹赋敛,为强虏急供张,教士子成奴隶之材,代专制储爪牙之选。然则中丞仍系凉血部中一种变相之物,与庸庸琐琐者何所区别?殊失众人之望,殆亦非中丞本心。倘以势有为难,志无可展,则当去位避贤,胡竟恋恋栈豆耶?"他看了这信,心中又愧又恼,却又接到一个电报,是某国兵官要到省城练兵,并要他把这合省厘税悉数交让与他管理,说是已同外部说明的。他想:"这事怎么是好?叫我去做那某某两公,弃地偷生,我可没有这个面目见人呢!"

正在踌躇焦急,忽然耳边听见一个人喊道:"这是甚么时候,你还在这里酣睡!"他吓了一跳,睁眼一看,红日当窗,却是他那位内兄和养田来约他去游陶然亭。他坐起来愣了一愣,那里放甚么缺、做甚么抚台,真是黄粱一梦!也就洗了脸,穿了衣服,陪了他内兄去逛了一天。

到晚上静坐细想:"我此次引见,不过是想放缺升官,假如就同昨天梦境一样,也算如愿以偿,亦复有何趣味?况近时的官场,真如那一位督抚奏折里所说的：两人之口，或毁而或誉；一人之身，或贤而或否：荣枯未可预知。我今年已四十外的人了，何苦为那两字虚荣，误我三十年清福？"那一片趋炎附势的心里不觉焕然冰释。

请诸位留心看着这任天然到底引见不引见罢。

痴 编 下

第二十四回

甘偕隐海陵营别墅　约同心嵩岳访名山

任天然想了一夜,把那宦情顿冷。早上起来,就同他哥哥冷然商量道:"我不引见了。"冷然问起缘故,任天然把前天夜里的梦境、昨天夜里的想头细细的同他哥哥说了一遍。任冷然道:"不做官倒也很好。你还是把家眷接回京呢,还是回安徽原籍？我看上海是不宜久住的,九江也不好。"任天然道:"京里这个地方,除掉要做官那是没法,不为争名,何须居朝？安徽原籍那些本家也久不来往,我也不想回去。上海是万住不起的,九江也是暂局。倒是前回吴伯可亲家约我到泰州去了一趟,我看那里朴而不陋,偏而不僻,薪米鲑菜无一不廉。吴伯可说,他厘差交卸之后,家眷就拟住在泰州。我也想去,与他结邻,看有相巧田产略为置点,课耕垂钓,亦饶乐趣。哥哥素性恬淡,何妨抛却这个冷官,同到那里去住呢？"任冷然道:"我这么一大家人家,谈何容易搬动！孩子们又在这边学堂里。我在京住久了,只算一生没有出过京,安土重迁,也不再动。我本没有心肠去做官,所以京察也轮不到我,我也不想。好在我这衙门也很消闲,就这么半仕半隐的混着罢。你既说泰州好,就住那里也可,我也听见朋友们谈过,那是鱼米之乡。等你把家眷、田房安顿好了,仍可不时出来游玩的,转瞬铁路完工,往来更便,常可到京里来看看我,上上坟,比到做官总要自由些。"

任天然又到和养田那里,把这不引见的主意告诉他。和养田道:"你这真高尚！好在你是个候选官,迟早出山皆可自便,将来也还是可进可退的地步。不过人人皆学了你,那办事的人就少了,饱则飏去之讥,你是免不了的。我也够不上替国家留意人才,只好各行其志罢。"

任天然到日升昌同那管事的说:"因为有事,要先回南一走,意思要想把那捐款退回。"那管事的说:"这可不能,你迟早总要引见的,又何必退

第二十四回　甘偕隐海陵营别墅　约同心嵩岳访名山

呢?"任天然道:"我引见不引见可不定。"那管事的道:"你要改捐甚么还做得到,退是不能的。"任天然想了想,道:"或者替二小儿捐个通判职衔,考个供事。现在要改章,不知托人代考、代当差做得到做不到?"那管事的道:"我替你打听打听看,明天回信罢。其实天翁就引了见出去不是很好?"任天然道:"就费心的打听打听,我是一时不引见的。"次早,那管事的来说还可做得到,任天然就把任通的年岁、履历开了与他。款子还多,又自己捐了一个二品衔——也真算未能免俗!

任天然在他哥哥家里过了万寿,就收拾行李,到各处辞行。见了梁大军机,只好推说接到九江家信,有要事催促速归,明年再来引见。梁培帅道:"其实引见后出去最好,明年却不可再迟。像阁下这种年纪,正是为国家效力的时候,不可自耽安逸。"任天然也只得唯唯而退。既未引见,那些别敬之类自不必送,倒也省了许多。

拣了动身的日期,和养田在家里弄了几样菜,替他饯行。恰好是个礼拜,任达也从学堂回来,在上房里吃的,也甚得天伦之乐。任天然吩咐任达说:"我上车的那天,你也不必请假来送,只要好好用功,不必讲究这些虚文。"任达也就应了。动身的前一天,任冷然也以家宴饯行,并且叫了大鼓书,热闹了一晚。

任天然坐火车到了天津,耽搁了两天,坐了安平轮船回沪。却值赛金花刚从刑部出来,铩羽南归,任天然同他本来认得,彼此招呼了。看他两颊微窝,双瞳点漆,想他憔悴如此,尚有这般风致,当那盈盈十五之时,真个要倾城倾国呢! 船中无事,同他细谈从前随侍出洋的风景,再沦孽海的苦衷,又说到那年狂寇鸱张、联军深入,他在那枪林弹雨之中谈笑而动敌帅,颐指而策番奴。飘零莺燕,固赖他做个金铃;即贵倨王公,也都靠他为一枝明杖。这回羁身犴狱,对簿秋曹,世态炎凉,人间甘苦,他也算无不备尝。照他这种侠骨奇情,不但比那古来的苏小、薛涛只以歌舞诗词传为佳话者不可同年而语,就是比到那些纡青拖紫的贵人、弄月嘲风的名士,碌碌终身,汶汶没世,也就有上下床之别,将来自必为一代传人。那位殿撰公得附鬓边裙角,永垂不朽,不可谓非万分之幸。

途中有此艳友,自不寂寞。不觉已到上海,仍住四马路石路上的吉升栈,叫家人押着行李,自己先坐车到栈。栈主是熟人,就开了官房,陪着谈了一刻,家人把行李押到。任天然正预备去看顾媚芗,看见阿银已拿着顾兰的片子来请。任天然道:"你怎么晓得的?"阿银道:"一个相帮在巷口看见你的二爷押着行李,就跑回来报说:'任大人来了!'先生就催着我来,怪你不先到他那里去呢。"任天然道:"我才到栈房,因为等等行李,也就要来的。"

当下就同着阿银一齐到了媚芗那里。媚芗见面,心里欢喜非常,嘴里却一句也说不出,只说了句:"你去了这几个月,人家节前就望你回来。"任天然道:"不能算久,我要引见,那还不能就出来呢。"这天就在那里,偎倚半日,也没有能够去看朋友。媚芗陪着吃了晚饭,出了几个堂策,都是一转就回。十一点多钟,开了稀饭,打了烊,阿银也回去了。

媚芗问任天然道:"你回来了,我们的事情几时办?"任天然笑道:"我已经不做官,就要回家耕田去的人,你嫁我还有甚么意思?前回的话不如算了罢。"媚芗听见这话,也不回言,站起身来跑到床上躺着嘤嘤啜泣。任天然赶紧跑了过来,说道:"你不要着急,我是为你打算的。"媚芗道:"你不做官就叫我不要嫁你,我难道因为你是个官我才要嫁么?我要专为的是官,上海做官的人多得很,我不会嫁,何以专要嫁你呢?你说你不做官就不讨我,难道你家太太也就不做你的太太了么?我是总拿你当自己的人看待,原来你还是拿我当个堂子里的人!"说着又哭了。任天然低身下去偎着,说道:"你不用这样,我不过同你说了顽的,你怎么认起真来?"媚芗道:"你甚么话可以顽得?你想你才说的话,怎不教人伤心呢!"任天然道:"你起来,我们好好的商议着办阿好?"媚芗这才坐起来,说道:"过了八月节,我本想把牌子收了的,我娘说:'住在这个地方,不挂牌子算甚么呢?若是另住,晓得你出来,总还要找公馆,何必多一番搬动呢?'节后这两个多月,我连熟客都没有让人家来吃一台酒,眼巴巴的盼着你,你还说那些话,叫人家怎么不怄?今儿迟了,你路上也辛苦,好好的睡罢,明儿可得同我的娘谈定了,早点办,不要再叫我着急。"任天然笑道:"我在这里也是陪你睡,你嫁了我,也是陪你睡,我来了,你还有甚么急呢?"媚芗道:"你这个人,我急的是这个么?我进了你的门,我这心事才得定规。你再要怄

第二十四回　甘偕隐海陵营别墅　约同心嵩岳访名山

我——"任天然道："不怄你！不怄你！我们睡罢。"两人收拾就寝，那久别重逢的例话，做书的也不去叙他。

次早，任天然到各处走了一走，王梦笙道："我月内正想回去走走，很盼你来。你几时引见的？怎么没有看见谕旨？"任天然道："我没有引见。"王梦笙道："那么你怎么出京的呢？"任天然道："我在京里，看看那些情形，觉得这官没甚做头，所以就跑了出来。"王梦笙道："你这见解也不错。"任天然就约王梦笙晚上到媚芗那里吃酒，说："我已经约了通甫、大错、韵花、志游，请老弟早点去，同媚芗的娘把那件事谈谈，想就办了。"王梦笙道："这媒人我来做，但是要好好的谢媒呢！"

任天然又去看达怡轩，见他房里有个极聪秀的小官，正要问他是谁，达怡轩已叫他过来行礼、叫老伯，说："这是第三个小儿，名叫元超。我前回带了来，也同你们二世兄在一个学堂里。今天是他的生日，所以叫他出来顽半天的。"任天然看着甚是喜欢，拉着他手问他几岁，他说："十二岁。"任天然又同他谈了两句，托他带信，叫任通明儿午后请假到吉升栈来，他也应了。任天然同达怡轩略叙在京情形，达怡轩也很以他不做官为然。任天然约达怡轩晚上吃酒，坐了一刻，也就回到顾媚芗家里。

刚刚坐下，王梦笙也来了，见了媚芗，望他笑着说道："你今天怎么请请我？"媚芗道："不是今天请你吃酒？"王梦笙道："那是他请的，不能算，要你自己请请我。"媚芗道："叫我怎样请你呢？"王梦笙道："你是要做如嫂的人，那些吃馒头、吃粽子的话我也不敢乱说。你现在好好的亲自倒碗茶我喝喝，回来上了席，再好好的唱支昆曲我听听就是了。"媚芗就赶紧拿只茶碗揩了揩，倒了一碗茶送与王梦笙。王梦笙道："媚芗真是可人！"就请了他娘来，同他谈定：二千块钱一切在内，另外二百块钱下脚。任天然托他找房子，王梦笙道："不如就在我那边罢。我右首一个阁子，虽不大，还轩敞，好在你也不久住的。我也再等你几天，一同回江西去罢。"任天然说："甚好，甚好。"拣了十月二十六的吉期过门，说："也不必用甚么轿子，还是马车过去最好。"

大家商定，天已不早，就去催客。曹大错已先来了。不多时，客已到齐。任天然又添请了袁子仁，请他预备二千二百块钱，明日交与媚芗的娘。袁子仁望着媚芗说:"恭喜!恭喜!"媚芗倒有点不好意思。上席之后,媚芗果然唱了《楼会》的两支《懒画眉》。王梦笙望着媚芗道:"你今天真是'蓦地相逢喜欲狂'了!"媚芗望着他一笑。

次日午后,任通到栈里见了任天然,说暑期考后,已升入头班。这两天自然是大家轮流相请。到了佳期,因为地方小,只请得一桌客,好在就这几个熟人。也叫了任通回来见了礼。里头却是谢警文款待媚芗。上海铺设房间是最容易的事,大家也都送了些添妆。

到了冬月初间,任天然、王梦笙各带了如君同回九江。临上船的时候,任天然还同了顾媚芗到他娘那里转了转,母女两人谈了一会,自不免洒点别泪。他娘说:"我也要另搬,这房子已转租把苏州新来的一个先生。"任天然、顾媚芗到了船上,王梦笙、谢警文已早上了船。

不多两天,到了九江,王梦笙同着谢警文回他丈人家里。任天然带了顾媚芗到家,见了和氏夫人,参拜如仪。和氏夫人看他温和柔爽,也甚喜欢。佩云小姐同任遬都来见了。任天然说起不做官的话,和氏夫人道:"我前回劝你,就这道台也不必去做,你还不听,这回你也想穿了!你来信说要住泰州,我想也很好,吴亲家也在那里,我也先要看看媳妇呢。"又问:"爱姐儿近来长得好不好?达儿同他大约总还对?"任天然道:"怎么不对?两个小夫妻要好得很,同我和你当日的情形也差不多。"和氏夫人道:"我没看见当着这些儿女还拿我开心!"说得合家皆笑。

和氏夫人又道:"你出去讨了个姨娘,我在家里却替你定了个媳妇。"任天然道:"那一家的?遬儿才这点点,怎么就替他定亲?"和氏夫人就望着佩云小姐道:"你抱来与爹爹看。"佩云小姐就跑到东面厢楼,抱了一个刚满月的小姑娘来。任天然看长得倒也粉妆玉琢的,忙问道:"这是那里来的?"和氏夫人道:"这是你贵前任臬台大人的小姐。"任天然道:"难道是范星圃的遗腹女儿?"和氏道:"可不是!你虽然同他老子不大合适,我可看他的娘实在好,虽是个没有正名收房的丫头,听见他老爷不在的信就要寻死。我听见谢家姨太太说起,我特为去看他,晓得他要足月,好容易把他劝住。他说他要活,必得要求那一位把他老爷的灵柩扶回来。他那房东倒也好,说是愿意去,他就在银号里取了二百银子托他去,前几天才盘

第二十四回　甘偕隐海陵营别墅　约同心嵩岳访名山

到的。我看他没人照应，把他接过来，只望他养个儿子，那知还是个女儿。生下来我就安慰他说：'这也好，就定把我们逊儿罢。'他说：'只怕你们老爷不肯要。'我说：'这也不至于。'名字也是我取的，叫做贻芬。你看这个媳妇要不要？"任天然道："你肯做这种事体，那是好极的了。我同范星圃也没甚么不对，不过因为他做官的心太热，气焰太甚，不大敢同他亲近。今儿他身后如此，只此曙后孤星，我那有不看顾他的道理？我正在要访问他，因为范星圃的把兄甘肃臬台贾端甫在京里将他抄出来的一张范星圃的遗嘱，托我交与他这位姨太太。也谈到他的灵柩，我正想怎么替他弄回来，现在既如此，那是很好，就请这位范家姨太太过来见见罢。"

和氏夫人叫佩云去请，不一会那范家的解姨太太走了过来。任天然看他也不过二十左右的光景，长得也还端整。见了礼，任天然就说道："你们老爷有篇遗嘱，是贾大人抄出来，在京里托我奉交的。"说着就到房里，在官箧内把贾端甫交的那张遗嘱取了出来。和氏夫人晓得他不识多字，就接过来念与他听。那解姨太太听着，不由得珠泪纷纷，因为在任家，不肯哭出声来，却那声音也就咽咽的止不住。听念完了，说道："我自从跟我们太太陪嫁过来，我们老爷从没有拿我当下贱的人看待，我吃那苦是我应分的，他到临死还记着，叫我怎忍负他？现在只求任大人想法子派个人，跟着我把我们老爷、太太的灵柩送回杭州安葬，那我就死也瞑目！"任天然道："我们太太才说已经同你生的小姐结了亲，那是顶好的。我本想带着家眷去逛逛西湖，这就顺便送你们老爷、太太的灵柩回去。我们预备住到泰州，你无人照应，也就跟我们去同住。能够在杭州找到你们老爷的本家，过继一个儿子，那就更好了。"解姨太太道："任大人肯这样相待，我们老爷在九泉之下也感激的。我这里先谢谢！"说着就跪下去。任天然赶紧叫和氏夫人来拉，已经磕了两个头。又同顾姨太太见了礼。王梦笙同谢警文也过来聚了两回，不久就回庐陵去了。

任天然写信托吴伯可找房子。在九江过了年，接到了回信，说房子已经找妥，在陈家桥。二月半边，任天然就带着家眷，同那范姨太太扶了范星圃夫妇的灵柩到了上海，把灵柩先盘过船，人却都在长发栈暂住。当晚就到一品香去吃大餐，范家姨太太拂不过和氏夫人的意，也只好同去。任天然又放马车去把媚芳的娘接了来，和氏夫人见他人甚和厚，也颇看得起，留他同吃大餐。媚芳母女相见，自然要叙叙别情。他娘看他嫡庶相安，也甚欢慰。吃了大餐，又到天仙去看了戏，然后回栈。

次早，叫人到梵王渡学堂，把任通同达怡轩的儿子一齐接了来。和氏夫人带他们逛了张园、愚园，在长乐意吃的晚饭，叫马车送他两个回学堂，他们仍旧去看戏。晚上，和氏夫人私自问佩云小姐："这达少爷好不好？替你定了他要不要？"佩云红了脸，不肯说，那神气之间却甚愿意。和氏夫人同任天然说了。

次日，达怡轩请任天然在张宝琴家吃酒，任天然叫了个同庆里的花素芬，也很温婉，是张宝琴荐的。席间，任天然就同达怡轩当面提亲。达怡轩说未免高攀，就托冒谷民、管通甫作媒，仍是清帖传红，达怡轩也用了一对金如意簪压帖。任天然又同着全眷及范家姨太太逛了纺织厂、缫丝厂、造纸厂、自来水厂，又游了一次龙华，正是桃花大开的时候，风景甚佳。耽搁了有七八天才开船，是戴生昌拖送的。

到了杭州，借了江西知府唐府上一个湖庄暂住，把范星圃夫妇的灵柩扶到他原配夫人的坟上合葬，所喜年山尚合。找他的本家，只有一个龙钟老翁，是范星圃的叔辈，孤身一人，竟无从替他立继。杭州办葬，要春袅浆灰椁，很费工夫，为这葬事在杭州住了有两个多月。那孤山、岳坟、三潭印月、平湖秋月、张祠、左祠、蒋祠、高庄、净寺、灵隐、韬光、城隍山这些名胜，和氏夫人、顾姨娘、佩云小姐无不畅游。范家姨太太为料理葬事，有好几处皆未能到。事毕，雇了一个七舱南湾，却不用轮船拖带，过嘉兴逛了落帆亭、烟雨楼；过苏州逛了虎丘、怡园、留园；过无锡逛了黄浦墩、惠泉山；过镇江逛金、焦二山；过扬州逛天宁寺、史公祠、小金山、平山堂。这几个月里，佩云小姐已跟顾媚芳学会了几支昆曲，洞箫也学会了，每逢山明水秀的地方、月白风清的时候，就互相吹唱一曲，真有飘飘欲仙之意。

到了泰州，进了新宅，同吴伯可那边自然内外皆互相过访，吴太太也叫他女儿慧娟见了婆婆，也很和顺大方。隔了几时，任天然在白米左近置了几百亩田，又在海安典当里拼了点股份，要想搬在白米乡下去住，问大家愿意不愿意。大家都喜欢，那逖儿更吵着说："我会放牛！"近来这逖儿

第二十四回　甘偕隐海陵营别墅　约同心嵩岳访名山

竟是他丈母范家姨太太领着同睡，照料得也很周到。

任天然就在白米镇头买了一所房子，重新改造改造，门前临水种了十几株垂杨，连着大门一带矮墙，里边一个大院子，五间正房，前后房皆极敞亮。西首小小的三间厅，后边一个船厅；东首却有一个支港，就引着那水开了一个塘，种了些荷花，临水造了一带书房，均用的飞来椅。正房后面又是一进，五开间，比正房房间略浅。东首另有一院，小小的三间两厢，就与范家姨太太居住。这进院墙之外就是厨房，那边有个后门，出了后门，一个大菜园，靠西首的做了菊畦，另有个门可通船厅。靠东首造了两间佃房、两间碓房，靠着后进住房造了几间仓。再后面是一片竹林，却是本有的。和氏夫人同着媚芗、佩云，无事就自己去摘菜浇花，范家姨太太有时也跟着顽顽，却只有佩云天足，走得爽快。任天然也常去看着耕田，学着钓鱼。任逖是放了学就在菜园里跑，看见牛就攀着角骑了上去。范家姨太太也在附近置了几十亩田。

又隔了一年，任通在梵王渡学堂卒业，回来完了姻。刚满月，任天然接到管通甫的信，说是保子良观察赏了四品京堂，放了英国钦差，奏调郑琴舫作参赞，郑琴舫却保举了任通去当翻译，问他愿不愿。任天然父子大喜，就赶紧复了信，亲自送任通到上海。媚芗因为足月，不能随去。任天然到了，却好钦差出京，也彼此拜往，应酬了几天，送钦差动了身。任天然因年馀不到上海，大家留着盘桓盘桓，在花素芬那里也住过几夜。此时正是九月，达怡轩已讨了张宝琴，仍住在上海。

这个〔天〕毕韵花邀他们到双凤堂看菊花山，任天然同花素芬说起，花素芬说："你去喊个移茶，我替你挑个人叫叫。"任天然道："那我可要住夜的。"花素芬道："那管你呢！"到了双凤堂，果然替他挑了一个，叫做蓝才保。任天然看他虽然是个风骚态度，却还有点闺阁规模，想来是个大家出身，心中颇为诧异。达怡轩叫的一个叫霍双玉，一张小圆脸儿，也觉得似乎在那里见过。两人说起，互相猜度。达怡轩道："管他呢，今天我们预备几块钱住在这里，这个疑团就破了。"任天然横竖也是个放荡不羁的人，席散就都住下。

夜间，任天然向那蓝才保细诘家世，说是广东人，姓谭，老子也做过藩台,因为上了一个小家人的当,有了肚子,逃到上海,被他卖到这堂子里的。任天然才晓得就是那想他三千银子没有到手、把他无故撤任的那位谭方伯的令爱,这一夜风流也算替他老翁消除冤债,思之不禁悚然。第二天问起达怡轩,才知那霍双玉就是贾廉访的爱姬小双子。两人不胜浩叹,不忍再去问津。那两个还以为他们是向来在书寓里走惯的,不肯常到这幺二堂子走动,不知他们却别有感慨。

任天然顽了一个多月,回到泰州,媚芗已举一男,取名任迟,号叫季缓。任天然同媚芗说起张宝琴嫁了达怡轩,媚芗也很代为欢慰。又同和氏夫人谈到谭藩台的小姐流落在幺二堂子里,和氏夫人道:"我看着这些做官的实在可怕,所以才劝你急流勇退。"

这年冬天,任达来书,已得一子,他也进了高等学堂。又隔了三年,任通回来,居然保了一个四品衔分省同知。任天然因他年纪太轻,不让他出去禀到。正在家中闲坐,忽接到达怡轩、王梦笙两人来信,说九南铁路告成,梦笙已可卸肩,约他带着如君同到上海小聚几时,再去游那嵩岳,并说两人同住永吉里,房屋甚宽,悬榻以待。任天然甚为高兴。那迟儿断乳之后,因为嫡母喜欢,倒不甚恋他亲娘,也就留在家中。

任天然带了媚芗同到上海,径到梦笙、怡轩的公馆同住,这三位姨太太久别重见,自然也有一番欢庆。任天然又去拜了那般(班)熟朋友,争着要替他接风。这天却是曹大错请,在杨燕如家,席间还是这些熟人,叫的倌人,日子久了自必有些更换。书已快完,那无关紧要的也不再去铺叙。

管通甫却因文亚仙新近嫁了人,叫的是他侄女儿文媛媛,听见他们叫任大人,他就问道:"任大人,你从那里来的?"任天然道:"我打泰州来的。"那文媛媛不知不觉说了句:"有个任仲彻——"说到这里一想不好,赶紧缩住。任天然道:"你问他怎的?"文媛媛也不敢响。管通甫道:"哼哼!你这可闯了祸了!你晓得任仲彻是任大人的甚么人?"文媛媛低低的问道:"可是他的少爷?"管通甫道:"怎么不是!"文媛媛又问管通甫道:"可要紧的?"任天然就接口道:"怎么不要紧?我回去要打他手心的,不但要打他,还要打你的!"管通甫就拉着文媛媛的手道:"请打!请打!"任天然道:"我这回不打,等到了我家里再打不迟。"文媛媛听了说道:"可是真的么?那么我

第二十四回　甘偕隐海陵营别墅　约同心嵩岳访名山

情愿先打了,我可要到任大人家里去的。"任天然道:"你怎么肯去？我是个乡下人。"文媛媛道:"我不管,我是定规要到任大人家里去的了!"王梦笙道:"你娘也不肯。"文媛媛道:"只要王大人说一说,我娘没有不肯的。我找管大人,在我家里请你们几位大人,好王大人,替我说说罢!"嬲着管通甫明天就请。管通甫道:"这才奇怪,你想嫁任二少爷,却叫我请客,我才不冤？我还要吃醋呢!"文媛媛道:"我同你是规规矩矩的,你有甚么醋吃？"管通甫道:"那么你同任二少爷是不规矩的了？"文媛媛红了脸要哭,管通甫只得答应了才罢。

　　第二天,主客到齐,偏偏他娘有事出去,等到坐了半天席他娘才来。他一见面就说:"娘,你同王大人说嚄,再一会台面要散了!"他娘说道:"没看见过你这同疯子一样的,要是做了人家的讨人,岂不被人家打死？"就向王梦笙道:"他今天早上就追着我,王大人可以做做好事,同任大人说说罢。"任天然道:"可以是没甚不可,但是同我说有甚用呢？"文媛媛道:"怎么没用？"任天然道:"我答应了,还要我们二少爷愿意,还要他的少奶奶愿意,这件事是要大家愿意才行的。譬如我想讨素芬,我倒愿意他不愿意也是没法。"花素芬道:"你又扯上我,我几时说过不愿意的？我前回倒同你商量,你说家里有媚芳阿姊,叫我在外头陪陪你,不必定见跟到家里。我暂时不谈的。既然你说我不愿意,我今天回去就除牌子!"任天然赶紧招陪道:"是我说错！算我不愿意,不怪你。"文媛媛道:"我只要任大人你答应一声,二少爷的事你不要管,那在我。"任天然道:"我就答应,好不好？"文媛媛道:"你要把我点东西做过（个）凭据,我才好同二少爷说呢。"任天然被逼不过,只得说道:"我身边没有,你明儿到我公馆里再与你罢。但是我家那个姨太太脾气大得很,你可要小心,一个不好,他就要打的。"花素芬道:"不要听他,那媚芳阿姊好得很呢,连他家太太都是再好没有！那年过上海,叫我去顽了两三天呢。"文媛媛道:"我也听说媚芳阿姊最好的。"他娘说道:"你想嫁任二少爷,怎么好叫媚芳阿姊呢？"文媛媛脸一红,道:"那么叫阿姨罢。"

　　席散,王梦笙、达怡轩、任天然回到家里,三位姨太太正在一处谈心。他们都是同自家弟兄一样没甚避忌的,一齐进来。说起文媛媛的事,大家都笑。媚芗道:"我们老爷那一回带着他二少爷到我家来,第二次到上海,又带着他大少爷到我家来,已经少见的了;这回爽性自家替少爷在堂子里定姨太太,更是上海滩上没有听见过的事。"

次日午后,文媛媛来了。媚芗也甚爱他,谢警文、张宝琴也都说好。媚芗取了一个羊脂玉的双鱼与了他,说:"这是当日任大人与我的,现在送了你罢。"文媛媛欢欣拜受而去。后来任仲彻究竟讨了文媛媛没有,这部书上也就不去叙他,有高兴做续编的人,让他再去叙罢。

隔了几天,三人收拾动身,去游嵩岳。上船的这天,三位姨太太都在万年春吃了番菜,在群仙看戏。江志游、冒谷民、曹大错、毕韵花、祝长康、管通甫在长乐意替他们三位公饯,八点钟入座,浅斟细酌,吃得工夫最久。

席间,管通甫说道:"我们逍遥海上,已觉得是地阔天空,然而尚须终日的忙忙碌碌,做那些无味的事,离不开这个地方。像你们三位,抛却了紫绶绯鱼,做了个闲云野鹤,各携艳侣,到处遨游,真要算地行散仙了!"江志游道:"天下的人心地果能干净,仕、隐皆可裕如,我不受人束缚,人自不能束缚我,此其权原操之在己的。"冒谷民道:"唉!狐鼠凭城,驺麟匿影;燕雀巢幕,鸾鹤高翔。那是自然的道理。不过醉梦者徒知窃位,明哲者专事保身,试问这四万万同胞更有何人援手?怎能破除障碍、挣脱藩篱、还我天赋之权、一享人生幸福呢?"王梦笙道:"我们这几个人,既乏长才,又无大志,即使不见机而作,也不过随波逐流,自知无补于世,无益于人,所以才作这个人生计思想的。"冒谷民道:"我也晓得你们几位是一腔热血,满腹牢骚,挥洒无从,隐忧难遣,转把那激烈化为和平,悲歌易为啸傲;斩关撒手,忍泪抽身,以迷花醉月之情,寓醇酒妇人之意。接舆荷蒉,乃天下热肠人;刘锴陶杯,真千古伤心事!"曹大错道:"你想他们既不能踢翻鹦鹉洲,搥碎黄鹤楼,放出那破坏的手段;又不能扫除明镜台,悟彻菩提树,炼就那寂业的胸襟。具此灵性,生此世界,除掉了怡情风月,放浪江湖,更叫他们做些甚么事业呢?"毕韵花道:"赤松长逝,青田见疑;射虎不封,骑驴终老;载稽简策,徒益唏嘘;依古已然,于今为烈。我所以秉着这一支秃颖、半笏残膏,只做过(个)花国董狐、酒肠柱史,绝不使那盛衰兴废的事绕我笔端,就是为此。"祝长康道:"天下的事穷则变,变则通,剥无不复,贞下起元,这是必然之理。你看这地球绕那日轮,岂是容易的事?并没人去用力推移他,也自然会得循环轮转,又何必替古人担忧、为来者设虑?我看只要修得到彭祖高年,总会见得到太平景象的。"管通甫道:"天不早了,他们三位的姨太太在戏馆里等久了,我们也去看看,就好送他们上船罢,今天怕的潮水早。"大家一齐喊拿干稀饭,胡乱吃了点。

走到对过定的包厢里,那戏台上正袍笏雍容,笙歌婉转,唱那《长生乐》呢。看了一出,达怡轩说:"我们早点上船罢。"一齐同到船上。又谈了一会,听见放了两遍气,管通甫、江志游、冒谷民、曹大错、毕韵花、祝长康起身,说了句"顺风,顺风"、"再会,再会",一齐登岸。任天然、达怡轩、王梦笙三人在栏杆面前看他们各自上车,谢警文、顾媚艿、张宝琴也都出来看着开船。只听得汽笛一声,便见那双轮转动,渐渐的离了岸了。转过头来,看那满江灯火照着这潋滟波光,真如万道金蛇,炫耀夺目。又走了一会,清风徐来,烟波浩淼,各人皆觉得心旷神怡。正是:利锁名缰能解脱,江天海国自宽闲。

他们这些人不知将来究竟如何,且听下回分解。

结　　束

　　抱真子取了这部书,在轮船上看了几天,后头两本还没有细看。到了汉口,公私匆冗,也就无暇再去翻阅。

　　隔了两个月,又因事赴上海,也坐的是那"江裕"官舱。船上无事,把这书取出,将那没有看完的两本细阅一过。看他到著末一回,结句还是"且听下回分解",心里想道:"这部书到底完了没有呢?"

　　正在纳闷,忽听"呀"的一声,房门开了,抬头一看,却是茶房来请吃饭。抱真子把这书放好,带了房门,到了饭厅。见那一桌已经坐满,这一桌才坐了三四个人,就拣了个座儿坐下。见对面坐的一位丰颐隆准,大耳微须,气度安闲,风神潇洒,心中颇有点钦慕。吃完饭,漱了口,就向那人问道:"请教贵姓?"那人回道:"姓任。"又问道:"台甫?"那人回道:"草字天然。"抱真子呆了一呆。那人也回敬请教了,却站起来到那外间檐口散步。抱真子跟了出来,又问道:"天翁此次从那里来?到那个码头上岸?"那人道:"兄弟才游嵩岳回来,到镇江上岸,过渡回家。"抱真子心下更觉奇异,又问道:"船上有同伴没有?"那人道:"本有两位同游的,已先回去了。兄弟因顺道进京,看了一看家兄,又到湖南游了一游岳麓,在晴川阁、黄鹤楼也勾留了两日,所以迟了几个月。现在船上只有一个小妾随行。"抱真子道:"在下有件事要动问一声,却是冒昧得很。"那人道:"请说,不妨。"抱真子道:"请教天翁,这位如夫人是不是在上海讨的?当日芳名是那两个字?"那人道:"是兄弟前几年在上海讨的,他挂牌子的时候叫做顾媚芗。是不是阁下当日也似曾相识?"抱真子道:"那倒不是。但是前回在上海,有个朋友拿了一部书与在下看,内中有一位的姓名与天翁相同,就连如夫人的芳名亦复一字不差,此次去游嵩岳,这书上也叙及的。这是甚么缘故呢?"那人也觉诧异,说:"我倒要请教请教!"就跟着抱真子到了房间。抱真子把这书递与那人,那人翻了一翻,说:"我借去看看。"就拿回他自己

结　　束

官舱。

　　隔了两天，快到镇江，那人把这书送还抱真子，说道："这书上所说的任天然自然是我了，叙我的生平事迹虽然不能十分详细，大致也还不差；就是这书里叙的几件新奇怪诞的事体，虽为理之所无，却为世之所有，并非全由捏造出来的；就是叙到男女交际之间，不免有些形容太过的地方，然皆尚在题前题后，并未实写正面，尚不算落那俗套。"抱真子道："这部书怎么到著末一回，结句还是个'且听下回分解'？而且书里的人有些算交代清楚，有些还没有归结到，这书算做完了没有？还是我那朋友少拿了几本与我呢？"那人道："这书做完没有，我也无从臆度。但是这书上的人，就我所晓得的，还有一大半在世上，以后的穷通正未可知，你教他做书的怎样替他归结？自然只好'且听下回分解'了。"抱真子道："这书怎么做了二十四回，没有叙着一个好人？就是叙天翁的地方，我看说的也不见好。"那人道："天下好人本来甚少，我本来也不是甚么好人——不但我不是好人，我看那做书的也不是甚么好人；他要是好人，他就做不出这部书来。你道以为何如？不过细看他这部书里的皮里阳秋，大旨是宽于真小人而严于伪君子，这还不失天地公理。倘然传到世上，是书中的人，看了固应汗颜；自返不是书中的人，看了也可触目惊心，于世道人心也还不无小补。"

　　说着，只听那轮船连连放气，在窗口一看，金山已在面前。那人道："到岸快了，我要去收拾收拾。"就辞别回房。抱真子也跑到外头，下了楼梯，在那跳板口栏杆边站着，看那来往的人。不多时，见那人领着他如君来了，拱了一拱手，说声"再会"，就上了跳板，过了趸船，登了彼岸。

　　第二天到了上海，抱真子进了栈房，坐了一部马车，带了这书去还诞叟。到了那里一问，那知诞叟已先一个月带了他的妻妾儿女去游天台、雁荡。抱真子殊觉怅然，就叫马夫顺便拢张园坐坐。到了安垲地门口下车，恰好遇见馆主人同他招呼，问他几时来的。抱真子道："我今天才到，带了一部小说书去还一个朋友，不想这位朋友却走了。"馆主人问道："是部甚么书？"抱真子道："在车上，你要看可以看得。"就叫马夫取了出来。

　　两人进了安垲地，泡了茶，馆主人把这书约略看了一看，道："也还新鲜。要排印出来不要？要排印就把我带去细细的看看。"抱真子道："排印出来倒也不妨,但是这书没有名字,做书的又不知道在那里,无从问得。若照那些小说书的通例,替他起个甚么缘、甚么记之类,他又没有个总纲;并且这书上又没有一个好人可以做得这书主脑的,这却如何呢?"馆主人道:"既然你说这书上没有一个好人,就叫他做《梼杌萃编》罢!"